U0027223

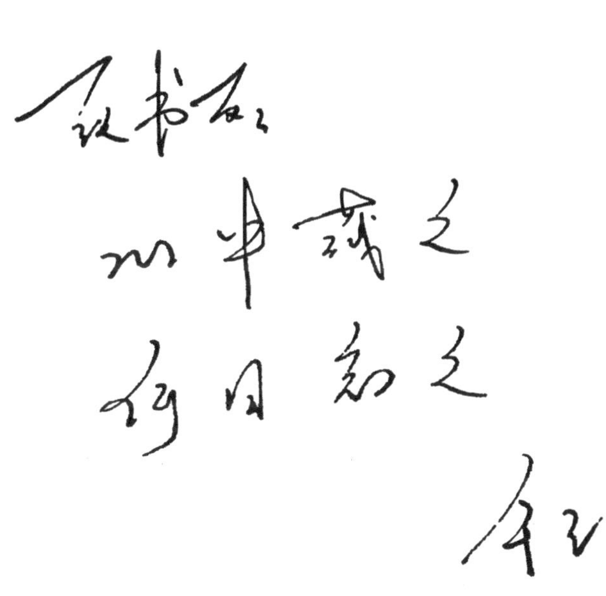

高寶書版集團

第一章　民間高人？

我關閉了院子的大門，然後把四合院的鑰匙交給了一個工作人員，在這裡住了好些年，要離開了，才發現其實有些捨不得大北京。

沁淮跟在我旁邊，幫我提著一包行李，說道：「承一，在四川等我吧，等哥兒我辦完一些事兒，就來找你。」

「你可別這樣，那你爺爺知道你要和我一起去流浪，還不得抽我？」我很隨意地說道，在我心裡，我真的是決定一個人過三年，獨自去面對這個社會，而不是身邊一定要有誰。

「你意思是還沒決定一個落腳處？」沁淮揚眉問道。

「是啊，我還不知道我能做些啥呢，怎麼決定落腳處？」我剛說完這句話，天空竟然飄起了零星小雪，是啊，時間過得飛快，當我處理完一些雜事兒之後，竟然不知不覺已經過了二個多月，從八月末到了十一月中旬，北京已經進入了初冬，看著這雪花飄落，我才察覺到。

其實一個人的日子也不算太難吧，這兩個多月不也就這樣過了嗎？

我在發愣，也就沒聽見沁淮在我旁邊說些什麼，直到沁淮叫我：「我說承一，你就真的不考慮一下？」我才反應過來：「考慮啥？」

「考慮留在北京啊，留在我們部門。你知道老村長那事兒你也立了功，加上你師傅和我的關係……」沁淮認真地說道。

「不了，至少現在不。別擔心我，真的，你看，這不也兩個多月了嗎？」我不能妄用道術，這是師傅給我提的要求。所以，我去那部門幹啥？和沁淮一樣，當個文職？只不過，這些，我沒告訴沁淮，師傅信中的話，我只想放在自己的心裡。

這時，已經走出了胡同口，我從沁淮手裡拿過了行李，不讓他再送了。

這是我一開始和很多人說好的，畢竟那麼多年，我在北京也有很多朋友，我要離開了，自然也會有人來送，可我從小到大經歷了太多的離別，已經不想再觸碰了，所以全部拒絕了。

只有沁淮，他死乞白賴的要來送我一程，可我也堅持只讓他送到胡同口。離別，我這一生都不想再面對了！難道這也是童子命必須經歷的嗎？孤獨！

沁淮還想說點什麼，可是我已經接過行李，對沁淮揮了揮手，頭也不回地走了，天空中飄著零星的雪花，這一次我強壓下內心的凄涼，我覺得孤獨也是每個人成長必須面對的吧，雖然我面對的早了一點，少時就須離家。

可如果是這樣，那……我不應該適應得也要早一些嗎？呵，還是很痛，這一次又告別一段生活，告別……一些朋友。

因為錢的關係，我只買了硬座票，在火車轟隆轟隆的前行聲中，看著人群熱鬧的樣子，我扯下帽子，又把自己封閉了起來，我發現因為太多的離別，我已經怕和太多人接觸，因為太多感情放不下，而我又容易感傷，這算哪門子毛病？

我旁邊的幾個陌生人早就打成了一片兒，天南海北地胡吹著，交換吃的，打牌，就我一個人，格格不入……

他們的熱鬧是他們的，我？也許到頭來，終究只是一個人吧！離家，離開朋友，師傅也離開，是我命運的預示嗎？

想著有些煩悶，我走到火車的連接處點了一根菸，沿途通道中人擠人，通過這些摩擦和接觸，我才覺得我有在人間的感覺。

煙霧升騰，兩個多月了，這兩個多月我不是沒想過馬上回四川，回到我父母身邊，可我又覺得我還沒勇氣去投入新的生活，所以一直就在四合院中住著。

每天練功，研習師傅留下的道術書籍，然後買菜、做飯、睡覺，過得有些封閉，連朋友都不怎麼來往，因為知道快離別了，所以不想再添新的傷感。

就這樣，以為自己適應了之後，我才去找了一次大師叔，讓他幫忙聯繫一些工作人員，把一些重要的東西幫我運回四川。

可無奈的是，這一次大師叔也不在，說是要離開半年，最後還是大師兄幫我辦好的這些事。東西運回四川以後，我又待了一個星期，才把四合院退了動身。

原本呢，找沁淮借了五百塊錢，撐了一個月，撐不下去了，又去借了點兒，到現在陸陸續續已經找沁淮借了三千塊錢了，畢竟回家，總不能空手回去看父母吧？

師傅什麼都給我留下了，就是沒有給我留一分錢，想到這裡，我內心有些發苦，這賺錢，是我要面對人生的第一步嗎？有誰像我這樣？一離開了自己的依靠二個多月，就欠下了三千塊錢？

呵呵，陳承一，你還真夠窮的！這樣想著，菸也抽到盡頭。

回到座位的時候，發現原本靠窗的位置被別人給坐了，是一個原本坐我旁邊的哥們，見我回來，那哥們不好意思的跟我說：「哥們，我有些暈車，可不可以坐這裡？」

他說的是普通話，可口音裡卻帶著濃重的四川鄉音，我覺得有些親切，而原本我也沒打算計較，於是就友好而沉默地笑了笑，然後坐到了他原本的位置。

可能是因為不好意思，我坐下後，那哥們特別熱情地掏出了一瓶健力寶遞給我，說：「來一瓶？」

但我這人不太喜歡接受別人的東西，也因為避諱因果到了極小心的地步，於是用四川話拒絕了：「我不口渴，謝了。」

「你也是四川人？」那哥們有些驚喜。

可我沒有再說話的意思，友好地點點頭，然後裝出一副很累的樣子，扯下帽子，假裝要睡了。

估計是我的冷淡有些太過明顯，那哥們也不好多說，繼續和別人吹起牛來，我獨自想著自己的心事，想著師傅會在哪裡，想著慧大爺的傷勢，想著晟哥又會在哪兒，那紫色植物到底是什麼，和南部形成養屍地有沒有關係？倒也不覺得時間難過。

可也就在這時，那個坐了我位置的四川哥們兒，他無意中傳到我耳中的話，卻引起了我的注意，他大聲地在說：「我就沒騙人，我婆婆（奶奶）真的懂一些蠱術！」

民間高人？我忽然有了些興趣，而且我的心繫著苗疆那一塊兒，所以也開始用心地支著耳朵聽起來。

「蠱術？那是啥玩意兒？聽著挺玄的樣子？」

「你不是吹牛吧？我倒是知道一些蠱術，那都是巫婆玩兒的東西。」

周圍的人顯然想聽個新鮮，但是肯定也不會真的去信，火車上大家就是短暫的認識相聚，誰還能真信誰的話？

「我就知道你們不信！誰說蠱術是巫婆弄的？這個你們就不懂了吧。」

那哥們繼續用川普給周圍的人吹著，不過這話題顯然引起了大家的興趣，也沒人去反駁他，只是催促他快點兒說下去，這哥們得意了，然後說道：「我婆婆不是四川人，是後來嫁到四川的，知道我婆婆哪裡人不？是湘西那邊苗寨的人啊！苗疆哪裡有？就在湘西，雲南那一片兒。不是吹牛，苗寨的人或多或少懂一些蠱術的，以前我都不知道，就我小時候吧，有一次……」

那哥們吹開了，可我聽著卻覺得不靠譜了，誰說苗寨的人一定懂蠱術？要知道現在大多苗人已經漢化了，就算沒有漢化，從古至今，蠱苗也是不多而神秘的，有些蠱苗寨子甚至都不和其他寨子接觸，怎麼弄成了苗寨的人都知道蠱術？

所以，我認定那哥們是吹牛，也就沒多在意了，聽他吹著，倒是有些迷迷糊糊地想睡覺。

可是他下一句話卻引起了我的注意：「我得罪那個人，不就肚子疼了一晚上嗎？然後我婆婆看了之後，也不知道給我吃了什麼草藥，然後你們猜我第二天拉肚子，拉出個什麼？說了你們也不信，拉出一個稀奇古怪的蟲子，我是從來都沒見過。我婆婆說那是那個下蠱人自己培養的蟲子，不過手法不算高明，哼哼，那蟲是藏在指甲蓋兒裡的。」

是的，引起我注意的就是最後一句話，指甲蓋兒裡的。不是懂行的人，絕對說不出這話。

要知道，我雖然不玩蠱，也不像如月、凌青奶奶是專業人士，但多多少少聽聞過她們說起過一些可以流傳的東西，其中有一條就是去苗寨，看見指甲蓋兒髒的人，離遠點兒，因為那蠱就藏在指甲蓋兒，多是蟲卵，輕輕一彈，就到你吃的東西裡了，手法高明點兒的，直接就彈你鼻子裡了。

這的確只是一種非常粗淺的下蠱手法，而且這種蠱也不算難纏，因為那種蟲子一般死得快，很多蟲卵還不一定起效果，就被胃酸給融化，可這哥們的婆婆還真是個懂行人嗎？

想到這裡，我來了一些興趣，於是扯下帽子，用四川話問那哥們：「哥子，你曉得的挺多啊？你婆婆真的是苗寨的人啊？我去過湘西，你婆婆哪個寨子的哦？」

那哥們見一直沉默的我忽然說話，挺驚奇的，轉頭同樣用四川話問道：「哥子，你也去過湘西苗寨啊？」

我笑著說道：「是啊，那裡風景不錯，聽說國家要搞旅遊開發啊。」其實，那個時候我壓根兒沒有去過湘西，只是隨口一說，可沒想到到現在，那個地方倒真成了旅遊地點了，很多神秘的事情被刻意的一渲染，反而把很多真相都掩蓋了下去，唯一不能掩蓋的就是當地的民風，由於很多原因，依舊非常剽悍。

「這個我倒是不曉得。不過說起來，我倒是真的想去次湘西，看看我婆婆的故鄉，我都沒去過。」那人很感興趣地說到，聽完這句話，我知道，這人多半沒有吹牛自己的經歷，只是誇張了一些。

我裝作很懂的樣子，問道：「你婆婆哪個寨子的嘛？你說來聽聽，說不定我去過，也可以給你描述一下嘛。」

那人略微有些皺眉地說道：「我婆婆對她自己的寨子很忌諱的樣子，很少說起，我只是在她快去世的時候，大概聽她提起過一次，在××地兒那一片的寨子。」

××地，我對湘西一無所知，當然也就不知道他說的是哪裡，但是我默默記下了那個地方，要知道去苗疆找蠱苗可不容易，有一些線索總是好的，而且蠱苗不和一般的寨子接觸，但是蠱苗之間倒是互相都知道，還會有一些接觸，聽凌如月曾經提起過一次，蠱苗之間還有特殊的交易，如果我有了這個線索，說不定能摸索到凌如月她們所在的地方。

想起來很慚愧，我和如月雖然在一起的時間短，但交情不淺，是真的如兄妹一般，我竟然不知道她所在的地方。

可是她也沒說過啊，好像不太提起的樣子。

問出了這個，我隨便敷衍了兩句，也就沒多說什麼了，更沒吹噓自己知道些什麼，人前低調，不多言，我是知道的，就算我還沒怎麼面對過社會。

不過畢竟和別人談了兩句，我倒是不好繼續睡覺，很努力地想著乾脆開朗點兒好了，可是還是融入不了，聽他們吹著吹著，我竟然真的睡著了。

當我一覺醒來的時候，已經看到四川熟悉的山水，我又再次回到了這裡。

沒多久，火車就到了成都站，我還是禮貌的和幾個同座之人道了個別，就匆忙下車了，這一次，我沒打算在成都停留，我跟酥肉說過，半年內我會去找他，因為我要先陪我父母。

想著爸媽，姐姐，我心裡有些火熱，恨不得立刻回家，可是當我踏上回家的客車時，卻又害怕起來，怕見到父母，那麼多年了，他們會對這個兒子陌生嗎？

姐姐們還好，畢竟她們在北京的時候，我一年總還能見著兩次。

越這樣想，我的心就越是不安，所謂近鄉情怯，就是這感覺嗎？

那個時候，全國的高速公路線路還沒修通，客車顛簸了一天，才到了我故鄉所屬的地級市，可這時卻沒了到我家所在鎮子的車，我只好在這裡停留一天。

這個城市是離我故鄉最近的城市，可惜我竟然長這麼大，一次都沒有來過。

此時，正是華燈初上，萬家燈火的時候，我一個人提著行李默默地走在這個城市，看著這一切，忽然就想起我家的燈火，媽媽做飯的味道，爸爸微笑的樣子……

心裡有些溫暖，又有些心酸，親鄉情怯的感覺更加厚重，師傅啊師傅啊，你說自然之心，只體會，不干涉，可是你要我怎麼去放下這人間煙火的溫暖，哪怕只是一絲溫暖，此刻在我心中也重如萬鈞。我，還是放不下。

隨便地吃了一點兒東西，在一個小旅館湊合了一夜，第二天早起的時候，我望著自己的行李，竟然有種更加膽怯的心理。

我一下子從床上爬起來，衝到這個小旅館簡陋的衛生間裡，開始洗刷，非常認真地刮鬍子，又非常認真地打理頭髮，完了之後，我翻出了我最好的一套衣裳，仔細地穿上了。

做完這一切，我望著鏡子苦笑，我發現我挺俗的。

呵呵，一個俗氣的道士吧，一點也沒仙風道骨的感覺，和普通人有什麼不同？都一樣，都有一種風光回家鄉的心理，就算撐面子也要撐起來。

其實，真不為別的，就為了那一顆盼兒風光，盼兒出息的父母心，要知道我可是在北京，我父母心裡了不得的大城市待了那麼多年的人啊，我怎麼忍心讓他們失望？我要滿足他們。

看著鏡子裡的自己還算像模像樣，我提著簡單的行李和給父母的禮物，終於踏上了回鄉的客車。

幾個小時以後，我站在了那個熟悉的小鎮子，到了車站，我差點認不出來這個小鎮子，那麼多年過去，竟然變得那麼繁華。

剛走出車站，我就遇見一個熟人，胡雪漫，大鬍子叔叔。

他望著我，我望著他，兩人一時語塞，然後又同時傻笑，他忽然就走過來，想像小時候一樣揉揉我的腦袋，卻發現搆不著了，他開口說道：「臭小子，長挺高了啊。」

這一句話無疑破開了時間和空間帶來的疏離，多年前的感情又再次回來了，我笑著說道：「不高，就一米八二。」

「哈哈……」胡叔叔大笑，我注意到這個當年正當壯年的胡叔叔眼角已經有了皺紋。不由得有些酸楚，少小離家老大還，鄉音未改鬢毛衰……胡叔叔都已經這樣了，我爸媽呢？

胡叔叔見我望著他，不由得說道：「看啥啊，三娃兒？」

我儘量輕鬆地說了一句：「胡阿姨，你老了啊？」

胡叔叔佯裝憤怒地在我胸口輕輕打了一下，說道：「咋跟小時候一樣，還叫我胡阿姨？誰說我老了，我年輕著了。」說話間，他已經接過我的行李，然後拉著我走到一輛桑塔納的面前。

在九〇年代，這樣的小鎮，這車已經非常了不得了。

我奇怪地望著胡叔叔，問道：「叔，你發財了啊？」

「發屁，還不是守著這裡的部門，不過混了這幾年，升了點職，到大市去了，調一輛車的權力還有，你知道，我們這部門特殊，調車不算啥。昨天就打算在客車站接你，又怕錯過，今天一早我就在這裡等著你了，果然等到你了。」胡叔叔也不知道是不是人老了囉嗦，一見我就喋喋不休地說著。

我聽得心裡暖呼呼的，總算有了回故鄉的親切感，不再那麼近鄉情怯了，於是問道：「胡叔叔，咋想著來接我的？」

「廢話，不是給你撐面子嗎？開著小轎車回去，你爸媽臉上也有光啊。」胡叔叔隨意地說到，我此時和他已經坐在了車上，聽他那麼一說，我心裡又是一陣感動，不由得開口喊了一句：「胡叔叔……」

胡叔叔假裝無意地從包裡拿了一千塊錢塞我手裡，說道：「姜爺的情況我都知道，我們這個部門消息還算靈通。我找同事打聽到了你什麼時候從北京離開的，算著今天也該到了。姜爺一走。你小子比較困難，我也知道，所以錢你拿著，你知道你父母，包括周圍的鄰居，都覺得你是去北京了，風光的人啊。」

說到這裡，胡叔叔沒說什麼了，我懂他話裡的意思，我捏著那一千塊錢，眼睛發熱，終究放進了兜裡，這個部門津貼高，可是絕對不能和有錢人比。九〇年，一千塊錢很不少了，這份情誼我記下了，我沒有說還錢什麼的俗氣話，我知道我該怎麼做。

車子發動，朝著我家開去！

第二章　再見父母

車站距離我家並不遠，我坐在車上有一句沒一句地跟胡叔叔搭著話：「胡叔叔，這些年沒回來，鎮上變那麼繁華了啊？」

「你小子是在大城市待久了，眼界變高了吧？這裡哪裡是鎮上？這裡是縣城啊！」胡叔叔一邊開車一邊說道。

我臉一紅，我竟然一口一個鎮上，忘記這裡是縣城了，倒不是我眼界高了，而是那麼年沒回來，我的記憶有些模糊，竟然分不清鎮上和縣城了。

其實哪裡才分不清楚鎮上和縣城啊，看著車窗外的這些街道我都覺得陌生無比，感覺像是到了另外一個地方，好在過了那條繁華的街，下一條老街還保留著如此多熟悉的建築，才讓我有了一絲回家的感覺。

在我心裡，不論是鎮上還是縣城，都有些陌生的感覺，我的故鄉只是那個寧靜的小村，那間廢棄的老屋，那一片隱藏在竹林中的小築，它們改變了嗎？

就在我胡思亂想的時候，車子已經停下來了，胡叔叔轉頭對我說：「臭小子，到了，還不下車？」

「到了？」我疑惑地望著車窗外，根本沒想到就到家了。

因為眼前是一條嶄新的街道，寬闊、整潔、熱鬧，而我明明記得我家是在學校門口的一條胡同裡，怎麼會是這裡。

胡叔叔拍拍我的肩膀，說道：「這裡靠近縣中，早就是黃金地段兒了，改成這樣也正常，你下車就知道了。你爸媽在縣城裡還不錯啊。」

我有些疑惑，更有些膽怯地提著東西下車了，胡叔叔停好車，提著我的行李，和我一起走著，我打量著這陌生的街道，有些好笑地發現我有些腿軟。

走了沒有幾分鐘，胡叔叔拉著我停下了，說道：「三娃兒，就是這裡，到家了啊。」

我帶著驚奇的目光看著眼前這棟漂亮的三層小樓，不太相信這就是我的家。在我記憶裡，我家就是個二層小樓，樓下兩間門面，一間賣點學生的文具小吃，一間改為了麻辣燙的小館子，然後上面的樓住人。

可眼前這棟三層小樓，很大很氣派，一樓整整三大間門面，一間是賣書，一間是個精緻的小飯館，一間是漂亮的文具店。

貌似樓上還掛著個牌子，寫著什麼輔導班之類的，這是我家嗎？

我有一肚子的疑問，可惜胡叔叔根本不等我問，就在樓下大喊了起來：「老陳，老陳，快下樓，記得叫秀雲嫂子一起下樓啊！」

樓上很快有了回應，是一聲答應的聲音：「老胡啊，啥事兒嘛？我馬上帶著秀雲下來。」

那聲音有些蒼老了，可是又如此的熟悉，我的內心狂跳，那聲音不是我爸，又是誰？不知道為啥，一聽見我爸的回應，我竟然有種想逃跑，不敢面對的感覺，我不知道我是不敢面對什麼。

胡叔叔感覺到了我情緒的激動，一把手搭在了我的肩上，說道：「你爸媽現在不住這裡了，在縣城裡買了樓房，這層樓的門面也是租給人家經營了。不過三樓留著，很便宜的價錢租給一些學生和學生家長，你知道的，縣中人多。你爸說這些學生不容易，就當做善事兒，為你積德。

你上次不是叫人帶回了許多東西嗎？你爸媽專門騰出了一間屋子來擺放，這幾天就在忙這事兒了。」

胡叔叔給我說著，可是我心情緊張，壓根沒聽多少進去，我沉默著，只是看見一個身影從樓道裡走出來，然後望著我愣住了，接著又是一個身影從樓道走出來，同樣望著我這邊也愣住了……

第一個走出來的是我爸爸，接著是我的媽媽。

我一看見他們，就再也忍不住了，這一刻，整個世界都像不存在了，我眼裡只剩下這兩個身影，我原本不想哭，可是一看見他們，這眼睛就跟被打開了水閘似的，眼淚根本就關不住。

只是這樣短短的凝視了幾秒鐘，我的臉上已經全部都是淚水，多少年了？八年，我已經八年沒看見過我的父母了。

胡叔叔看著我們一家人傻站在這裡，不由得推了推了我，說道：「愣著幹啥？還不叫你爸媽？」

我調整了幾次呼吸，終於喊出了一句：「爸……」那聲音顫抖得我都聽不下去了。

我爸此時已經快步地走了過來，什麼都沒說，一下子就抱緊了我，在我爸那用力的擁抱中，我忽然就泣不成聲，我無法去揣測他們在這八年的日日夜夜中，是有多麼想我，那滋味有多麼難受，我只知道此刻我那一向感情內斂的爸爸，擁抱我是多麼地用力，用力到我都感覺他生怕我消失了一樣。

我用力地回抱住我爸爸，想說點什麼，卻一下子被哭聲淹沒，我自認為是個心軟，常常掉眼淚的人，可是我很少哭出聲，就如此時。

我爸抱了我一下，可能覺得不好意思了，放開了我，可手還是緊緊地拉著我，然後對我還在發愣的媽喊道：「老太婆，妳還在那幹啥？沒看見兒子回來了嗎？」

此時，我的情緒也已經好多了，一把抹乾了眼淚，勉強擠出了一個笑容，對著我那傻愣愣的媽喊了一句：「媽，我回來了。」

這句話喊出來的感覺是那麼的奇特，就像是多少年前我放學回來，書包一扔，喊著「媽，我回來了。」就像是多少年前，我從山上回來，喊著「媽，我回來了。」

如今，過了八年，還是那一句，媽，我回來了，我真的挺想喊一輩子，到我死那一刻，都能這樣喊著，媽，我回來了。

我媽聽見這話，飛快地朝我走了兩步，忽然卻又蹲下了，捂著臉哭了。我爸一看見，非常快的走過去，扯著我媽，一邊扯，一邊說：「我說，妳這老太婆哭啥子嘛？兒子回來了，妳哭啥？這大街上的，這人多的，妳哭啥嘛？」

胡叔叔此刻眼眶也紅紅的，不過他還是調侃道：「你們一家真夠逗的，見面一個個都大哭，這是幹啥呢？還站在街上，不讓我進去坐坐？」

我也跟著走了過去，輕輕地拉起我媽，說道：「媽，我這次回來，要住一個月呢，我們回家說。」

我媽終於被我拉了起來，一起來，就摸著我的臉，喃喃地說道：「我的大兒子，回來了啊，回來了，哎，三娃兒，回來了啊……」

我眼眶紅著，微笑著望著我媽，點頭說道：「嗯，媽，我回來了。」

我媽像終於從夢中清醒了，發現是現實一樣，忽然就開始哈哈大笑起來，然後死死地挽著我，說道：「我家三娃兒，走走，進屋去，老胡，你也快進來。不行，我得去買菜，兒子，你想吃啥？哎呀，這都幾點了……」

我媽語無倫次，又哭又笑，可是在我眼裡卻是那麼的可愛，我爸在旁邊挺不滿的，念叨著：「都老太婆了，還一點不穩重，又哭又笑的，像個啥？」

「我兒子回來了，我高興，我樂意，你管得著？」我媽毫不客氣地回嘴。

我挺樂地看著我爸媽鬥嘴，一開始那種近鄉情怯，不敢見爸媽的心情此時已經全然消失，剩下的只有親切、親情，那種濃濃的溫暖包圍著我。

千言萬語無從說起，可是也不需要一時去說清楚，因為我有一個月的時間可以和我爸媽好好訴說離情別緒。

飯桌上，坐著我、我爸媽，還有胡叔叔。

我的兩個姐姐已經在別的城市工作，可我爸媽已經第一時間通知她們，讓她們回來了。

那個時候，大學還分配工作，我兩個姐姐挺想留在北京的，無奈必須服從安排，所以去了別的城市工作，所以我們見面的機會也少了很多。

我很想她們！

另外，我大姐已經結婚了，我有了姐夫，還有了一個兩歲的小侄兒。二姐，也在今年就要結婚了，可惜這些家裡的大事我都不知道，也無從知道。

小時候不以為意，長大了才知道緣薄竟然是如此殘忍，有人羨慕道士，羨慕我那強大的靈覺，可是，他們何嘗知道，我也在羨慕那種可以常伴父母親人左右的幸福呢？

一頓飯吃了很久，我們說了太多，我原本想著要風光回家，給父母一個放心的，可是酒過三巡，還是忍不住對父母說了很多實話，我不忍心欺騙他們。

看吧，歲月如此殘忍，我的爸爸頭髮已經花白，我那幹練的媽也已經起了很多皺紋，我對他們的印象就停留在我十五歲那年，這一次回來，才發現，時間豈會因我的記憶而停留？

這樣的爸媽，我怎麼能忍心欺騙？

我什麼都說，可是很多事情卻輕描淡寫地帶過，就比如我那叛逆的歲月，那打架差點沒命的事兒，那經歷的種種危險，我只著重說一些學習，他們聽來有趣的經歷，實話是實話，可是不讓他們擔心也是我的目的。

我的經歷不同尋常，當然聽得我爸媽唏噓不已，最後兩個老人久久不能說話，包括胡叔叔也愣住了。

過了很久以後，我爸才把酒杯重重一放，說道：「那老村長可憐，這人吶，還是善良點兒好。」

我媽也說道：「就是，人還是善良點兒好，這晚上才睡得踏實嘛。」

這才是老百姓最樸實的感情吧，我望著爸媽樂呵，至於胡叔叔則從這事兒裡聽出了很多危險的味道，只是說道：「也只有跟著姜爺，才能經歷這些吧。這姜爺一走就是三年，不知道何時才能見到他啊！」

這句話，無疑又勾起了我的心事！

可是那又能如何?師傅的決定是誰都不能改變的，他不要我去找，那麼就算我找到了他所在的地方，他一樣也不會見我。

我的神情不由自主地傷感了一下，可立刻又恢復了正常，帶著微笑扯開了話題，我只想這頓飯吃得盡興。

大姐二姐是在第三天和第四天分別回來的，同行請假回來的，還有我兩個姐夫和我的小侄兒。

又是一番離情別緒不消細說，看著兩個已經非常成熟的姐姐，我還是會想到那年在衣兜裡發現的零錢，和那一張紙條，我的姐姐們啊……

接下來的日子是平靜的，每天和爸媽姐姐們說說話，逗弄一下侄兒，和姐夫們喝兩杯，幾乎就是我生活的全部內容，什麼也不用想，什麼也不用煩，只需要享受這親情的安逸就是了。

爸媽姐姐擔心的是我這三年工作的問題，大姐在一家醫院當醫生，想動用一些關係把我弄進醫院，做個文職什麼的。二姐現在已經是一所中學的小主任了，她也想把我弄進學校去待著。

我的大姐夫是部隊上的軍官，二姐夫是一個公務員，具體什麼官職我也不知道，總之他們兩個也要幫我，說是要把我弄進哪裡哪裡，弄得我哭笑不得。

至於我爸媽則更直接，我媽說：「兒子，我們家又有服裝店，又有門面的，你要做啥都可以，還怕養不活自己？哪兒也別去了，當個生意人也不錯。」

我爸也說：「就是，我們老了，請人管理還不如自己兒子來管。」

家人就是這樣，只有他們才會為你的生活事無巨細的操心，可是我一陣內疚，因為我註定了是不能常伴家人，也不想接受姐姐姐夫的好意，因為我討厭束縛，所以我拒絕了。

我的拒絕讓我那性格直爽的大姐暴怒，戳著我的額頭罵：「三娃兒，你讀個大學啥用？還不肯出去工作，你羞於見人咋的？嫌工資少咋的？」

我二姐性格就溫婉得多，也是著急：「三娃兒，這人耍著是會耍懶的，你不要年紀輕輕的不工作。」

我媽沒啥文化，直接就說：「不工作就算了，你們三人不工作都行，回來，都讓爸媽養著。」

我爸就罵：「老太婆，妳胡說八道啥？我老陳家要為國家培養人才，不是培養社會主義的蛀蟲。」

我聽聞這些就是傻樂，這些生活化的對話是我生命中最缺少的，也是最渴望的，我很享受。

這時，我那兩歲的侄兒也跑過來，直接就爬上了我的膝蓋，這些日子的相處，這小子挺膩著我這個舅舅的，他一上來就說：「小舅舅，小舅舅，我爸爸讓我問你件事兒。」

「啥事兒啊？」我捏著我那侄兒粉嫩嫩的臉蛋兒，忍俊不禁地說道。我很喜歡這小子，他長得像我大姐，和小時候的我也有五、六分的相像，所以我忍不住偏愛。

「就是問你，啥時候找個小舅媽回來，我要看小舅媽。」童言無忌，我侄兒這話一說出來，我兩個姐夫哈哈大笑，有一種陰謀得逞的樣子。

而我一頭冷汗，我知道這句話是點炸藥包了。

果然，我媽就開始說開了：「三娃兒，我覺得這縣城××家的姑娘……」

「我們醫院有個女醫生……」

「我們學校有個女老師……」

「就是，兒子，爸覺得先成家，後立業也是可以的，我和你媽想抱孫子呢。」

我：「……」

在家待了十天，終於我踏上了回那個小山村的路，同行的是我的家人。

村子裡的變化不算大，可也不小，至少以前常見的草房，瓦房幾乎絕跡，換上的是一棟棟整齊的二層小樓。

我聽爸媽說他們也會常回來走走，這人老了，總有想回到那個小山村養老的心思，可是習慣了城市的生活，又覺得回不去了，矛盾中就只有這樣常回來走走了。

我抱著小侄兒，一路給他講些我小時候的趣事兒，路過我讀過的學校，才發現小時候簡陋的學校已經修葺得非常好了，還有氣派的教學大樓，看著這一切我一點都不唏噓，在我心裡，注重孩子的教育，是一件天大的好事兒，值得人高興才是。

一路走著，一家人一路興奮地聊著，山村鄉野的空氣總是特別新鮮，在四川就算入冬了，到處都還是可以看見一片綠意，特別讓人放鬆。

走在鄉場那條熟悉又陌生的路上，一路上都有老熟人給我們打招呼，只是大多數人都只認得我爸媽了，這倒讓我和姐姐們感慨，這人長大了，樣子變得那麼快嗎？

可沒走幾步，卻有一個人率先把我認了出來，我也一眼也認出了他——郭二！

當年他備受餓鬼蟲折磨的時候，可是我和酥肉去救了他，郭二看見我就跑了過來，一把抓住我的手，就說道：「小師傅，這多少年沒看見你了。」

我看著這個往昔鄉場裡第一能幹的人，總覺得比起當年，他憔悴了不少，這也是，餓鬼蟲吸了他的精血，他是比常人衰老得快。

「我去外地了，你身體還行吧？」我還是很熱情地寒暄著。人回到故鄉總是這樣，看見誰都親切，都會放下一些防備。我個性有些封閉，越長大越與人說不了兩句話，可現在卻還能和郭二寒暄。

郭二和我說著鄉場這些年的事兒，說是以前那個古墓早就發掘完畢了，不知道為什麼那墓室卻被國家毀了，說是年久失修，怕有人誤入，現在那片兒已經變成一個鄉鎮小工廠了。

還有件新鮮事就是，有個臺灣人來鄉里投資了竹器加工廠，還把鄉里埋人的那片墓地修葺了一番，跟個公園似的，特別是有一個合墓，修得那叫一個漂亮。

我對這些事情心知肚明，卻不便點明，只是靜靜地聽著郭二跟我訴說。我在想，我要留在這裡住幾天，去看看當年的餓鬼墓，去看看李鳳仙和于小紅的墓，也算是了卻一樁當年匆匆離別的心事。

一家人拒絕了郭二挽留吃午飯的熱情，繼續前行，說著一些這些年的變化，不知不覺，我們已經走到了那個小山村，我從小到大生活的小山村。

離開這裡八年了，再次回來，這個熟悉的村子不是沒有變化，和鄉場一樣，村子裡的大多數人都修起了小二層，可見村民們的生活比起當年是好多了，就連村子裡的大路都和鄉場一樣，從以前的土路變成了石板路。

我有些激動地一手攬著爸爸，一手挽著媽媽，帶著虔誠的心情踏上了這條路，沒走幾步，就遇見了熟悉的鄉親們，寒暄自然是少不了的，驚喜自然也是有的。

這些年，山村人已經不像當年那麼純樸，可是有些骨子裡的東西不是利益或時代的變遷能夠改變的，幾乎每一個人都熱情地邀請我們一家人去家裡吃飯。

無奈我們另有打算，自然是拒絕了。

和鄉親們的寒暄，讓我瞭解到了一些人和事兒，至少我知道了小學時候的同學劉春燕，現在是村民口中有大出息的人了，人家已經是個公務員，好像是調配到鄉場上當小官了。

我想起了中學時的那一封封信，現在想來，忽然覺得有些感懷少年時代，不過在鄉場一路行來，卻沒有遇見她。

這樣也好，遇見了，反而不知道說什麼了，有些緣分散了也就散了，只要當年那份情意留在心中也未嘗不是件好事兒。離別太多，我反而對這些看得很淡。

我關心的酥肉父母倒還好，身體很好，人還是一如既往的開朗。我在成都遇見過酥肉，當然給他們帶來了酥肉的消息，我告訴他們酥肉生意做得不錯，雖然我並不知道酥肉在做啥，可是給這兩個老人寬心是必須的。

果然，聽聞這件事兒，酥肉他爸大嗓門一吼，就說道：「我家兒子一臉機靈相，做生意那能成，我們等著他把我們接城裡呢。」

酥肉一臉機靈相？我想起了那張胖臉，搖搖頭，有些好笑地想著，估計也只有酥肉父母能從那張胖臉中看出機靈。我沒好意思告訴酥肉他爸，酥肉已經把他們家和董存瑞扯上了親密的關係。

就這樣，不知不覺，我們走到了自己的老宅子。

我爸媽沒有想到我隨身竟然帶著老宅子的鑰匙，當我們走進那棟近乎荒廢的宅子時，一家人都沉默了，各種滋味都湧上心頭。

這個老宅子代表著什麼？又銘刻了什麼？我想我的家人都清楚，在這裡，記錄了我們一家相依為命的一段日子，也是唯一一段一家人都在一起的日子。

那段日子和現在比起來，算得上是清苦，可那段日子，卻那麼的溫暖。那段日子，卻再也回不來……

我們幾乎是沒有什麼方向的在老宅子裡轉悠著，我忽然就聽見了大姐的哭聲，我轉頭一看，她的手撫摸著牆壁，在對著牆壁哭。

顯然她的哭聲吸引了一家人的注意，大家都紛紛走向那裡，只有我含著眼淚沒有動，因為我還記得那是我離開的時候，在牆上刻了一行字。

爸媽，姐姐，我愛你們，在心裡，我們永遠在一起，不分開。

——陳承一。

沒想到，八年的歲月竟然也沒能消磨那一行字，到今天被我大姐發現了。

我大姐在哭泣著，我二姐也忍不住在旁邊掉著眼淚，我媽靠著我爸帶著哭腔說道：「我這些年，就是不敢和你一起看看這老宅子，就怕想我們家三娃兒，那麼多年看不見人影兒。」

我大姐「嗚嗚」地哭著，對我大姐夫說道：「我弟弟很苦的，從小就不敢在家住，小小年紀就要離家，還不能和家人聯繫，我弟弟可憐的……」

大姐夫安慰著大姐，而我二姐性格比較內向，說不出什麼，只是眼淚掉得比誰都厲害，二姐夫也忙著安慰，只不過比起大姐夫軍人的鐵血氣質，二姐夫是個文人，多少性格要敏感一些，我看見他盯著牆上的字，眼圈也紅了。

是啊，要多深的離別之苦，讓會讓當年那個少年，在自家荒廢的老宅刻上這一行字啊？

只有被我抱著的小侄兒有些不解，為啥大人們都哭了，我不想此行那麼傷感，把眼淚生生地吞了回去，故意樂呵地說道：「你們哭啥嘛，我這不是回來了嗎？」

可是，在我內心，卻比誰都傷心，我活了二十三年，自以為最圓滿的歲月，就是和家人、和師傅常伴在一個風景秀麗的地方。但這對於普通人來說，很容易的夢想，對於我來說，卻只能是夢想。

人生自古就是如此，每一個人的追求都是那麼的不同，可是有些追求放別人身上卻又那麼普通，這就是人生不如意的體現嗎？所以，只能活在當下，珍惜自己所有的，並且知足，因為在你不知道的情況下，你的所有，說不定就是別人一輩子的夢想，為何要不知足？

我們一家人的午飯是在竹林小築吃自帶的乾糧。誰都沒想到，大清早就出發，到了竹林小築的時候已經是下午三點。

不出意料的，竹林小築秀美的風景，惹得大姐夫和二姐夫是一陣驚歎，也不出意料的，竹林小築外面的陣法已經荒廢，沒有人打理，那些竹子自然是瘋長，我們走得那是格外艱難。

好在這裡的地勢是如此的偏僻，那麼多年來，竟然還是沒有人發現竹林小築。

再次見到竹林小築，心情最不平靜的是我，可是今天已經太多的感觸，我不想再去想什麼，強迫自己平靜。我像神經病一樣的，從行李裡拿過一張帕子，竟然開始擦拭著竹林小築。

我的舉動在外人看起來也許很神奇，哪有一個人去擦一棟屋子的，可是我爸媽，我姐姐們卻能理解，她們拉著我說道：「吃了飯，我們一起擦。」

到晚上的時候，竹林小築真的被我們一家人擦拭一新。我早說了，我要在竹林小築住幾天，我爸媽也堅持要陪我，所以帶了被子什麼的上來。

而在今天，我的姐姐姐夫們也留了下來。

這個竹林小築的夜，讓我一如回到了當年，只是這段歲月還會不會再有，誰又知道？坐在竹林小築的長廊上，我這樣有些傷感地想著，而我的兩個姐夫這一路行來，早已經對我產生了十二萬分的好奇。

他們當然或多或少的聽過我姐姐們說起過我的事情，出於一些原因，他們在保密的情況下，多少也有些不信，覺得誇張。經過這一路，他們就算想不相信，都覺得有些難，所以他們忍不住問。

但姐夫們畢竟只是普通人，我雖然對他們也很有好感，但不意味著很多事情就能對他們說，我儘量避重就輕地說了一些事兒，儘量用比較接近科學，比較不玄幻的語氣來解釋了一下玄學，就是這樣，也惹得姐夫們一陣陣驚歎。

我，和爸媽在竹林小築住了五天。

這五天我親自給爸媽做飯，當年我在竹林小築吃的最多的就是山筍、溪裡的魚、蘑菇，還有一些野味，如今我也如法炮製地做給爸媽吃。

雖然在這什麼都沒有的山上，僅靠著我爸媽帶來的一些簡單炊具做飯很困難，可也不影響我們一家人吃得很香甜，那些味道，是我懷念已久的當年的味道。

這五天，我去過一次餓鬼墓，看見的卻是一個火炮加工廠，當年的痕跡幾乎是一絲都沒有了，這讓我不得不感慨國家的雷霆手段。

這五天，我也去看過一次于小紅和李鳳仙的墓，果然如同郭二說的那樣，修得華麗無比，只是墓再華麗又有什麼用？這些都是外物，消失的人或感情能再回來嗎？

這些年，隨著成熟，我越來越佩服李鳳仙和于小紅的感情。在我看來，無論如何，感情是沒有錯的，是純粹的，不管外人理解與否，怎麼看這一對禁忌的戀人，可在我心裡，總是會自私地編織她們能美好地、幸福地在一起的畫面。不要再有遺憾，不要再像這樣的結局，一個人守著思念，死在他鄉；一個人帶著怨氣，魂飛魄散。

一個月的時間看似很長，可實際上卻很短，我過了那麼幸福的一個月，終於也是時候離開了。

當我收拾好行李，準備走的早晨，又和當年離開一樣，下著濛濛細雨，這四川多雨潮濕的冬季啊，總是讓離別之人傷感。

我媽早早起來為我做好了早飯，逼著我吃完，又準備了大包小包她親手做的小吃，結果我行李原本不多，這些小吃讓我的行李硬生生的多出了一袋。

我爸在旁邊守著我吃完，然後對我說：「混不下去了，就回來，我老了，不怕大災小難的，我比較在乎我的兒子。」

我沉默，我也比較在乎我的爸媽，不管你們多老，我也不想你們經歷任何大災小難。

我媽說：「記得和我們常聯繫，先寫信吧，這次花大錢，我和你爸都得把電話裝上，常給家裡打電話。姜師傅說每年你可以和我們相處一個月，但沒說現在不能聯繫了，你記得聯繫啊！」

我點頭，這一次，我一定會常常聯繫爸媽，我不想他們像過去的八年一樣，只能在夢中想像兒子的生活。

「三年後，找到姜師傅，把他帶來這裡吧，我們想他了。」我爸忽然說道。

我心裡一疼，說道：「肯定的，我師傅常說我媽做菜好吃。」

「那好，走吧，兒子。」我爸乾脆地說道，提著我的一包行李就出去了。

門口，胡叔叔早就開車在等我了，可我爸卻大手一揮地說道：「老胡，你到××（出縣城的路）去等著我們吧，我用自行車帶我兒子去。」

這一次離開，我的想法是去找酥肉，胡叔叔負責送我到地級市去坐車到成都，可我沒想到我爸竟然要用自行車送我。

看著門口熟悉的那輛老二八，我沒有推辭，把行李交給了胡叔叔，我那麼大個個子則直接跨上了自行車。

在車上，因為腿太長，必須得蜷縮著，不是那麼舒服，也有行人覺得好笑，覺得不解，咋一個老頭兒用自行車馱著一個大小夥子呢？

可是我和我爸都沒有去管，和當年一樣，風吹起了我爸的頭髮，已經是白髮多，黑髮少了。那年我離開的時候，最怕回來見到的就是這樣一幅情景，卻沒想到這已成真。

我想說點什麼，卻什麼都說不出來，只是我爸的聲音幽幽的從前面傳來：「三娃兒，爸爸在以前呢，就希望你有大出息。到現在，爸爸就希望你平平安安。」

第三章　本錢

一顆孤獨的心在家得到慰藉，倒讓我一路上開朗了許多，看風景，看人都多出了幾分親切，下車時，遇見前來搭話的三輪車，我也有了笑容，始終是微笑著和別人講話。

成都我不熟悉，好在到站的車子就在荷花池一帶，三輪車七彎八繞的，順利地把我拉到了酥肉租住的地方。

我提著大包小包敲響了酥肉的門，一邊又在忐忑，這是上午十點多，酥肉這小子該不會出去了吧？

結果，不一會兒，屋裡就有了動靜，酥肉這小子睡眼惺忪地來給我開門了，一看是我，這小子來了精神，樂呵呵地說道：「三娃兒，那麼早啊？」

我擠進屋，一如既往的臭味撲面而來，我說道：「早個屁，都十點多了，你還在睡。你不是做生意嗎？」

酥肉懶洋洋地往沙發上一坐，說：「這生意是晚上做的，你不懂。這三年就跟著我混吧。三娃兒，你看吧，我以後會非常有錢的。」

坐了幾乎一天的車，我也累了，把行李一扔，往酥肉床上一躺，說道：「我沒這樣打算，先跟著你賺點兒錢吧，然後我準備四處走走。」

「沒錢你走個屁。」酥肉端著個搪瓷缸子，看也不看，就大口喝著裡面的隔夜茶，一邊喝一邊罵我。

「隔夜茶不好。」我自己有打算，懶得和他爭。

「在外面哪那麼多講究，不過我也打算攢錢到處走走，只有多走才能發現商機，我們分開那麼多年了，這次我得跟著你，別甩開我。」酥肉很平靜地說道。

我望著酥肉，心裡有些感動，我知道這小子是不放心我，他覺得我沒啥社會生活經驗，他跟著總是好一些，反正他現在也是四處飄著。

這個我不是亂想的，從酥肉租住的環境，還有大上午都在睡覺的情況，我知道這小子生活得不是太好，偏偏又想找個機遇一飛沖天的感覺。

「走，下樓去吃點兒東西，餓了。」酥肉拍著肚子說道。

「別，我媽給我弄了一堆吃的，省點兒吧，就在家吃。」說話間我去翻行李，一會兒就翻出來許多東西，我媽滷的雞腳，做的冷吃兔兒，麻辣雞……

酥肉口水直流，嚷著我就愛吃秀雲姨弄的菜，而我翻著翻著卻愣住了，我發現包裡有一疊錢，很厚的一疊百元大鈔！

酥肉見我愣著，也走過來，發現了那一疊百元大鈔，一看就嚷嚷道：「我日！不用數，我一眼就看得出來，這是他媽一萬塊錢啊。三娃兒，你什麼都不用做，白吃白喝兩年都夠了。」

是啊，九〇年，一萬塊，不買什麼東西，用兩年絕對是夠用了！

我拿出錢，不用想也知道是我爸媽悄悄塞給我的，心裡一陣感動，卻又一陣內疚！我那麼大個人了，竟然到現在還要爸媽給錢。

酥肉看見我不停變化的臉，知道我在想啥，一拍我肩膀說道：「三娃兒，其實陳叔和秀雲姨現在挺有錢的，他們老了，不就想兒女好嗎？你要有本事，就拿這一萬塊錢做點啥，賺更多的錢來報答他們。」

我對錢不是有太大的概念，師傅不在身邊的這幾個月，我才漸漸意識到錢的重要。不過，就算如此，我還是不太有概念，就如師傅給我留下的古玩件件值錢，說關鍵時候，可賣，用作修行，可我還是很迷糊，而且我下定決定不賣這些東西，才想著把東西運回家，讓爸媽幫著收藏，陡然拿著一萬塊錢，忽然就覺得有些燙手。

一時之間，我不知道要咋用。

酥肉的話倒是給了我一些提示，師傅說修行不能停止，但修行是什麼，是要用錢來支撐的，這三年我必須要賺錢啊，有了這個本錢，那我做點兒什麼呢？

酥肉激動得在屋裡走來走去，說道：「哥們我早就想做點大事了，真是雪中送炭啊，三娃兒，和我一起幹吧。」

我茫然地點點頭，只是說道：「不過只能有七千，我要還別人三千。」然後我以為，我剩下的三年就會在和酥肉做生意的過程中過去，卻沒想到，命運對每一個人總是不一樣的，它會牽引著人走到他該走的道路上去，就如我是一個道士，我總要做道士該做的事兒。

我避開苗疆，可我還是會輾轉去到那裡……

因為累，我在屋子裡一覺睡到下午，醒來的時候酥肉不在，我起床，經過四處打聽，總算在郵局把錢給沁淮匯了過去，等到我回去的時候，就看見酥肉一臉著急地等著我。

「你走哪兒去了哦？等著你辦大事呢！」酥肉急吼吼地說道。

我看見屋子裡堆了一堆東西，那堆東西比較讓我臉紅，竟然是女人的內衣什麼的，另外還堆了一些普通的襯衣，西褲什麼的。

我不知道酥肉要做啥，只是說道：「我那麼大個人又不會走丟，辦啥大事？」

酥肉也不說話，拿過兩個編織袋，就往裡面裝那些雜七雜八的東西，他說：「來幫忙吧，這年頭什麼最好賺？女人的錢最好賺，有個牌子什麼事兒都好說。我的財力是不夠，就只能做小成本的內衣，有了你這筆錢加盟，我這內衣好賣了。等賺了這比錢，我們就去廣州……」

我有些茫然的聽著酥肉絮絮叨叨地說著，完全不懂生意是咋回事兒，問道：「女人錢好賺，你弄些男人的襯衣，褲子來幹嘛？」

「廢話，女人除了給自己買東西，還得給誰買？自己的男人啊！你就等著吧！」酥肉已經麻利地裝好了一袋子東西，我也跟著裝，裝好兩口袋之後，酥肉招呼著我出門了。

提著編織袋，和他一起七拐八繞的，我們來到一個小廠，是一個成衣加工廠，我有些茫然和酥肉把袋子放在了門衛室，然後在一包紅塔山的作用下，我和酥肉成功地進了廠。

奔到廠長辦公室，我看見一個精瘦的男人坐在辦公桌後面，一見到酥肉就用一口廣東腔普通話嚷道：「你怎麼又來啦？我說啦很多次啦，你系不系聽不懂啦？違法的事情我們不幹啦，我要去陪我鵝子、鋁鵝啦，就這樣。」

鵝子、鋁鵝是啥玩意兒？我沒想到一進門就遇見這樣的待遇，聽一個廣東人用那廣式普通話，差點把我繞昏，可不想酥肉拉著我進去，一把就把門關上了，然後一張胖臉上堆著笑，對那廠長說道：「這點小意思，給您兒子、女兒買點兒好的唄，這次我給大價錢，您就幫個忙吧？」

說話間，我看見酥肉已經遞了兩百塊錢過去，那個年代，兩百塊錢雖然不如八〇年代那麼誇張，可是也絕對不算少了，這一遞看得我心都在滴血，我以為我面前這個廠長，那麼大個老闆，不會要這兩百塊錢，可他還是收了，對酥肉的臉色也緩和了很多。

「不系錢不錢的問題啦，你知道啦，我系合法商人啦……」那老闆這樣說道。

我強忍著把茶杯扣他腦袋上的衝動，不是錢不錢的問題，你那麼大個老闆收人兩百塊錢？然後收了錢又準備不辦事兒？而且一口一個合法商人，難道酥肉要做違法的事兒？

「一個標誌十塊錢，咋樣？做不做？」酥肉根本沒二話，直接一拍桌子說道。

「你有錢？上次你不系說先欠著？你知道啦，我這小本生意……」那老闆轉了口風。

「沒錢的話，咋可能送你兒子，女兒禮物呢？」說話間，酥肉從兜裡摸出一疊一千的，然後說道：「長期合作關係，成吧？一個標誌，你們投入的本錢多低啊？你不是也常常和王五合作嗎？我給的價錢還高，你覺得呢？」

那老闆不動聲色地說道：「生意少了，我可不做啦，你知道啦，要虧本的……」

走出那個小工廠大門的時候，酥肉哈哈大笑，我從交談的時候，也大概知道了酥肉要做什麼事兒，心裡有些不舒服，問酥肉：「這不是騙人麼？」

酥肉不以為然，說道：「這算什麼騙人？你以為大牌子的衣服品質就真的非常好嗎？還不是人們現在有錢了，想追求個名牌？再說，我賣的價錢能和那真正的大牌比嗎？就是換個方式，讓人們買的東西，賺個辛苦錢而已。三娃兒，每個人有每個人的活法，每個人有每個人的掙扎，你娃兒該不會要當衛道士吧？」

我肯定不是一個衛道士，我想起曾經我和師傅來過一次成都賣玉，那個時候師傅說過盜墓的問題，他就和我說過一段話，大意就是告訴我這世界，每件事都有每件事的因果，盜墓的也是為生活所逼，他們自然也會因為盜墓有自己的報應，這世界有白天就有黑夜，而我們要管的不過是另外一個世界的事兒。

是的，酥肉為了生存不得不這樣做，我也是一樣！就如他說的，換個方式，賺個辛苦錢而已。

想到這裡，我沒多說什麼，酥肉怕我不高興，一把攬住我，說道：「說點你感興趣的事兒吧，你別看這荷花池人來人往的，別看這片兒廠區繁華，可不平靜呢，鬧鬼。」

這倒算是符合我的胃口了，就問酥肉：「咋回事兒？」

「我也不知道具體的，聽說半夜有人聽見女人哭啥的，還有個門衛看見骷髏架子在走路，嚇個半死！聽說這裡的老闆要集體出錢請出名的道士來做場法事呢！」酥肉跟我說道。

「出名的道士？誰，很厲害嗎？」話說文無第一，武無第二，幹這行的，總是會和同行比較，我年輕氣盛，忍不住就開口問了。

「我知道個屁，到時候去看個熱鬧唄。聽說那道士一出手，很多事兒都給擺平了，成都好幾個有名望的人都請他呢。你也去看看唄，到時候和他鬥鬥，看是你厲害，還是他厲害。至於我們撈完這一票就走，要說發財還是得去廣州。」酥肉說著說著又轉回賺錢的問題上去了。

我倒是很想看看別的道士怎麼做法事，於是說道：「走之前，我咋也得看看那道士是個什麼人。對了，去廣州我也不反對，但去之前，我還得去一個地方，看一個人。」

「誰啊？」酥肉不以為意地問道。

「一個叫元懿的人，你不大認識。」我隨口說道。

有錢就是好辦事兒，酥肉委託那個小廠老闆做的事兒，在錢的作用下，三天就搞定了！

酥肉喜滋滋的拿回他的貨，仔細檢查了一遍，果然每件衣服，包括內衣上都做上了新鮮的商標——夢特嬌。

九〇年，做為中國第一個崛起的品牌，夢特嬌受到了太多人的追捧，可是那個時候也不是人人都能買得起，酥肉就是要鑽這個空子。

拿到貨以後，酥肉跟我說起了他的辛酸史：「三娃兒，我以為省城錢好賺，揣著一千塊錢就來省城了，誰知道租房啊，吃飯啊什麼的得留一筆錢吧，然後做生意的錢就很少了。三娃兒，你不知道，我啥都倒騰來賣過，最困難那天，進了貨，連他媽吃碗麵錢都沒了。這好不容易攢了點兒錢吧，就想來筆大的，我觀察過女人的錢好賺，就決定從這兒下手，就弄了一批內衣，你知道其他衣服本錢太高，然後晚上去擺攤，誰知道他媽的……」

酥肉說不下去了，他一大男人如何懂得欣賞女人的內衣？好賣才怪，我大概也能猜到。虧這小子那時還跟我說，他做生意風光，原來是不想讓我看到他的狼狽啊。

「我算是發現了，人們現在喜歡名牌，老子就去弄個名牌內衣吧，想著把這批貨賣出去，可是老子沒錢！三娃兒，幸好，幸好我有你這哥們……」酥肉越說越激動。

我攬著他的肩膀，說道：「我就知道你小子以前跟我裝風光啊。不過，你賣內衣就賣內衣吧，咋弄一批男人的衣服來賣。」

酥肉悄悄的湊到我耳邊，小聲說：「你可別說出去，夢特嬌可沒啥內衣，都沒女人的衣服。我這要把內衣賣出去，就得弄些男人的衣服，增強真實性。」

我無語地望著酥肉，這小子真的賊精賊精的，那憨厚的臉上，一雙眼睛正閃爍著機靈的光芒，我他媽忽然悟了，為啥酥肉他爸會說自己兒子一臉機靈相，但同時我也忍了很多次，忍住想一巴掌拍在那張臉上的衝動。

「走，三娃兒，現在我們去喝個小酒，然後呢，晚上我們就去賣東西去。有你在，那些大媽衝著你這臉也得買啊，你這次回家一次，咋也得跟我說下劉春燕。」酥肉囉哩囉嗦的。

我這次是真忍不住了，一腳蹬在酥肉的肥屁股上，說道：「你娃兒找打吧？憑啥我在，大媽就買衣服？你意思是我就只吸引大媽是不是？我就知道你還惦記著劉春燕，老子偏不給你說。」

酥肉跑在前面，嘻嘻哈哈地笑著：「你這種小白臉當然吸引大媽，年輕姑娘得喜歡我這種，我這種！知道不？憨厚，老實，好依靠的。」

「你憨厚個屁，有種把劉春燕追到手再說吧，哈哈……」我快步追上去，攬著酥肉，出門了，樓道裡不時傳來我們爽朗的笑聲。

我忽然發現，在酥肉的帶領下，我有些適應這個社會了。

晚上，成都的春熙路。

我第一次見識到什麼叫真正的屬於四川的熱鬧，曾經我和師傅來過一次成都，他也帶著我四處晃蕩過，買小吃給我吃，還給我買了一身難看的土黃色衣服，可就是沒來過春熙路。

到今天我來到這裡，差點被這裡的熱鬧晃瞎了眼睛。

「幹嘛啊？土了吧？別跟我說你在北京待過八年，跟個土包子似的。」酥肉在旁邊說道。

我瞪他一眼，只是說道：「沒想到我們四川也能這麼熱鬧。」

「龜兒子，滾一邊去，看不起我們四川，是不是？」酥肉斜我一眼，拉著我很快走過了春熙路，這裡在九〇年代是有夜市的，可地盤卻是固定的，我們只能在這總府路找一處熱鬧點兒的地方擺攤。

「好啊，那我滾了，你自己一個人賣。」其實我咋也拉不下臉來賣東西，說真的，內心緊張，我早就想開溜了。

「別，我還得指望著你吸引大媽呢，走走，就那兒，我們就在那裡擺攤吧！」酥肉哪能讓我走，拖著我就過去了。

鋪好塑膠布，我和酥肉在擁擠的，周圍都是小攤的地兒，把自己的小攤擺好了。

我望著來來往往的人群，忽然就有些恍惚，我這是幹啥？來賣東西，和酥肉一起當個「投機」分子來了？我們今天會順利地賣出東西嗎？能賺錢嗎？

這樣想著，我彷彿置身在夢中，彷佛是站在一個奇異的角度，看著眼前的繁華，看著眼前這來來往往的人群。這就是生活嗎？這就是每一個人的掙扎嗎？

紅塵練心，紅塵練心，原來真的只有投身於此，才能真正感受到生活的每一絲喜怒哀樂，感受到了，也才能超脫它！

就像是演一場戲，總是要投入角色，最終才能演好這個角色，昇華這個角色。

這樣想著，我忽然覺得我以前好像活得頗為不沾人間煙火，我也忽然體悟師傅為啥會為我的心境著急，我為何又不能當一個苦苦奮鬥，掙扎的小人物呢？

沒那麼緊張了，我覺得好像放鬆了很多，此時，酥肉已經在我的旁邊，拿著個大喇叭，帶著哭腔的喊道：「做生意真的虧了，確實虧了。大家來看看啊，正宗夢特嬌，低價甩賣了。」

酥肉的喊話起到了絕對的作用，也許是在九〇年代，夢特嬌這個品牌太閃閃生輝了，總之一會兒就圍過來了一大群人，開始對著衣服挑挑揀揀。

「大家看清楚標誌啊，絕對正宗的夢特嬌，穿出去那叫一個洋氣，真的是跳樓價兒甩賣了啊，這個價錢我的心子把把（心尖）都在痛啊！」酥肉口沫橫飛地說著。

剛才還豪情萬丈的我，面對著人群，忽然就紅著臉說不出話來了。

這時，一個大媽舉著一套內衣問我：「小夥兒，這夢特嬌啥子時候有內衣的哦？」

我臉更紅了，要不是酥肉，我連夢特嬌是個啥都不知道，這問題我要咋回答？難道說酥肉造假的？這時，酥肉面對人群笑著，一隻手卻在後面，擰著我腰上的肉，都快把我擰哭了，我一邊回擰著酥肉一邊終於憋出一句話：「就是有內衣，廣州那邊就有。」

「哦。」那大媽倒是信服了。

這時，我不得不佩服那個小老闆，仿造個標誌仿造得那麼逼真，連這些買東西「火眼金睛」的大媽都能騙過去。

那一天晚上，我和酥肉的生意相當的好，帶過去的衣服啊，內衣啊基本上全部賣完了。這時，我也才意識到了中國的巨變，早幾年，能有個樣式不錯的衣服穿就好了，牌子是啥概念？估計沒人在乎。

而我經過了這一番歷練，從一開始的不好意思，也開始變得和酥肉一般油嘴滑舌了，不得不承認，生活就是有它獨特的魅力，讓人沉淪其中，於我來說，就比如收錢的時候……

收攤的時候，已經很晚了，酥肉高興地拉著我，悄悄跟我說：「三娃兒，照這速度，我們再賣個七、八天就能全部賣光，然後我們就遠走高飛吧。」

「滾你的，說得像老子要和你私奔一樣。」我笑罵了一句。

酥肉開心，才不和我計較，跟我說道：「三娃兒，你別不信，這批貨甩來下，我們能賺五千呢，今天一天就回本了，但這事兒不能多做，打一槍就得閃。走，今天高興，我們去吃好的。」

「啥好的？」我問道。

「大出血！去……去吃玉林串串！」酥肉沉痛地說了一句。

我無限鄙視地望著他，這小子摳門的，吃個串串，也叫大出血？

人聲鼎沸的店裡，我和酥肉守著一口熱氣騰騰的火鍋，同時嚥著口水的，等待著裡面的串串快點熟，那紅湯的鍋底帶著一股子特殊的麻辣香味，衝得我和酥肉都恨不得吃生的了。

我們面前有個小碟，碟子裡的作料有花生、香菜、蔥花兒、辣椒、蒜泥……酥肉饞得不停用筷子蘸著作料吃，我還得穩得住，必須要保持形象嘛。

鍋子裡的紅湯在翻騰，酥肉終於忍不住了，拿起一串牛肉弄碗裡了，顧不得燙，在碗裡把牛肉滾了兩下，就扔嘴裡了，一邊嚼一邊跟我說：「三娃兒，快吃，牛肉不能太熟。」

我其實也忍不住了，乾脆拿起一把牛肉，都給弄碗裡了。

酥肉見我「窮凶極惡」的樣子，趕緊來搶，於是我倆誰也顧不得形象，開始大口吃起來，一邊吃一邊灌啤酒，串串麻辣鮮香，啤酒爽口解膩，這大冬天的，我們是吃得熱呼呼的，就連冰涼的啤酒也澆不熄我們那滿頭汗。

吃到一半，酥肉看著筒子裡堆的滿滿的竹籤兒，對我說道：「你看吧，我說是大出血吧？你不信。」

我無言，酥肉能吃，我更能吃，雖然他胖，我長不胖。這我數不清的竹籤兒確實也證明了，酥肉的話是對的，確實是大出血。

啤酒我們倆喝了八瓶，不說串串吃了多少，光是這啤酒也夠脹肚子的，去了兩次廁所，我們吃東西的速度果斷地放慢了下來。

吃著吃著我就問酥肉：「酥肉，你是咋知道這些小廠鬧鬼的？」

「那是我人脈廣，你知道吧？這些小老闆精明得很，鬧鬼這事兒還能外傳啊？影響生意的！就想默默請個高人來把這事兒擺平了。我跟你說，不是這段時間我跑這些地兒，接觸這些人多，知道一些傳聞，我還真不知道。」酥肉又在顯擺自己了。

「可我覺得這鬧鬼不靠譜啊，我在心裡盤算這事兒，沒鬼是一副骷髏架子的形象啊，真的。不懂行的人才覺得骷髏嚇人，懂行的人都知道最不嚇人的就是骷髏。因為第一不可能屍變，第二年代久遠了，靈魂說不定已經離開了。哪兒還能骷髏架子在走路啊？」我覺得這事情非常神奇。

「我不懂這些，你知道這事兒雖然保密，保密不代表人們不誇張啊，說不定是誇張的。」酥肉一邊努力地嚼著一個雞尖（雞翅膀尖），一邊對我說道。

我喝了一口啤酒，沉吟不語。說實話，我師傅這人平日裡對人看不出來什麼喜歡與憎恨，可是有一類人，他卻尤其的憎惡與討厭，那就是那種江湖騙子，真正的神棍兒。

用他的話來說，那就是簡直壞我道家的名聲。

我曾經聽師傅提起過一個騙子門派「江相派」，可以說，道家的名聲就是被這個騙子門派徹底弄壞的，弄到後來只要一提起道士，人們自然聯想到的就是那種滿口扯淡的神棍兒。

所以，我一開始是對這件事兒純粹的感興趣，後來就多了幾分心思。

我跟了師傅那麼多年，和他厭惡同一種人是絕對的，我懷疑這是有人故意行騙。人們常以為的騙局大不了就是一個神棍兒算命啊，跳大神之類的。

卻不知道真正的騙局，至少要布局一個月，用盡各種手段，生生地讓你相信某些事兒。

我懷疑上了，自然也就留心上了。所以，有時你感慨命運把你往一條道上趕的時候，是你自己沒注意，你在生活中關心的就是這個，你怎麼可能不往這條道上走？就如我，我關心的是這個，我的命運自然就往這上面走了，這就由不得我抱怨是巧合，由不得我抱怨怎麼過不了平靜的日子。

看我發愣，酥肉一抹嘴，說道：「得了，到時候你見到那道士，自然也就知道了。人家又沒搶你飯碗，如果是假的，當笑話看看好了。」

這也就是酥肉，他的反應和大多數人一樣。是啊，關心的層面不一樣，普通人或許碰上了詭異的事兒也會錯過，因為不在意。

我沒說什麼，心想酥肉說的也是，到時候看看不就知道了？如果不是太過分的騙子，我也就懶得管了，用師傅的話來說自有報應吧。

和酥肉吃完這頓飯，已經是夜裡一點多了，待到我們倆有些微醉的回去的時候，酥肉住這一片已經是黑沉沉的了。

酥肉在一個角落撒尿，非得讓我陪著，他說：「我是見過的人，所以也就特別信。三娃兒，你有本事，你得陪著我。」

也許是喝了酒，也許是今天太興奮了，我並沒有睡意，我跟酥肉說道：「不然我們去那片兒小廠看看，抓個鬼來玩？」

酥肉剛剛撒完尿，一聽我說這話，跟真見了鬼似地望著我，說道：「三娃兒，你能不能不要和我扯淡?啥叫抓個鬼來玩?老子不幹，走，回去睡了，就是回去睡了。」

我一把逮住酥肉，說道：「有我在，你怕個屁。最不可怕的就是鬼。連花飛飛一隻蜘蛛都能對付，你忘了啊?走吧，你不想發財嗎?我們去看看，萬一真看出啥來，那些老闆湊的分子錢，我們不能領了嗎？」

酥肉這小子，就是一個鑽錢眼裡去的人，一聽我這樣說，一臉的肥肉動了動，一咬牙說道：「得，去看看吧。老子好歹也是見過世面的人，蛇靈啊、攔路鬼啊、餓鬼王啊，這事兒算個屁，就錢是真的，走！」

這小子忽然表現得比我還性急一些。

第四章　鬼哭？

雖然心裡越想越不對勁兒，幾乎有大半的把握覺得這是一個騙局，可我還是拉著酥肉回屋，拿了幾件東西。

一是手裡的三清鈴，這東西在普通人眼裡就是個鈴鐺，經常看道士在手裡「哐當」「哐當」的搖，可事實上卻不是那麼回事兒。

這三清鈴，其實也是一種驅鬼的利器，搖它可是有不同的手法的，把各流派的搖法加起來，怕是有二、三十種，作用各不相同，在我們這一脈就有五種搖法。

其中一種搖法就是以鈴聲驅鬼，當然只是驅趕，不能真正傷了鬼。

道家的法器多多少少都是很仁慈的，真正的殺招絕不會輕易動用。

除了三清鈴，我還拿了兩張符，當然都是正陽符。鬼這東西，怕的就是陽氣，身上陽氣正，自然萬邪不清，其實於我就是沒有法器，也有很多辦法可以抓鬼，只不過抱著萬一是真的有鬼的心態，我給酥肉準備了兩張正陽符。

普通的鬼物，普通人身上的陽氣就可以克制了，我想著能有聲（女的哭聲），能顯形（一個骷髏），咋也算是厲鬼了，給酥肉備著吧。

酥肉看我準備一個鈴鐺，兩張符就準備出發了，趕緊地又翻出一堆我的法器塞包裡了，特別是手上還提了一把桃木劍，我很無語，而且我比較不喜歡別人動我的法器，倒不是小氣，而是別人的氣息會亂了法器的氣場，我一股腦的又把這些法器給收了回去，還有桃木劍也收了回去。

然後對酥肉說道：「就算不帶法器，也是一樣的，你忘記了啊？你那中指血都能傷了鬼。還有，你小子別亂動我的法器，這些都是我師傅留給我隨身帶著的，普通人可不能亂碰，小心上面的煞氣傷了你。」

我純粹忽悠酥肉！然後扯著酥肉就出門了。

走在這片兒小廠的時候，我很淡定，酥肉很緊張，不停在我耳邊說：「三娃兒，開個天眼吧，開個天眼看看鬼在哪兒，我們打了鬼就好回去睡覺了。」

我覺得很好笑，對酥肉說：「直接就那麼打鬼，無聲無息的，沒錢拿啊。」

「那是，我們今天晚上先偵察好，然後再去打鬼拿錢。三娃兒，你快點開天眼。」一提前，酥肉又精神了。

我沒理他，其實一來，我也有想開天眼的想法，可是到這裡和上次我白天來的感覺一樣，我絲毫沒有感覺出來陰氣，還有開天眼的必要嗎？我已經有了判斷，十有八九是騙局！

我對酥肉說道：「這事兒不對勁兒，如果不是有人眼睛花了，不是有人把貓叫當鬼哭了。那絕對就是騙局。沒開天眼的必要，我可以保證這裡沒鬼。」

「真的沒有？」酥肉有些不信，他可是聽那些人繪聲繪色地說起過的。

「真沒有。」我很肯定。

「我日，沒有老子半夜在這兒轉悠幹嘛？走，回去了。」酥肉一臉放鬆的樣子，就準備回去了。

我一把拉住他，說道：「別忙，抓騙子也是有錢拿的，對吧？我半夜來這裡轉悠也不是沒有道理，我問你，那場法事還有幾天就開始了？」

酥肉抓了抓腦袋，說：「我聽說是一個星期以後的晚上八點吧。」

「那就是了，要想魚兒咬鉤咬得緊一點兒，還得裝神弄鬼幾次，我們今天晚上四處轉轉，說不定就遇見了。」我耐心地跟酥肉解釋著，心想哪有驅鬼法事晚上八點開始的，更明顯是騙子了，也只有騙子不敢在白天大張旗鼓的來，等到晚上就剩一些相信他，已經被他騙得深信不疑的人來，這才不會被拆穿嘛。

另外再危言聳聽地叫人保密什麼的，更沒有被拆穿的危險了。

就在我和酥肉談論間，巷子那邊走過來一人，在這狹窄的胡同裡，擦身而過的時候還撞了酥肉一下，酥肉不是計較的人，可是我看見那人狠狠地瞪了酥肉一眼，然後才轉身走了。

那人給我的感覺很不好，但也挺平常，這一片兒治安很一般，晚上亂竄的小混混不知道有多少，還有酒醉鬼之類的，凶一點兒也才符合他們的特徵，感覺是挺不好，可是我也沒多想。

我和酥肉繼續前行，可是轉過這條巷子，我和酥肉對望一眼，同時聽見了若有似無的哭聲，而且是一個女人的哭聲，很慘的樣子。

這一下，酥肉又緊張了，一把抓住我，說道：「三娃兒，你沒騙老子吧？這不是貓叫，絕對不是貓叫！」

我心裡疑惑，這聲音在半夜聽來絕對挺嚇人的，可跟真正意義上的鬼哭還是有差別，一般意義上的鬼哭是因為陰氣的流動，帶起的氣場，所形成的聲音，那聲音在風嚎和人的哭聲之間。

當然，也有特殊情況，比如怨氣重的厲鬼，也能氣場強大到影響人的大腦，讓人聽到真正的哭聲，不過這個比較有針對性，一般是對著單一的，要報復的對象。

這得多厲的鬼，才能影響到所有人，讓所有人都聽到鬼哭啊？至少得是超越李鳳仙，接近老村長那個級別的了吧？

我的疑惑就在於，如果這樣的鬼出現，早就是陰風陣陣，或者讓所有人都心底發寒了，我感覺非常正常啊。

我很再一次地淡定下來，酥肉這小子又再一次的緊張起來，也不知道是不是因為冬天夜裡冷的原因，他上下牙齒打顫地說道：「三……三娃兒，開……開……開天眼吧。」

我瞪了這個不爭氣的小子一眼，說道：「開你個頭的天眼，你覺得這裡陰氣陣陣了，你覺得從心底感覺發寒了嗎？」

酥肉一直點頭，說道：「我覺得。」

我無語，乾脆不理會這小子了，他估計是一害怕，自己給自己嚇的。

見我沒反應，又不是回去，酥肉乾脆扯著我的衣角跟著我走，他沒辦法啊，又怕又不敢一個人回去。

我仔細地聽著聲音的來源，慢慢地摸索著，這聲音倒是越來越大了，這就更不是鬼哭了，鬼可以理解為一種氣場，氣場是四面八方的，它一哭，你可以理解為那聲音從四面八方而來，哪裡都大，哪裡也聽著飄忽，哪有越來越大的道理。

見我沉默著前行，酥肉都快哭了，扯緊我的衣角，對我說道：「三娃兒，你媽的，你是扯著老子去死嗎？」

我隔著牆仔細地找著聲音的來源，一看酥肉這樣說，對他說道：「我咋扯著你去死了？」

「就是，你又不說話，哪兒聲音大，你往哪兒跑。你明明說了，今天晚上是偵察，偵察的。老子都沒準備菜刀，你就去找鬼了，不是去死，是啥？先說，不准劃老子的中指。」酥肉說話語無倫次的，虧這小子還是見過世面的。

但我也理解他，人怕的往往不是最終的結果，而是那等待結果的過程，我拉著酥肉一步步的走進那哭聲，那感覺是個人都覺得難受，酥肉還能和我扯淡，這表現已經很強悍了。

此時，也正好路過一間門衛室，那門衛室亮著燈，我疑惑地皺著眉頭，扯過酥肉說道：「那我們就去調查調查，最好能和這門衛一起進廠。這鬼就在這廠裡吧。」

酥肉一聽，忽然尖叫道：「進廠，在廠裡？」

我忍了很久，捏緊了自己的拳頭，才沒讓自己爆笑出聲，這小子小時候只怕還淡定點兒，咋長大了，慫成這個樣子，一聽廠裡有鬼，直接變成女聲了。

我才懶得理他，直接連拖帶拽地把他扯進了門衛室，門衛室裡的兩個門衛，正縮成一團，一臉緊張地待著，冷不丁闖進來兩個人，這兩個大男人竟然開始同時尖叫。

我耳朵都快被震聾了，他媽的，是誰騙老子，只有女人的尖叫讓人難受的？

我吼道：「閉嘴，老子是個帥哥，不是鬼。」

酥肉雖然膽子很小，可是那麼多年的朋友，他非常地瞭解我，也懂得怎麼和我配合，他知道我想進廠區，去查探真相。所以，最終在酥肉三寸不爛之舌的說服下，兩個保安竟然同意我們進去了。

但是怕我們偷東西，其中一個保安還大著膽子陪我們一起進去了。

只是讓我不爽的是，因為我在門衛室大吼了一句我是帥哥，那個保安看我的眼光跟看傻子一樣。

至於酥肉，抖動著他那張胖臉，一看就忍笑忍得很辛苦，他一邊走一邊對我說道：「三娃兒，你不只是帥哥，還是美女呢，天下長得好看的人都是你。改天我去給你買面鏡子去。」

我非常的無語，因為話是我自己吼的，這下被酥肉嘲笑，也算是無話可說，我覺得我當時腦子抽風了，才會那麼喊一句，或者在我自己內心深處，我就一直覺得自己是個帥哥？

我簡直不敢想，只得隨口問了一句：「你送我鏡子幹嘛？」

「哦，這樣你就可以對著鏡子問：魔鏡啊，魔鏡！告訴我，陳承一是不是天下最帥的男人？啊哈哈哈……」酥肉一說完就開始狂笑，白雪公主的故事誰不知道？他把老子比喻成裡面那個巫婆皇后了。

我的臉一陣兒青，一陣兒白，終於忍不住一腳蹬在酥肉的胖屁股上。

可接下來，我聽見「撲哧」一聲，是走在後面那保安哥們兒忍不住笑了。

我覺得這一次我的臉丟大了，冷汗都出來了，幸好沒有姑娘在，這是不幸中的萬幸。

在這廠區一直圍繞著若有若無的哭聲，經過這一鬧，氣氛倒是沒那麼緊張了！連一直怕得要死的保安哥也能挺直個腰杆，點一根菸了。

我剛才在牆外，就聽見了聲音的最大來源，我確定來源是在牆內，就是這個廠區內，所以也就帶著酥肉和保安哥直接朝那個方向走。

廠區不大，很快我們就接近目的地了，可是越走聲音也就越大，在這漆黑的廠區聽起來是那麼嚇人，果然那保安哥首先就撐不住了，拉著我們說道：「小夥子，你們膽子大，年輕，可以去熱血一下，我有老婆有兒女的，這可不行了啊。」

酥肉哪容他爭辯，一把扯住他說道：「叔，你就不怕我們偷東西嗎？跟你說了，別怕，這世上哪有鬼？我們這是好青年，帶著你來看真相了。」

其實酥肉自己都沒把握是不是鬼，我也沒來得及跟他細說，他只是非常信任我，有鬼我也能搞定。那麼多年的朋友了，這小子一舉一動，我也都能瞭解，他非得抓著這保安的原因，是想要個證人，萬一真有假，有個證人總是好的吧？

不然就算找到了證據，別人說是我和酥肉弄的咋辦？這小子心眼兒就是多。

就這樣拉拉扯扯的，保安就被我和酥肉拉到了廠區的一小塊兒空地後面，這空地在廠房的背後，不大，就一間房間大小，雜草叢生非常荒涼。

到了這片兒空地，哭聲已經非常明顯了，就像在耳朵邊上哭一樣。

說實在的，這也跟人們心裡那種鬧鬼的地兒是一樣的，荒涼又偏僻。所以，一到這裡，一見這陣仗，保安哥就快哭了，躲躲閃閃的，用幽怨的目光望著我和酥肉。

酥肉這小子，到了這地兒倒不害怕了，開玩笑，酥肉哥可是有見識的，哭聲那麼明顯的鬼，到了它的地盤，還不現形啊？這明顯沒有嘛。

酥肉拖著保安哥，我則開始四處搜尋，終於在一個雜草叢生的角落搜出了一件兒東西，我舉著那件東西走過來，往保安哥面前一放，問道：「還害怕嗎？」

保安哥縮著個脖子，閉著個眼睛，一直擺手：「不要過來，不要過來……」酥肉看得好笑，說道：「大叔，你覺得一個隨身聽有啥好怕的啊？」

「不，不，我怕鬼，你說啥？隨身聽？」那保安哥終於從極度驚悚的狀態下恢復了過來，然後臉色頗為不自然地看著我手中那個隨身聽，表情非常精彩。

原來，他見我東找西找的，就已經很害怕了，結果當我站起來的時候，他聽見那哭聲好像到了我身上，就開始害怕了，覺得鬼要害人了，結果沒想到是一個小答錄機，這喇叭效果還真不錯，我感慨道。

那聲音開到最大以後，在這安靜的廠區，還真能嚇住不少人。

我「吧嗒」一聲按了一下停止鍵，拿出裡面那盒子磁帶，對這保安哥說道：「等磁帶放完以後，這隨身聽就自動停止了。然後你們就以為是晚上哭一陣兒。如果不嫌麻煩呢，那些人早上會翻牆進來把答錄機拿走。嫌麻煩，就放這兒，你們也發現不了，大不了晚上來倒個帶，摁個鍵就行了。」

酥肉一聽，有些愣愣地說道：「媽的，天才啊，這也行！這麼一鬧，不由得那些老闆不信啊。」

我說：「是啊，每個廠區都去放一下，就可以鬧得人心惶惶了，再讓有心人來宣傳一下說影響生意，那些老闆還得保密，這樣把範圍控制住了，還不怕來查。」

「真他媽的好手段。」酥肉驚歎道。

就這樣，酥肉和我一唱一和的，那保安哥就聽我們扯淡了，直到這時才反應過來，不由得問道：「你們是啥子人哦？你們咋曉得這些？」

喔，忘了這一齣了！剛才酥肉讓保安帶我們進來的時候，是忽悠那兩個保安廠區裡的女鬼和我們有淵源，說不定能解，這一鬧是假的，還真得給別人一個說法。

酥肉正在想主意，我卻一下子反應過來了，於是我調整了一下臉上的表情，非常沉重地對那保安說道：「大哥，給你說實話吧，我的身分只是一個可憐人。一個被那些假道士幾乎騙到家破人亡的可憐人。」

這說法好，酥肉的眼睛一下子亮了，而我則一把逮住那大哥的手，說道：「知道嗎？我家被這些假道士騙了三萬塊錢，真的是要家破人亡了！我這輩子沒別的追求了，我就想讓這些人被繩之以法。」

保安哥顯然被我感動了，也快相信了我的說法，可是他盯著酥肉看了一陣兒，忽然說道：「我看這娃兒有些眼熟喃？前段時間不是常往我們這兒跑？好像是要弄啥商標。」

我非常「怨恨」地看了酥肉一眼，這個死胖子，一身肥肉想讓人忽略都不行。

酥肉這時卻非常嚴肅地說道：「我其實也是打假小隊的一員，我聽說了那些假道士下個目標是你們的老闆。所以，我早在一年前就提前在這裡了，為的就是熟悉環境。」

我日！酥肉真能演，看那一副正氣凜然的樣子，活生生地把自己從一個死胖子說成了一個地下工作者。

事實就擺在眼前，那保安哥相信了我們七、八分，只是還有些猶豫地說道：「這哭聲的是假的，可是老孫是親眼看見骷髏走路，還有老劉那天睡得迷迷糊糊的，被敲窗子的聲音弄醒了，就看見一個骷髏臉貼窗戶上，又是咋回事兒啊？」

這個我一時也回答不出來，只能對那保安哥說道：「這個騙子集團吧，手段眾多。你今晚也看見證據了，那骷髏肯定也是騙局，你等我琢磨琢磨再來告訴你。或者吧，我再來守幾天，把那骷髏活捉了給你們看。」

我之所以那麼耐心地對保安哥解釋那麼多，是因為他是我重要的證人！我不是多管閒事兒，當然也不是為了錢，而是從小在師傅的耳濡目染之下，骨子就對這些敗壞道家名聲的狗東西痛恨到了極點。

在那個時候，我以為是江相派出手，他們一直都存在！到後來，我才知道，這種小兒科的騙局不是江相派幹的，而是另有其人，而這個人就是把我和酥肉坑到苗疆的最主要原因。

人生啊……

在我的解釋之下，保安哥確定無疑地相信了我，我讓他把答錄機放回了原來的位置，先別動聲色，不然那骷髏也就不上鉤了。

就算骷髏上鉤了，我也覺得要按兵不動，因為對這些「狗賊」的憤怒，讓我發誓要當著他們的面兒，狠狠地打他們的臉！只是這樣揭穿，顯然不夠讓哥哥爽！得狠狠地踩他們一次。

於是，在我的授意下，保安哥決定保密這件事兒。

可酥肉不放心，他說：「揭穿了這件事兒，你們老闆肯定要提拔你們，不提拔，獎金也是少不了的。所以真的別說啊。」

顯然，酥肉的話要更貼近保安的內心，保安哥一口一個承諾，保證更不會說了，當然為了萬無一失，我們還是和另外一個等在門衛室的保安說了，不然他第二天一聲張，就不好解釋了。

那個保安哥聽完這一切後，呆呆的最後才說了一句：「那道士我知道，挺有聲望的啊！我們老闆還透露了一些消息，成都幾個挺有名望的古董老闆，都找他們做了法事，非常相信他們，簡直奉若神明，沒想到，是騙子？」

我在鼻子裡「哼」了一聲，說道：「真正會施法除鬼算天機的道士都挺低調的，因為這些事兒都沾因果，損自身！不是萬不得已，哪會輕易出手？要出手，沒兩條小黃魚兒，可不行。」

我說的當然是我師祖老李。

那保安哥問道：「小黃魚兒是啥？」

「金條唄。」

第五章　大陣仗

接下來的日子，我和酥肉過得非常忙碌，輾轉於成都各地拋售手裡剩餘的貨物，卻沒想到這貨一如既往地延續了第一天的神奇，分外地好銷。

原本酥肉預計一個星期才能銷售完畢的貨，我們五天就賣完了，掙的錢不只五千，快接近六千了。

這樣的戰果弄得酥肉激動萬分，恨不得再故計重施，卻被我阻止了，我跟酥肉說：「這樣的手法你說過一次也就夠了，這是為了累積資本，無可厚非。多了，就過了。」

酥肉一邊樂呵呵地數著錢，一邊又「沉痛」地給了自己幾巴掌，對我說道：「三娃兒，當我是被豬油蒙了心，瞎說的啊，你知道，我從小到大啊，就沒掙過那麼多錢。哈哈……三娃兒，你真是我的福星啊。」

我懶得理酥肉，而是徑直躺在了床上，我發現我對錢這東西的確比較痲木，至少它不能激起我的興奮，我在意的是另外一件事兒，就是那騙子道士的事兒。

這幾天晚上，我們也去瞎逛過，並沒有遇見那個所謂的會走路的骷髏，這個讓我比較不安，萬一別人拿這事兒做文章呢？我該怎麼說，怎麼做？畢竟打假我是毫無經驗，但是要我置之不理，也是萬萬不行的。

我把我的不安告訴了酥肉，誰知酥肉這小子完全不在意，說道：「到時候再說吧，這種事情你就是盡本分而已。你又不能讓這個世界的人都相信你。」

酥肉說的也對，可我一想到那些人敗壞了道家的名聲，心裡還真恨不得所有人都相信我。見我心事很多的樣子，酥肉說：「還是過好自己的小日子吧。多掙錢，好好修道，三年後你也才好見姜爺。再說了，這事兒完了，我們該去廣州了。」

說完，酥肉關了燈，一疊聲地叫我快去睡了，說著說著自己打起了鼾。至於我，反而輾轉不能眠，總覺得這樣的日子不是我想要的。

時間過得飛快，轉眼間，兩天就過去了，這兩天我和酥肉已經打包收拾好了行李，就等今天晚上打假的事情過去後，就買火車票去廣州了。

法事要在哪裡做，酥肉是一早就打聽好了，這天晚上的七點多，我和酥肉一早就來到了這個據說要做法事的地方。這個地方，是一間小廠房，為了做法事，很多生產設備都擺放在了一邊，中間空出了很大一塊空地，已經擺放好了很多東西。

我一看那陣仗，真不得了，在那空地上，擺了一個跟階梯似的架子，架子上擺放了很多神像，最上面的是道家三清，再下面是玉皇大帝，接下來的，幾乎把中國神仙都擺了上去。

我心想，不就驅鬼而已嗎？看這樣子，還得請滿天神佛啊？誰請得起？上茅之術就頗為難得了，還要請動這滿天神佛？估計不懂行的看著這樣覺得震撼。懂行的，就我，覺得這是扯淡。

在那個「氣勢恢宏」的架子下面，擺著長長的供桌，這供桌的貢品可了不得，蠟燭清香就不說了，瓜果糕點就不說了，還有整雞、整鴨、整豬，擺得那叫一個豐盛。

我想起我師傅上供從來都很隨便，一疊饅頭都可以。我師傅曾經說了：「神佛來與不來，跟貢品沒有必然關係。只和你這個施法人才有關係！這滿天神佛又不是餓肚子的傢伙，看見吃的就沒了底限。這貢品的多寡也不代表是否心誠，敬意到了也就好了。」

我在想這貢品的時候，我旁邊的酥肉已經扯著一個人打聽了，他問：「這貢品夠豐盛的啊？是那大師自己出錢弄的啊？這大師真大方啊。」

「不是，聽說這些貢品是老闆們共同出的。大師能來就不錯了，誰敢讓別大師貢品哦。」這人顯然被這莊重、恢宏的氣勢感染了，成為了那個假道士的「粉絲」非常的維護他。

「那做完法事這些貢品咋辦喃？」酥肉一向是個看重糧食的好孩子，估計問這問題，是在心痛做完法事，這些貢品就扔了。

這小子該不會打算去撿回來吧？我望了一眼酥肉，酥肉完全不理我，只是盯著那個人，等著答案。

那個人說：「這個我倒是聽說了的，這些貢品在做完法事以後，大師要帶回去親自處理。他說，是貢過神仙的東西，別人碰了不好，是對神仙的不敬，得親自處理。」

我一聽，真的無奈了，這假道士倒真會扯淡啊！貢品這種東西，貢完之後普通人熱熱吃了完全沒問題，到他嘴裡，到牽扯到不敬了。

我還沒來得及說什麼，酥肉倒是先說話了，他悄悄跟我說：「這個道士真是他媽一個周扒皮，連這點貢品都不放過。不過也是，那麼多貢品，帶回家去，放冰箱裡，都能吃好久了。」

我調侃地說道：「蚊子腿再小也是肉嘛。」

然後繼續打量著這裡，在長長的供桌前面，就是那個「大師」的法壇了。嘖嘖，華麗的法壇啊，上好的黃色錦緞，紙人紙馬擺放的那叫一個花團錦簇，估計他是把開壇所需的紙人紙馬全部備齊了。

那法壇上密密麻麻地放著東西，我也看不清楚是些什麼，也懶得看了，至少我沒感覺到任何一件有法力的波動，要知道真道士對法器都是有一定感應的，就算靈覺不強的道士都有，那是因為長期的接觸自然有的感應。

而在法壇的周圍，還像模像樣地擺放了很多的蒲團、小桌，這是幹啥？要上課嗎？我都好奇了，於是問旁邊的人：「這些蒲團是給誰準備的，有很多個大師嗎？」

「你不知道啊？大師有很多弟子的，每次開壇，都需這些弟子護法，因為大師這些年斬妖除魔仇家多，他怕在自己全力開壇做法的時候，有仇家乘虛而入啊。」旁邊的人給我解釋道。

這說法把我震住了，用現代的話來說，就是把我雷了個外焦裡嫩，欲罷不能，我不由自主的念叨了一句：「這大師可真夠高調的啊。」

結果旁邊那人不服氣了，說道：「大師很低調的，你知道公安局就是容不下他們這些民間高人。他不是為了大家，根本不想開壇做法啊。」

「大師那麼無私？可為啥我發現我想請他，錢卻不夠啊？」我故意抵了一句，說實話，我真看不下去了。像我師祖收錢就是收錢，順眼的不收就是不收。從不標榜自己是道德的標兵。

至於我師傅，壓根就對錢沒有概念，純粹是憑本心出手。這樣的騙子大師倒成了慈悲之人了，我很想聽聽那個人要怎麼回答。

那人一聽我這樣說，竟然發出了一聲無奈的歎息，說道：「我聽說大師也不想收錢的，可是他手底下那麼多徒弟要靠著他，每次出手後他都很虛弱，要補身子。給錢是必須的啊！而且大師從來不說價錢，都是那些苦主自己看著給的。」

我在心底冷哼了一聲，沒有再說什麼了，也不得不承認，這些假道士比真道士還要得人心一些，怪不得師傅常說騙子往往是最能把握人心弱點的一群人。

這時，時間已經是七點五十了，大師遲遲沒有出現，倒是忽然冒出了十來個人，一進這裡，人家就跑架子後面去了，出來的時候，全部都變成了道袍加身的道士。

人們都在驚呼，大師的徒弟來了，大師的徒弟看起來也很有本事這樣的話。

我一看，確實比起我這個真道士來，人家的確更像道士，一副寵辱不驚，悲天憫人的樣子，邁著四方步，非常的風度翩翩，在坐下的時候，不忘行個道家禮，對人們喊一聲：「無量天尊。」

對比之下，我跟一個混混兒似的。

可我看著那群徒弟，分明就看見了一個熟人。

從小我的記憶力就驚人，很多和我有過一面之緣的人，我常常要過很久才會記憶模糊。所以，那群徒弟裡的一個人很快就被認了出來。

那人是誰？就是那天晚上我和酥肉去廠區查探，撞了酥肉，然後狠狠瞪了一眼酥肉的人。

這人是大師的徒弟？我皺眉仔細一想，所有的事情就聯繫起來了，怪不得遇見他以後，我和酥肉不就聽見了所謂的「鬼哭」聲。

我把我的發現低聲跟酥肉說了，酥肉只是搖頭，他說這個發現沒用啊，憑我倆口說無憑的誰信啊。

酥肉說的很有道理，不過，我想只要有兩個保安哥當證人，一切還好。所以，我恨恨的看那一群徒弟坐下，然後耐心的等待著。

過了一小會兒，我聽見人群中開始議論起來，七、八個原本坐著的老闆也神色激動地迎了出去。接著，我很快就看見這幾個老闆簇擁著一個身穿道袍，看起來非常道貌岸然的人進來了。

我上上下下打量著來人，四十歲左右，當真是一副好賣相，五官端正，神色慈悲，手持拂塵，一身道袍當真把他襯托得仙風道骨。

進來以後，這人同樣施了一個道家禮，對著人們說了一句：「無量天尊。」言談間，帶著禮貌的微笑，聲音穩重而富有磁性，讓人有一種，這就是高人的範兒。

酥肉看見這人，不由得對我說道：「三娃兒，要不是我從小和你一起長大。絕對的，我絕對的會認為這個人才是一個高人。至於你和姜爺，一個是個老混混，一個是個混吃混喝的小白臉。」

我心裡那個氣憤啊，忍不住對酥肉說了一句：「你媽！」

酥肉很無辜地說道：「我媽咋了？我媽不就是你姨嗎？」

我懶得和酥肉扯了，繼續看著這個人的表演。

果然，這人一副淡定的樣子，對人群說道：「我道家一向慈悲，在一般的情況下，是不會對那可憐的孤魂野鬼出手的。不過以你們幾位施主所說，這鬼物已經影響到了幾位的生活，再下一步，說不得就要傷人了。無奈之下，我也只得出手。另外，幾位老闆所給的香火錢豐厚，若有剩餘，我定當捐獻給道觀或者所需之人，為幾位多積福德。」

好一副悲天憫人的樣子啊，我忽然覺得很慚愧，我和師傅咋就沒這種高人的形象呢？走在路上，別人就覺得是一老一小兩混混了。

面對這位大師的說法，那幾個老闆顯然感動了，在這其中，還有幫我和酥肉造假的老闆，這個吝嗇鬼也感動了，用他那廣東腔普通話說道：「真是大師啦，我都無所謂啦，就是擔心鵝子、鋁鵝受影響啦。那個什麼鬼，哭得人晚上保衛都睡不安穩啦，我都怕它找上我家，影響到我鵝子、鋁鵝。」

「就是啊，這段時間更倡狂啊，天天晚上哭啊。」

「是啊，我就怕像大師所說那樣，下一步就出手傷人了。」

幾個老闆紛紛朝著那位大師訴苦，那位大師帶著慈悲的微笑，一邊耐心的聽，一邊謙遜的點頭，等老闆們都說完以後，他才凜然換了一副威嚴的表情說道：「朗朗青天之下，我人間豈容鬼物作怪。幾位施主放心，我定然收了那鬼物，還我人間清靜。今日法事後，包幾位施主無恙。最重要的是，不能讓鬼物在我人間逞兇。」

我在心裡「呸」了一聲，說得真他媽像個衛道士，可真正的衛道士何嘗站在人前這樣過？荒村裡默默無聞死掉的那些，才是真正為人們奉獻的衛道士吧？他們可有站出來說什麼？可曾收過人們一分一毛錢？

那大師自然不知道今天人群中，就有兩個搗亂的在其中，他發表完他的正義宣言以後，立刻就有徒弟端上一盆清水給他洗手，然後又有一個徒弟手持銅盆，用柳枝沾了銅盆裡的水灑在他身上。

酥肉不解這一系列動作，不由得對我說道：「三娃兒，這是啥意思？金盆洗手啊？」

我也不懂是啥意思，拿柳枝灑水在身上是洗澡？所以我沒回答，旁邊倒是有人回答了：「你們兩個娃兒不懂就不要亂說，施法之前是要淨身淨手的。」

好吧，我忍了！要淨身，不早該淨好了嗎？到這裡來裝逼？為何不煮一桶香湯，當眾脫了衣服，跳進去呢？

我懶得說了，卻見那大師已經神情嚴肅地走到了法壇前，拿起一個三清鈴，開始念念有詞，一邊念，一邊在法壇前面亂走起來。

於此同時，大師的弟子們也開始誦經，這念的是啥？我仔細一聽，差點沒有暈倒，他媽的，真夠下苦功的，個個都在念《道德經》！

說實在的，還真有氣勢，用經文的特殊語調念出來，人們不仔細聽，也聽不明白，就算聽明白了，很多人也不太清楚《道德經》的具體內容，除了那幾句耳熟的。

至於大師口中也念念有詞，至於念的啥，我就不知道了，我只知道大師在台前，一副很痛苦，很吃力很便秘的樣子，在努力的賣弄著。

這時，人群中自然不可能安靜，那麼新鮮的場面，人們自然是要議論幾句的。也就是這種當口，大師的一個徒弟站起來，很是動情地對大家說道：「師傅在踏步罡，搖鈴鐺，溝通鬼物，用慈悲的方法勸解，很是傷身，請大家不要議論，免得分了師傅的心，造成損傷。謝謝大家了。無量天尊。」

人們聽了，自然是不好議論，這一齣弄得我倒是目瞪口呆，不准議論是個啥事兒？他徒弟不說，我還真不知道這大師是在踏步罡呢，踏步罡什麼時候有這功能和鬼溝通了？

至於搖鈴鐺是什麼啊？剛才還表演他們專業的，這不露餡了？再說，三清鈴功法雖多，但無不與驅鬼靜心有關，什麼時候也變成能和鬼物溝通了？

面對這一齣表演，我已經無力吐槽！

倒是酥肉在旁邊非常小聲地說了一句：「狗日的，讓人安靜是假。故意說些專業名詞，取信於人是真吧？」

這時，那惱人的鈴鐺聲已經止了，那大師一副遺憾的樣子，對人群說道：「經我一番勸解，那鬼物竟是不肯退卻，說是有怨氣未發，一定要留在這裡。老闆們，你們做生意，可是要慈悲啊。」

這句話剛一落音，這些老闆一下嚇得面無人色，倒不是說他們做生意不慈悲，而是這裡曾經有個老闆好像和一個女員工怎麼怎麼了，然後那女員工上吊的事兒。

這種事一打聽就打聽得出來，不過人們的聯想能力一向出色，肯定就想到什麼了。

一時之間，大家更把這個大師當成了神仙。

果然，心理遊戲玩得不錯。

同時，這也引起了那些老闆的驚慌，紛紛問道：「大師，這要咋辦啊？」

「大師，這和我們無關啊……」

那大師一副慈悲的神色，用手示意大家稍安勿躁，然後說道：「既然我已經接下了這件事兒，那就會管到底。事已至此，我不能看見這青天白日下，還有人被鬼物所害。所以，我就拚著損耗自身，把這鬼給收了吧。」說到這裡，大師聲音一頓，不無遺憾的嘆息一聲，說道：「哎，原本以為可以說服它的，沒想到還是要動用一身功力，拚著損耗，滅了它啊。這樣，太殘酷了……」

大師是慈悲的，可是他弟子不幹了啊，一個正在賣命念誦《道德經》的弟子一下子站了起來，無比動情地對大師說道：「師傅，不能這樣啊。這損耗可不是尋常藥物能補回來的，那人參、黃精，哪樣都已難尋難買。你這些年結仇又多，不知道多少東西要找你麻煩，你若這樣了，我們這些弟子咋辦啊？」

「我日！」酥肉終於忍不住罵了一句，這群人也太他媽愛演了吧。

至於我，倒是冷靜了下來，決定要出手揭穿這些人的騙局了。其實，剛才我有一個發現，真不忍心給大家說出來，我雖然沒練什麼佛家的天耳通，但是在靈覺的幫助下，如果有心集中精神去聽，還是能聽見很多東西。我仔細聽了，配合著那大師的口型，我已經肯定，那大師所謂的念念有詞，說的就一句話：「吃葡萄不吐葡萄皮，吃土豆不吐土豆皮。」

這個發現要是一說出來，我都不忍心，這不是生生的證明了這裡圍觀的人都是豬嗎？

第六章 踩騙子

那大師和徒弟一番忘情的表演，果然引起了轟動性的效果，徒弟非要勸，大師非要做，引得這些原本就惶恐不安的老闆忍不住說道：「大師，我們再加些錢吧，請務必除了這鬼啊。」

「大師，錢能買到的東西，就不要省，我們再添些錢就是了。」

終於，那大師憤怒的罵徒弟：「你這不是陷我於不義嗎？這錢，我自己貼就是了，這鬼我收定了。」

那徒弟則猶自說道：「師傅，你就收了吧。否則，有更大的禍事啊！」

那些老闆也紛紛表示再加些錢無所謂。

眼看這事兒就要塵埃落定，酥肉終於忍不住輕咳了一聲，而這時我已經站出了人群，徑直走到了台前，大聲地對幾位老闆說道：「老闆們，大師如果不收，你們就不要給了嘛！這不是陷大師於不義啊？大師悲天憫人的，降妖除魔就是大師的本分，別人又不是為了錢。」

那幾位老闆莫名其妙地看著我，特別是那個廣州老闆，不可能不記得我，他指著我剛要說些什麼，酥肉已經跳出來了，這小子隨手從供桌上拿了兩個蘋果，一個自己啃著，一個就給塞那廣州老闆嘴裡了，一邊塞一邊說：「老闆，你不要多說，我這哥們的師傅和大師可是熟人啊。讓他們自己談。」

說話間，他對那老闆擠眉弄眼的，弄得那老闆莫名其妙，一時間倒也真不知道這小子葫蘆裡賣的什麼藥，倒真不好多說了。

我這一番話可是從大師的立場出發的，那大師的臉明顯一沉，可偏偏不好說什麼，只是一副道貌岸然的樣子，說道：「小施主說的有理。」

但我分明注意到，這個所謂的大師已經悄悄給那徒弟使了眼色。那徒弟也是上道的人，立刻說道：「我師傅要是出了什麼事兒，你來負責嗎？今天我就拚著這個不義的罪名，也要阻止這場法事。我……我……」

說著那徒弟噗通一聲就給那大師跪下了，然後也不知道是不是趴下了的時候，抓緊時間給自己擠了兩滴眼藥水，抬頭就已淚流滿面地說道：「師傅啊，這場法事不做也罷。收了那些錢，還不夠你這場法事損耗的，退了吧，我們走。您不能置您的安危於不顧啊。」

那大師同時也一副悲傷的神色，說道：「可是鬼物傷人，我等道家之人，豈可置大義於不顧啊？」

這個時候，我他媽倒是成了一個反面角色，在這對偉大的師徒面前，活脫脫的就是一個小人了，已經有了老闆忍不住說道：「你哪兒來搗亂的，快點滾出去。」

還有人已經準備要上前來拉我了。

我立刻大喊了一聲：「大家別慌啊，其實我剛才已經有感應，鬼來這裡了，真的。不信，大家聽一下！大師，你趕快出手吧，我的意思是那錢就不用這些老闆些付了，我給你啊。」

我這話說得大家毛骨悚然，又莫名其妙。包括那對偉大的師徒也不知道我葫蘆裡賣的是什麼藥，可就是在這時，大家分明聽見了一個女人的哭聲，是那麼的清晰，那麼的明顯！

我很是「驚慌」地對那大師說道：「大師，快出手啊。」

那大師和他的徒弟們一時間還沒反應過來是咋回事兒，我又大聲說道：「這女鬼哭的聲音，在場很多人都聽見過，是不是這聲音啊？啊？是不是同一個鬼啊？」

這時人們已經慌了，好幾個人都同時說道：「就是這個聲音，狗日的，我這輩子都忘不了。」

有人說：「是的，折磨老子好多天了。」

還有人說：「不會錯，就他媽是這個，趕緊啊，大師，快點抓到它。」

我吼道：「大師那麼辛苦，抓鬼還要損耗自身。我來吧，我有個簡單的辦法。」說完這話，我大吼了一句：「狗日的不要哭了，小心老子拖你回去打一頓。瓜婆娘就是這樣！老子要念咒了，聽好了啊。三天不打，上房揭瓦。」

三天不打，上房揭瓦！這算哪門子咒語？在場的所有人全部都拿一種看神經病的眼神看著我，可是奇怪的事情就是發生了，我的話剛一落音，那女鬼的聲音就沒了。

人們頓時議論紛紛，而那大師和他的徒弟們臉色全部都變了，我看見其中有一個徒弟站起身來，開始四處打量，然後走開了去，看來他們是要逮人了。

原本纏住那個廣州老闆的酥肉馬上跟了過去。

這一切就是要打這個所謂的大師一個措手不及，讓他們來不及反應。所以我吼出這些話，都不帶停頓的。

我看都不看那大師一眼，接著喊道：「這咒語要念三次，你們聽，這個狗日的鬼又開始哭了。」

果然，那鬼哭聲又開始了。

我故意要整一下這個所謂的大師，非常乾脆說道：「這咒語大家一起念也是有效的，來，一起吼。三天不打，上房揭瓦。」

逗人的是，果然有好些人跟我一起吼著三天不打，上房揭瓦，那場面還頗為壯觀。

這時，我再看了一眼那個大師，他面子果然掛不住了，狠狠地瞪著我。而在場的有心人，已經大概明白了一些什麼，人群中議論聲不絕於耳。

而酥肉果斷的纏住了大師的徒弟，而這時已經好幾個所謂的徒弟走了過去，估計是想找酥肉麻煩了。我知道不能再玩下去了，於是喊道：「兩位大哥，你們出來嘛。大家安靜一下。」

這時，果然有兩個提著答錄機的人從那架子背後走了出來，就是那天晚上的兩位保安大哥，他們飛快擠過人群，走到了我身邊。

我雙手抱胸，大喊了一聲：「酥肉，過來，免得這群騙子把你拖出去打一頓。」

酥肉這小子何其機靈，明白我那麼一喊，就是為了引起大家注意，借助人群的優勢監控著這一切，免得他無聲無息地被拖出去打了，他趕緊大喊一聲來了，然後跑到了我身邊。

在眾目睽睽之下，這些人還真不好做什麼。

從兩個保安哥手上拿過答錄機，我對大家說道：「還想不想見一次鬼？」說話間，我又摁下了那答錄機的播放鍵，果然那鬼哭的聲音又傳來了。

這時，所有人都明白是咋回事兒了，可還是有些不解，這個就需要我去說明了。

但大師豈是坐以待斃之人，他忽然開口說道：「這位小兄弟，我與你無怨無仇，你為何要來我的法事上搗亂？弄一盤不知所謂的錄音帶又是為了什麼？是要證明什麼嗎？我自問在成都待了那麼多年，還沒有人說過我是騙子。」

這話就說得非常明顯了，直接把話攤開了。而且，還用他在成都待了那麼久的聲譽來壓我，那意思很明白，要我是騙子，咋沒人來揭穿呢？你是要陷害我。

果然，他這話一說，人們開始動搖了。

可是，老子陳承一什麼都怕，就是不怕威脅。我大聲說道：「把門關上，今天大家就關門說個清楚，誰是騙子，等下就會水落石出。」

無疑，人們是愛看熱鬧的！我這麼一說，已經有人很積極的去關門了。這時，我也沒注意到，大師的其中一個徒弟趁亂已經跑了出去，引出了後面的種種事情！

很快，人們就把門關上了，我才不管所謂的供桌，直接把貢品倒騰下來，跳上了供桌，大聲說道：「事情總有個先來後到。反正真金也不怕火煉！你既然說你是道家傳人，你是大師，我給你個機會證明，說明，你要先說什麼嗎？」

那大師「哼」了一聲，一副不屑說明的樣子，背著個雙手，很是鎮定，也不知道是不是裝的。倒是他徒弟站出來說道：「我師傅在成都待了那麼些年，在很多上層圈子都有名望，你當那些上層圈子的人是傻子嗎？一個騙子能有那麼多年的聲譽嗎？」

這話說得多麼犀利啊，和他師傅簡直是一個調調！其實我也有些疑惑，身處上層的人，能到那個地位，非但不傻不好騙，反而非常難騙，他們是為啥要相信這個騙子的？

不過，真的假不了，假的也真不了，我想了一下，大聲說道：「如果去精心布置一場騙局，有心謀算別人，破不了也是正常，畢竟無心對有心。無心那個人總是要吃虧一些的。這些小老闆不就被你們騙了嗎？知道這盒磁帶哪裡來的嗎？就是我錄下來的證據。你別說是我自己亂造的，在場那麼多人都聽過那個所謂的鬼哭，這個造不了假，要聽聽它的來歷嗎？」

那個時候，是個人都知道，空白的帶子可以複製另外一盤磁帶的內容，就跟現在的U盤差不多吧。

說話間，我給兩個保安大哥打了一個招呼，這個兩個保安大哥開始說了。畢竟他們在這一片兒熟，說的話更有信服力！

另外，我還有殺手鐧，我倒要看看，這些事情說出來之後，這些騙子要怎麼自處。

保安的話引起了大家的一片譁然，顯然這個騙局並不高明，但在特殊的時間（深夜），特殊的地方（廠區），偏偏就起了奇效，騙住了所有人。

保安哥說完以後望著我，我大剌剌地坐在供桌上，啃著一根香蕉，香蕉吃完，我又開始啃蘋果，為了這個騙局，我和酥肉飯都沒吃，我可餓壞了。

聽見保安哥說完了，我隨手扔了蘋果核，拍拍手，望著大師說道：「你還有什麼話說？」

那大師強撐著不屑的表情，哼了一聲，然後說道：「有人純心害我，我無話可說。」

那淡然的，帶著一絲絲小委屈的模樣，不知道的人還真以為我陷害他了，人們此時已經相信我了大半，當然還稍許有些動搖，畢竟那大師聲名積威已久，要動搖也不是那麼容易。

另外就是，那大師的表演功力太到位了，連我都覺得他有些無辜，何況是這些普通人？

一時之間氣氛有些僵持，我無所謂，還有殺手鐧沒有用呢。

果然，大師不說話，他那些徒弟倒是他完美的代言人，這時其中一個徒弟就站了起來，他大聲說道：「你們要陷害我師傅，不知道從哪裡弄來了一卷錄音帶，這個我們沒辦法。但所謂清者自清，這裡鬧鬼，是這些老闆主動找上我們的，而不是我們找上門來的。再者，這裡鬧鬼，可不止一個女鬼哭吧?有人還看見了邪物，就比如那個骷髏，你要怎麼解釋？」

我就知道。

此時，人群又開始議論紛紛。確實啊，說是騙局，別人又沒有親自找上門來，而且那骷髏要咋解釋？

淡定地從包裡摸出一枝菸，點上了之後，我深深的吸了一口，當白色煙霧吐出來的時候，我才說道：「你們是不用找上門來，在人們驚惶無措的情況下，讓有心人傳播一下你們的名聲不就好了？大家想想是不是這個道理？」

人們一思量，的確是啊。普通人平日裡哪裡會認識什麼道士？特別是在驚慌的時候，如果有個什麼有用的消息，一定就會死命逮住啊！

那徒弟知道關於這個事情再辯也是枉然，直接咄咄逼人的問我：「那骷髏呢，骷髏你要咋解釋？」

如果說，兩天前他們這麼問我，我一定也解釋不了。

可是這兩天，我就光琢磨這事兒了，和酥肉兩個臭皮匠，還真的想出了原因，試驗了一下，的確也是如此。

我大喊道：「這事兒，馬上就給你們證明，酥肉……」

我喊了一聲，酥肉卻早已經開始行動，這時，他從包裡拿出一件讓人幫忙做的黑色連體衣，上面用白色顏料加上一點兒螢光粉畫了幾根骨頭的圖案。

翻出這件衣服後，酥肉直接穿上了，遠遠看去就像是一個被打裂了的黑色大饃饃，我強忍住笑意，然後喊道：「哪位哥們，幫忙把燈關一下。」

立刻就有人行動，關上了燈！

這時，神奇的事情發生了，穿上連體衣的酥肉根本就看不見了，就看見幾根白色的骨頭凌空飄著，慘白中散發出點點綠色，猛一看還真有點嚇人。

「好了，開燈吧。」我淡定地說道。

隨著燈光的亮起，我摸了摸下巴，然後說道：「大家也看見效果了。我就想問，如果我在這黑色衣服上畫一個骷髏架子，然後弄個黑色頭套，上面畫一個骷髏頭。然後在大晚上的，讓迷迷糊糊的人們驚鴻一瞥，你說會是什麼效果？」

其實，有些事情想通了就是這樣，有些騙術揭穿了也很簡單。可是人們往往就會陷在這簡單的陷阱裡，就如現在的大多數騙子所用的騙術更加簡單，可是還是有很多人上當受騙，不是嗎？

難得這些騙子，還布了那麼大一個局！

這就是我的殺手鐧和底牌，他們的騙術我已經完全的破解了，我微微仰頭，望著那似乎高高在上的大師，看他還有什麼話說。

可是那大師還強裝鎮定，歎息一聲說道：「我行走江湖多年，結下不少仇家，沒想到有人竟然設這樣的套子，讓我鑽了進來，利用我的善良，罷了，罷了……」

我心裡一怒，站起來指著那大師，義憤填膺地說道：「你這話啥意思？意思是有人故意弄出這些鬼事來，然後讓人去請你們，讓你上當嘍？」

那大師輕蔑地看我一眼，說道：「你覺得呢？」

「我呸。」我直接罵了一句，然後說道：「既然是如此，你身為大師，難道沒發覺到沒鬼嗎？剛才你不是親自說鬼很厲害，溝通得很吃力嗎？你不是親自說，要自損本源滅鬼嗎？現在又說是陷阱了。你要臉不？」

終於，那大師繃不住了有些驚慌起來。自打耳光這種事情被他完美的演示了出來。這就是一個騙子集團！

我看見那大師拚命望著他的徒弟，估計是在使眼色，可此時已經塵埃落定，我的心情輕鬆，只是說道：「為什麼咱們中國傳承了幾千年的道家文化會沒落？就是被你們這幫騙子給糟蹋的，沒啥好說的，報警吧。」

這時人們的憤怒也終於到了頂點，口口聲聲都嚷著報警。

那群騙子徒弟忽然站起來拖著大師，一邊吼著：「我們師傅是好人。」、「我們不是騙子！」一邊在人群中擠！

這就是騙子的慣用伎倆，一旦騙局被破就製造混亂趁機溜走。

果然他們是在往門邊擠，只要今天他們跑了，然後人海茫茫，他們再消停一段時間，能到哪裡去找他們？而且他們在成都經營了那麼多年，肯定也有一定人脈，如果不是今天這種人證物證據在的困局，說不得他們就有什麼辦法脫困。

不過現在的情況亂糟糟的，我一個人也阻止不了那麼多人，我不時的聽見人群中在吼叫：「誰踩了我的腳了！」

「哎呀，別推我。」

這些騙子！我恨得咬牙切齒，大喊道：「大家不要亂，騙子想跑！把門看好啊。」

我一語吼出了騙子的目的，人們果然清醒了很多，很多人吼著：「大家不要慌啊，免得騙子跑了。」

在大家冷靜下來之後，果然騙子的突圍就不是那麼順利了，只過了不到十分鐘，那群騙子就被人們圍在了中間，在重重的人影中，他們想製造混亂跑出去，是不可能了。

這時，局面已經控制住了，我一種非凡的成就感，我終於打擊了一夥破壞道家名聲的人，這比和酥肉出去賺錢賺很多的感覺還爽。

我站在供桌上，居高臨下地望著那群人，然後說道：「大家圍住他們，哪一個人去報警吧！」

那群騙子聽見這樣說，都有些絕望，包括那位大師，一個個神色都很頹然，只有一個人，我看見他惡狠狠地盯著我，不說話，只是惡狠狠地盯著我，那感覺就像是被一隻餓餓的狼盯住了一樣。在那人的目光之下，我忽然有一種很不好的預感，後背直起雞皮疙瘩。說實話，那人我認識，不就那天撞到酥肉那個人嗎？

他給我的感覺不像成都本地人，成都男人大多比較幽默、溫和。根本沒有這種骨子裡的兇狠，像是叢林野獸似的，他到底是誰？

我忽然有這樣一種疑問，可下一刻我又釋然了，是誰都不要緊，反正進了警察局，一切就會真相大白。沒想到那道貌岸然的大師，手底下還有這樣的人。憑他的騙子本色，還能征服這種人？

就在我思考的時候，那個盯著我的人忽然開口說話了，他只說了一個字：「你……」門外面忽然就響起了敲門的聲音，聽聲音還挺嘈雜，這個時候會是誰來了呢？

所以，那人說話被打斷了，可我分明聽出這人口音絕對不是成都話，他的口音讓我想起了一個熟人——孫強。

孫強說的是啥話？孫強說的是帶著明顯湘西口音的普通話，而且在荒村的日子裡，我和沁淮沒事兒就讓孫強教我們說湘西話，那湘西口音，我是很有印象的。

而且孫強不僅給我們說了湘西話，還告訴我們，苗寨裡有自己特殊的語言，也有比較通用的苗語，苗人說湘西話，和普通的湘西話是有區別的。

孫強毋庸置疑是苗人，他告訴我的這些事兒，也被我無意中記下了，此時這人的口音不僅帶著湘西味兒，還有特有的一絲苗寨人說湘西話的味道，我聽出來了！

都說湘西民風剽悍，畢竟山水頗為險惡，毒蟲也多，加上苗寨的神秘，街上甚至都遇見帶槍的人，光是普通的湘西人就這樣了，有些苗寨裡的人更加兇狠。

這也就印證了那人的眼神為什麼就如同餓狼一般，讓我感覺如此危險。

不過即便如此，我也沒再多想什麼，在我的認知裡，苗疆最危險的無疑就是蠱苗，我很小的時候，凌如月只是施展了一個小手段，就讓我被螞蟻纏身，吃了一個大虧。

面對蠱苗，我還真想不出有什麼辦法可以對付他們。可是，蠱苗一向神秘，甚至不太與寨子外面的人接觸，而且以蠱苗在寨子裡的地位，更不用在外面當騙子，我下意識的就認為這小子只是兇狠罷了，不可能是蠱苗。苗寨裡會玩蠱的人也絕對算不上多。

敲門聲在持續，人們此時已經很相信我，隱隱地以我為首了，我說道：「先開門再說。」是啊，是人是鬼，總要看門見見再說唄？

也就在這時，我有種奇異的感覺，那些騙子好像鬆了一口氣兒似的，而且那個兇狠的人也沒有再盯著我了。

人們依然把這些騙子圍在中間，週邊出去了幾個人，把門打開了，門一開，從外面魚貫而入了十幾個人，我還沒看清楚，就有人把門關了。

這十幾個人的衣著看起來就很不普通，氣度也不像普通人，他們走到人群中間，還沒來得及說話，那原本已經像隻鬥敗了的公雞似的大師一下子就來精神了。

又恢復了那副淡定高人的樣子，對著那群人喊了一句：「無量天尊」的口號，然後說道：「讓施主見笑了，今天有人設局害我。」

因為離得遠，又有人群擋著，我站在制高點也不是太看得清楚來人的樣子，剛才之所以看見那個兇狠小子瞪著我，是因為他的目光太有侵略性了，瞪得人感覺皮膚都疼的感覺，不注意都不行。

這些人沒有那人那種骨子裡突出的兇狠氣質，倒不是那麼引人注目了。

就算看不清楚什麼，可不影響我聽見那大師的無恥話，我站在供桌上，說道：「大家都散開來，我看看哪路神仙到了。」

人們此時已經非常信服我，依言散開了。我對酥肉說道：「看吧，雖然我才比較像個小混混，可架不住哥哥我帥啊。」

酥肉就說了兩個字：「鏡子。」

然後我「幽怨」地看了一眼酥肉，不再和他扯淡了。

人群散開後，那十幾個人站在中間就非常明顯了，我原本和酥肉一人叼著一根香蕉在吃，可此時看見這些人我不禁愣住了。

媽的，今天是啥日子？我身為一個道士咋就沒看黃曆？咋熟人成堆出現啊，這十幾個人裡，我起碼看出了三張熟悉的面孔！

雲小寶、曹二、馬獨獨……這是在玩哪齣？我的思緒忽然就跳到了很多年前，我師傅因為想幫我爸媽，缺錢然後帶著我去賣玉的事兒。

歲月不饒人，當年的曹二還是個刺頭兒一樣的小青年，如此看樣子，已經是個沉穩的中年人了。

而當年正值壯年的雲小寶和馬獨獨，已經成了有些滄桑的老人了。

如果不是我記憶力驚人，我根本不可能一眼就認出他們來！

常聽這裡的人說，成都有幾位有頭有腦的古董大亨非常信任這位大師，原來是他們？

酥肉不認識這些人，叼著香蕉坐在我旁邊，嘟囔不清地問我：「發啥呆啊？你認識？」

我這時才反應過來，三下兩下吃完嘴裡的香蕉，說道：「待會兒你就知道了。」然後示意酥肉不要說話。

畢竟有賣玉的情分在裡面，我倒要看看，這個騙子是咋樣把這些人成功地套進他的騙局的。我也想起師傅說過的一句話，最容易相信那些騙子的，反倒不是啥也不懂，啥也沒經歷過的普通人。而是有經歷，卻對道家之事不甚了解的那些人。

無疑，這些我的熟人們，倒是挺符合這個條件。

他們沒有認出我，因為歲月流逝了那麼多，從一個小孩子到一個青年人，變化是很大的。他們沒認出我也是正常。

我和酥肉沉默著，人們則是好奇的圍觀著。而那個大師卻是一臉淡定，悲苦地在訴說著。估計是這裡這麼多人看著，他也不敢胡編亂造，說的事情倒也算公正，不過卻聽得雲小寶眉頭一陣兒緊皺。

說實在的只要不是傻子，誰聽不出來，這大師在這些事情面前確實就是一個騙子？

可說到此處，那大師卻話鋒一轉，說道：「雲施主，你我相識已有五年，也經歷過一些事情，我是不是騙子，我想你心裡有數。今天之所以會身陷囹圄，辯駁不得，只是因為在場都是普通人，他們沒有見到靈體的本事，我這才是真真的百口莫辯。」

說完這番話後，他抬頭望著大家，高聲說道：「相信大家都知道這裡曾經還是有一個冤死的姑娘，而且這麼多年來，哪一個地方不會死幾個人？有冤魂在的情況下，再聚集一批死掉的鬼魂是很容易的。我剛才確實是溝通了那個冤死的姑娘，我只能解釋有人設局太過巧合，陷我於不義，無奈神鬼之事從來無法向普通人證明。所以，我特地請來了雲施主、雲先生。以他如今的聲望倒是可以證明我的清白。」

酥肉聽到這裡，悄悄對我說：「這些有錢人都是傻子麼？被騙得那麼厲害，還不辭辛苦跑來作證了？」

我可不那麼想，雲小寶是傻子？當年就跟個人精似的人，咋會是傻子？而且那曹二小小年紀就混跡複雜的玉市，更不可能傻。嗯，要說傻點，馬獨獨要傻些，還稱不上人精。

但無論咋說，要騙到他們可不容易，絕對不是這些簡單的騙局可以做到的，這裡面必然另有隱情，我壓下心中的衝動，倒是想聽聽雲小寶想說些什麼。

果然，聽聞那大師的話後，雲小寶很是禮貌地向大家抱拳行禮了一下，這才說道：「鄙人雲小寶，說在成都的聲望不敢當，畢竟此地臥虎藏龍。只不過薄有家財，在本地的古玩界、玉石界有些不值一提的淺名罷了。我想說的是，這位陳大師是我的朋友，我今天來這裡，不求大家給我面子，只是想以我的經歷，證實一番，陳大師不是騙子。」

酥肉聽到這裡，樂了，對我說道：「三娃兒，你說你幹嘛和別人過不去呢？人家也姓陳啊，說不定你還打了自家人呢！」

我斜了酥肉一眼，又抓了一個梨兒來啃，今天晚上也不知道吃了多少水果了！然後才說道：「管他姓啥？老子看不慣的就要說，就要打。」

酥肉嘖嘖了兩聲，調侃我了一句：「修道之人，咋那麼沒高人的形象啊？跟我一普通人似的，喜怒都壓不住。」

「滾，修道之人又不是神仙，一樣是普通人！還不准有個喜怒哀樂啊？反正老子沒那境界，連我師傅都說我了，修心是我的難關，就這樣隨便修著吧。」我很是無所謂的說著，然後一邊很認真，很仔細的望著雲小寶，我倒想聽聽他是什麼經歷！有沒有做假的可能。

說實在的，我真的很好奇，這大師何德何能，能讓雲小寶這種人精，都能自曝家族秘聞，為他作證？

第七章　亂局

抱著這樣的心態，我開始安靜地聽雲小寶講所謂的證據了。

原本，我以為這個證據牽連到雲小寶的獨子雲寶根，畢竟上次我師傅賣給他們那塊靈玉，雲寶春老爺子就說過，是要給他那身體不好的獨孫雲寶根戴的。

卻不想，雲小寶說的卻是在三年前已經去世了的雲寶春雲老爺子的事情。

在人群中，雲小寶還在動情地說著：「跟我來的朋友都知道，家父在三年前去世，也算高壽。可是在他去世之前的一段日子，卻是非常不好過，可謂受盡折磨，家裡也是怪事不斷。幸好五年前，我遇見了陳大師，有陳大師出手，才解決了一系列的事情，而且有些事情是我親眼所見，容不得作假。在下以在下的人格保證，陳大師確實是有真本事的。」

雲小寶這段話說的也算簡單，他說完後向眾人一抱拳，然後不再多說了，人群也安靜了下來，人們也都在想，這些人有頭有臉的，不至於特地跑來做假證，那事實是什麼呢？

雲小寶沒說話以後，馬獨獨此時又跳了出來：「鄙人馬獨獨，當然只是一個江湖外號。如果大家覺得雲兄的話還不可信的話，我也可以作證，以前的店鋪發生了一些怪事兒，也是陳大師給解決的。」

呵，這個馬獨獨，我啃完了手上的梨兒，覺得肚子有了半飽，擦了擦手，然後摸了兩枝菸出來，給了酥肉一枝，然後自己點了一枝，我看馬獨獨說完，剩下來的人又有什麼話要說？

果然，這次跟隨雲小寶來的人，像是把這所謂的陳大師當爹似的，一個個站出來都說了幾句，不過涉及到隱私，具體是什麼事兒，別人可沒說。

說完以後，那所謂的陳大師又恢復了一臉的雲淡風輕，悲天憫人，不過神態中卻有一絲掩也掩飾不了的得意。

「無量天尊。」先是行了一個道家禮。

這陳大師才說道：「幸有這些施主念著情分為陳某作證，否則陳某就算長了一千張嘴也說不清了。無奈之中只能在這裡跌一個大跟斗！所謂人生峰迴路轉，陳某剛才就疑惑，原本粗通卜算之術，未算出自己有這一劫，原來有朋友相助，也算萬幸。」

媽的，他就這把事情定性了啊？這就完了？暗示人們他沒這一劫，意思就是過關了？

有了這些人的證言，人們再度開始搖擺不定了，畢竟這是人類不可避免的天性，如果不是太關係到自己，非常喜歡跟隨大眾，人云亦云。

同時，那幾個小老闆也慌了，其中一個走上來說道：「陳大師，照你說的，這裡是真的有鬼？那你還是幫我們解決了吧？」

「算了，這裡的鬼物我解決不了，有人利用這個設局，引我入局，能避過一劫，已是萬幸。恕在下不能出手了。」陳大師很是平靜地說道，可是那話裡的意思分明就是生氣嘛。

而他的徒弟們也開始恰到好處地配合，其中一人走上前來說：「我師傅很忙，每天接手的事物不知道有多少。記不得你們給了多少香火錢了，報個數我們退給你吧。到你這裡來，誠心誠意的做事兒，結果你們竟然要把我們送警察局，哼……」

陳大師要表現得淡定，要端架子，他手底下的人自然就沒有這個顧忌，當然要幫陳大師適當地表現一下情緒。

那些老闆原本也不是多有見識和學識的人，至少在玄學這方面可以說是睜眼瞎子，偏偏這些小老闆卻比誰都迷信，一看事情這樣了，紛紛慌了。

央求陳大師的，求雲小寶幫忙說話的，什麼人都有。

呵，算那個陳大師有本事，這樣都能扳回一局，而酥肉在我耳邊說道：「這騙子太他媽的有人脈了，三娃兒，我們鬥不過，準備跑吧。反正行李已經收拾好了，我們趁現在跑，然後提著行李，買連夜的火車票，走他娘的。」

我對酥肉說：「別慌，山人自有妙計。」

「妙你媽啊，都這樣了，你還能咋辦？」酥肉著急地對我說道，就要動手拉我走。

而這時，陳大師只是冷哼了一聲，忽然目光就望向了我和酥肉，開口說道：「我一向算大量之人，我不明白兩位小兄弟為什麼和我過不去。我只求一個原因，你們告訴我就好了。餘下來的事兒我不計較。我要原因，也是想知道會不會和我仇家有關。」

「你能有啥仇家？」我叼著菸，斜眼望著他，一臉不屑。

陳大師一看我這樣，臉色立刻沉了下來。

其實也不怪人家陳大師如此，酥肉事後對我說，當時他看了都想打我，明明是個道士，卻一身小雜皮的氣息，一副欠揍樣兒。

嗯，那怪不得我，誰讓哥們在北京的時候，是個叛逆外加搖滾青年呢？

不過，陳大師還是比較要面子的人，終究不想和我這種「小雜皮」發火，他只是說道：「我的仇家，我所接觸的人和事兒，不是你能知道的，我只怕你被利用了，還幫人數錢。」

這話說得有意思，直接暗示人們，給我定罪名了，直指我和酥肉就是陷害之人。外加還把自己說得高深莫測。

酥肉那個火大啊，剛想說啥。那個曾經給我們做過假的小老闆已經迫不及待地跳出來了：「其實我認得他們啦，他們就是賣衣服，擺地攤的啦。前段時間還來找過我，幫忙做些些假啦。我就說啦，剛才就不怎麼信他們啦。」

得了，這算啥，牆倒眾人推？我那個無語，而酥肉已經衝動得要上去揍那個小老闆了，他吼道：「你倒真他媽會落井下石啊，賺錢的時候你咋不說？你個狗日的。」

那小老闆吼叫著，一閃身就躲在了陳大師後面，在他看來，陳大師高人嘛，自然很厲害的。而陳大師哪裡會錯過塑造正義形象的時候，當前就邁出一步，大喝道：「豎子，爾敢！」可是酥肉想打的就是陳大師，哪裡會管那麼多，要知道酥肉和我都一樣了，到了困境的時候，都頗有一種光棍氣質，不然當年也不會拿著菜刀、擀麵杖和餓鬼王拚命了，而且酥肉最想揍的哪裡是什麼小老闆，分明就是陳大師。

就在陳大師自我陶醉在光輝形象中，自以為仗著人多勢眾能喝住酥肉的時候，卻不想酥肉「砰」的一拳，結結實實打在了陳大師的眼眶上。

「啊呀！」陳大師捂著眼睛大吼了一聲，他那些徒弟見勢就要圍住酥肉，胖揍酥肉一頓。我就火了，拿起一個裝貢品的盤子就衝了過去，一邊衝一邊吼道：「幹啥子？幹啥子？要打人說？你們以為中國沒法律？今天你們要不把我們兩個打死，那麼你們也跑不掉，而且老子就算死也要拉個墊背的。」

這不怪我，我是表面上謙謙君子，內心裡火爆郎君，被激出火了，也就非常的光棍了，原本還想裝個仙風道骨形象的，看吧，就是不如人家陳大師，直接就用一個小混子的形象出場了。

而酥肉也很懂得配合我，大吼道：「老子不懂古文的哈，剛才他喊了一句，我聽那意思是，別打他，打我。我就照著要求做了，你們別欺負人啊！」

酥肉要說扯淡第二，那麼只能沁淮和他爭個第一了，我原本還火大，被酥肉那麼一逗，又覺得好笑了。

那大師還想維持風度，可又不想放過我們，只是說道：「這人莫名其妙行兇，我們還是要講道理，直接去警察局說清楚吧。」

呵，這下還弄反了，感情你還要送我們去警察局？於是我望著雲小寶喊了一聲：「雲大叔，多年不見你就不認識我了嗎？怪不得要被假道士騙！」

我這一喊，很多人愣住了，特別是雲小寶，臉色那叫一個「精彩」，估計因為陳大師的關係，他對我的印象肯定不好，現在我來和他攀交情，這算咋回事兒？

我一把把酥肉從人群裡扯出來，隨手就把盤子放下來了，這是「兇器」可不能放手上，我可是好人。

不理會雲小寶的精彩臉色，我特別溫柔地跟酥肉說道：「肉兒啊，你看看吧，小時候叫你好好讀書，你不好好讀，連古文都不會。」

酥肉立刻配合地說道：「三娃啊，我小時候哪有心思讀書，不就跟你胡混去了嗎？」

我和酥肉一扯淡，別人就看得眼抽筋，這算哪門子的事兒啊？那麼亂，那麼緊張的情況下，這兩傢伙還有心思「肉麻兮兮」地扯淡，那是他們不瞭解我們，在餓鬼王面前都能扯淡的兩個人，這點兒事算個屁。

陳大師可不想看我和酥肉表演，直說道：「讓人報警去吧，我這臉上還有傷呢，對於這種暴力的行為，我絕不姑息。」

至於雲小寶則是有些驚疑不定地問我：「你是哪個？」

酥肉指著陳大師說道：「報警是肯定的，不過現在你給老子站在那兒，沉默！」

這話說得真精彩，陳大師立刻臉色就變得一陣兒青，一陣兒白，至於我，骨子裡那痞子性格被激發出來了，爭強好勝的性子也就來了，我望著陳大師說道：「你剛才那句『豎子，爾敢』喊得可真精彩，你身為道家之人，應該知道道家之人種種咒言的功法吧？別以為只有佛門才有獅子吼。」

說到這裡，我望著陳大師停頓了一下，然後一口氣息已經暗沉丹田，輕聲說道：「你是不是想這樣喊？」說完這話，暗沉丹田的一口氣息已經爆發：「豎子，爾敢！」

這門功夫要的就是氣息悠長，悠長的氣息中也要暗含功力，這是相輔相成的事兒，我的功力不算豐厚，從小時候七歲算到現在，也不過十六年而已，不過十六年的累積也不是小事兒。

豈是那種騙子可以比的？這門功夫不算太難，師傅早教過我其中兩種吼法，一種是喊魂歸來，一種就是鎮魂的喊法，這一招老李曾經用過，就是當即把人鎮住，讓人神思一片空白。

如果是老李或者我師傅卯足了勁兒來喊，可以讓人一兩分鐘都是癡傻狀態，我的功力尚淺，不過一喊之下，那陳大師也直接傻愣傻愣地愣住了，什麼話都說不出來了。

在場的人們不是首當其衝的人，自然沒有那麼深刻的感覺，只是覺得我這一喊之下，聲浪如同氣浪滔滔不絕，甚至在這廠房裡起了很大的回音，就如我手持麥克風在說話。

這手功夫顯然鎮住了所有人，只要不是傻子都知道平常人喊不出這個效果。

而陳大師的徒弟，只管喊著「師傅，師傅。」，可陳大師此時就跟一個白癡似的，哪裡會答應？

然後我才跳上供桌說道：「大家以為的道士是什麼樣子？仙風道骨？不食人間煙火？還是成仙得聖，高深莫測？我要說的是，道士也是人，更不神秘，就是所學不同而已。知道我為什麼和這陳大師過不去？就因為他敗壞我道家的名聲，裝一個仙風道骨，裝一個高深莫測，最後他賺了一個盆滿缽盈，我道家落了個聲名狼藉。我原本不想說我才是個道士的，可是這騙子欺人太甚，仗著人多勢眾，就想塵埃落定，蒙混過去嗎？」

說到這裡，我望著雲小寶、馬獨獨、曹二等一眾人說道：「十五年前，成都騾馬市，××茶樓，我和師傅曾去賣玉，你們可還記得？」

雲小寶臉色一下子巨變，馬獨獨和曹二的表情也非常震驚，我不管這些繼續說道：「當日，我記得雲老爺子情願用一半家產換我師傅一塊玉，我師傅只收了兩千。我道家之人，從不掩飾需要黃白之物，可是君子愛財，取之有道，有勞有得才是正途。而且還要在不壞因果的時候出手，才換心安，錢財反倒是其次。哪有像他這樣的，跟救火隊似的，哪裡有難，哪裡出現？每次出現，必然伸手大拿而特拿？不怕被錢砸死？不怕因果纏身，修為不得寸進？這騙子真他媽的討打！」

我越說越是憤怒，此時雲小寶已經激動地衝上前來，說道：「小師傅，你可不可以跳下來，讓我看看？」

我勉強忍住火氣，跳下了供桌，雲小寶激動的雙手搭在我肩膀上，對著我仔仔細細地打量，不單是他，連同馬獨獨和曹二等人也圍了上來。

我任他們打量，眼睛卻落在那個所謂的陳大師身上，我看見他那一群徒弟中，那個面色兇狠的徒弟終於站了出來，對著陳大師狠狠抽了兩個耳光……

這倒是個辦法，我心裡想著，可這時，曹二已經驚喜地喊道：「是了，就是他，當年那個小師傅。我說看著有些眼熟，原來真是那個小師傅。」

曹二的話剛落音，馬獨獨和雲小寶也已恍然大悟，馬獨獨非常急切地問我：「小師傅，靈玉還有沒有？無論如何請賣給我一塊兒。」

而雲小寶則直接眼淚都出來了，對著我作揖，久久不肯起來，我沒搞清楚是咋回事兒，連拉帶扯的把雲小寶拉直了，這雲小寶很優雅地抹乾了眼淚說道：「你師傅是我們家寶根的救命恩人啊！」

我迷迷糊糊的，啥救命恩人？我師傅啥時候去救雲寶根，我咋不知道？

「我家寶根一根獨苗，從小備受寵愛，反倒是教育不足。十幾歲時與人打架鬥毆，鬧出了大事，當時被人捅了很多刀，靈玉也在那個時候碎了。可那天一起被尋仇的三人，兩人都死了，唯我家寶根搶救了過來，醫生說那麼多刀，沒有一刀刺中要害，而且在那偏僻黑暗的地方，還有人路過，及時發現了他，也沒有失血過多。諸多巧合，真的是擋災玉救了他一命啊！」就在我疑惑的時候，雲小寶娓娓道來，解了我的疑惑。

我心裡說不出來什麼感覺，說實話，我知道人玉相養，諸多益處，是否擋災，卻不敢肯定，畢竟在道家更講因果。如果是命定的死局，什麼東西都擋不了。

不過，是命裡的災劫跳過之後可以續命，倒是可以擋擋，這就是人生有坎的說法。

至於我自己，童子命可不是一個靈玉就可為我擋災的，我需要大功德去消災。

此時，陳大師早已經被這些人遺忘了，至於看熱鬧的人們更是嘖嘖稱奇，這峰迴路轉的，簡直比看電視劇還精彩，真假道士，嗯！精彩！

我想起這一茬，忽然覺得要拜託雲小寶一件事兒，我說道：「雲大叔，我師傅一向不喜歡我太過高調，今天在場的人有五、六十人，我希望借雲大叔的嘴，讓大家別把這事兒亂說，畢竟影響不是太好。」

雲小寶點頭說道：「這個你放心吧，畢竟沒有什麼離奇事件，人們也最多議論一下，不會出什麼亂子的！」

我剛想對雲小寶說那個陳大師的事情，而此時陳大師已經清醒了過來，被搧了兩個嘴巴，一張臉腫得跟個水蜜桃似的，還假裝風度地走了過來。

然後厚著臉皮對我說道：「原來小兄弟也是道家之人，這倒是大水沖了龍王廟，一家人不識一家人啊。既然都是道家之人，小兄弟也知道家之苦，這件事情，我想小兄弟也不是存心陷害我，我就不追究小兄弟了。也算是給小寶兄一個面子。」

雲小寶頗為意動的樣子，我看出來了，他並沒有因為我，而不相信那個陳大師，反倒是說道：「也是，這其中肯定有什麼誤會啊，我覺得大家說清楚，共同把這場法事進行完畢吧？畢竟這裡陳大師不是說不太乾淨嗎？之後，我親自去擺一桌酒，然後大家就賞臉坐下來，說清楚誤會就是了，呵呵……」

果然如此，雲小寶只以為是誤會，我才和那陳大師過不去，而我心裡大罵道，你媽，咋有那麼不要臉的人，還擺出一副你不和我計較的樣子。

我火大，直接說道：「這裡面沒有誤會，他一定就是騙子，今天鬧到哪裡去鬥是一樣！雲大叔，你要信得過我，你就把你們的遭遇詳細地說出來，我來給你們解釋，是不是有人存心害你們。」

我很直接地說著自己的想法，而沒注意到，那個兇狠之人一直站在酥肉的背後。

在陳大師和我之間，無疑雲小寶是比較相信我的，從經歷上來說，幾乎他們是一家三代都和我們師徒三代扯上了關係，如果我們不是道家正統，他不知道在哪裡才找得到道家正統了。

躊躇了一下，雲小寶對我說：「好吧，小師傅，請過來說話。」

我對馬獨獨說道：「事已至此，讓人群散了吧。那些小老闆稍後我去跟他們解釋。」

然後我轉頭對陳大師說道：「你要真有本事，你今天別走。或者你現在也可以走，但就算不把你們抓到局子裡去，但你也知道後果是什麼！」

後果是什麼，陳大師當然清楚，今天來到這裡的，都是他有影響力的大客戶。如果今天證明他是個騙子，就算不進公安局又怎樣？只要還在成都，這幫人有的是辦法收拾他們，而且他們也別想在成都再有翻身之地。

去別的地方？去別的地方或許是個辦法，但是要經營成現在這個樣子，不知道要花費多少功夫！而且什麼事情都有自己的圈子，在一個地方名聲臭了，難保就不會傳到別的地方去。

所以，陳大師要維持現在的風光，他只能硬著頭皮不走。

說實在的，我以為這個陳大師會很慌張，可是他聽聞我只是要問雲小寶的經歷，反倒很淡定，眼中有一種別樣的自信。

人群很快疏散了，那些小老闆們留了下來，畢竟這個到底有鬼沒鬼關係到他們的生意，他們還是要等個結果的。

做完這一切，我和雲小寶走到了一個僻靜的角落，然後雲小寶說起了他父親雲寶春的遭遇。

「就是那麼回事兒，我父親在那一年皮膚很多地方都呈詭異的青紫色，然後每天總有些時候神智不清，而且神智不清的時間還越來越長。後來，那個陳大師就自己找上門來，說有辦法解除我父親的症狀……」雲小寶說到這裡頓了頓，我接口說道：「你於是就覺得很神奇，他怎麼知道你父親出事兒了？而且抱著一種死馬當活馬醫的心態，對吧？」

「就是這樣的。」雲小寶神色凝重的點頭。

我說道：「這個很顯然就有問題，你們不是身在道家之中，覺得這樣未卜先知的才是高人。但事實上哪有這麼神奇，芸芸眾生，要清楚誰有什麼遭遇，除非一早知道這個人，然後還要有精密的卜算之術，可你知道精確到這種成程度的卜算之術要付出什麼代價嗎？另外還有一種情況，就是派人四處打聽你們家的事兒，然後裝高深莫測的高人。這種主動找上門的，必是有所圖，知道嗎？只有小說裡，才會存在那種主角有難，有高人上門留藥的情況！」

「你的意思是說，他一早就知道我們家老爺子出了這事兒？意思是……」雲小寶有些猶疑地說道。

「意思是你們老爺子遭難，跟他們有關係。如果我猜的不錯的話，他們不是全沒本事，裡面應該有一個會下蠱之人。你們老爺子的症狀很明顯是中了蠱毒，然後……」說到這裡，我心裡忽然非常不安，下意識地朝著陳大師那邊望了一眼，想找尋那個面相兇狠的人，但我沒看見他，就看見酥肉傻愣愣地一邊抓著屁股，一邊跟人吹牛。

我日，這酥肉還要點兒形象嗎？

我無語地轉過頭，卻看見雲小寶神色凝重地說道：「如此說來，情況的確有怪異的地方，那陳大師上門來，就燒了張符紙，說是失傳的小回春符，讓我父親喝下去。第一天，我父親的症狀就有所緩解，一連幾天之後，我父親真的好了很多，然後，有一天，我父親的肚子就開始劇痛，接著我家照顧我父親的保姆就告訴我，我父親拉肚子，拉了一隻很奇怪的蟲子出來，那蟲子……」

雲小寶顯然形容不出來苗疆那些稀奇古怪的蟲子，要知道，我聽凌如月說過，蠱苗培育蟲子，無所不用其極，自己培育出來一些變異的種類，實屬正常。

而我師傅也誇讚過蠱苗，說他們才是真正的昆蟲學家。

「那就對了，我有朋友就是蠱苗。她告訴我，毒素不過就是幾大類，其中一類蠱毒就是神經毒素，中毒以後會導致人神智不清。身上青紫，顯然就是中毒，而不是遇妖魔鬼怪，我可以肯定的說，絕對不是！道家的符怎麼可能解苗家的蠱？因為每一種蠱毒的解法都是蠱苗的不傳之秘，有些甚至沒有解法……」我很肯定地說道。

「可他的符水……」雲小寶臉上疑惑更重。

「給你講個歷史事件吧，曾經某個朝代，某一教派就是依靠著符籙迅猛的發展，成為了歷史上有名的邪教，人們都很信任那個教派，你知道為什麼嗎？因為他們的符水喝下去，對人們的病確實是有奇效！這效果怎麼來的？秘密就在於寫符的材料，他們加入了藥粉。那個時候的民間，正好流行疫病，缺醫少藥的貧民哪裡懂得這些？就以為是符有奇效。要知道，道家符化為符水喝下去，可不是治尋常病的，那是……」我解釋到，但在後面涉及到一些符籙的隱秘，不適合平常人知道，所以我就沒有再說下去。

「我懂了，你意思是那符上原本就有解藥，他們就是設了一個局，衝著我父親來的。」雲小寶的臉上幾乎是憤怒了，雲小寶不傻，相反的他很精明。

他一直都在奇怪，父親只是去個公園，回來怎麼就不正常了？那陳大師怎麼就那麼巧合的找上門來？

只是，後來父親的病好了，他就懶得去追究，細想了。畢竟錢能解決的事兒，對於他們這種有錢人來說，就不叫事兒。經我一說，這件事的詳細脈絡才在雲小寶的腦中逐漸清晰了起來。

「接下來的事兒就更簡單了，你周圍的朋友熟人都是比較有名望，通過條條的人脈線，他們都相繼發生一些怪事兒，然後你介紹陳大師給他們，陳大師就成功混跡進了你們的圈子。他們這群人哪裡是高人，分明就是徹頭徹尾的騙子，只是中間有一個蠱苗而已，我猜想，陳大師不是什麼主謀人物，關鍵人物應該是那個蠱苗。」我說出了我的猜測。

雲小寶臉色一沉，然後說道：「太過分了，他們竟然衝我父親下手，那麼在成都我保證這些人將會如過街老鼠，而且我加入了全國性質的古玩商會，交遊了不少朋友，我保證通過這些人脈，徹底讓他們在全國都混不下去。走，我們現在就過去，我要揭穿這群騙子，讓他們把那個蠱苗交出來。」

我搖頭說道：「騙子還是進公安局的好，我想以你的能耐，這個不算難吧？至於那個蠱苗是個危險的人物，我不懂他出外圈錢是個什麼意思，其實在那邊一直有人控制局勢，否則，你想，這些蠱苗全國亂跑，會是什麼樣的亂局？」

這就是老百姓不知道的事兒了，其實國家秘密在控制很多東西，保證平常百姓的正常生活，不然單單就是極端的蠱苗，已經會對社會造成很大的危害了。

「所以這個蠱苗……？」雲小寶皺眉說道。

「我會上報相關的組織，會有人來處理。」其實，如果我願意的話，這事兒我直接讓沁淮幫忙，這幫騙子無疑就會被扣上罪名，弄進監獄，不需要對老百姓解釋太多。但事實上，我更注重的是道家的名聲，我希望百姓們能多一些防騙的常識，才這麼大鬧一台，至少讓大家弄清楚生活中，什麼是真正的靈異事件，什麼是錯覺，什麼是裝神弄鬼。

和雲小寶談到這裡，基本上我們倆就把這幫人的命運決定了下來，雲小寶幾乎是怒氣衝衝的走了過去，而那陳大師還一副淡然的樣子，不知道哪裡來的信心。

我抱著一副看戲的心理走在雲小寶的身後，目光卻一直在人群中打量，我發現了一個讓我不安的事情，那個面相兇狠的人不在了，跑哪兒去了？難道剛才疏散人群的時候，趁亂跑了出去？

我壓下心底的不安，畢竟這種事情和普通人說，也解決不了什麼，反而是危機重重。我也很感謝雲小寶對我的信任，說出了這個蠱苗，如果放任他這樣下去，出了大事兒咋辦？

我忽然發現我有了一種自覺，一種道家人自覺匡扶大義的心理，一種不在那個特殊部門，卻還是做著那個特殊部門的人該做的事兒的心理。

這其實不是為誰，為什麼機構服務，這是為了萬家燈火的平常幸福。

此時雲小寶神色凝重的開口了，他說道：「馬獨獨，你當時店裡出事兒，是因為不斷的有大條的蜈蚣，從店裡的各個角落跑出來吧？」

「曹二，你的老婆是因為……」

「李青雲，你家是因為……」

雲小寶挨個問到，大家都很奇怪雲小寶為什麼會那麼問，雖然疑惑，但還是一個個都回答了。

然後雲小寶深吸了一口氣，說道：「大家發現沒，這些事兒基本上都和鬼怪沒有關係，全部是蠱子，都是蠱子在搗亂！」

馬獨獨說道：「蠱子不就是招惹冤魂厲鬼的象徵嗎？陳大師就是這樣說的啊，他還說咱們弄古玩，弄玉的，特別是古玉的，最容易招惹這些了。」

雲小寶說道：「我們都是走南闖北的人了，聽的奇怪事兒也不少，我想說的是，大家有沒有聽過下蠱這回事兒？我很慚愧，當年我也聽過關於下蠱的不少傳說，只是沒有親身經歷過，又為父親的病著急，後來治好了之後也不疑有他。經這位小師傅提及，我才恍然大悟，這就是下蠱和解蠱罷了。」

在場的哪一個不是走南闖北之人？聽過的事情當然很多，雲小寶那麼一說，大家聯想起自己的親身經歷，忽然臉色都變了。可這些人的臉色變得不算厲害，臉色變得最厲害的反而是那個陳大師，看那樣子都快站不穩了。

雲小寶轉頭對陳大師說道：「下蠱解蠱在你的範圍內，鬼怪之類的當然就要借助一些可笑的騙局了，是不是？就比如那答錄機，夜光衣服！我父親如若沒中蠱毒，說不定會多活一些日子，今天我就不與你多說了，交出那個蠱苗，說出一切的事情吧。否則，哼……」

雲家在成都黑白兩道都算吃得開，加上人脈廣闊，這話自然不是威脅。雲小寶沒明說什麼，但從他眼底的怒氣來看，那意思是他什麼事情都做得出來。最好那陳大師還是坦白從寬！

陳大師也是個聰明人，知道底牌都被揭開了，再辯解也是無用，一張臉變得蒼白而頹廢。

這時，在場的人精都知道是怎麼回事兒了，紛紛憤怒不已，這個陳大師的風光日子到頭了。

警車帶走了陳大師，他畢竟不是主謀，雲小寶終究還是放過了他，在我的授意下，雲小寶給陳大師打了招呼，就說你騙人好了，蠱苗之事就不用說了，否則就是人命案，你別想出來了。

這是赤裸裸的恐嚇，可是對陳大師有利，他自然是不會說出去的。

可遺憾的是，那個蠱苗果然就是那個面相兇狠之人，他竟然已經趁亂跑出去了。

不過，這幫騙子總算是解決了，剩下的事兒，就是我要給沁淮打個電話，通知一下這件事情，自然就會有人去處理。

酥肉伸了個懶腰，在我旁邊說道：「沒想到啊，原來是個苗人在作怪，他倒挺聰明的，知道自己樣子兇狠，不足以取信於人，還找了一個挺能裝樣子的人在台前幫自己辦事兒。」

「是個，那個所謂的陳大師就是被人當槍使而已。」我也淡淡地說道。

酥肉接口道：「那明天那雲大叔請我們吃飯，到底去不去啊？我覺得去吧，人還是得有些人脈啊，去吃頓飯又不咋的。」

我沉默著沒有說話，很簡單，這天下哪有白吃的飯？一般是會有所求吧？說不定還想再買一塊靈玉呢？

見我沒回答，酥肉就催著說道：「你倒是說句話啊，先說，老子可是很久沒吃好東西了。」

我轉頭望著酥肉，說道：「我說，你他媽那麼大個人了，咋不注意點兒形象？一直抓屁股算咋回事兒？」

第八章　中招

酥肉被我說起這茬，就有些奇怪的對我說道：「你說這冬天哪兒來的蚊子吧？我夏天倒是常常屁股被咬，沒想到這冬天還有蚊子咬我屁股。」

有那麼一瞬間，我懷疑酥肉被下蠱了，可是以我那時對蠱術的瞭解，我又固執而刻意的認為，下蠱應該是蟲卵什麼的，或者身上被塗抹什麼，萬萬沒有屁股癢的。

但是我還是下意識的問了一句：「你有被咬的感覺嗎？」

「沒有啥感覺，就覺得屁股不知道啥時候開始就癢了，一陣兒一陣兒的癢，到現在還癢得厲害了。」酥肉一邊說，一邊使勁地抓。

我懶得理他，乾脆刻意和酥肉拉開了距離，和一個一直抓屁股的人走在一起算啥事兒？

酥肉不幹了，一副非常委屈的樣子吼道：「三娃兒，你咋能拋棄我呢？」

我日，我一臉黑線，抬起腳吼道：「你離老子遠點兒，一旦靠近老子五米以內，信不信我踢你。」

「你這個負心人！」酥肉忽然喊道，然後一副幽怨的樣子。

就這樣，都好幾個人往我們這邊看了，我身上一陣兒雞皮疙瘩，酥肉自己也綳不住了，兩人一陣兒狂笑，就這樣打打鬧鬧地回了家。

由於計畫著要去參加雲小寶的飯局，我們決定再在成都待兩天，商量完這事兒，酥肉就急吼吼地要去洗澡，說癢死了，現在已經蔓延到背上去了，得好好洗洗。

我不以為意地問道：「你娃兒上次洗澡是多久以前？」

酥肉衝進了浴室，一邊開水，一邊回答我：「誒，我想想啊，這多少天了？哦，好像有六、七天了吧。」

我往沙發上一躺，一陣兒無語，罵道：「你乾脆學非洲土著得了，幾年洗一次，洗的時候找個瓦片，直接用瓦片兒把身上的污泥刮下來。」

「好主意啊，多節約水啊。就不知道你娃兒哪來的毛病，非得天天洗。以後水費我不管啊，你交。」酥肉在浴室裡吼道。

說是這個，我沒說話了，這天天必須洗澡的習慣，應該是跟著師傅那會兒養成的，因為那時候幾乎天天都在泡香湯，風雨無阻。

可是最近這一年，這頻率倒是少了很多，我和師傅都沒有說破原因，其實說起來也很簡單，師傅積存的材料用得差不多了，我們的錢又不多。

按照九〇年的物價來算，一桶香湯的成本價，不算人工錢，應該在一百多，有多少「大爺」泡得起啊？這修道修道，果然是「財侶法地」，財排第一啊！

怪不得山字脈的，一個個都很窮酸的樣子，我想起了我見過的那個骨瘦如柴的賣符紙的老頭兒，想起了元懿……

也不知道元懿咋樣了，我在成都昏迷那麼久，沁淮說師傅安排人送他回家鄉了，有特定的人照顧著，可我竟然因為錢的原因，一直沒去看過他……

就在我胡思亂想的時候，我忽然聽見酥肉在浴室裡大叫了一聲，然後這小子尖著嗓子吼道：「三娃兒，你來幫我看看。」

我一聽，從沙發上一躍而起，這是咋回事兒？連酥肉這種神經大條的人都如此反應，我衝進了浴室，看見酥肉指著肚皮，說道：「三娃兒，我這他媽被誰給染色兒了嗎？」

我一看，可不是酥肉說的染色了嗎？他的肚子上竟然有一小團，一小團青紫色的痕跡，跟有人把水彩潑到他身上似的。

我想起了雲小寶給我描述的，他父親的症狀，心裡一下就緊了，勉強鎮定地對酥肉說道：「轉過來，把你屁股給我看看。」

酥肉望著我，一臉無辜地說道：「三娃兒，你要幹嘛，老子可是喜歡女的。」

「滾你媽的！」我一下子無語煩躁之極，到這份兒上了，這小子還能扯淡，深吸了一口氣，我說道：「你先轉過來，我看看，估計有事了。」

酥肉開始本來是跟我開玩笑，看我這嚴肅的臉色，知道事情不妙了，趕緊轉了過來，我看見他右邊的屁股蛋兒上一團青紫的顏色，跟手巴掌一樣大，中心的地帶有些泛黑。

我用手碰了碰，酥肉立刻大叫起來。

我詫異地問道：「是不是很疼啊？」

酥肉望著我說道：「不是，我就是想和你說，我可是一個清白的人兒，這地兒只有我老婆能碰！」

我強忍著想抽他的衝動，對他吼道：「首先老子喜歡女的，第二，如果哪一天老子抽風了，喜歡男的，也不可能喜歡你這種一身肥膘的。你小子完了，中招了。」

最後一句話，我說得挺無奈，看這症狀，酥肉的確是中招了。

「可我不痛不癢的啊，這是幹嘛啊！難道這中招了，就是要把我從一個清白的漢子變成一個青紫的漢子。」酥肉一臉惶恐，最後還補充了一句：「三娃兒，我還沒娶媳婦兒啊，你得想辦法，變成青紫的漢子了，可就沒女人要我了。」

我特別煩躁的點了一枝菸，我是道士啊，不是蠱苗，這可咋想辦法？只能對酥肉說道：「你快點兒洗，洗完出來說。」

我們倆就這麼奇怪，明明中蠱這種一般人都會特別驚恐的事情，我和酥肉還能扯淡。

酥肉是覺得我特別有本事兒，這算不了啥大事。而我是已經麻木了，經歷了老村長的事兒，還有啥事兒在我眼裡能算得上是大事兒？

酥肉洗完澡出來，我們倆對著抽菸，我告訴他我沒辦法，因為我不懂蠱術，但是我把已經過世的雲老爺子的症狀告訴了酥肉！並且我說明了一點兒，我對蠱術不瞭解，所以毫無辦法。

酥肉一聽，就急了，說道：「我日，三娃兒，我要神志不清，會是個啥樣兒啊？」

我搖頭表示我不知道神志不清是啥樣兒，我說道：「你也別急，有辦法的。」

「有啥辦法啊，你說那個下蠱的人都跑了。」酥肉有些頹廢了。

「你別忘了如月和凌青奶奶啊，她們的蠱術可本事著呢。而且那陳大師不是被抓進去了嗎？我們可以從那裡得到一些線索的。總之，我看我們是去不成廣州了，看樣子得跑一次苗寨，不知道是去雲南呢？還是去湘西。」我儘量淡然對酥肉說道。

酥肉點點頭，有些驚恐地又掀起衣服，看著自己的肚皮，卻發現那詭異的青紫色又淡去了一些，他望著我說道：「三娃兒，我這是好了嗎？」

我知道這苗疆的蠱術多有詭異之處，不像一般中了毒，毒勢蔓延了就是壞事兒了，毒勢淡了，就是好轉了，這苗疆的蠱術有一個反覆的過程。

我說道：「這不見得是好了，總之別亂動吧。正好明天要去雲小寶那裡，我們詳細問問，然後讓他找關係，我們去見見那個陳大師吧。」

事到如今也只有這樣了，只是酥肉入睡之前，很是不放心地對我說道：「三娃兒，我神志不清的時候，你可得照顧著點兒我。」

我點頭表示知道了。

深夜，一切都是那麼的寧靜，累了一天的我和酥肉分別在床和沙發上睡得昏天暗地，一個屋子裡全是酥肉的打呼聲兒。

我從小因為靈覺強大的關係，睡眠其實不是特別的安穩，外面微小的動靜，在我聽來都是大動靜一般，所以我很容易在夜裡驚醒。就在我睡得正香的時候，我有些恍然的感覺，酥肉好像沒有打呼了。不過，我也沒有多想，不打呼是好事兒啊，我轉個身準備繼續睡，卻不想聽見一陣兒悉悉索索的動靜。

好像是酥肉起床了，這小子是要去尿尿吧？我這樣想著，還是沒有多在意。雖然知道酥肉中了蠱毒，但我下意識的認為，應該發作不會那麼快，而且這蠱毒也不是太厲害吧？就算是雲老爺子不過也是身上有大片的青紫，然後神志不清，還沒聽說對身體有太大的影響。

這也是我還能鎮定，不驚慌的原因。

可是酥肉的腳步聲響起了，他不是去廁所，而是徑直跑來了客廳，我睡的地方。

我很奇怪酥肉這是要幹嘛，可這小子只是在客廳站了一小會兒，就拉開門，去了陽臺。

我心裡覺得不對勁兒了，趕緊悄悄地起來，我怕酥肉是夢遊。夢遊這一現象道家都解釋不清楚，但有一點卻是大家都知道的忌諱，那就是夢遊的人，你一定不能把他驚醒或者驚嚇到了，後果會很嚴重。

我悄悄的起來之後摸到了陽臺，心說看看酥肉要做什麼，卻不想酥肉眼睛是睜開的，此時正目光爍爍地盯著我，用一口四川特有的「椒鹽」普通話說道：「何方宵小，跟在本大俠身後，鬼鬼祟祟，意欲何為？」

我日，這小子是醒著的啊，我虛驚一場，對酥肉說道：「你小子半夜別扯淡了，快點回去睡了，白天還有事兒呢。」

酥肉眉頭一皺，對我說道：「你是何人？本大俠認識你嗎？明日與你一起，是有何事？」

「我日，你說我是誰？我他媽大名陳承一，小名三娃兒，你從小到大的鐵哥們！得了，別扯淡了，我要冒火了啊。」我真的是火大，明明現在出了事兒，這小子還能這樣和我扯淡，還是半夜，說話一副文謅謅的樣子，不知道的人還以為他是古代人呢。

「陳承一？沒有聽過！怎麼可能是我從小的兄弟呢？在下楊過，請求這位兄弟不要一再戲弄於我，否則別怪楊某劍下無情。」酥肉一臉嚴肅地跟我說道，半點沒有開玩笑的意思。

楊過？我覺得自己要瘋了！又是好笑又是無奈又是擔心，此時我再笨也知道酥肉這時蠱毒發作了，開始神志不清了，我不知道雲老爺子神志不清時是個啥模樣，這酥肉倒好，直接把自己當成《神雕俠侶》裡的楊過了。

本來當自己是楊過也沒什麼，重點是這小子還能一本正經地和我對話，讓我在感慨之餘，不得不佩服苗疆的蠱毒簡直是厲害無比，直接把人弄成了一個大瘋子。

跟瘋子說話只能用瘋子的方式，酥肉說他是楊過，我一大男人也不能假裝小龍女，只能雙手抱拳對酥肉說道：「楊大俠，在下只是久仰大俠大名，和大俠開個玩笑罷了。不知大俠可否注意到，此地詭異，小子只是提醒大俠，要萬事小心。」

我同時也佩服起我自己來了，竟然一本正經地配合一個大瘋子說話。但是沒有辦法啊，誰叫站我面前的是我兄弟呢，我不能不管他啊，先哄他去睡了再說。

我這樣一說，酥肉臉上立刻換上了一副驚疑未定的表情，望瞭望四方，說道：「確實如此，此地到底是何處？比之絕情谷還要詭異，四方全是詭異建築，隱見鬼火（燈光）閃爍，你可知道一些什麼？」

得，這小子神志錯亂得夠可以的，我只能說道：「楊大俠，此地是為南柯夢境，暫時無法可破，小子已經身陷此地二十三不得而出了。要從此地出去，只有一個辦法，那就是蒙頭大睡，或可每日能出去幾個時辰。」

「此話當真？」酥肉一副焦慮的樣子，然後長歎一聲說道：「可憐我還要找尋我的姑姑，每日只得幾個時辰，那可如何是好？」

「有幾個時辰可以出去，總比一直困在此處要好。我勸楊大俠暫且安歇，明日出去之後再想辦法也未嘗不可啊。現在時辰已晚，若楊大俠再不抓緊時間休息，怕是明天也出不去了。」我一副誠懇的樣子，耐心地哄勸著。

酥肉皺眉沉思了一會兒，長歎一聲說道：「也罷，楊某這就去安歇罷。」

我趕緊把酥肉帶到了臥室，讓他上床睡了，果然不到一分鐘，這小子又再次扯起了呼嚕，我苦笑到，還他媽楊過呢，你就是變為楊過，本質還是酥肉，神經大條那麼好騙。真正書裡的楊過可是一個心思細膩之輩，哪有那麼好騙？再說人家楊過要來了這樣的地方，哪有心思能睡著，你倒好，一分鐘不到就扯起了呼嚕。

酥肉這小子是睡了，弄得我卻睡不著了，索性點了一根菸，靠著枕頭抽了起來，這還沒去苗疆呢，酥肉就發作了，這一路上可咋辦啊？而且這神經毒素還真厲害，把好好的一個酥肉給我變成楊過了，我日，這下可好玩了，這去了苗疆，萬一他發作了，我要咋給別人解釋啊？

還有，我必須要去看一次元懿，可酥肉我又咋放心得下？難道帶著一個神經病酥肉去看元懿？看來，只有找沁淮來幫忙了，這樣想著，我終於迷迷糊糊地睡著了。

第二天，一大早，我在很大的動靜下醒來了，睜開眼睛看見酥肉在一本正經地梳著頭髮，身上還穿著西褲襯衣。

我試探性地喊道：「楊大俠？」

酥肉轉過頭來望著我說道：「三娃兒，你叫誰呢？」

我問道：「你不是楊大俠？那你是誰？」

酥肉一臉驚恐地朝我跑來，說道：「我日，三娃兒，你咋了？我是酥肉啊！誰是楊大俠啊？我說你小子平時起得比公雞都早，說是要做早課，今天比老子還起得晚，一起來就神經不正常，你說說，你是咋了。」

我的一顆心放了下來，這小子是酥肉，不是楊過，我苦笑著，摸出了兩根兒菸，扔給酥肉一根兒，然後自己點上了一根兒，問道：「今天你咋起那麼早？」

「你忘了？今天雲小寶請咱們吃飯，那可是高檔的地方，我這不得收拾收拾，打扮打扮？」

酥肉見我正常了，就不問了，這小子的神經估計有鋼筋那麼粗。

我說道：「你剛才不是問我咋比你起得還晚嗎？我實話跟你說了罷，那都是你娃兒昨天晚上給折磨的。」

「咋了？」酥肉一臉不相信的樣子。

於是，我一五一十的把昨天晚上的事情跟酥肉說了，酥肉聽了之後，已經不是一臉不相信了，而是一臉你在開玩笑的表情了。

我懶得多說，只是叼著菸說道：「你愛信不信吧！我估計是你的蠱毒已經開始發作了，就是搞不懂人家是神志不清，你小子咋會變成楊過。」

酥肉聽我這樣說，倒是信了，苦著一張臉，很是煩惱的樣子。到後來，他忽然就精神了，說道：「變成楊過也好啊！多威風啊！你知道我從小愛看武俠小說，最喜歡的就是楊過。」

我無語了，有這樣的人嗎？也不想想，人家楊過威風是因為玉樹臨風，武功蓋世。你酥肉除了一身肥膘，還有啥？為今之計，怕只有找到那個陳大師了。

這樣想著，我起床了，洗漱過後照例做了早課，然後簡單收拾了一下，和酥肉一起出門了，在路上我告訴了酥肉我的想法。

酥肉一副無所謂的樣子對我說道：「反正有你在呢，我擔心個屁，你負責把我弄好就是了。」

果然！可我能有什麼辦法，誰叫這小子是我從小到大的鐵哥們呢？

找到一個公用電話，我撥通了沁淮辦公室的電話，這小子上班三天打魚，兩天曬網的，這辦公室的電話竟然沒有找到他。

我心裡苦澀之極，回想自己活了二十三年，從來就沒做過啥壞事兒，咋最鐵的兩個哥們是這副德性呢？無奈中，我只能撥了好幾個沁淮可能在的地方的電話，總算把沁淮找到了。

沁淮在我們一共同的哥們家裡，電話一通，就聽見沁淮說道：「土不土啊？打這電話找我，不知道哥兒我有大哥大了嗎？」

大哥大這玩意兒，我一點都不瞭解，只在電影裡看過那些老闆用過，沁淮這紈褲公子哥兒，果然夠紈褲，我沉聲說道：「我咋知道你有大哥大？」

沁淮的聲音一下子驚喜非常，說道：「承一，你終於知道給哥兒我打個電話了。」

我沒有扯淡的心思，很是嚴肅的把事情一五一十的跟沁淮說了，然後就聽見沁淮窸窸窣窣穿衣服的聲音，他說道：「我在張鐵軍這裡睡的，有個女的，不太好意思帶回家啊。得，等我，我馬上就去買飛機票，我們幾個小時以後成都見啊。」

「嗯，到時候你到酥肉家裡找我們吧，如果不在你就等等。」我說完之後掛斷了電話，心裡一陣兒溫暖，酥肉和沁淮這兩個傢伙雖然德性不靠譜，可是人真的很靠譜。

沁淮要過來了，應該事情就不會那麼麻煩了吧。

第九章　三人幫

雲小寶等我們的地方在琴台路，一處非常幽雅清靜的茶園包間。

我和酥肉到了的時候也不過才上午十點多，我們原以為我們來早了，要等一陣兒，卻不想雲小寶、馬獨獨、曹二，還有一個陌生的年輕人早已經等在了這裡。

待到我和酥肉進去坐下，雲小寶就要親自為我和酥肉倒茶，我不好意思讓一個老人家為我們倒茶，連忙阻止了，和酥肉來了個自己動手，豐衣足食。

茶是上好的鐵觀音，可我喝著卻沒什麼感覺，天知道我那師傅都藏了些什麼「珍品」，讓我喝外面的茶都覺得很一般，就那次在大師叔家喝的大紅袍讓我驚豔了一次。

不過茶桌上擺的點心倒是讓我和酥肉吃得不亦樂乎，龍鬚酥、三大炮、白蜂糕、珍珠圓子、蛋烘糕、玻璃燒賣……我和酥肉吃的那叫一個滿嘴流油，雲小寶笑眯眯地看著我們吃，吃完了他又點，有錢人就是好。

吃了一會兒，酥肉忽然小聲對我說道：「三娃兒，別吃了，等下中午就吃不下了。」

這個臭小子！我倒是想著還是別吃了，還有正事兒沒說呢，想著有些不好意思，我扯過一張紙，擦了擦嘴，剛準備開口，卻聽見一個明顯有些氣虛的聲音說道：「爸，這兩娃兒就是你說的高人啊？咋這副吃相啊？我看還不如那個陳大師。」

我不以為意，比起師傅被別人常當成「盲流」，我這算啥？酥肉更不在意，他原本就不是什麼高人。

只是雲小寶的面子掛不住了，對著那年輕人呵斥道：「我看我是太寵你了，說話不分場合。看來幾年前你差點沒得命了，你都沒得到教訓！知道你身上那塊保命的靈玉哪兒來的不？就是這位小師傅的師傅用非常低的價錢賣給我們的。」

那年輕人桀驁不馴地說道：「我說過好多次了，那次我沒死，是我自己運氣好，關那塊破玉啥事兒？你和爺爺一個個迷信兮兮的，才信這些神棍。屁本事沒有，就靠一張嘴。我不陪了，我還有事兒。」說完，那年輕人不管雲小寶臉色有多難看，非常乾脆的拂袖而去，偏偏雲小寶還拿自己這兒子沒辦法。

得，被說成是神棍了，我心裡隱隱的想給這個傢伙一些教訓，讓他知道心有敬畏，但是想起師傅留信說過不得妄動道術，除非在保命的情況下。

我在想，就算師傅在，肯定也不會在意這事情，他最討厭的事兒就是用道術爭強鬥狠，況且師傅行走江湖那麼多年，更不在意一個自己的名聲，我又何必在意呢？

想著我也就釋然了，拍了拍臉色有些不好看的酥肉，那意思是就是叫酥肉也別計較。

雲小寶有些訕訕地對著我和酥肉想要道歉，我說道：「沒關係，這些事情信的人他始終會信，不信也是自由，雲叔不必介意。」

一場尷尬也就這樣化解了過去，我和在場幾人說起了正事兒，問起了雲老爺子的具體症狀，在雲小寶的具體敘述下，我心裡逐漸有譜了。

這蠱毒確實是會讓人神志不清，激發人心裡最潛意識的欲望，就比如雲老爺子神志不清的時候，就好像回到了年輕時候的崢嶸歲月，一身匪氣，呼朋喚友地要做什麼，要做什麼。至於酥肉，他的潛意識竟然不是做一個有錢人，而是當大俠啊，想到這裡我覺得有些好笑。

問清楚了這個，我的心事倒也了了，我知道酥肉和雲老爺子中的一種蠱毒，那麼找那個陳大師應該會靠譜，原本我想提出要雲小寶幫忙去見見那個所謂的陳大師，不過沁淮過來了，倒是沒那必要了。

午飯是去一個所謂的高檔地方吃的，雲小寶果然對我提出了再買一塊靈玉的要求，連同馬獨獨、曹二也提出了這樣的要求。

八十年代是個好時代，很多人都趁著這股東風發了財，現在不僅是雲小寶，連同馬獨獨、曹二都是有錢人了，一個個的對我表示，只要有靈玉，錢不是問題。

我苦笑，對於他們來說，錢不是問題，可是對於我來說，靈玉卻是問題，道家養器和佛家開光有本質的不同，佛家開光耗費的是高僧的念力，佛家一向念力出色，也容易附著在要開光的器械上，可是道家哪一件兒物事不是要耗費大量的時光？

師傅留下的靈玉也就那麼幾塊兒，很多都是要當成陣眼兒或者法器來使用的，很多年前，如果不是逼不得已，師傅也不會拿出靈玉來賣。

說起來我缺錢，真的非常缺錢，如果賣靈玉能換來錢的話，我當然不會推辭。可是此路不通，靈玉不是那麼好溫養的。

拒絕了雲小寶幾人的要求，但同時我也答應了他們，給他們一個大概可以聯繫到我的方式，以後有什麼事情我會酌情幫忙處理。

我扔給他們的聯繫方式，是沁淮給我的大哥大號碼，至於為什麼這樣做，是因為我覺得以後我總要有個生存的方式吧，這條路我已經看到了難走之處。就算我不留戀世間的繁華享受，可是這修行哪一步不是要靠金錢來鋪路？

和雲小寶他們算是愉快的吃完了一頓飯，回去的時候已經是下午二點多，我怕酥肉路上發作，咬著牙奢侈了一把，招了一輛那時還很新鮮、很罕見的的士，和酥肉坐著的士回了家。

所幸的是到家之後酥肉也沒有發作，我們就在家裡無聊的看著書扯淡，等到下午五點多的時候，沁淮這小子到了。

一進門，沁淮就開始嚷嚷了：「聽說酥肉變了個花屁股，給哥兒我看看唄？」

酥肉作勢就要抽沁淮，兩人鬧騰了一陣兒，沁淮這才記得把行李一扔，往沙發上一躺說道：「明天咱們就直接去局裡吧，我在北京那邊找了關係，已經電話裡溝通過了。這一層層的人情啊，酥肉，你可欠哥兒我不少啊。」

「行了，行了，去找到那陳大師，還指不定有沒有效果呢。」酥肉嘴巴上可不領沁淮這情意。

沁淮也知道酥肉這人，和他在一起，是嘴巴上不饒人的，也懶得和酥肉計較，沁淮對我說道：「承一，我可是求爺爺告奶奶的，弄了一年的事假，你們這次去苗疆可要把我帶上。在北京機關大院的日子可把哥兒我憋壞了，我得去看看這個世界。」

面對沁淮這個瘋子，我無話可說，只是說道：「你忘記老村長的事情了？跟著我可不是啥安穩日子啊。哪天沒命了，我拿啥來賠給你爺爺？」

「不會沒命的，你在苗疆不是有個很厲害的妹妹嗎？就是那個美女——凌如月啊，有她罩著，什麼蟲哥兒我都不怕。」沁淮一副老子天下第一的表情。

我卻懶得再解釋什麼，畢竟對於蠱術我比他們知道的，也多不了太多，只是在瞬間勾起了滿腹的心事，我去苗疆能遇見我師傅嗎？他還在苗疆嗎？

我很想他。

第二天，我和沁淮兩人直接去了某看守所，至於酥肉被我們反鎖在家裡，還加了一把大鎖。這小子半夜發瘋了，沁淮也見識到了，昨天半夜，人家酥肉不是楊過了，而是變身成了郭靖！真他媽讓人無語，這樣能讓人放心帶他出來嗎？萬一在路上又變成「韋小寶」咋辦？所以，這次來看守所，就我和沁淮兩人。

手裡有權，辦事兒就是方便，在特意的關照過後，我和沁淮兩人幾乎沒費什麼力氣就在看守所見到了那個所謂陳大師，而且還是在一個單獨的屋子裡。最好的地方就是，看守所的員警都守在門外，我們說話辦事兒非常方便。

那陳大師此時哪裡還有一點仙風道骨的樣子，他被意外的叫來了這裡，看見是我，倒是大吃了一驚，他沒想到要來見他的人是我。

沒有太多餘的廢話，一見到這個陳大師，我就說明了來意，我問起了那個人的蠱，還有那個人到底是來自哪裡。

因為那天太過倉促，我直覺陳大師沒有說清楚所有的事兒，這次因為酥肉中了蠱毒，所以我要問個清楚。

「有菸嗎？」面對我的問題，陳大師來了一句犯人都會問的經典臺詞。

沁淮聞言扔了一枝菸給這個陳大師，陳大師接過菸抽了一口，然後說道：「我和他合作了有十年了，當時他找到我的時候，也不過是才十六歲的小孩兒。很多事兒我的確知道，可我現在已經這樣了，我憑啥要告訴你們？」

我和沁淮對望了一眼，這陳大師有恃無恐的樣子啊，看來一定是知道些什麼，面對這樣的情況，我沒有什麼處理的經驗，可沁淮有啊。

他哈哈大笑了兩聲，說道：「是啊，哥們，我都覺著你憑啥要說呢？換我是你，反正已經關進來了，破罐子破摔唄，說了有啥好處？」

陳大師夾著菸，一副驚疑不定的樣子，他不懂沁淮是啥意思。

沁淮卻接著說道：「反正你現在是這樣兒了，我是沒本事讓你從監獄裡出來，可我有本事讓你多坐幾年，你信不信？你想想吧，為啥你在看守所，還沒進監獄呢，我們就能來見你，還是單獨見面這種。哥們兒，我要是你，我就識相一點兒，別磨磨唧唧的了，我想那個人也不是什麼你的好哥們兒吧，不然能丟下你一人跑路嗎？」

我在心裡鼓掌，沁淮這話說得可真精彩，其實這小子哪有本事兒讓別人多坐幾年？有權也不是他的，是他爺爺的，可是他爺爺也不可能為他辦這破事兒吧？他就是恐嚇別人。然後再挑撥挑撥……這混機關大院的孩子就是不一樣。

果然，那陳大師動容了，拚命抽著菸，抽完了一根兒，沁淮又遞給他一根兒，直到連續抽了三根兒，那陳大師才歎息一聲，說道：「好吧，我說。」

十年以前，陳大師還不是陳大師，熟悉的街坊鄰居都叫他陳道士。這個道士不是什麼真正的道士，而是那種專門為人置辦白事的道士，就比如哪家有人過世了，人們就會請他來，幫著辦場法事，彈彈唱唱那種。

這樣的道士在中國大地到處都是，他們並不是真正的道家修行之人，也不懂什麼具體的道家法門，他們就是做個白事生意那種，除了為人辦辦身後事兒，也賣些錢紙，蠟燭什麼的喪葬用品。陳大師就是這萬千道士中的一人。

但本名陳忠秀的陳大師和那些人比起來又有那麼一些不同，不同在哪裡？不同在他的樣子和氣質，給人的感覺特別的正氣，還有一些道家人出塵的意味兒在裡面，所以陳大師的生意比起其他人來說，要特別的好一些。

總之這一片兒的街坊鄰居，就特別愛找他辦事兒，他幾乎是壟斷了這一片兒的「生意」。日子也還過得去。原本，陳忠秀以為日子就這樣過下去了，不算特別富貴，但也吃喝不愁，但是也就在十年前的某一天，有一個少年找上門了。

這個少年一上門，陳忠秀就對他沒有什麼好印象，很簡單，因為這個少年給人的感覺就像是一匹餓狼，那不管看誰的目光都透露著一絲兇狠、仇恨的意味在裡面。這樣的人，誰能對他有什麼好印象？

而且那少年一上門，對陳大師說的話就是：「聽說你在這一帶很有名氣，和我合作吧，我給你一個發財的機會。」

一上門就說這種話，這不是扯淡嗎？只要智商稍微正常一點兒的人都不會相信這話，更何況陳忠秀原本就對這個小孩兒印象不好。結果不言而喻，陳忠秀很肯定的拒絕了他，出於他油滑的性格，這拒絕還是比較委婉的。

那少年也不多說什麼，只是對陳忠秀說了一句：「三天後，你就會哭著喊著來找我的，你等著看吧。我再給你一次機會，三天後我會再上門來。」

這話說得太不客氣，讓陳忠秀那麼狡猾的人都差點發火，不過他還是忍了下來，客氣地把那少年請出了門，然後和家人繼續吃飯，一切正常。

可是在當天晚上，陳家的所有人都不對勁兒了，一個個上吐下瀉不說，還吃不下去東西，到

第十章　探望元懿

看守所裡，陳大師說起這段往事，面容是那麼的苦澀，連夾在手上的菸也忘記了抽，他說道：「後來，我就和這個小孩兒一起開始行騙，也才知道他叫阿波，是個來自湘西的苗人。聽說他還有一個名字，可他卻一個人也沒告訴。那麼多年吧，說是行騙也不完全是，一般的人我們就用簡單的騙術，遇到他重視的大客戶，他就會親自出手下蠱。呵呵，我也是後來才知道他是一個會下蠱的苗人。」

說到這裡，沁淮問道：「什麼人才是他重視的大客戶？」

「就是特別有錢的，他就很重視，我和他是二八分成，我二他八，我覺得他對錢重視到了幾乎瘋狂的地步。我一開始也不知道他要那麼多錢做什麼？直到有一次他喝多了，才吐露了一點點消息，說他的寨子需要很多錢。那個時候我也才想起，他第一次和我見面的時候，說我是什麼他們考察的結果，說的跟一群人似的。那麼多年，我也只見到他一個人。」

這時，我和沁淮的心裡都有些震驚，這根本不是一個蠱苗在瘋狂，按這陳大師的說法，根本是一個寨子的蠱苗在瘋狂啊！這個苗寨要做什麼……？我和沁淮都算是那個特殊部門的人，對這些事情都特別敏感，這一發現讓我們心驚肉跳。

但我們是不可能對這個陳大師多說什麼的，我只是問道：「你那個叫阿波的朋友跑了，但是在跑之前，給我的一個朋友下了蠱，所下之蠱和以前雲老爺子中的蠱是一樣的，你知道什麼嗎？」

事到如今，那陳大師也沒什麼好隱瞞的，很乾脆地說道：「他有很多下蠱的辦法，但是有一種蠱，聽說是他特別在意的蠱，他不會輕易動用，給雲老爺子用的就是那蠱，你朋友估計也被他那蠱咬了。那蠱我見過，是一個奇形怪狀的很小的蟲子，看樣子就很恐怖，五顏六色的，聽他說，那蟲嘴裡有類似於麻藥啥的液體，咬人沒感覺，讓人防不勝防，就算他們寨子裡有這蠱的人也不多。至於解蠱，要用另外一種蟲子咬一口才行，另外還有一種藥粉，可以克制一下，他給了我一些那個藥粉，用來畫符……」

聽到這裡，我激動的問：「那符還有嗎？」

「在我家裡，還有一些。另外……」那陳大師用一種渴望的眼神望著沁淮說道：「你們聽了這些，也知道我沒撒謊，我也是被逼的，你們能不能幫我求求情啊？我這一坐牢，我家裡人咋辦啊？」

沁淮說道：「這個我可以幫忙看看，不坐牢是不可能的，你和那個阿波一起做了那麼多壞事兒，難道不該有個報應嗎？想想那些被騙錢甚至中蠱的人吧？」

「可我有什麼辦法？那蟲蟲要人命啊。」陳大師無奈地說道。

在這個問題上，我不打算和陳大師辯論什麼，如果有心不做這些事兒，在當時完全可以求助公安局什麼的，就算當時沒有，至少也不是選擇合作十年那麼久，而且還一副樂在其中的樣子吧？在這世界上，我對因果是深信不疑的，既然有了因，你怎麼可能逃避果？我只是對他說道：「能幫的，我們儘量幫你。我只是想知道，你知不知道那個阿波是哪個寨子的？」

陳大師皺著眉頭努力的回想著，然後才不確定地說道：「我不知道他是哪個寨子的，他這人防備心很重，連酒都很少喝，就那一次喝多了，不過那一次他除了說他們寨子需要錢以外，還說我很想跟你說，你醒著的時候，隨時都是一副高傲的表情，睡著的時候倒很平靜的一人。可我真的希望你是醒著的，就算還是那樣兒的表情都好，我都覺得比現在順眼。」

如果是在平日裡，我說這樣的話，元懿一定會針鋒相對，或者甩個白眼給我，再不理我。可現在他根本就不可能有任何回應。

我靈覺強大，能感覺元懿不是魂魄離體，而是魂魄非常的虛弱，虛弱到已經不足以支持他醒著有任何的行動，也虛弱到不知道他這一生還有沒有醒來的希望。要知道，長時間的躺在床上，人的身體機能是會逐漸衰退的，再好的護理都阻止不了這件事兒，生命在於運動就是如此。

彼此相對的沉默了一會兒，我心裡越來越難過，畢竟如若不是我當時的困局，元懿不會落到如此的地步。

此時的我，不知不覺，已經染上了菸癮，心裡一煩悶，就忍不住想點一枝菸，我摸出菸來點上，對著不會說話不會回應的元懿說道：「元哥，現在我的朋友遇上了麻煩，師傅也要離開三年。師傅曾經說過我自己的因，就要我自己來還果，否則因果一旦種上，我怕三生三世都要欠下你的。等著吧，等著我這件事兒辦完了，我會遍尋醫字脈的高人，然後想辦法治好你的。如果實在不行，我為你逆天改命！」

吐出了一口煙霧，我也不知道為啥我會說出這種話，逆天改命！

可是我的命都是元懿救的，逆天改命又如何？我情願承受逆天改命帶來的後果，甚至連同元懿的後果一併承擔，這種一併承擔後果的術法是有的，只是願意的人太少。

就在我抽著菸胡思亂想的時候，我聽見外面有動靜，好像是大媽去開門了，難道是元懿的女兒回來了嗎？

我的心裡陡然有一些緊張，我總把元懿這個樣子的責任歸咎在我身上，所以我一想到要面對元懿他女兒，就忍不住有些緊張。

果然，客廳裡響起了說話的聲音，聽見一個女孩兒說：「張婆婆，您辛苦了啊！」

「嗨，我辛苦啥啊？妳爸又不鬧騰，就是洗洗被子，照看著餵點兒東西。起來方便什麼的事情，每天不是都有男同志來做嗎？對了，今天有人來看妳爸呢。」

「誰啊？」

「一個妳爸的同事，在妳爸的房間裡呢。妳放學了，我就先回家啊。家裡還有點兒事兒。」

「嗯，好的，您忙啊。」

「這孩子，客氣啥，我來看護妳爸，單位可是給了工資的。」

對話說到這裡，外面就沒有什麼動靜了，而我的心跳忍不住越來越快，我聽見一個腳步聲慢慢地走近，然後靜止在門口，我不太敢回頭看。

就在我忐忑的時候，一隻手伸過來一把搶走了我的菸，還在我沒反應過來的時候，菸就被狠狠踩熄在了地上，接著，那身影沒有半刻的停留，就蹦到了窗前，「嘩啦」一聲把窗簾拉上了，然後開了燈。

這時，我有些愣愣的抬起頭，首先映入眼簾的就是一張清秀的，有些怒氣衝衝的臉。

我還在組織語言，想著說什麼的時候，那個女孩兒已經開口了，說話又快又急：「我知道你是我爸的同事，我也很感謝你好心來看我爸爸。可是你不知道嗎？不能在病人面前抽菸！而且，我爸以前睡覺就喜歡拉著窗簾，他睡眠淺，外面一有點兒動靜，光亮一大點兒，他就得醒，這是我爸的習慣。知道嗎？」

這串連珠炮似的話不算客氣，可我卻半點沒有生氣的意思，果然是元懿的女兒啊，和他爸一樣，不玩心眼，說話直來直去，連委婉都不知道叫什麼。

但不能否認這也是個好孩子，對照看她爸的那個大媽如此禮貌，她的性子那麼直，對上門的客人都直話直說，可見她對那個大媽的感謝也是真心的。而知道的感恩的人一般都是好人，這是我爸媽從小就教育我的事兒，因為他們就是不喜歡欠別人，且很記恩情的人。

我對這個女孩子的印象不差，甚至說是很好。

只是尷尬之下，我一時也不知道說什麼，低著頭憋了半天才說了一句：「對不起啊。」

卻不想這時，一杯熱茶塞在了我手裡，然後那女孩兒竟然笑著爽快的說：「沒關係啊，剛才我也太厲害了，嚇著你了吧？小叔叔。」

額，她什麼時候出去給我泡的茶我都沒注意，還有，小叔叔這個稱呼……我還真不習慣。所謂歲月不饒人，我也成別人口中的叔叔了？

這時，氣氛有些沉默，我端著茶杯不知道說什麼，卻不想那女孩兒完全不在意，已經坐到了元懿的旁邊，為他整整被子，墊墊枕頭，然後說道：「爸，你餓了吧？醫生說你只能吃流食，我去給你熬點兒肉粥餵你喝啊。還有，爸，今天期末預考的成績出來了，我又是全班第一呢，你要早點醒來就好了，就能看看我的卷子，給我簽字呢。」

聞言，我握緊了茶杯，一陣兒心酸。

卻不想那女孩兒卻爽朗的笑道：「不過，爸，沒關係啊，你再等我幾年，我現在高二了，還有一年就能考大學了，我一定考個全國最好的醫科大學，到時候治好你，真的，呵呵呵……」

這孩子，真的很堅強啊，我心裡一熱，忽然又想起了元懿的畢生所願，一句話再怎麼也忍不住蹦出了口：「妳想學道嗎？」

學道？這小女孩兒顯然沒有反應過來，她聽我這樣說了以後，不由得問了一句：「你說什麼啊，什麼學道啊？」

我深吸了一口氣，然後很認真的問這小女孩兒：「妳叫什麼名字？」

「元希，我叫元希。」雖然不明白我為什麼忽然問這個，但是元希還是很認真的回答了我的問題。

元希？元懿會給女兒取這個名字，是意味著承載了元家的希望嗎？一時間，我更堅定了心中的決定，我問道：「元希，我也比妳大不了幾歲，以後妳可以叫我哥哥的。在這裡，我準備給妳說一些事情，然後妳再做個決定，好嗎？對了，妳多少歲？高二，應該是十六、七歲吧？」

問到這裡的時候，我就在盤算，十六、七歲學道算不算晚？也在計畫著一些事情。

元希見我神色嚴肅，也很認真地說道：「你是要告訴我一些關於我爸的事情吧？放心，我不小了，我今年都已經十六歲了。你說吧，我承受得起。」

難道元希知道一些什麼？我有些疑惑地問：「妳也知道你爸爸的事情？妳知道些什麼？」

「我不知道我爸爸的事情，但是從五歲開始和他相依為命，我總覺得我爸爸很多事情瞞著我，和其他同學的爸爸不一樣。你今天是要告訴我些什麼嗎？」元希帶著期待地問道。

我示意出去說，然後和元希兩個人去到了客廳，我拿出一枝菸點上了，這次元希沒有表示任何的意見，而是耐心等待著我跟她說這些事。

深吸了一口菸，我說道：「這得從妳爺爺說起……」

我開始對元希把一切的事情徐徐道來，從元懿的爺爺，到元懿的父親，到元懿的種種，到我們一起去解決老村長事件，到元懿最後倒下……

這其中有一些是我和元懿親身經歷的，很有多是後來和沁淮聊天時，沁淮告訴我的，他很有心，在部門裡問了許多關於元懿的事兒，他就怕元懿有個三長兩短，以後他女兒什麼都不知道。

元希也才十六歲，我不知道對她說這些隱秘的，類似於天方夜譚的事兒，對還是不對？也不知道她那麼小的年紀，能不能做到對一些事情保密，這顯然不是一個理智的人能做的事兒。

可我管不了那麼多，從小師傅就說我太過重情，做事拖泥帶水，在各種情緒面前，也是從情緒不從理智。所以，這才是我，這也是我做事兒的方式，我不想改變。

既然元懿現在就像植物人，而他生前最在意的也是他們家的名聲，我就要給一個名聲讓他女兒繼承著，這算是我的還願。

就這樣，我不停敘述，在說到難過的地方時，又不停抽菸，而元希則一直沒發表任何意見，只是安安靜靜地聽著，過了一個多小時，我終於講完了這一切。

然後就是沉默，整整沉默了五分鐘以後，元希才說道：「如果這是我爸畢生的希望，我願意去學道，哪怕是放棄學業都可以。只是我爸要怎麼照顧？」

顯然，元希這孩子分外的懂事兒，她第一個想到的就是元懿。她沒有問我真與假，也許那麼多年和元懿相依為命，她隱隱已有猜測，也許她也聽聞了一些她祖爺爺的事兒，總之，她就是表現的那麼鎮定，完全不像一個孩子。

不過這些我是有考慮的，我對元希說道：「我不會你們元家的家傳道法，而且女孩子修山字脈也不是那麼合適。相字脈願意嗎？我在相字脈有一個師妹，我想女孩子之間更容易溝通一些，如果妳願意的話，我這就聯繫我師妹。然後，元哥的事情我們可以再商量，放心，在沒有治好他之前，我不會讓妳和他分開的。」

元希重重點了一下頭，說道：「只要是學道，能夠發揚光大，不墜了我祖爺爺的名聲，我都是願意的。」

我和元希就這樣幾乎是兒戲般的達成了協定，可誰又能算到這兒戲般的協議也許就是命運呢？這兒戲般的協議我和元希都是如此認真，卻不想，還有很多人跟著我們一起認真。

接下來的幾天，我就待在這黑龍江的小城，我首先就聯繫了我的師妹，師妹當然不能擅自做決定，她把我的提議告訴了我的小師叔。卻沒想到，在兩天後，我就接到了李師叔的電話，我去找他的時候，他不在北京，這怎麼就回來了？

大師叔是這樣跟我說的：「承一啊，我們這一輩，在年輕的時候都有件挺遺憾的事情，那就是失去了一個小師妹，我想你隱約是知道的。元懿救了你，等於是我們這一脈的恩人，不然山字脈就斷了傳承啊。你讓小女孩兒來北京吧，讓她當你的小師妹，一是了了我們年輕時候的遺憾，二是還了這恩情。讓她來北京以後我們幾個老傢伙輪流教她，你師傅回來以後也教。元懿呢，在北京也方便照顧。學業不用荒廢的，在北京我會給她聯繫學校。」這就是大師叔的決定。

我把這個決定告訴了元希，無疑元希也是非常贊成的，自始至終她都表現得像個小大人，反而把我襯托得像個孩子似的。

原本我師叔是要派車來接我們的，可是元希卻非常堅決地拒絕了，她這樣跟我說的：「承一哥，我覺得就這樣叔叔伯伯都對我不錯了，能不麻煩的地方就不要麻煩了。你願意和我辛苦點兒，一起坐火車去北京嗎？」

我自然不會拒絕，但是我敏感的發現，元希這小姑娘，骨子裡除了直爽之外，還有些別的東西，那就是分外要強，對自己幾乎到了苛刻的地步。這不也就是元懿的寫照嗎？

三天後，元希固執地一個人收拾交代好了家裡的一切，然後打包好了行李。我們就要出發了，臨行前望著那一屋子的書，我對元希說道：「妳祖爺爺這一脈的傳承一定就在這些書裡，等妳打好了基礎，就回來挑些書帶去學習吧。」

「我相信我爸會醒來的。」元希很堅定地跟我說道。

我點頭，表示相信，是一定會醒來的，如果醒不來，我就為元懿逆天改命，強行喚醒他的靈魂。那一天，這個小城還是一如既往的下著雪，元希，不，應該是我的小師妹提著簡單的行李，我背著毫無意識的元懿，踩著有些積雪，滑滑的地面離開了這裡去到北京。

命運總是這樣，一環扣著一環，遙遠的過往裡，師傅他們失去的小師妹，流逝的日子裡，在我面前倒下的元懿，一切都凝聚為了今天，成為了新的一個小師妹，提著行李和我走在雪中的元希的命運。在火車上，元懿依舊沉睡，元希很安靜，在看一本書，她從家裡書架裡挑出來的，一本淺顯的講道是什麼，玄學又是什麼的書，應該是元懿的私藏，市面上買不到。她還真夠努力要強，從現在開始就執意地打基礎了。

我因為要抽菸，就走出了軟臥包廂，坐在了外面長廊上的位置，看著窗外，覺得肩膀那塊兒地方又開始癢了。也不知道從哪天開始，我肩膀這塊老癢癢，但是除了癢，也沒別的什麼，可是這樣難受啊，癢得要命的時候，我幾乎都把自己的皮膚抓破。難道我也中蠱了？我這樣想著，又覺得簡直是無稽之談，自己有些敏感了，不過是有些癢罷了。

看著窗外，火車隆隆地開過，所有的風景都快速地後退，這一次回了北京之後，我應該是不會有任何停留，就會和沁淮，還有酥肉去湘西了吧。

第十一章 印記

回了北京，來接我們的當然是酥肉和沁淮，跟著一起來的，還有我大師兄，這可讓我驚奇不已，難得他會親自出門。

房子一早就給元懿找好了，是國家安排的，畢竟從某種角度上來說，元懿是個國家的英雄，只是不能擺上檯面來說的英雄，所以這些待遇是他應有的。元希對這間位於大院裡的機關住宿樓還算很滿意，一切生活用品都比較齊全，提著簡單的行李就可以入住。

安頓好了元懿，我們幾個人一起吃飯，我把元希介紹給大家認識了，特別是大師兄，因為元希從此往後就是我們的小師妹兒了。

酥肉和沁淮喝了不少酒，一聽介紹元希，酥肉首先就說話了：「元希妹子，以後妳就是我妹子，妳爸爸那是一個英雄啊。別看哥哥現在這樣，聽著啊，哥哥以後會很有錢的。」

沁淮也跟著摻和，說道：「那都得是以後的事兒，別聽他吹啊。有事兒來找妳沁淮哥哥啊，不說萬事兒能給妳搞定吧，至少不會讓我妹子妳啊，受人欺負。」

最後，我大師兄才說道：「小師妹，妳今天就和我去見見師傅吧，我師傅安排了，這半年，妳就跟著我們學習吧。不過，在平日裡，妳可以叫我大師兄，這只是一個稱呼吧。我們這一脈吧，真正的大師兄是他。」

我大師兄指著我，弄得我臉上一陣兒火辣辣的。是啊，明明我才是大師兄，我害羞個什麼勁兒啊。可心裡也一陣兒感動，原來我大師兄從來沒忘記這一茬，小師妹一進門就說了這個規矩。

一頓飯吃得很舒服，也很開心，我直接去沁淮家裡住，那是他自己租的一個小四合院兒，這時候倒挺方便我和酥肉的。因為太過勞累，我一進屋就睡下了，這一覺直接睡到了吃晚飯的時候，沁淮叫我，我才醒來。

由於中午飯吃得太晚，我也不算太餓，我跟沁淮說道：「我先去洗個澡吧，這在火車上待了那麼久，身上膩歪。」

沁淮點頭，讓我趕緊去，然後順口念叨了一下酥肉，說那小子一個星期也不愛洗一次。

當熱水淋在身上的時候，我長舒了一口氣，彷彿連日的疲憊都一掃而光，只是跟著我的肩膀又癢癢起來了，我歎息了一聲，也不知道為什麼，這肩膀一沾熱水，就老是癢癢。

我習慣性的去抓，忽然發現有些不同，這一次除了癢癢，還有些許的刺痛，怎麼了，得皮膚病了？這是我第一個想法，然後下意識的去看，沒想到這一看，卻出現了讓我頭皮發炸的結果，我看見我的肩膀上有個X字型的標記。

這個X字型成紫黑色，不太規則，就像是人隨手畫上去的一樣，但不可能是皮膚有什麼問題，巧合之下才成這樣的。

我頓時心裡有些亂，使勁抓著毛巾，我深吸了幾口氣才平靜下來，這個是蠱術嗎？我中蠱了嗎？這些日子一直活在蠱術的陰影下，我難免會往那方面想。可是這事情看起來根本不像是中蠱，倒是像有什麼人隨手在我身上畫了一個什麼標記，就像待宰的豬，身上給蓋個章似的。我不知道我為什麼會有這樣無稽的想法，可這個想法就是揮之不去。

我胡亂洗完了澡，出了這間單獨的浴室，望著四合院裡被分割的狹窄的天空，我總有感覺，覺得好像有一張無形的大網向著我罩來，我掙脫不了，壓力很大的感覺。

酥肉和沁淮坐在我面前，呆呆地看著我肩膀上的那個叉，一臉震驚的樣子，只要不是傻子都看得出來，這絕對是人為的痕跡，就像我刻意去紋了身。

我還算淡定地穿上衣服，問酥肉和沁淮：「你們有什麼看法嗎？」其實，此刻我心裡有百種不好的感覺，可是我不能說出來，如果我們三個人是一個小團體的話，我就是他們的主心骨，還要幫著酥肉解決身上的蟲，所以我不能慌。

「我不知道這是咋回事兒，我覺得你應該去找一次你的師叔。」酥肉如是說道。

沁淮沉吟了一陣兒說道：「我直覺吧，這是個陰謀，可能因為你得罪了那個苗人，他們盯上你了。可別小瞧這些苗人，他們這個民族可是一個骨子是剽悍，勇敢的民族。對朋友可以很熱情，可是對敵人也非常殘酷。」

沁淮說的非常有道理，酥肉的建議也不錯，不在我們理解範圍內的事兒，只能去問經驗豐富的老人。

另外沁淮還跟我說了一個不太好的消息，在之前，我讓沁淮去打聽孫魁的寨子，這個是順利打聽到了，而在當時，沁淮想著凌青奶奶是個蠱術高手，如果能直接找到她的下落，對於我們來說，應該就能無比的省事兒。

可是，在部門裡，凌青奶奶的一切竟然是絕密的資料，在沁淮費了九牛二虎之力之後，有一個知情人告訴沁淮，原來凌青奶奶從來都只能我師傅單線聯繫她，她會在有任務的時候，提前等在昆明，方便聯繫。但她沒在昆明的日子裡，沒人能找到她。

這個消息確實不算是好消息，簡直是打消了我們的希望。如果是我師傅單線聯繫，那麼我李師叔是不是該知道些什麼呢？這樣想著，我幾乎不能等了，連夜就去找我的師叔了。面對著我肩膀上的印記，李師叔的表情很怪異，又是沉重，又是小心，卻又是無奈。

他長歎了一聲，對我說道：「承一，你真是一個特能惹麻煩的傢伙啊。不愧是童子命，走到哪兒都是萬事兒纏身。」

「師叔，你知道這是什麼嗎？」我看到了一絲希望，我看得出來，我師叔知情。

「我們年輕時候，曾在苗疆有過一段故事，所以多多少少知道一些。你這個不是中蠱了，可又類似於中蠱，因為這個印記留在身上沒有任何的副作用，就是起到一個標示的作用。但這也是一種蠱，有了這個印記，你只要一遇見那個寨子的人，你就像黑暗裡的燈泡一樣顯然，躲都躲不了。」李師叔這樣給我解釋道。

媽的，我心裡不由得罵了一句，這苗人太可惡了，直接就在老子身上畫個叉，一點藝術感也沒有，一個叉算什麼啊？當然，這是我心情放輕鬆之後才有的表現，畢竟證明了這只是個印記，沒有任何的副作用，我堂堂道家山字脈傳人難道還會怕了這些蠱苗？

他會下蠱，我會的東西還多呢，到時候就看誰先扛不住吧。

看見我輕鬆，李師叔說道：「怎麼？覺得沒有什麼？我只是給你一個提醒，如果這個印記不在一定的時間內消除的話，估計就得留你身上一輩子了。而且，這種寨子的印記一般都是一個寨子獨有的，其他寨子的蠱苗可能消除不了。也許你覺得留在身上沒什麼，但我可以給你解釋一下對他們來說顯然的原因，一般這種印記都有一種人類聞不到的特殊氣味，然後特別的吸引某一種蟲子，如果你走在野外，遇見了那一種蟲子……」

李師叔很是難行的給我解釋道，我一下子脊背起了一串雞皮疙瘩，霍的一聲站起來說道：「師叔，啥也別說了，給我說一下凌青奶奶的下落吧，我明天就去苗疆。」

我和沁淮，還有酥肉一起踏上了去湖南的火車，臨行前我特地去看了一次元希，小丫頭有些捨不得我，畢竟元懿出事兒後，一個小小的姑娘堅強了太久，太不容易，我的出現無疑讓她找到了一絲依賴，所以她捨不得也是正常的。

不過，這丫頭到最後還是微笑著對我說：「承一哥，你放心去吧。你回來的時候，說不定我已經很厲害了，我大師傅說我很有學道的天分哦。」

這孩子總是懂事兒得讓人心疼，只是我很疑惑，如此有學道的天分，為什麼元懿會不讓她學道，我的決定是否正確？可我不是一個會考慮太多的人，覺得自己應該這麼做，就做了。

這一次的旅途有著沁淮和酥肉的陪伴，倒也不算無聊，在沁淮的堅持下，我們訂的是軟臥，三個人扯淡、打牌、睡覺，吃吃喝喝倒也過得快活。

只是不知道為什麼，一旦我走出包廂抽菸，總覺得有一雙眼睛在盯著我，這感覺讓人很不舒服，我常常不自覺的四處張望，可這安靜的火車軟臥長廊哪有什麼人？我把我的感覺給酥肉喝沁淮說了，這兩個傢伙直接就說我太敏感，估計是身上被別人印了個殺豬的標記，怕被殺豬吧。

就知道這兩傢伙沒正形兒，我真懶得跟他們說了，最後沁淮說了一句：「承一，我們這包廂裡呢，誰偷窺你啊？你不是在暗示我哪個女的看上你了，然後偷窺你吧？」

是啊，我們是在包廂裡，哪裡會有人偷窺？估計是我肩膀上的印記給了我太多的壓力，所以才會產生這種錯覺吧，這樣想著我也安心不少。

火車經過了幾十個小時的行駛，總算到了湖南長沙，湘西那邊我們要去的地方，並不通火車，所以我們還要坐汽車才行。在火車上待了那麼久，我有些迷迷糊糊的，這也怪不得我，在我的感覺中，這些日子我老坐火車了，都快坐到崩潰了。就這樣，我迷迷糊糊地跟隨著沁淮和酥肉

的是三人間，倒不是因為我們省錢，或者非得膩歪在一起，這些日子的事情總透著一股子詭異的勁兒，分開了反倒沒有安全感。

睡到半夜，睡眠很輕的我聽見沁淮起夜的聲音，這小子有起夜的毛病，我總結為腎虧，所以他起夜我也不以為意，估計是因為看不見，我聽見沁淮開燈的聲音，晃的正在打呼嚕的酥肉嘟囔了幾聲。

上完廁所，沁淮估計清醒了一些，腳步聲也顯得沒那麼迷糊了，我迷迷糊糊地說了一句沁淮關燈，可等了好一會兒，沁淮都沒有關燈，我正想再說點兒什麼，卻聽見沁淮大叫了一聲：「我操。」

這一叫，把我和酥肉叫醒了，酥肉一個翻身起來，吼道：「啥事兒？有小偷嗎？」

而我也準備起來，看看是咋回事兒，卻沒想到沁淮用一種驚恐的眼神看著我，說道：「承一，你別動。」然後使勁兒的對酥肉使眼色。

酥肉當然看懂了沁淮眼神的意思，閉嘴屏住呼吸看著我，也是一臉震驚，弄得我心裡七上八下的，忍不住猜測我咋了？

順著酥肉的眼神，我脖子有些僵硬的轉過頭，看在我的肩膀上，一下子我就起了雞皮疙瘩，我肩膀上不知道什麼時候趴著一隻非常大的飛蛾，比一個成年男人的巴掌小不了多少，那翅膀上跟眼睛似的花紋，彷彿是在嘲笑著我。

我從小就怕這些昆蟲，最怕的是蜘蛛，當然對飛蛾的印象也好不到哪裡去，此時牠趴在我肩膀上，我心裡真的害怕，面對鬼怪都沒慫過了的我，對這些小蟲子真的慫了。

此時，酥肉隨手操起了一個什麼東西，緩慢的靠近我，然後非常快速的「啪」一聲打在了我肩膀上，那隻蛾子濺出了惡性的汁液，然後應聲落到了地上。

我「霍」的一聲從床上一蹦而起，然後說道：「有啥等下再說，我必須去洗澡。」

可是沁淮卻叫住了我，對著關閉的窗戶努了努嘴，然後說道：「承一，我估計你把這賓館的飛蛾都引過來了，這就是所謂的招蜂引蝶嗎？」

我一看，頭皮立刻發炸了，那關閉的窗戶上，趴了不下二十隻飛蛾。

那我肩膀上那隻哪兒飛來的？我疑惑的想到，酥肉好像很能理解我的想法，指著門上的小窗戶說道：「這隻飛蛾估計有智商一點兒，繞著從那裡飛進來的。」

「關上！」我毫不猶豫的說道，然後衝進了洗澡間。

酥肉則在後面笑罵了一句：「看你那害怕的樣兒，也不怕我們被憋死在這裡。」

我洗完澡出來以後，門窗已經關上了，可是酥肉和沁淮兩個人都沒啥睡意，坐在那裡大眼瞪小眼地互相看著。

我看得好笑，忍不住問了一句：「喲呵，你們哥倆是看對眼了？要不明天去領個證兒？我去給你們當證婚人？」

沁淮幽怨的瞪了我一眼，一副你很噁心的樣子，酥肉則一副憨厚又委屈的樣子，接了一句：「沁淮沒咪咪，我不喜歡。」

「哈哈哈……」酥肉說完以後，我們三個人同時爆笑，然後我這才問道：「你們倆剛才咋回事兒啊？坐這兒發愣？」

沁淮摸出枝菸來叼著，說道：「我看我們今天晚上不用睡了，剛才你進去洗澡，我們聽見走廊上有腳步聲兒，忒嚇人了，走我們門前就停了。我和酥肉怕一開門就被人下蠱，沒敢開，然後酥肉貼門上聽，都聽見那人的呼吸聲兒了。」

沁淮還沒說完，酥肉就接著說道：「然後老子忍不住了，和沁淮一人提了一張兒板凳，悄悄過去，猛的把門一打開，你猜怎麼著？」

「咋？」我擦著頭髮，有些好奇地問道。

「我日，門口連個人影子都沒有。你說我們是不是鬧鬼了，三娃兒，你開個天眼來看看唄？」酥肉這樣說道。

我一愣，忽然就想起火車站那個背影，心裡莫名的就感覺有些沉重，還沒來得及說啥，把菸點上的沁淮說話了：「承一啊，我覺得你在火車上的預感是對的，說不定火車站也真看見什麼人了，我總覺著吧，我們被人盯上了。」

經歷了老村長的事兒，相比於鬼，我更怕的是人心，酥肉說是鬧鬼了，我倒信了幾分，我說道：「不管怎麼樣，我開門看看吧，幾個大男人，難道還能在這屋裡被嚇死？」

說著，我就起身，猛地打開了門，走廊外清清靜靜，再遠了就是一片黑暗，看起來幽深無比，但就是如此我也沒感覺到半分「鬼氣」，根本不是有鬼，而且也沒有鬼存在過。

要是真有鬼來過這裡，它那一身兒陰氣是逃不過我的感覺的。但不知道為啥，我這樣開著門，愣愣的看著走廊外，總覺得有些毛骨悚然的感覺，到底是什麼讓我毛骨悚然？

我來不及細想，酥肉已經在我背後大呼小叫的喊道：「三娃兒，看見啥沒有？哥哥我已經拿好刀了，隨時準備給中指來一刀。」

呵，這個酥肉倒是記上中指血了，我剛想回頭讓他們放心，可就在這時，猛地一團陰影朝我撲來，帶著厚重的粉末，讓我不自覺的閉上了眼睛。

人一閉上眼睛，就難免心慌，我喊了一聲：「我日！」然後雙手無意識的亂舞，感覺摸到了一個冰冷的、軟軟的東西，我更心慌，這種觸感可不怎麼美妙，我不由得大喊：「沁淮、酥肉！」

可一張嘴，卻感覺嘴裡撲進了大量的粉塵，這是什麼玩意兒？我有了一個不好的猜測，全身都是雞皮疙瘩，那感覺比讓我面對老村長還恐怖。

接著，一雙手就把我拉了進來，我聽見沁淮和酥肉大呼小叫，乒乒砰砰的聲音，我終於鼓足勇氣睜開眼睛，看見沁淮和酥肉一個人拿著一個掃把，一個人拿著一個拖把，也是閉著眼睛在房間裡亂舞。

怪不得他們，因為接下來我就看見一隻飛蛾，很大的飛蛾，快有大半個人腦袋那麼大了，呈非常詭異的灰紅色，像快要乾涸的血，飛舞著，翅膀不停的落下粉末，那樣子顯然是拚命地在朝我飛來。

「三娃兒，快想辦法，你他媽惹了一個啥妖蛾子啊？」酥肉閉著眼睛大喊道。

「哥兒我從小到大就沒有那麼怕過這蟲蟲蟻蟻的，都是些啥啊？承一，弄死他。」沁淮也大喊道。

其實，男人不是不怕蟲子，而是那些蟲子沒觸碰到他們的底限，這種妖蛾子誰不怕啊？這兩人下意識的就依賴我，我也只有硬著頭皮上，原本我是被拉到了沁淮和酥肉的背後的，我一下子衝出去，那蛾子也跟著我飛了過來。

我轉身停了下來，雙手抓著鋪蓋，那隻飛蛾就這樣朝著我飛來，在牠飛低的一瞬間，我拉著鋪蓋，猛的朝牠一撲，終於把牠罩在了鋪蓋裡。

然後我大吼道：「過來，我抓住牠了，在鋪蓋裡，踩死牠。」

沁淮和酥肉一聽，不要命般的衝過來，然後對著鋪蓋一陣兒「砰砰砰」的狂踩，終於鋪蓋下面沒啥動靜了，我這才鬆開了鋪蓋，如虛脫一般的靠在了牆上，天知道，剛才已經讓怕蟲子的我拿出了天大的勇氣了。

酥肉和沁淮也來挨著我坐著，這兩人也不好受，身上一片一片的灰紅色，就是那蛾子身上的粉末，估計他們也被這突如其來的蛾子嚇住了。

「怪不得我媽從小就說妖蛾子、妖蛾子，這蛾子估計是個妖怪了，啥不長光長個了。」酥肉拿出一枝菸，一邊說一邊點上，狠狠的吸了一口。

沁淮拿過酥肉手上的菸吸了一口，則說道：「這被子等下扔了吧，免得賓館問起懶得解釋，那麼大隻蛾子。」

至於我，不知道怎麼的，有些昏昏沉沉的，身上發麻發癢，嘴裡也是這感覺，我又從沁淮手上拿過菸，吸了一口說道：「我沒見過妖怪，但我知道蜘蛛、飛蛾、狐狸、黃鼠狼、蜈蚣這些東西是最有妖性的，很容易變成妖怪。」

這個時候，我什麼都不想去分析，雖然我直覺這蛾子來得不簡單，很有可能和門口的腳步聲兒有關。

三個人輪流抽一枝菸，抽完後，神魂總算定了下來，沁淮說掀開被子好好看看這隻蛾子，而酥肉則嚷嚷道：「身上又癢又麻。」

沁淮聽酥肉這樣一說，也立刻驚呼到自己也有這感覺。

我掙扎著站起來，意識莫名其妙的開始模糊，我對酥肉說道：「快，三個人一起去洗洗，用熱水沖掉身上的粉末。」

可剛說完，我的腳步就不怎麼穩了，感覺自己全身麻痺到連大腦都快被麻痺了，我咬著牙說了一句：「沁淮，聯繫我李……李師叔，說……說……說明情況。」說完，我就人事不省了。

其實，我在當時，原本的意思是想說，讓我李師叔聯繫我陳師叔，我覺得我們中了這蛾子的毒，而我陳師叔是堂堂醫字脈，他一定有辦法，可我的意識支撐不了我說那麼多話，所以我只能倉皇的說出了這一句。

在一片迷濛中，我感覺到酥肉和沁淮拖我到洗澡間，感覺到熱水劈頭蓋臉的澆下來，感覺到嘴裡也被灌了水，也聽見他們在喊我，我就是沒辦法睜開眼睛，就是沒力氣去回應什麼。

我在心裡暗自嘲諷的想著，我這他媽都昏倒多少次了？為啥每次昏倒的都是我，這次明明不是昏倒了，可還要做出一副昏倒的造型，是啥意思？那兩小子在胡亂的給我擦著，然後再胡亂的給我扔在了床上，蓋上了被子，我很想大喊一句，別給我蓋那床飛蛾被子啊，也不可能喊得出來。這種感覺非常難受，全身麻痺，比在老村長的夢世界裡還難受一百倍。

我聽見這兩傢伙熱火朝天的討論接下來要咋辦，議論了很多種可能，可惜我都插不上嘴，終於沒辦法了，我閉上了眼睛，乾脆睡覺。等到我醒來的時候，依然是這種情況，全身麻痺到眼睛都睜不開，房間裡分外安靜，沁淮和酥肉兩傢伙也不知道跑哪兒去了，我肚子餓得要命，無奈自己就跟一個清醒的植物人一般，只能死躺在床上。

真要命啊，希望他們是去聯繫我大師叔去了，並且能把情況說清楚，不然我要真這樣成了植物人咋辦啊？反正這樣躺著也沒事兒，我開始分析起這件事兒，開始拚命回想我在火車上聽見的聲音，和在火車站看見的背影到底是誰？

越是想，越讓我覺得他們是同一個人，是誰呢？也許是在絕對的安靜與靜止間，人的大腦分外活躍，我忽然想到了一個讓我目瞪口呆的人。

「我小時候就中過蠱……」

「我婆婆懂一點兒蠱術……」

「哦，我沒去過那寨子，我婆婆從來不說……」

在全身不能動的麻痺中，我終於想起了這個人，我從北京回四川在火車上萍水相逢的人。

那憨厚的話語，那平淡到沒有什麼特徵的臉，那樸實熱情的性格，怎麼會是他？如果不是我記憶力驚人，我對這人可能連熟悉的感覺都不會有。

忽如其來的發現，讓我的情緒極其激動，如果不是全身被麻痺，說不定我已經全身發抖了。只因為如果真的是這個人的話，那麼真的就如我的感覺一樣，有一張無形的大網在漸漸的朝我網來，而我卻一直不自知。

無奈，我現在是一個動也不能動，說也不能說的植物人，就算知道了，又怎麼樣？

日子就這樣不鹹不淡的過了兩天，我躺在床上，漸漸清醒的時候少，沉睡的時間多了，我有一個可怕的發現，我發現一開始我只是身體被麻痺，可思維還是比較活躍，但是到現在，我連思維都感覺有些麻痺了，不然怎麼會沉睡那麼久？

而且思考起來的感覺，就像是一個喝醉了酒的人去強行思考一件很複雜的事情一樣。

不止是我，我在思維清醒的時候，聽見酥肉和沁淮說話，也知道他們的情況也好不到哪兒去，麻痺感越來越重，沁淮跟酥肉形容，就像人被剝光了，扔大雪地兒裡，全身僵硬的感覺。

我不懂醫學，可我覺得非常奇怪，按理說任何有麻痺作用的東西，應該都會隨著時間慢慢的減退，變淡的啊，怎麼會有越來越嚴重的感覺？或者是麻痺過量？天知道。

思維的麻痺，讓我一思考人就犯困，終於我再次陷入了沉沉的睡眠中。

再次醒來的時候，我忽然發現全身有了感覺，這感覺非常強烈，就像有人在我四肢不停的按摩、揉捏，接著我聽見一個非常溫和，讓人聽了如沐春風的聲音說道：「應該差不多了，強烈的痛覺能很快的刺激他醒來，接下來，就這樣吧。」

「承心哥，這也有些太狠了吧？」我聽見了沁淮的聲音。

「就是，承心哥，你確定要這樣子啊？」酥肉的聲音。

來人是誰？我一聽聲音就聽出來了，來人是我那溫潤如玉，風度翩翩的二師兄，蘇承心。

聽到酥肉和沁淮的話，我有一種不祥的預感，可我現在還動不了，也說不了話，根本反抗不得，偏偏我那二師兄還非常溫和，一副關切的口吻對酥肉和沁淮說道：「有些時候是要下猛藥的，才能起到最後的效果，你們不懂。他再這樣躺下去，身體機能都會衰退，這就不是藥石能彌補的事兒了。」

二師兄和二師叔長居蘇杭等地兒，一口蘇杭味兒的普通話原本就軟糯纏綿，原本男人說起來難免有些娘，可我這二師兄說起來就是讓人聽著舒服，溫言軟語的很有說服力。

完了，我不能指望沁淮和酥肉這兩個傢伙救我了，接下來，我感覺到什麼東西摁在了我的身上，我全身傳來了一陣兒刺痛感，痛得我瞬間就流出了熱汗。

「不對啊，怎麼還不醒，看來下手還得重點兒。」二師兄自言自語，接下來又是一下，果然比剛才的還重，我聽見了酥肉和沁淮倒吸冷氣兒的聲音，接著我再也忍不住，就像聲音強行衝破了喉嚨似的，「啊」的一聲叫出了聲兒。

「有效果，有效果，承心哥，再來。」酥肉和沁淮幾乎是同時大喊道。

而我在發出了第一個啊字以後，就好像聲帶恢復了功能一樣，終於我能說話了，我幾乎是費盡全身力氣的喊道：「不要！」

喊出來之後，我出了一身的熱汗，前幾日覺得很沉重的眼皮也一下子就睜開了，只不過視線還有些模糊，於此同時我聽見二師兄說道：「也好，醒了就不用了，準備點熱水給他喝吧。這兩天這小子應該餓瘋了，全身麻痺到連自主吞嚥功能都沒有，可憐啊。」

接著，我聽見酥肉說了幾乎讓我崩潰的話：「就是，還跟小孩兒似的，來尿什麼的，嘖嘖……不說了。」

估計是酥肉的話刺激了我，我的意識飛快地恢復了，視線也變得清晰了，第一眼就看見一個戴著眼鏡、文質彬彬，笑容非常溫和好看的男子站在我面前，不是我二師兄又是誰？

我說不出什麼來，只是稍微恢復了一點兒力氣，就努力的看被子裡面，還好一切還算乾淨，當植物人的感覺真可憐，我不想再體驗第二次。

沁淮弄來了熱水，小心的餵了我幾口，喝下幾口熱水以後，我才覺得腹中空到難受，餓得我眼冒綠光，恨不得把身下的床都給吞下去。

二師兄坐到我床邊，問我：「感覺好了嗎？是不是很餓？不能急著大吃特吃，慢慢來，先喝粥墊著，這幾天少吃多餐，讓腸胃適應。」

二師兄就是這麼一個人，我一男的都覺得他簡直體貼入微了，要姑娘在他面前還不得馬上就心懷一波春水了啊？想到這裡，我恨得牙癢癢。

從第一次接觸，我就覺得我這二師兄是那種蔫壞型的，春風般的笑臉下面隱藏著「惡魔」本質，不然剛才也不會拿個我不知道是啥的玩意兒整治我了。

躺了幾天，其實是件疲勞的事兒，精力是需要慢慢恢復的，我還沒來得及說什麼，就聽見我那二師兄對我說：「承一啊，這一趟苗疆怕是我要和你們一起跑一趟了。」

我：「……」

經過兩天的恢復，我的身體總算好了起來，加上二師兄，我們四個人也在這兩天裡溝通了不少事兒。比如我告訴了他們我在昏睡中想到的事兒，二師兄也告訴了我，我中的是一種麻痺性的劇毒，這種劇毒最特別的地方就在於接觸到人的皮膚後，會起一種特別的反應，慢慢的就會越發作越強烈。太具體的二師兄也不知道，畢竟苗疆的養蠱之術太多獨到特別的地方了。

最重要的是，我知道了那天二師兄用什麼東西敲我，那是按摩會用到的梅花槌，上面全是針啊，一使勁兒敲下來，不痛才怪。關於這個二師兄給我的解釋是，我躺了那麼多天，血液迴圈都有些不流暢了，放點兒血有助於血液流暢。

我日！我竟然無從反駁。

另外他以後不准我叫他二師兄了，當然他不是什麼好心的想叫我大師兄，而是他說二師兄總讓人想起豬八戒，讓我叫他承心哥，他叫我承一。理由同樣不容反駁，因為他年紀比我大。果然，骨子裡惡魔本質。

不過，再怎麼扯淡，最讓我們頭疼的還是那個火車上遇見的人，按理說我從北京回四川的火車上遇見那麼一個人，原本應該就是萍水相逢，怎麼可能？這是讓人非常想不通的地方。既然想不通，那就只有做，我們決定在第二天就去那個地方，那個在火車上的人和陳大師都提過的地方。當然，第一站是進入湘西。

在出發之前，承心哥還做了一件事兒，一件非常重要的事兒，那就是用草藥放在紗布裡，包住了我的肩膀，他說道：「我暫時找不到特效的藥來抹去你肩膀上這個印記，只不過，我研究了一下，這草藥能稍微中和一下你的這個印記，不會散發出那麼強烈的氣味。別懷疑，你的這個印記是用一種特殊的草葉汁液畫在身上的。」

是啊，你研究，我肩膀放血，我忍了。

第十二章　風景與計謀

第二天，我們就踏上了去湘西的客車，在上車之前，我很神經質的在四周打量，想看看那個人在不在，結果周圍全是一張張陌生的面孔，那個人並沒有出現。

坐在客車上，我的思緒很不平靜，我有很多問題想不通，可也沒法想通，俗話說隔行如隔山，作為一個道士，我接觸了不少靈異的、普通人想像不到的事兒，可遇見這關於蠱術的事兒，一樣的，什麼都不懂，就如普通人不懂玄學。看來真的是所學不同而已。誰，都只是普通人。

承心哥就坐在我的旁邊，見我一副苦苦思索的樣子，忽然來了一句：「湘西，山水險惡，道路難行，可是風景美得讓人心醉，也是咱們國家為數不多還能找到某些藥材、藥引子的地方了。我和師傅來過很多次。這一次，我們先去鳳凰縣吧？」

車子是開往吉首市的，原本一到了地方，我們就馬不停蹄地去到我們想要去的縣城，卻不想承心哥忽然說要去鳳凰，那是個什麼意思？

可惜面對我探尋的眼光，他只是笑著說：「人這一輩子都有很多事兒要去做，要去解決。如果不是迫在眉睫的事兒，那麼在沿途中，抱著閒適的心情，多看些風景不是一件壞事兒。短短幾十年吶，我們都要看得開。」

說完，承心哥不再說什麼，而是伸了一個懶腰，然後拿出一塊兒毛巾，整整齊齊的疊了，放在脖子後面，然後就這樣非常安然的睡去了，弄得我噓了一聲，這傢伙挺會享受的。

車子順利到了吉首市，其實在進入吉首市的範圍時，我就發現我的眼睛不夠用了，那沿途的風景已經成功抓住了我的雙眼，不論是巍峨的山勢、清新的流水、大片的農田，還是那裊裊的炊菸，都是那麼的美，就像一幅幅生活的油畫一般，讓人驚歎。

忽然間，一股子閒適的心情也從我的心底散發出來，就如承心哥所說，人生短短幾十年，別都只因為趕路而趕路，忘記了沿途的風景，人的終點也不過就是生生世世的輪迴，這沿途的風景才是一生最寶貴的財富吧！

對啊，沿途的風景就是這樣，一遍遍、一次次，用大自然的美，洗滌我們的內心，讓我們的心靈最終能夠歸於自然這才是天道要告訴我們的事兒吧。

不知道我本身融入了這一幕幕風景，還是這一幕幕風景感染了我，總之出發之前，我那心急火燎的心態幾乎沒有了，到下車的時候，我的臉上竟然掛起了笑容。

抱著這樣的心情，我們很安然的在吉首市遊玩了兩天，估計是我和承心哥的心情也感染了酥肉和沁淮，這兩傢伙也分外地安靜，和我一起樂呵呵的遊山玩水、吃吃喝喝、看美女，非常樂在其中。特別是酥肉，這小子幾乎忘記他身中蠱毒的事兒了。

「這才是生活啊，老子忽然覺得不想賺錢了，就想這樣慢慢的走遍我們中國的大好河山。可是不賺錢，又走不了，真煩。」這是酥肉的感歎。

「哥兒我也想啊，可是怎麼做到那麼瀟脫？對家人朋友的責任呢？人生就是那麼的無奈啊。」沁淮也有如此的感歎。

至於我，想的很簡單，乾淨純粹的生活每個人原來都是嚮往的，可這樣的乾淨純粹和懶散也只是一步之隔，恰恰是這些責任，因果才能歷練於本心，在有一顆本心的眼中，哪裡又不是風景呢？至少，一個普通的小屋裡，一家人溫馨的吃飯，那也是一副風景。不過，我自問我還沒有這樣的境界，只有靠近自然，我的想法也才更為自然。借助外因，終究不是自己的自然之道。

我們三個遊山玩水，可承心哥卻忙忙碌碌，他忙著去當地的一些恐怕只有他知道的地方，收集藥材，當我們要出發去鳳凰的時候，他已經收集了很多藥材，拜託了他當地一個熟人，幫他晾曬，說是日後來取。

我原本以為承心哥的本意只是讓我們放鬆心情，面對接下來的惡局，卻不想這個看起來溫潤的男子，卻另有一番用意，而且起到了奇特的效果，以至於讓我後來在看到學醫的人之時，都會本能的覺得學醫之人心思比平常人縝密太多。

兩天後，我們到了鳳凰縣，這個縣城在當時還不是那個聞名全國的旅遊之地，相對還比較封閉，果然一踏上這裡的土地，我就覺得這裡美得讓人窒息。在這裡，我已經能感覺到那一股股別樣的風情了，苗疆的風景。看清澈的沱江水從這裡流過，看水邊吊腳樓炊煙裊裊，走在青石板的路上，仔細的看著每一棟的建築，那獨特的花紋都讓我覺得淳樸到美不勝收。

「怎麼樣？來這裡不後悔吧？」承心哥攔住我的肩膀，說道。

「嗯，很好，我常常夢想就在這樣的地方，和家人朋友生活在一起，這一輩子都不離開。哪怕別人說我是土包子，沒見過世面，哪怕會生活得很清貧，粗茶淡飯，我都願意。」我很認真的跟承心哥說道。

「承一啊，想不到你還有這樣的情懷，挺詩意的。」承心哥露出了招牌的微笑，接著卻又分外嚴肅地望著我，說道：「知道你的痛苦在哪兒嗎？」

我一下子有些反應不過來，我的痛苦在哪兒，承心哥怎麼會突然說這個？

他摸著下巴，忽然又笑了，用很平常的，他特有的溫和語氣說道：「在於你骨子裡只是一個安於平淡生活的男人，可現實卻是童子命，卻是山字脈的傳人，推脫不了命運和責任，和你的理想相悖。所以，我希望你度過的每一天呢，驚險也好、平靜也罷，你都能當是你的平淡生活，安然處之。」

我有些吃驚地望著承心哥，發現我一點兒也不瞭解他，他倒是挺瞭解我的。

看我吃驚的表情，承心哥拍拍我的肩膀說道：「別這樣看著我，這些話都是你師傅說給我師傅聽的，然後被我記得了而已，我們這一脈，哪個又不承受些什麼呢？不過，你最辛苦而已。哈哈……」

我無奈的看著他，心想，我怎麼覺得你幸災樂禍呢？

就這樣，我們一行四人，聊著天，很閒適的走在古鎮，承心哥說他在這裡有熟人，所以可以有個小院兒住，我很驚歎，怎麼他吉首市有熟人，這裡一個縣他也有熟人啊？

不過這也好，至少走在這鎮子裡，我想不到有什麼地方有旅社住，或許有，我也不想去住。

果然，在失蹤了一個小時以後，承心哥找到了在河邊玩水我們三人，然後帶我們進了一條巷子，在巷子中間，他真的就找到了一棟小木樓給我們住。

不知道這裡原本的主人去了哪裡，總之我們進去，這裡就是沒有人，但一切的生活設施又很齊全，我甚至看見了掛著風乾的臘肉。

酥肉和沁淮倒是沒有想那麼多，一進屋子就被屋子裡的新鮮迷住了，特別是屋子裡的火塘，看得沁淮大喊要弄一個燒烤大會。

至於承心哥走進屋子，就讓我把衣服脫了，我非常驚恐，他這是要幹啥？

承心哥微笑著對我說：「你看我像沒有女孩子喜歡的樣子嗎？然後，你看我像你嗎？求而不得，得而不順？所以，你放心脫衣服好了。」

我日，要不是看著是同門，我絕對抽他，絕對的。

結果，他只是把我包紮在肩膀上的紗布給扔了，然後用熱水洗了好幾次，這才放心地說道：「嗯，這下我上的藥應該沒效果，就這樣吧，在這裡住著。不要反對啊，那天你和我說了你的猜測後，我就打電話告訴李師叔了。李師叔說，他和其他幾個師叔商量了，就讓我們這樣做。」

「哪樣做？」我傻傻的有些沒反應過來。

「哦，讓你就別上什麼藥了，頂著你這個印記住在這裡吧。住到有客人上門為止。」

火塘的火燒得旺旺的，我們四個人就這樣圍坐在火塘旁邊，巴巴的盯著火塘上那口被火苗舔舐著，燒得裡面咕嚕咕嚕作響的鍋子。其實說實話，巴巴望著的只是我、沁淮和酥肉，承心哥很淡定。

聞著屋子裡醉人的香氣，酥肉已經受不了了，問道：「承心哥，你這酸湯魚燒好沒有啊？」

承心哥笑著看了酥肉一眼，然後用調羹舀了一點湯嘗了一下，接著像哄小孩兒似的對酥肉說道：「不急啊，這湯的滋味只出來了七分，還得再煮煮。去洗洗手吧，我再去弄兩個菜，這酸湯魚就好了。」

酥肉、我、沁淮同時嚥了一口口水，就只能這樣等待著，可是這香味實在是太誘人，我受不了了，乾脆跟著承心哥一起去了廚房，看他忙些什麼。

廚房裡，挽著袖子的承心哥正喜滋滋地從鍋裡撈出一塊兒臘肉，一臉滿足地對我說道：「看見沒有，這臘肉顏色紅正，煙熏的氣味綿長醇厚，肥肉晶瑩透亮，瘦肉緊實。哎！這苗家的臘肉，真正的出彩兒，那麼好的臘肉，也只有四川的山村裡的正宗臘肉可以比一比了。」

我目瞪口呆地望著承心哥，一塊兒臘肉也值得他這麼高興？這可不是假高興，因為那滿足地快要「放光」的眼神做不了假，可這明明又不是饞嘴啊？

我發現我看不懂我這二師兄，可他卻也沒有半分不自然或是要給我解釋的樣子，而是拿起菜刀麻利地切起臘肉來，一邊切一邊很閒適地跟我說著：「對待這食物啊，就要像對待情人一樣，帶著飽滿的情緒，溫柔地去體會它，去……」

額，我不懂，確實是不懂，我完全忽略了承心的哥的胡言亂語，只是看著一片片切得薄如紙，透亮的臘肉從他的刀下飛快地，整齊地冒出來，排成一列兒，誘人得要命。

看著我饞嘴的樣子，承心哥撚起一塊兒臘肉，溫和地笑著，對我說：「嘗一塊兒？」

我走上前去，迫不及待地接過那塊兒臘肉就吞了下去，好香，真的好香啊，比我老家媽媽做的臘肉還要香。

「好吃？」承心哥笑眯眯地問道。

「嗯，好吃。」我很滿足。

「這可不是最好吃的做法，等著吧！」承心哥的眼神放出了一股子常人理解不了的狂熱，非常認真地說到，我忽然覺得我眼前的二師兄整個人的氣場都改變了，讓人不敢逼視，額頭冒汗。

我起了一身的雞皮疙瘩，乾脆「倉皇」地逃離了廚房，我怕我影響到他，他會提起菜刀把我整個人給剁了。

桌上的菜不算多，就酸湯魚，一個蒜苗炒臘肉，一個涼拌韭菜根兒，可每一樣都好吃得讓人想把舌頭都吞下去。

酸湯魚的魚肉滑嫩鮮香，那湯帶著醇厚卻不刺激的酸味，融入了魚的鮮味兒，一吞下去，那味兒就在食道裡炸開，帶著一股子溫暖，一直流到胃裡，再接著一股子微微的辣味才在嘴裡散開，回味綿長。

而那蒜苗炒臘肉，蒜苗的微辣配上臘肉原本的醇厚滋味兒，就是絕配，而剛好的火候，讓臘肉外層有一絲兒微微的脆，裡面卻是頗有嚼勁兒，吃下去一塊兒，光嘴裡剩下的味兒，都能下幾口白飯。

最後一個涼拌韭菜根兒，更是清爽脆嫩，那韭菜根兒是承心哥從別人家的泡菜罐子裡拽出來的，他加了一些非常簡單的作料，就做好了，沒有搶奪韭菜根兒本身的香味兒，可又恰到好處的襯托了它的味道，用來下飯那是最好不過。

就這三份菜，分量十足，配上這家主人特有的米酒，讓我們三個吃得快到眉飛色舞的境界了，承心哥吃的不多，只是在一旁偶爾夾一筷子菜，偶爾抿一口酒，帶著招牌笑容，一副滿足的樣兒。

到最後，三份兒菜被我們吃得乾乾淨淨，酥肉滿足地拍著肚子說道：「承心哥，你太厲害了，你說這三娃兒吧，從小被姜爺壓迫著做菜，可他做的東西和你比起來，就跟豬食一樣。不過，也怪不得他，每次忙忙慌慌的，一副委屈樣兒，對著那菜吧，恨不得全部用刀劈碎了，然後一股腦地下鍋胡亂炒一下就完事兒。哎，比不了啊，比不了。」

我恨恨地盯著酥肉，卻說不出話來。首先，我做的東西和承心哥一比，那確實成豬食了。第二，酥肉這小子形容得的確很對，我那時功課重，又要上學，這做飯確實很負擔，我就是恨不得都扔水裡洗乾淨了，然後切碎，隨便亂煮一通就行了。

承心哥笑眯眯地，說道：「承一他是沒那個做菜的心情，男孩子嘛，難免毛躁，很少有一份溫和享受地對著廚房的心情。我這是愛好，所以就特別認真了些。」

沁淮也滿足地放下筷子說道：「承心哥，你也是男的啊，咋就那麼厲害？那麼賢慧？哥兒我今天不是吹牛，你要是女的，就衝你做這菜，不管你長啥樣兒，哥兒我都把你娶回家了。」

「哦？」承心哥微微瞇起了眼睛，然後忽然又笑著說道：「嗯，讓你失望了，我是男的，而且追女孩子和被女孩子追也是我的愛好之一。聽說苗疆呢，有一種蘑菇，吃下去之後，會讓人忽然就失語，懂嗎？就是不能說話了。沁淮，不然我明天給你做個蘑菇滑肉湯？」

沁淮一下子捂住了嘴，估計這鬼精小子也早就看出了我那二師兄的本質，不敢亂說話了。

「開個玩笑而已，別怕啊。」承心哥又恢復了溫和的笑容，開始麻利地收拾起碗筷，而我們三個卻笑不出來，誰知道他是不是真的在開玩笑啊？

我們四人一起半躺在這木樓前的走廊上，望著小院兒的夜空，繁星點點，心情都很閒適。

「我發現我真的喜歡上湘西苗疆了，太他媽美了，今天承心哥做的三個苗疆菜也太好吃了，我真想在這小鎮過一輩子。」沁淮叼著菸，忽然就幽幽地說道。

「是啊，太美了，太像世外桃源了，可是越美麗的東西藏著的危險也就越大啊，那苗疆的蠱，還有那啥湘西趕屍，還有啥巫婆之類的，普通人遇見還不是個死啊？」酥肉中了蠱毒，估計心理的陰影也重。

我瞇眼望著夜空，沒有說話，也許有美麗、有危險、有閒適、有緊張，這也才是人生吧。

承心哥摸著下巴輕聲地說道：「苗疆哪兒才只風景美，才只地方神秘？這苗疆的人啊也很美，也很神秘。有一個女孩子吧，一面之緣，讓我驚為天人。你們覺得我很會做菜是吧？其實是那女孩子從小一起長大的閨蜜教我的，那女孩兒小名叫團團，做菜很是厲害，連同她的男朋友也是一把好手，我形容不出來，你們要吃了才知道。可就這樣，團團還告訴我，她的手藝比不上她那個叫……」

承心哥娓娓道來關於苗疆的人，很簡單的事兒，卻聽得我們三人一陣神往，很想見見他口中所說的團團啊，團團男朋友啊，還有那個讓他都驚為天人的女子。

可也就在這時，一陣兒敲門聲打斷了我們的談興，要知道這是一個相對偏僻的鎮子，又是半夜時分，誰會過來敲門？

聽見這敲門聲，酥肉和沁淮立刻緊張地對視了一眼，承心哥則是摸著下巴說道：「來這麼快啊？」

至於我則是不解，怎麼真的有客人上門？

是沁淮去開的門，夜色下我不太看得清楚來人，可是沁淮開門以後，那人就那麼大剌剌地走進來了，一點也不在乎的樣子，就好像這裡是他家一般。

待那人走到我們跟前兒，我才看清楚了他，竟然是他！我震驚得一下子站了起來，有很多話想說，但是真到跟前了我發覺我只顧著震驚，指著他，什麼也說不出來。

「看樣子，你是認出我來了。」來人很大方，自顧自地給自己倒了一杯我們放在走廊上的茶，喝了一大口。

我總算也冷靜了下來，低聲說道：「我以為你只會像隻老鼠一樣，躲躲閃閃，沒想到有一天你還會出現在我面前。」

這時，承心師兄頗是玩味地看著來人，而酥肉和沁淮則一疊聲地問我，他是誰？

「還能是誰？就是我跟你們說的，火車上那人。」我聲音低沉地對沁淮和酥肉說道。

酥肉一下子就緊張了，比劃了幾下覺得不安全，竟然跑去拿了個鍋蓋出來，喊道：「你別放蛾子出來啊，那玩意兒噁心巴拉的。」

那人不說話，看著酥肉手忙腳亂完了之後，才說道：「小哥兒，看來你對我的誤會很深啊。」

我蹲下來，視線對著他的眼睛，很認真地說道：「你倒是說說看，我對你有什麼誤會？」

他雖然在走廊上坐得很是瀟灑，可是竟然沒有避開我的視線，而望著我的目光也沒有半分玩笑的意思，只是對我說道：「一切都不是我做的，是另有其人，只不過我剛好看見了而已。」

「進來說吧！」一直沒有說話的承心哥忽然插口說道。

那人沒有表示反對，而是徑直走進了屋子，我們四個對望了一眼，也跟著走了進去。

火塘裡，又重新添上了柴火，在冬夜裡燃燒著，那樣的溫暖讓人不想離開。可是我們幾個人之間的氣氛卻有些冰冷，因為那個忽如起來的，陌生的來客讓人不得不防備。

「不用這麼防著我，我想我和你們應該是是友非敵吧？」那人忽然開口說道。

我們完全就在一團迷霧裡，怎麼就忽然冒出來一個朋友？我沒有表態，也不可能接受他這個說法，在這種情況下，沁淮和酥肉見我沒表態，也沒有任何表態。

倒是承心哥說了一句：「既然是朋友，怎麼連名字都不說？你既然能跟到這兒來，我們的名字什麼的，你都應該打聽清楚了吧？」

「高寧。」那人簡單地說到，並且很友好地伸出手來，想要和我們握手。

可是沒有人回應他，這些天發生的種種，不可能是簡單的幾句話，就讓我們不懷疑他了。

他倒也不是很介意，自我下臺地笑了笑，然後收回了手，說道：「陳承一、蘇承心，你們的師傅都不是簡單人，在某個部門要有心查我，一定能查到我這個人，最多……」

說到這裡，他遲疑了一下，我揚眉追問道：「最多什麼？」

「最多你們就是查不到我奶奶的身分而已。」他說這句話，好像背負了很大的負擔，說完之後，竟然長舒了一口氣，好像放下了很重的負擔一樣。

沒人說話，包括承心在內，這個時候好像我才是絕對的主導，一切都是我和他一問一答，我問他：「別一字一句地說了，說清楚吧，你奶奶是什麼身分，為什麼特殊部門都查不到她的身分？」

「我奶奶是那個寨子的人，是那麼多年以來，唯一逃出了那個寨子的人。呵，說是逃出，其實也付出了巨大的代價。小哥，你被他們盯上了，在北京就被他們盯上了，這是我無意中發現的，所以我才跟蹤你。」那人認真地對我說道。

我在北京就被人盯上了？我眉頭緊皺，而我眼前這人跟蹤我，我竟然也不知道，我想到了一個可能，我沉聲說道：「那個什麼阿波呢？也是有人安排讓我上鉤的？」

說到這裡，高寧頗是玩味地看了我一陣兒，然後才說道：「不是，那是一個意外。至少在我看來是個意外，阿波就是一個小角色罷了。可我沒想到道家的人還有你那麼熱血衝動的，那幫牛鼻子不是一個個挺低調、挺愛裝神秘的嗎？」

這話說得我和承心都不愛聽了，幾乎是同時的，我說道：「什麼牛鼻子？你瞭解多少？」

「牛鼻子這稱呼可不太禮貌啊？你好像很瞭解我們一樣。」

高寧咳嗽了幾聲，表示他很無辜，然後才說道：「我這人就是這樣，說話很得罪人，可我沒有惡意。我找你們是想和你們合作，至於我，真的只是一個普通的生意人，還算有錢，所以花錢打聽到了一些你們的消息，不算太確切。如果你們懷疑我的身分，可以馬上調查我，我說認真的。」

這時，高寧才終於說出了他的目的，沒頭沒腦的，讓人心生疑惑。我沉默了一陣兒，然後說道：「我們會調查的，在這之前，你如果不介意，就在這裡待著吧。在調查清楚一切之前，我不會相信你說的任何一句話。」

「我沒打算讓你們這麼快就相信我，我如果不是想拿回我奶奶的東西，也不至於放著有錢人的生活不過，四處奔波。在你們得到調查結果之前，我也就不說什麼了，但我相信你們會想和我合作的，因為那寨子就只有我才知道具體的去法，普通人去不了那裡的。」高寧如此說道。

「你在火車上透露了一個位址是什麼意思？」我忽然想起了這茬，開口問道。

「其實，那個時候我只知道有人在監視你，我故意接近你，說蠱術的事兒，沒想到你搭話了，地址不是我故意透露的，而是你套話問我的。我也只是說了一個很模糊的位址，你不可能憑那個找到那寨子的，當然，你要是去過，一定會有反應的。我也在試探你。」高寧很簡單地回答了我。

這話，看似沒有什麼問題，但整件事兒的疑點還是很多，就比如如果高寧不是害我的人，那害我那人又是誰？師叔他們又知道一些什麼，來了這一招，等客上門？

接下來的兩天，我們過得很平靜，不得不承認鳳凰是一個好地方，待在這裡，會讓人從心靈上都感覺到平靜安然，隨時都生活在畫中，那樣的日子也是如詩如畫的。

不覺得等待有什麼難受的，反倒是每個人都很悠閒，沒聯繫上李師叔，聯繫上了承清，不過承清的權力和人脈圈子都有限，他說過，要幾天才能給我們答覆，讓我們安心地等著。

這兩天的相處，讓我們和高寧的距離拉近了不少，這人其實沒啥毛病，除了那張嘴有時說話太直，顯得有些刻薄外，其他地方其實是一個滿大方的人。

我們除了一些敏感的事情不談，其餘的，倒還算相談甚歡，高寧這人走南闖北去過不少地方，所以見識也很豐富。所以，和他聊天基本上是一件愉快的事兒。

第三天，承心去給承清打了個電話，雖然已經是九〇年代，但在這鎮子上打電話也不是太方便的事兒。所以，承心去了半個多小時才回來，回來後，承心當著高寧的面說道：「你的身分我已經知道了。」

「回去說話吧。」高寧非常地淡定，估計這結果是他早就料到的，既然敢叫我們查，想必他確實沒什麼不好見人的。就這樣，原本在沱江邊遊玩的我們三人，跟著承心哥徑直回去了。

在房前的走廊上，承心哥直接泡了一壺茶，給每個人倒上一杯之後，這才說道：「高寧，你的身分確實沒有任何問題，六三年出生，八六年發家，一直到現在都是一個生意人，對吧？」

「是的，我的經歷就那麼簡單，你們查到我奶奶的身分了嗎？」高寧的語氣有些揶揄，彷彿對這事兒是胸有成竹一般。

承心哥說道：「你奶奶的身分我們有查到，雖然表面上看是憑空出現的一個人，不過那時候因為戰爭，中國有很多人四處飄蕩，最後再統計身分的人很多，這個不足以說明什麼吧？」

「那只是表面的，你不覺得嗎？我不相信你們沒有細查，再是因為戰爭居無定所的人，都有個祖籍，有心的話，都能查出來點兒什麼，我奶奶你們查得出來什麼嗎？」高寧有恃無恐地說道。

承心哥抿了一口茶，溫和地笑了笑，盯著高寧，忽然就很嚴肅地說道：「高寧，你不要一直說你奶奶，你不覺得你的發家史很有問題嗎?賣藥!竟然是賣藥!你既然說你奶奶是蠱苗，那麼你賣藥會讓人很有聯想，對不對?」

高寧聳聳肩膀，說道：「那個時候，中國很多人肚子裡都有蛔蟲，買打蟲藥的多不勝數，不至於我就特別惹眼吧?」

「是啊，你的藥特別靈就是了。我們不必做口舌之爭，你要證據的話，其實我不難給你。想必你懂我的意思，我要的是你坦誠。如果你不坦誠，我想我們也就不必談了。」承心淡然。

我把雙手往腦後一枕，很悠閒地靠在牆上，說道：「高寧啊，其實我那時認識一個人也叫高寧，是個道士，和我也算一起出生入死了，按理說就衝你這名字我也該對你印象很好，可以和你合作。可是，如果你不坦誠，我和承心哥的意見一樣，我們也沒什麼好談的了。」

高寧低頭沉思著，過了好一會兒，他才抬起頭來，有些無奈地說道：「你們比我想像要本事，那個部門比我聽說的還要神秘，竟然這些都給挖出來了。好吧，我說，我的發家史是不太光彩，利用了一點兒蠱術，不過也只是我僅僅會的一點兒蠱術。因為我需要錢，沒有錢我一個普普通通的人什麼都查不到，更達不成奶奶的遺願，拿回那件兒東西。我沒害人，反正中了我蠱的人，最後沒錢買我藥的，我也給解了。這樣，夠坦誠了吧?」

說到這裡，沁淮很好奇，他皺著眉頭問道：「高寧，有些事兒可不是有錢就能知道了，現在改革開放了，中國的有錢人多了去了，知道某些部門的可不多啊。況且，你還能知道一點兒承心哥，還有承一的身分，更不簡單吶。」

高寧搖頭苦笑道：「這就是我奶奶的事兒了，也是你們查不到的了，建國以來成立了那個部門，網羅了一批奇人異士，其中也有一些苗蠱，我奶奶和在那個部門工作的其中一個苗蠱有些聯繫吧，然後我才能得知那個部門。至於承心和承一的身分原本我並不知道，後來在北京，我看見承一去找過一個人，那人我知道，所以我才猜測出了承一的身分，承心的身分也是根據這個我才推測出來的。」

「呵，你跟蹤我是吧？說詳細點兒。」我的臉色並不好看，被人跟蹤畢竟不是什麼愉快的事兒，對於這個我保持不了什麼愉悅的心情。

高寧仍然是苦笑，跟我們談話，他那表情就沒正常過，他說道：「我不是跟蹤你，我是跟蹤幾個那寨子裡的苗人，是他們在監視你，所以我也就順道看見了你的一些事兒。你是去找過李立厚吧？他的身分其實不難知道，除開那個神秘色彩的部門，很多到了一定位置的高官都知道李立厚精通卜算之術，所以他也算一個名人。我看見過你找他，而偏偏我因為我奶奶，又知道李立厚的一些事兒。所以……也知道你是他師侄，這個不算什麼秘密，大院兒裡的很多人都知道，就算問問買菜的保姆也能打聽到。」

「對於我的事兒，你倒是有心啊。」我喝了一口茶，然後再點了一枝菸，說不上為什麼，內心有些煩悶，我說道：「你知道我李師叔什麼事兒？」

「我知道你師祖老李，知道你師祖老李有四個徒弟：立厚、立仁、立淳、立樸，都是真正有本事的道士。當年，我奶奶見過老李一面，再後來，老李失蹤了，我奶奶和那部門的苗人有聯繫，然後也知道老李的四個徒弟都在那個部門工作。我對你們的事兒，知道的也僅限於此，都是我奶奶告訴我的。其餘的，都是我花錢查的，就比如我發現你去見了李立厚，我就花錢打聽了一下那是誰，再比如，我發現那些苗人監視你，就花錢打聽了一下你是誰？再花錢調查了一下你和李立厚的關係……這些……都算不得秘密吧？」高寧很認真地說道，倒也很符合邏輯。

只是有一點兒讓我和承心不得不在意，高寧的奶奶竟然知道老李，還見過，這可真是……

「為什麼你那麼在意承一，他的什麼你都去調查？」承心哥問道。

「不是我在意承一，是因為那些苗人在意，我不肯放過一點兒線索。所以，我就開始調查承一的一切。但是你別問我什麼，我是真的不知道那些苗人為什麼那麼在意承一。而之所以知道承心，是因為我發現你們三個……」說著高寧指著我，沁淮和酥肉說道：「你們中了血線蛾的毒，原本我打算在那時出現的，可你們竟然好了。所以，我推測你們身邊新出現的男人是醫字脈的承心，畢竟我調查過你們，知道你們這一輩有四個人，繼承了些什麼。」

我和承心對望了一眼，然後有些無言，心裡估計都是一個想法，李師叔家該換保姆了，雖然這些並不是什麼秘密，畢竟放哪一脈，傳人是誰，都不是什麼秘密，圈子裡的人自然都知道。可這不該是一個保姆拿出去當新鮮事兒說的。

高寧交待到這裡，算是比較清楚了，他的確有個神奇的奶奶，至少老李這個名字可不是普通人能編出來的。

話已至此，我還是有疑問，我問他：「你在監視那些苗人，你知道我身上這個印記是誰畫的嗎？目的是什麼？他們已經在監視我，何必畫這個印記在我身上？還有……他們在附近嗎？」

高寧說道：「你身上的印記的確是監視你的三人中，其中一人畫上去的，可目的是什麼我卻不知道。我只知道憑藉這個印記，能引來血線蛾，那是那個寨子特有的一種蠱蟲，可以讓你死得無聲無息。那一天，他們就在你旁邊的臥鋪，當你睡著以後，他們麻痺了那個硬臥小間的所有人，然後給你畫上了這個印記。我當時想提醒你，可是我不敢，怕打草驚蛇，但又怕他們對你下蠱了，所以趁他們走後，我去查探了一下，然後發現了他們在你身上畫上了這個印記。」

說到這裡，高寧頓了頓，然後說道：「那個印記有種特殊的氣味，不懂的人聞不出來，我雖然所學的蠱術很淺薄，可偏偏知道這個印記，所以一聞就聞出啦。但活該我倒楣，就在我猶豫要不要叫醒你，告訴你的時候，你旁邊有人醒了，我只好敷衍了兩句，就離開了。」

怪不得我在火車上能聽見一個熟悉的聲音，原來是如此啊？

「你如此在意那幾個苗人，不惜天南海北的跟蹤他們，想必你奶奶給你說的東西很重要。但是我想問，你為什麼又不惜現身，和我們合作？你自己不能去做嗎？要知道，這裡只有我和承心是道士，他們兩是普通人。我不認為在蠱苗的寨子裡，道士能占到什麼便宜。」我終於問出了最想問的問題。

「呵呵，你不知道那個寨子，那是一個魔鬼之寨，根本就不該存在於這世間，也是一個恐怖的死亡之寨，應該被毀滅！可是我一個人是不行的！我只是想說，你們是老李的徒孫，你們絕對是有大本事的，我原本請不動你們和我合作，可是他們盯上了承一，我想這就有了足夠的理由。」高寧的神色一下子變了，變得很憤怒，憤怒到有些猙獰。

第十三章　神秘山寨與迷局

魔鬼之寨？死亡之寨？

這兩個形容詞不禁讓我心驚肉跳，可同時我也疑惑如果是那麼邪惡的寨子，有關部門早就出手了，為什麼拖延到今天都不出手？而是要等我們幾個小輩，和一個看似無關的普通人高寧去解決這個事情？這根本就是一個極大的漏洞！

彷彿看出了我所想之事，高寧冷笑了一聲，說道：「他們所做的勾當，除了我那僥倖逃出來的奶奶知道，沒人知道。國家根本就不知道這個寨子的存在，誰會在意那麼一個小寨？中國的無人區太多，偏僻的地方也太多，一些村寨幾乎是與世隔絕，更何況一些生苗幾乎是有意的與世隔絕。我不是沒想過說出一切，可是一切太匪夷所思，我沒證據，誰信我？而且，我也只是聽我奶奶說的而已，總之，這寨子有太多的謎，我也不知道。我奶奶說了，有些東西不用知道太多。」

我沒有說話，我只是奇怪，他奶奶既然見過我師祖，為什麼不說出一切，既然她也覺得我師祖是個有大本事的人，這中間到底發生了什麼？

我仔細觀察著高寧，他的眼神坦蕩，並沒有說謊，不然我只能說他太能演了。或者，他也有很多不知道的事兒？就比如那些苗人為什麼會那麼關注我？

一切就像籠罩在迷霧中，我沒說話，倒是承心哥說了一句：「那寨子怎麼邪惡了？怎麼就是個死亡之寨？」

「呵，很簡單啊，因為裡面住的人都是死人，這麼說吧，都是應該死去的人！他們強留在這世上，不可能不付出代價的。這樣你們理解了吧？」高寧說這個的時候，臉上的肌肉都在顫抖，可見他有多麼激動！

他這話我理解，當然理解，因為他一說，我就想起了在天津的經歷，那個賣符人，強留住要死的女兒。但仔細一想，我就覺得毛骨悚然，那個賣符人是什麼人？是山字脈的傳人，他的本事也毋庸置疑，至少我師傅都會求到他，可是就是如此，他要強留住他女兒，也付出了很大的代價，他自己形容枯槁就是一個最大的證明。

一個寨子，一整個寨子如果都是這樣，我倒吸了一口涼氣兒，望著高寧，忽然覺得這小子在說天方夜譚。

「別懷疑我所說的，這就是真的。可能這只是真相的一部分，還有更恐怖和不可思議的事兒發生在這寨子裡，我發誓！耳聞不如眼見，和我親自跑一趟吧。」高寧說道。

「憑什麼我們要和你一起跑一趟？」承心哥忽然說話了，他很嚴肅地說道：「我們是道士，但也只是普通人，不是愛心氾濫的博愛之人，為了匡扶世間正義而生存，我們也怕危險，也珍惜自己的命。這樣的事兒，不是我們小輩能插手的，如果你說的確有其事，我們可以幫你通知有關部門，他們自然會去調查。這事兒我們不奉陪！」

承心哥忽然插話，態度就如此之強硬，是我所沒能預料的，簡直沒給高寧留下一點兒轉圜的餘地。

高寧一下子就傻了，他沒想到承心哥會一口拒絕他，而且毫無餘地，他不由得說道：「你難道不擔心他的印記？你難道不擔心他身中了蠱毒？」

承心哥說道：「原本擔心，也想去地方找找，看看是不是有解決的辦法。但是，現在我決定了，我會想辦法的，我們不去了，你走吧。」

酥肉望著承心哥有些著急，至於我也有些不解，不解承心哥為何會如此堅決地拒絕高寧，可是出於一種本能的信任，我沒有開口說話，酥肉見我沒說什麼，也不好開口問什麼，大家一時間沉默了。

高寧盯著承心哥看了半天，終於說道：「我懂了，原來是我跳進了你的局，你是等著我出現，然後再套話吧？那好，我走，但是我想說的是，那個寨子的下蠱手段非常奇特，不是你們能解決的。或者你們還可以來找我，我會在古丈縣的××鄉等你們。除了我，沒人能找到那寨子！沒人！」

說完，高寧轉身就走了，連頭也沒有回，而承心哥只是平靜地望著他的背影，直到確定他真的離開了，幾乎是跑著去關上了門，然後一把拉過我進屋，什麼也不說的，就開始為我上藥。

「一切自然有李師叔給你解釋，我們這一趟就是為了引出高寧。那個寨子的事兒確有其事，可不是我們幾個能碰的硬骨頭。」上好了藥，承心哥飛快地跟我說道。

我很奇怪，望著幾乎是滿頭大汗的承心哥問道：「承心哥，你慌什麼？」在我心目中，我這二師兄一向是風度翩翩、嘴角含笑、鎮定自若的人，為什麼忽然之間就如此慌亂。

承心哥深吸了一口氣，這才說道：「我這幾天一直就很心慌，你信不信？」

我一下子就愣住了。

沒人告訴我答案，上好了藥之後，承心哥就帶著我們三個到了鳳凰的鎮口，很奇特的是還專門有車來接我們，我們一上車，車子就飛快地啟動了，一路上幾乎是用可以允許的速度飛快地前行到了重慶。

車子上沒人說話，氣氛有些壓抑，我很奇怪，為什麼是到重慶而不是去長沙。

承心只是給我解釋了一句：「重慶離得也不遠，而且比較出其不意。」

一到重慶，我幾乎沒來得及在這座美麗的山城停留，就被馬不停蹄地拉到了機場，承心哥不知道什麼時候已經定好了機票，當我終於從這奔波中反應過來的時候，我們已經坐上了去北京的客機。

在飛機上，承心哥才鬆了一口氣，原本我想說些什麼，可是承心哥只是疲憊地擺擺手，也只回答了一句：「你小子真是個惹麻煩的專家，偏偏又是重要的山字脈傳人。我這趟不知道擔子有多重，不說了，回去再說吧。」

說完後，承心哥就靠在飛機座椅上，閉上了眼睛，不一會兒，我竟然聽到了微微的鼾聲。我有些無語，到底是有多累多緊張，才讓這個「斯文敗類」在放鬆下來睡著之後都能打鼾啊？

經過了幾個小時的飛行，飛機停留在了北京機場，一下飛機，我竟然看見了幾個人來接機，這幾個人在我心裡都是大人物啊。

好吧，來接機的幾個人竟然是我的三位師叔。

我們一下飛機，眼尖的立樸師叔就看見了我，大聲地招呼著我們，然後被李師叔瞪了一眼，縮了一下脖子，撇了一下嘴，到底還是沒敢哼聲了。

但他這一聲喊，總算讓我們看見了他們，看見他們，承心哥長舒了一口氣，這下我看他才是真正地放心了。

李師叔帶著兩位師叔朝我們快步地走來，而承心哥也帶著我們快步地朝著李師叔走去。

眼看我們兩群人就要匯合的時候，立仁師叔忽然對我喊了一聲小心，接著我聽見李師叔冷哼了一聲，隨手扔出了一件東西，幾乎是貼著我的頭皮飛過。

然後，我才聽見叮噹一聲脆響。

這一動靜，鬧得機場的人紛紛側目，我的兩位師叔顯然不是善於解釋之人，只有王師叔喊了一聲：「這機場咋會有飛蛾啊，偏偏你這小子最怕飛蛾。」

說話間，他很是無所謂地從地上撿起兩樣兒東西，看見這兩樣兒東西，我的眼睛一下子瞪大了，其中一件兒是一串普通的鑰匙，另外一個已經不成樣子的，是我做夢也不會忘記的，讓我當了幾天植物人的，高寧口中的——血線蛾。

承心哥的臉色一下子就變了，跑到幾位師叔面前，很是愧疚難過地說道：「師傅、師叔，我真的很小心，也很盡力了。」

幾位師叔沒有怪罪承心哥的意思，反而是王師叔臉色緊張地盯著機場四處的人群仔細張望。

李師叔長歎了一聲，說道：「不用看了，這裡這麼多人，而且這蛾子他們到底能多遠操縱，我們也不知道。走吧，先回去再說。」

至於陳師叔則是臉色難看地說道：「承心，你為承一上藥沒有？」

承心哥同樣臉色沉重地說道：「師傅，我已經上藥了，可這蛾子……」

陳師叔歎息了一聲，說道：「回去再說吧，這藥原本就不能完全隔絕這蛾子，最多就是拖延時間。立樸，那蛾子的屍體不要丟了，帶回去，我看看是不是血線蛾，還是已經變異的品種。」

就這樣，幾人簡單對話以後，臉色頗為沉重的，把我護在中間就匆忙離開機場，機場口早有車在等待，直到上車以後，李師叔的臉色才稍顯輕鬆了一點兒。

這樣的感覺讓我很難受，從師叔他們幾個的對話來看，他們分明知道一些什麼，不，不止是知道，好像對那寨子還有一定的瞭解，但為什麼沒有人告訴我什麼？想到這裡我的臉色也有些難看。

李師叔的書房裡，我們幾人相對而坐，面色都不好看，師叔他們幾個是心中有事兒，而我、酥肉、沁淮也不可能心情會輕鬆，任誰經過了這理由都沒有的奪命狂奔，心情也不會好。

待到李師叔的保姆把茶泡上來，李師叔喝了一口茶之後，這才說道：「承一，我知道你有很多疑問想問，我所能告訴你的就是，我一開始也不知情，直到劉嬸（李師叔的保姆）告訴我，有人在打聽你和我的消息時，我才有心留意到一個人，從那個人身上，我們才發現了一些事情。」

我沉默，因為李師叔這樣說，我大概就能推測出事情的來龍去脈，李師叔一定是查到了調查他的人是高寧，然後再一查就查到了高寧那個神秘的奶奶，他們也許不知道苗人盯上了我，但是高寧那麼一個特殊的人物盯上了我，一定引起了李師叔的警惕，之後也許有更多的調查或者事件……讓他們安排了那麼一個局，就是等魚上鉤的局。

只是想到這些，我有點心酸，是不是師傅不在，我就成為了一個棋子，在危險的棋局中任人擺布？如果對面坐的不是我師叔，尊師重道的禮法壓著我，說不定我就已經轉身離去了，而不是沉默那麼簡單了。

面對我的沉默，王師叔咳嗽了一聲，然後才說道：「承一啊，我知道你在想什麼，你師傅說你性格敏感，還真的挺敏感。你一定是在想我們把你當魚餌了，對不對？」

果然，相字脈在洞察人心方面，是別的脈所不能的，王師叔顯然說中了我的心事，我輕哼了一聲，不置可否。

這時，陳師叔才插口說道：「承一，我們承認這件事情我們是隱瞞了你，但絕對不是把你當魚餌的意思，相反，我們是在保護你，如果不這樣引出高寧，你覺得你現在會身在哪裡？說不定就被引去了那個死亡之寨！之所以一開始不告訴你，放任你去湘西，是我們還不確定一些可怕的事情，只能棋行險招。為什麼要選擇那麼危險的方式，是因為我們發現的時候，你已經被畫上了那個寨子的印記。既然已經如此，我們乾脆就來了這危險的一步，徹底的確定一些事情。」

陳師叔的話說得不算是太明白，估計還有什麼難言之隱，但我大概能聽出來，他們也是在我被畫上印記以後，才大概猜測到了一些事情，為了徹底把危險的源頭弄清楚，才放任我去湘西。

可是我就好奇了：「師叔，你們到底要確定什麼？」

「確定你是無意中得罪了那個寨子的人，還是在之前就被那寨子盯上了。說起來，也是命，你在成都無意中竟然也惹到了那個寨子的人，這事兒，要怨誰？而且，承一，你被你惹到的那個人盯上，和你被那個寨子盯上是兩回事兒，我們必須要確定這個。所以，才讓你冒險，不告訴你，也是怕露出什麼破綻，你要知道，那個寨子的人很可怕，我們不是怕你露出破綻，我們就查不到這件事情，而是怕他們發現了什麼，直接置你於死地，不，比死更可怕。」陳師叔一口氣跟我說了許多。

這許多炸得我腦子都轉不過來了，因為不用他們說，我都已經知道了這件事已經確定了，高寧告訴我的，我被那個寨子盯上了。

他們為什麼要盯上我？我有什麼好值得他們盯上的？

我滿心的苦澀，因為從師叔他們的行為上，我就已經知道了，這個寨子很可怕，可怕過老村長，否則不值得我這幾個師叔都嚴陣以待。

我的師叔們一定是知道這個寨子的，因為高寧無意中透露過老李和他奶奶接觸過，高寧所知不多，天知道我師祖和那寨子發生過什麼交集?然後，才讓我的師叔們對這個寨子都如此忌諱。

「其實我們不是沒有保護你，你陳師叔因為有一件非常重要的事情要處理，所以決定幾天後到湘西的古丈縣去等你們。可沒想到，他還沒辦完事兒，你已經出事兒被血線蛾攻擊。這讓我們更加警惕，更加懷疑你是被那個寨子盯上了。阿波只是一個小角色，他應該不會擁有血線蛾這種相對高級的蠱，但是在沒確定之前，我們也不敢輕舉妄動，因為那個寨子真的太過可怕……一開始，我以為只是高寧盯上了你，直到看到那個印記，我才覺得事情嚴重，可你在成都畢竟惹到了那個寨子叫阿波的人……」李師叔不善言辭，可是還是很認真的在給我解釋。

我這時才覺得自己的敏感，反而顯得自己很不懂事兒了，如果我的幾位師叔不關心我，只是把我當做魚餌，根本不可能連我在成都做了什麼事兒，他們都知道。

而這個局，說明白點兒，也是為我而布的，他們是想弄清楚，我背後的黑手是誰！我從他們的語氣中，已經聽出來了，他們並不想去招惹這個寨子，當然，前提是這個寨子不過分的情況下。

這時，承心哥開口了：「是啊，承一，我師傅不能抽身，但臨行之前曾經告訴過我，如果能確定是阿波，那麼我們幾個年輕人可以私下解決，隨便為酥肉解蠱。如果確定是那個寨子，就按照二號方案，馬不停蹄地帶你回來。你身上被畫下印記，然後遇到襲擊，師傅他們都判斷，這些苗人是想引你去那個寨子，而不是想殺死你。所以，師傅他們讓我們故意停留在鳳凰，假裝不知情的樣子，為的就是引蛇出洞，他們按捺不住，自然就會來，上藥當然不能完全隔絕血線蛾，只是為了拖延時間，到時候，我師傅也應該到了……」

「卻不想，引出的竟然是高寧，而且那麼快。那天晚上，你一定很緊張吧？」我苦笑著對承心哥說道。

「是啊，很緊張，準備好拚命了。後來是高寧，也只能將計就計，其實當時我很詫異，你也知道我為什麼堅決地拒絕高寧，帶你回來了吧？你不要怪我師傅，也不要怪師叔他們不能親自前來，其實在他們心中你很重要，但是那件事兒更重要，關於你師傅……」承心哥說道。

忽然，李師叔就狠狠地瞪了承心哥一眼，承心哥不敢說了。

而我忽然就激動了，一把拉住承心哥：「你說，我師傅什麼？有什麼事兒？」

「先放手，好不好，承一？」承心哥的臉色變得很難看，一方面可能因為自己說漏了嘴不知道怎麼辦，另一方面則是因為我抓他的時候，力氣用得太大，以至於他都難以承受了。

當我手放開以後，我明顯地看見承心哥的手腕青紅了一圈兒。

「承一，關於你師傅的事情你什麼都不要問了，我不會讓承心說的。別瞪著我，瞪著我也沒有用，因為這是你師傅的意思，也是我們幾個的意思！」李師叔的語氣分外嚴肅，也毋庸置疑，根本容不得我反駁。

我頹然地坐在沙發上，一言不發，總覺得人生是如此苦澀，為什麼愛我的，關心我的每一個人，我最終都不能和他們在一起？連他們的消息有時我也是最後才能得知？

看我這個樣子，同是我哥們兒的沁淮和酥肉也感覺到了我的難受，幾乎是同時用手搭在了我的肩膀，用力地捏住，彷彿只有這樣才能傳達給我力量。

原本這是我們這一脈的事情，做為外人的他們不好插口，此時沁淮終於也忍不住說道：「李伯伯，那現在已經確定是那個寨子的人盯上了承一，接下來我們該怎麼辦？躲，還是主動？總得有個說法吧？承一身上被畫上了印記，你說要時間長了不消除，會留下一輩子的，還有酥肉呢？酥肉還身中蠱毒。」

是啊，此時我已經頹廢得什麼都不想思考了，沁淮作為我的哥們，自然是擔心我接下來的處境，我不聞不問，他總不能不管吧？

沁淮剛說完，酥肉就感動地望了沁淮一眼，然後說道：「沁淮，沒想到你還挺關心我的。」接著，他話鋒一轉，說道：「我這事兒也不嚴重，大不了每天就變大俠幾個小時。我不贊成主動幹啥，就這樣吧，不能讓三娃兒去冒險，沒聽那個嚴肅大伯說嗎？比死更難受的下場。」

不知道是他們捏在我肩膀上的手，讓我感覺到了溫暖和力量，還是他們的話讓我剛才冰冷的心底重新泛起了溫暖，我終於緩過了勁兒，是的，我聽見我師傅的消息不冷靜，師叔他們不告訴我讓我極度的失落，可我還有那麼好的朋友，而且整個師門也是真的很看重我。

抿了一口茶，我的心情也終於冷靜了下來，我問道：「李師叔，你說吧，接下來要怎麼做？」

「接下來，你跟著你王師叔吧，他行蹤飄忽，而且相字一脈，擇吉避凶的本事也比我們大，跟著他兩年吧。」李師叔平靜地說道，壓根不提師傅的事兒，我也沒問，因為問了也是白問。

「是的，先跟著我吧，我當年承諾教你一些風水之術，也是該兌現的時候了。我保護你兩年。」王師叔這樣說道。

我沒發表任何意見，因為在這些長輩面前，我沒有發表意見的餘地，我靜靜地聽著李師叔繼續安排。

「嗯，跟隨立樸兩年，剩下的半年，我親自來找你，然後帶你到凌青那裡去吧，最後半年必須去她那裡，有很多事……很多……」說到最後的時候，李師叔的眉頭皺了起來，彷彿有什麼天大的重擔壓在他的身上，他很累，累得快扛不住了。

「是的，去之前，先跟我去一趟杭州吧，我現在和承心暫時在杭州，我幫你處理肩膀上的印記。」陳師叔說到這裡，稍微停頓了一下：「但不可能消除，我只能以毒攻毒，用更烈的毒性壓住它，所以最後半年，你必須去凌青那裡。」

我有些無語，直直地盯著李師叔，問道：「李師叔，你不是也不知道凌青奶奶在哪兒嗎？為什麼又說最後的半年安排我去那裡？」

李師叔苦笑道：「我確實不知道凌青的寨子所在，也不能隨時去聯繫她，可是我卻有讓她知道我找她的方式，我會儘早準備，運氣好，她隔天就能知道，運氣不好，她三五年也不能知道，希望運氣好，她這一個月之內，能發現我找她。如果不能，就只能動用有關部門的勢力去查了，只不過那樣凌青怕是會很不高興。」

「可是我這樣，酥肉怎麼辦？他還身中蠱毒呢！」我不可能不管酥肉。

「放心，在解決那個寨子的事情之前，不論是沁淮還是酥肉，都必須待在凌青那裡。當然，你們也可以在雲南活動活動，會有蠱苗保護你們的。酥肉身上的蠱是阿波下的，那只是個小人物，凌青應該能解決。」李師叔疲憊地說道。

沁淮一聽，可不樂意了，做為一個公子哥兒，他怎麼離得開北京這個花花世界，去一個偏僻的蠱苗寨子，那不要了他的命嗎？他開口說道：「什麼寨子那麼厲害啊？哥兒我就不行了，飛機大炮的開過去，那群妖怪還能反了天去？」

「飛機大炮的開過去？呵呵，沁淮，這可不是你的身分該說出來的幼稚話啊！且不說，那裡幾乎道路難行，人跡罕至，大炮坦克什麼的進不去，你就光想想飛機轟炸是個什麼樣的後果吧！戰鬥機行進過去的過程，民間看見會有什麼議論，有些一直監控咱們國家的勢力會怎麼看？另外如果那寨子有一個人逃生，瘋狂的報復社會又是一個什麼樣的效果？而且，這國家內部的事兒，錯綜複雜，這個寨子的事情當年是生生地被壓下去的，所以現在才沒人提起，也幾乎遺忘了它的存在，我這麼告訴你吧，這寨子現在還動不得，就算你所在的部門也不能動它，至少官方不能去動它。民間力量除外！」李師叔隱晦地對沁淮說了幾句。

然後，他歎息了一聲，很是疲憊地靠在座椅上，喃喃地說了一句：「如若師傅在，那也就好了。」

沁淮還猶自不服氣，他嘟囔著：「說得那麼嚴重，一定要飛機大炮之類的嗎？一個軍團的步兵嗎？火了，扔顆原子彈。」

這話的確有些幼稚了，但我想沁淮是真的不想去那什麼寨子待那麼久吧，而且要活動活動，都只能在雲南的範圍。

「真能扯淡，往我們自己國家的森林裡扔原子彈？」相反，酥肉這小子倒是平靜得多，所以也就理智得多，在這種時候，他都能感覺到沁淮的扯淡。

不過，他不瞭解沁淮這傢伙，這傢伙只是發發少爺脾氣而已。

而承心也笑著搖頭說：「對於那種毒蟲遍布的原始森林，部隊的作用不見得有多大，恐怕去到那寨子的路上，就能死好多人。那寨子現在還沒有做什麼天怒人怨，讓國家付出如此大代價的事兒，以至於要動用部隊。再說，國家的部隊能輕易動用嗎？這世界的局勢，誰還不盯著誰呢？如果不是為了維護安定，要你待那部門做啥？什麼樣的勢力就用什麼樣的勢力去平定，道士對付妖魔鬼怪，那才是天經地義的事兒，不是普通部隊能插手的。」

「何況現在國家的部門也插手不了這件事兒，這些你們不懂，不說了。」李師叔大手一揮，再度流露出了疲憊的神色。

談話進行到這裡，能對我說的，能對我交待的，幾位師叔已經盡力交待了，甚至連我以後的路都安排好了，對於沁淮和酥肉的安排，我也能理解他們的苦心，他們是怕那些苗人找不到我，就為難我最好的朋友。

想著苗人的瘋狂，我很擔心我的家人，可是李師叔卻對我說：「就算那個寨子再怎麼瘋狂，也不會拿你家人開刀的，除非是他們被逼到了絕路。你的家人沒攪合進這件事兒，不知情就是安全的，就算很多大人物現在離開了，可是規則也是不容許人破壞的，玩到普通人頭上，那就是天怒人怨了。我們現在不逼迫他們，他們也不會為難你的家人，大家都在規則內遊戲吧。」

我倒是好奇了，什麼大人物，什麼規則？

可是李師叔已經沒有了解釋的力氣，只是把我們幾個小的叫出了書房，讓我們自己在樓下玩兒，而他則和幾個師叔留了下來。

我總有一種感覺，覺得我的這幾個師叔都很疲憊，好像有著無限的心事，卻半分不肯透露。

在樓下，酥肉和沁淮經過了這麼久的奔波，竟然躺倒在沙發上睡著了，我和承心哥站在一樓的大窗戶下，兩人有些相對無言，我有話想問他，不知道這麼問出口，而他估計也是想和我說什麼，我們很有默契地同時走到了窗戶底下。

這樣沉默的氣氛讓人有些難受，我從褲兜裡摸出一包菸，拿了一枝叼嘴上，然後遞了一枝給承心哥。

他還是那樣溫和地笑著，然後拒絕了我遞過來的菸，說道：「我不抽菸。」氣氛又沉默了下去，承心摸著自己的下巴，最終還是他先開口，他問我：「記得我們那次聚會，你提過一句我們師祖活了三百多歲，是嗎？」

我點頭，但不知道承心哥為什麼問起這個。不過對於我們這些徒孫來說，師祖無疑是一個全身都綻放著光芒的偶像，也是充滿神秘的偶像，談論起他也並不奇怪，至少我雖然吃驚但是沒有多想。

「承一啊，我覺得我師傅有心事，不單是我師傅，連同幾位師叔，我也覺得有心事。特別這幾年，感覺師傅很不對勁兒，常常跟我說一些話，就像在交代什麼一樣，這種感覺不好。」承心哥忽然話鋒一轉，又說到了這個。

沒想到承心哥也有這樣的感覺，他原來和我一樣敏感啊！但事實上，又比我細心，他的話讓我想起這幾年師傅的一言一行，的確，就像是在交代什麼一樣。

我說道：「是的，我也有一樣的感覺。」

「承一，你師傅的事情不是我不想跟你說，我個人認為，我們幾個小輩應該聯合起來，『關心關心』我們師傅的事兒了，如果他們要做什麼傻事兒，我們也得阻止是不是？所以，私下裡，如果什麼事兒，我是真的知情，我一定會跟你說，這至少是我的想法。我想告訴你的是，我師傅和幾位師叔這段時間也是常常失蹤，然後出現。就前幾天你出事兒了吧，我師傅其實挺著急的，可他偏偏有事抽身不得，後來我電話聯繫上他了，他說了一句，我們要全力支持你姜師叔，這事兒放不下，所以讓你先去了。他也就說漏了那麼一句。」

我心裡泛起淡淡的憂傷，忽然有些害怕，害怕算上現在已經過去的半年，要是兩年半以後，師傅不出現在我面前怎麼辦？吐出了一個輕煙，我問：「你覺得師傅他們會做什麼傻事兒？」

「我不知道，總覺得和我們師祖有關，想起他們說那個寨子，全部是將死不死之人，我就聯想到我們那個活了三百多歲的師祖，會不會和那個寨子有關係？我忍不住胡思亂想，看他們凝重的樣子，總覺得他們要做的可能是件傻事兒。」承心哥的眉頭輕皺，眼中也罕見的流露出了一絲憂傷，那招牌似的溫和笑容也已經不見。

「如果說他們為了他們的師傅做傻事兒，我們說不定也會為自己的師傅做傻事兒，以後的事情誰知道呢？師傅就是自己的父親，那麼為自己的父親搭上一條命又如何？」說完這句話，我朝著窗外彈出了手中的菸蒂，菸蒂在陽光下畫出一個好看的弧線，然後落地。

就如這話，一旦落地就會生根，就如承諾。

「嗯，師傅就是父親。」承心哥也淡淡地說道，可話裡的分量並不比我輕。

我們這個時候猜測師祖的一切和那個寨子有關，可到了後來的後來，才知道這一猜測多麼的幼稚，那一張驚天的大網，早在命運的初始就已經對我們這一脈張開。

酥肉和沁淮去雲南了，算算已經快一個月了，想起離別的時候，酥肉竟然嚷著兩年以後，老子會重新回來當個有錢人，就覺得好笑。

沁淮的表現也差不到哪裡去，竟然親吻了一下火車站的柱子，吼了一句：「大北京，等著哥兒我兩年後回來。」

我沒想到沁淮的爺爺那麼好說服，竟然一口就同意了沁淮去雲南。

我也沒想到酥肉的父母那麼好騙，竟然相信了酥肉要去雲南做大生意，兩三年不回家。

相比起他們來，我比較難受，不管李師叔說什麼規則，我終究是放不下我的父母，我不懂什麼規則，也不想懂，我覺得我只有和他們避免接觸，才能避免他們遭受到任何磨難，所以我在跟著陳師叔去到杭州之前跟家裡打了一個電話。

「爸爸，從現在開始到九三年冬天，我就不回家了，九四年春節我看情況，會回來吧！」

「為啥？」在電話那頭我爸的聲音陡然就高了，分明帶著絲絲的怒火，接著還不容我說話，他就大罵道：「你個臭小子，是不是常年不在身邊，心耍野了，不回家了，你師傅都說每年可以和我們相處一個月的，你為啥不回來？你說我和你媽非得生你出來幹啥？有兒子和沒兒子有啥區別？你要不回家，別認我這個爸爸了。」

我聽著爸爸在電話那邊罵我，沒由來的眼眶就紅了，是啊，生我這個兒子和沒生有什麼區別？最好不生啊，沒盡到孝道不說，還給他們帶來那麼負擔，思念甚至連累。

接著，我聽著爸媽在電話那頭吵了起來，接著我媽就搶過了電話，然後對我說道：「三娃兒，別聽你爸瞎說，跟媽說，為啥好好的不回家啊？不管出了啥事兒，家裡還能不護著你啊？我和你爸一把年紀了，才不怕什麼倒不倒楣，死不死的，有事就回來，媽給你做主。」

聽著我媽的話，我在電話這頭，咬著自己的拳頭，努力不讓自己哭出來，拳頭甚至被我咬起了一個血印，可是喉頭的哽咽怎麼壓制得住？我拿開話筒，努力地呼吸，深呼吸……胸膛起伏，好半天才平靜下來，我不想他們擔心，我儘量用愉悅的語氣對我媽說道：「媽啊，你兒子就那麼沒出息啊？出去就惹麻煩要家護著啊？不是你們以為的什麼事兒，而是你們知道啊，我師傅要出去三年，可是國家有任務啊，師傅不在，徒弟得頂著吧？媽啊，這是國家的秘密，你們可別亂說啊，我這幾年不能回家，是要去執行任務呢，我就怕你們擔心，給你們打電話，都是違反記錄了。」

我媽在電話那頭一下子就很緊張了，說道：「啊？國家的事兒啊，那我們不說了，不說了……」接著，我聽見我爸在旁邊不停地問，啥國家的事兒，然後被我媽罵了。

我的心裡稍微安心了一點兒，卻聽見我媽很猶豫地說道：「兒子，我還為你在哪兒上班發愁呢，畢竟和酥肉做生意又哪兒比得上國家的鐵飯碗呢？你被國家招去了，是好事兒，媽支持你。就是想知道，你那個啥任務，平時能給家裡打電話不？」

媽剛說完這句話，就聽見我爸在旁邊嚷嚷：「讓打啥電話？你想想我們兒子師傅什麼人？我們兒子學的是什麼本事兒？這老太婆，咋一點兒見識都沒有呢？別拖累兒子。」

然後就是我媽和我爸吵的聲音，我的眼淚一直流，忽然覺得自己真的是個惹禍精，我趕緊用正常的聲音大聲說道：「媽，我不說了啊，這電話不能打太久，平時估計不讓聯繫，但我儘量。」

然後我簡直像逃跑似地掛斷了電話，當著公用電話老闆兒的面，蹲下就哭了。

那老闆兒在旁邊絮絮叨叨地說了一句：「這年輕人不管惹啥禍事兒吧，總得著家。要知道，這天下啊，誰會害你，父母都不能害你，還得護著你。」

我知道自己失態了，也不多言，站起來，抹乾眼淚就走了。

我哪裡是怕我父母不護著我，我是怕連累了他們，如果因為我的事兒，他們有個三長兩短，我覺得我會發瘋，說不定會去那個寨子拚命吧。

已經過去了快一個月，至今想起這個電話，我的心都還隱隱抽疼，這一個月我沒和家人有任何聯繫，我很擔心我父母掛念我的任務，晚上連覺都睡不好，無奈我卻想不出來更好的理由。

「承一，這西湖很美吧？」承心哥的話打斷了我的沉思，也好，免得讓我去想到三年不能和父母聯繫的殘忍。

一個八年，又一個兩年，我的父母人生中又有幾個十年。

我強忍住心頭的憂慮，儘量笑著對承心哥說道：「是啊，西湖很美，今天是最後一次上藥了吧？」

第十四章　兩年

「是啊，濃妝淡抹總相宜，無論是陽光下的西湖，還是雨中的西湖，都是很美的。可惜你好像不怎麼有欣賞的心情啊？竟然在這種時候問上藥的事兒？」承心哥頗有些「憤怒」地說道。

經過一個月的相處，我知道承心哥是個雅致的人兒，放古代那得是個風流才子之類的吧，愛美食、愛美景、愛看世界名著、愛唐詩宋詞……不僅愛，而且樣樣都非常有研究，怪不得陳師叔總是說他閑學了太多，這醫之一脈的東西卻學得不夠精。

我覺得比起承心哥，我就是一個俗人，掛念太多，也就無法寄情於山水，肩膀上的傷疤隱隱作疼，我當然也就想著今天上藥的事兒了。

不自覺地撫過肩膀上的印記，我對承心哥說道：「沒辦法，上藥是一種折磨，想著這個我沒法安心看什麼風景，再說你西湖你帶我來了百八十次了，我次次都能驚喜地喊聲好美嗎？而且，你也別做夢了，能等得到白娘子？」

「行了，你別給我提白娘子啊，那麼美好一個傳說，我一說起，你就問我，要不要去看看雷峰塔底下是不是鎮壓著一條蛇靈，有你這樣的人嗎？別拿你小時候見過的玩意兒和那傳說中美麗的白娘子比啊。你不許提她。」承心哥認真地跟我說道。

不提就不提，我還能在意一條大白蛇？說起大白蛇，我只能想起餓鬼墓前盤踞著的那條大蛇，嗯，牠也是白蛇，師傅說牠是要走蛟的，還給牠祝咒。

被我那麼一破壞，承心哥也沒有遊興，直接帶我回了他和陳師叔的住地，原本他們是有心在杭州開一個中醫鋪子的，無奈我們這一脈的人太過漂泊，這個想法也只能作罷。

好在他們在郊區的房子夠大，是個江南的農家院子，不然我真替他們擔心，這麼多的藥材要往哪兒放。到這裡住了一個月，我沒見過陳師叔幾次，他總是很忙碌的樣子，除了前幾次上藥是他親自替我上的，現在都是承心哥代勞。

由於嫌棄我肩膀上的×型痕跡太難看，承心哥親自動手在我肩膀上給我「修補」了一番，用紋身的技術把那×型生生地變成了一把斜放著的小劍。那個時候，中國的風氣並不開放，我望著肩膀上這樣的痕跡，有些哭笑不得，得了，不就在北京當了幾年不良少年嗎？這下有了紋身，倒真像是電影裡的黑社會了。

「沒辦法，你這印記估計要跟你一輩子了，改改也好，傻子也不能往身上畫個叉，對吧？你得感謝我所學駁雜，還跟人學了一下紋身，否則你就得帶著個叉跟著你一輩子了。」承心哥是如此解釋的。

最後一次上藥了，承心哥照例拿了個白毛巾給我咬著，畢竟那種劇痛不是常人能承受的，當我示意可以開始的時候，承心哥就拿起他的梅花小槌，開始細細密密地在我的印記上捶了起來。

這小槌是陳師叔為了我的印記特製的小槌，和按摩用的梅花針小槌比起來，那上面的針長了許多，可以深入到我的印記內部，隨著小槌子一下一下的落下，我的印記上冒出了一顆一顆細細密密的血珠。

和鮮紅的血液顏色不同，我這印記裡冒出的血珠，是顏色非常暗沉的暗紅色兒，快接近黑色了，承心哥跟我開玩笑說過：「你要恨誰，就給他喝一口你這血吧，保證毒得他後悔來到這個世上。」

是啊，就如我現在痛得都快後悔來到這個世上了，要知道我三天就上一次藥，才結疤的血痂被生生地刺破敲開是什麼樣的感覺？我懷疑我那塊兒肉都快被敲成爛肉了。

被細細密密地敲開之後，更痛苦的是承心哥就要開始一遍一遍的給我抹一種特質的草汁，聽說是一種混合的毒液，只有這種毒液才能壓制住那些苗人為我畫下的印記，徹底地遮蓋住它所散發的特殊氣味。

我不懂這些，我只知道那種毒液不停地抹在傷口上，那種痛苦比用刀子割肉還痛，另外由於那印記頑固無比，這樣塗抹還不行，還得給我的印記上扎上很多空心針，灌注一些毒液在裡面。

幸好，一切都有個量，過了就會打破這種平衡，會讓我無辜中毒，今天是最後一次這樣做。

在完成一切之後，從我嘴裡拿下的白毛巾照例被咬爛了，望著那條被咬爛的白毛巾，承心哥久久不語，待到我從痛苦中回過神來，他才說了一句：「承一，其實看著這些毛巾，我都在想，就算那些苗人沒有盯上你，只要你願意，我都可以和你一起去教訓，不，是和那些苗人拚命。我們這一脈，什麼時候能忍這種氣啊？被人家欺負了，得忍著？」

聽到承心哥說這話，我感動之餘又有些詫異，我一向認為承心哥是溫潤君子，沒想到這溫潤如玉的背後，也有玉石的剛性在裡面，甚至比我還要剛烈一點兒。

「我想我們總有一天得踏進那個寨子吧，至少師叔他們的言談之中並沒有打算忍下這口氣兒，只是時候未到吧。」我一直都有這樣的預感，我和那個寨子的事情沒結束，他們給我留下了印記，就沒打算放過我。

陳師叔曾經說過，這印記非常奇怪，就像人體有耐藥性，這印記如果適應了這毒液的壓制，一樣會再次發揮它的作用，那個時候，總是要面對的吧。

我覺得，師叔們只是在等我師傅，就是等我師傅而已。等到我師傅歸來，我們這一脈的人就應該會親自去到那個所謂的魔鬼之寨，好好的算一下這筆帳了，或許還有更多的事兒。

王師叔要我去貴州的都勻市見他，這個城市我沒有聽過，不過以我那神棍小師叔的秉性，他能安心待在一個地方，才是奇蹟，他讓我去找他的地方好歹是個城市，不是什麼難尋的窮鄉僻壤。

在火車站，承心哥笑著對我說：「是你運氣好，不然王師叔興趣一來，又去尋什麼風水寶穴，你說不定一路走到最後，還得跟別人租頭毛驢，騎著去深山裡找他。」

「如果是那樣就算了，我情願不學什麼風水之術了。」我也笑著對承心哥說到，經過一個月的相處，忽然要離別，還挺捨不得。

可是我也已經習慣這種捨不得的日子了，好像從小就是這樣吧，總是四處漂泊，一次次的離別經歷得多了，什麼人也都習慣了。

「擁抱一個吧，大師兄。你一走，師傅也不在，我又要過一個人的日子了。」承心哥笑著對我說了一句。

大師兄？我哈哈大笑，開心地擁抱了承心哥，兩個人幾乎同時在耳邊對對方說出了一句：「保重！」

「沒事兒，跟王師叔過兩年日子，就會去到凌青奶奶所在的那個寨子，你一定不會後悔去到那裡的，真的。」火車開動的時候，承心哥如此對我說道。

「你去過那裡嗎？」我坐在火車上大喊道，我非常疑惑，師叔他們都找不到的地方，承心哥去過？

「不，我見過那個寨子的人，一輩子都忘不了。」承心哥站在車站的身影已經遠了，他揮著手對我大聲地說道。

收回了視線，我有些疲憊地躺在火車的臥鋪上，調侃著自己以後要不要就在火車上安家算了。有一種人，就如無根的浮萍，就算知道下一刻要飄向哪裡，心裡也不會有著落，就如我，知道我下一刻將會去哪裡，可也知道那裡不會是我停留的地方，我還得繼續漂泊。有人覺得這樣的生活很精彩，那也只是因為他們不能感同身受，否則，只怕是那刻骨的孤獨都能把人推向崩潰的邊緣。還好，我習慣了。

我在都勻市很順利地找到了王師叔，也見到了我的師妹承真，王師叔沒有多餘的廢話，見面後我都還沒來得及和承真打聲招呼，他就對我說道：「風水之術包含駁雜，你是姜師兄的徒弟，承了山字脈，一心不能太過多用，所以我就教你關於陽宅那一部分的風水之術吧。以後你就算去給別人布個風水局，也不至於陷入太大的困境。」

我以前以為王師叔跟我師傅一樣有些不正經，沒想到他認真起來竟然沒有半句廢話，倒還挺有架勢的。

「從今天晚上就開始吧，我希望你合理地安排好每一天的時間。山字脈的東西不能丟了！」王師叔很直接地說道，但是抽搐了一下，他又說道：「不管你師傅，還是你師叔我們，都不能照看你一輩子，總有你自己要面對的時候。山字脈的東西不能丟，以後不管是承清、承心，還是承真，都會幫襯著你的。」

說完，王師叔不再廢話，而是扔了一本冊子給我，那是他自己寫的一些入門的心得，大概講了一些很淺顯易懂的陽宅的風水原理，讓我休息一下就開始看，不懂的問他。

接過這本冊子，我心情有些沉重，這樣的話又來了嗎？就像在交代什麼一樣，我想起了承心哥的話，心裡莫名其妙的有種緊迫感。倒是承真這丫頭大大咧咧的，像沒聽見一樣，或者她是真的聽進了心裡，只是像我以前一樣，不願意多想。

跟著王師叔的日子就如李師叔所說一般，是漂泊的，我搞不懂王師叔是在追尋查探什麼，總是不會在一個地方待太久，就會匆匆離去。

我不知道是不是我敏感，總覺得他每離開一個地方的時候，臉上總是會有失望的神色。

另外，跟著王師叔的日子也比較……比較波折，因為王師叔的一大愛好，就是喜歡扮神棍兒，一副神神叨叨的樣子，去給別人指點風水，那種樣子誰會信他啊？

跟著他，我才體會了承真師妹的苦處，常常被別人罵騙子，甚至被別人趕出家門的事兒，換誰都不好受吧？偏偏王師叔還樂此不疲，他說：「看盡人情冷暖，特別是冷處，心也就不那麼痛了。」

我不太能理解，倒是承真師妹給我解釋過一次：「相字脈的人洞悉人心，其實是一件痛苦的事情。有些事情呢，你不抱希望，那麼也就不會失望。」

「人不至於那麼不堪吧？」從小到大經歷了那麼多的離別，但我的記憶中美好的東西很多，我不覺人有那麼不堪。

「那是我師傅的性格，他總是喜歡鑽牛角尖，放大人性的醜惡。而我呢，就喜歡看閃光點，所以我比他開心。」承真師妹這樣說，我倒是忽然理解了王師叔為什麼會找一個大大咧咧，神經比男人還粗的女孩子當徒弟了。

至少，這樣的徒弟去繼承相字脈，不會因為看到太多醜惡而痛苦。看王師叔那張苦哈哈的臉，我就知道，那是一副心理壓力不輕的表現。跟著他，我雖然學習的只是陽宅風水，可我耳濡目染，也懂得相人之術，入門就是很微妙的心理學，洞悉了人的心理，確實不是件太好受的事情。

我雖然是個敏感之人，但有時想想，我情願自己活得糊塗一些。

這樣的日子，從另外一個角度來說，卻又是安寧和快樂的，我每天至少過得很有規律，除了固定的「跑江湖」時間，無論我是在哪個城市，或者只是在火車上，我都可以安心的學習，吸收我所要學的東西。恍如回到了我和師傅那些年在竹林小築的日子。

而這樣的日子，也充滿了安全感，我不用擔心哪一天醒來又是我一個人即將孤獨的上路，或是誰告訴我，情勢所逼我必須離開，我每天都能看到王師叔和承真，和他們一起過，不用擔心他們離開，這樣對於我來說就是一種安全感。

另外，這樣的日子也是享受的，王師叔真的很有錢，讓我徹底地見識了相字脈之人的「威力」，雖然王師叔愛在民間扮神棍兒，但事實上，他有很多人脈，那些人脈都比較高端，都很相信他的風水之術，這就是他收入的來源。所以我們吃穿不愁，想吃什麼吃什麼，想買什麼也沒有太大壓力。

就比如我一直以為王師叔小氣，可是我們在東北的日子裡，他就掏錢為我收了好些野山參，讓我不能斷了山字脈的修行，這就是相字脈的「財大氣粗」！

玄學五脈，果然是一個相輔相成的關係，用一切去供養山之修行得成大道，可偏偏五脈都不是簡單易學的東西，能集中在一個人身上，恐怕也只有我師祖那種怪胎了，其餘的，確實是要五脈的同門們相互幫襯。可是，我也常常灰心地想，是他們幫襯我一個吧。

這樣的日子從另外一種角度來說，過得上算是我人生中比較快樂而充實的一段日子了，我幾乎忘了那個我一生估計都洗不掉的印記，也快忘了那些苗人並沒有放過我。

是啊，比較快樂，只要不去想痛苦的事兒，比如不能聯繫我的父母，比如牽掛師傅和朋友，比如那些苗人……

時間就這樣在指縫中漸漸地流逝，恍惚間就已經到了九三年的春天。

這一天，我們是在廣西的桂林，原本前兩天還是在陝西西安的，可是不知道為什麼王師叔一直嚷嚷：「桂林山水甲天下，我懷念起那裡了，走，去看看吧。」

然後，我們就這樣奔波到了桂林。桂林很美，青山綠水怪石秀竹，彷彿把自然界的一切美好都濃縮在了這裡，不負於甲天下這個美譽。

可就這如此美好的山水間，王師叔對我說：「承一，我們應該要分開了。」

我的心裡「咯噔」一下，雖然早有心理準備，但一顆心還是忍不住沉了下去。

我知道，我以後不是見不到王師叔和承真師妹了，但那不一樣了，就如一個人，你和他生活了一段日子，然後告別了他。這個人你知道以後會再見，但是那段日子已經不會回來。其實，有時我們告別的不是一個人，而是屬於自己的一段生活。

人，都害怕這樣的告別，所以才會在這也許冰冷，也許溫暖的世間，拚命地求一份安穩。那種離別，經歷得太多，心會傷。

做道士很好，有降妖除魔的本事很好，有精彩的生活很好，可是這份痛苦好不好？

不管好與不好，這都是我的人生吧，儘管心情不自覺的低落，但我還是很沉靜地說道：「知道了，師叔。今天就要離開嗎？」

當我說完這句話的時候，承真師妹的眼圈已經紅了，難得她那麼一個大大咧咧的妞兒，還能這樣，畢竟還是女孩子啊。

不過，我很平靜，甚至還能在王師叔答話之前，安慰承真幾句，經歷了很多次這樣，我早就習慣了掩飾。

「是啊，今天就要離開，去昆明吧，到了之後，去×××地兒的一家花鋪，自然有人會接應你。」王師叔說話的時候很平靜，我也相信他是真的平靜，多的我不想深思。

我簡單地說了一個好字，就想轉身走掉，可是看見承真師妹在一旁已經掉下了眼淚，我不自覺地走過去，刮了一下她的鼻子，對她說道：「不准哭鼻子，我走了，元希師妹過幾天就會來找你們。有個女孩兒陪妳，不比我好啊？」

聽見我這話，承真師妹的臉色總算好看了一些，不再掉眼淚了。是啊，我們都孤獨，自小跟著師傅或漂泊，或幾乎是半隔絕的生活著，有個人陪伴是多麼不易。

就如我，就算讀書，跟同學也沒太多的接觸機會，更別提一起玩了，因為我有很多東西要學習，我那時常常自嘲地想，我的同學們踢足球、打籃球。我呢，就跟鬼玩兒……

看見承真師妹好一些了，我想轉身就走，卻不想一直很淡定的王師叔忽然叫住了我。

我轉頭，聽見王師叔對我說：「我的那些客戶你都見過，他們也都見過你。以後你可以混口飯吃的，在風水方面別壞了老子的名聲！記得，老子可以裝神棍，因為老子是大師，你小子不能裝神棍。」

說完這話，王師叔拋了一個筆記本給我，我接過，翻開一看，上面記的全是王師叔的重要客戶。我的手因為感動難過有些顫抖，可是我還是把本子往褲兜裡一裝，頭也不回地走了。

第十五章　昆明

到昆明的火車票並不難買，等待了幾個小時以後，我坐上了開往昆明的火車。

聽著火車熟悉的「轟隆，轟隆」運行的聲音，我一個人躺在臥鋪上，心裡卻掛念著王師叔和承真師妹，他們此時應該回賓館了吧？是在休息，還是在做什麼？承真師妹不再難過了吧？

我一個人回到賓館收拾東西的時候，心裡倒還平靜，無聲的告別是再適合我不過的方式，這樣心裡也會輕鬆點兒，只不過等到我坐上火車以後，難過又忍不住浮了上來，昨天還是三個人開開心心在一起來著……

這樣想著更加睡不著，輾轉反側中，不小心又碰到了我的右邊肩膀，傳來了一陣兒疼痛，最近肩膀老是這樣疼痛，像是什麼東西在我肩膀裡面打架一樣。

為了拖延離別的時間，這件事兒我沒有告訴王師叔，否則他一定早些日子就讓我離開了。可是，此刻的疼痛告訴我，這件事兒的確不能拖延了，再拖延下去，恐怕那些苗人總會找到我吧。

很簡單，三年前的成都，那個陳大師曾告訴過我，阿波自稱是我們，需要錢的也是我們寨子，所以可以想像，那些苗人是天南海北地散布著，不知道什麼地方就會冒出一個在為寨子圈錢的他們，我這樣如明燈一樣地晃著，被找到可能也只是遲早的事兒。

也不知道是不是我這種心理加劇了我內心的負擔，越是這樣擔憂著，肩膀上的疼痛也就越劇烈，疼著疼著，倒真感覺是有個東西在我肩膀裡爬行一樣，想著就覺得瘆人，只盼望著昆明早一些到。

此時，正值早春，可是在昆明，一下火車之後，一股子溫暖的氣息就撲面而來，春城昆明，四季如春，果然溫暖得讓人心底都暖洋洋的。

也不知道為什麼，到了這裡之後，我是第一次一個人面對火車站洶湧的人群，沒有了那種心無依靠的感覺。也許，是因為陽光太暖，讓人難以有灰暗的心理吧！

隨著人流走出了火車站，我拿著那個位址到處打聽，那昆明腔兒也讓我倍感親切，雖然聽著有些吃力。要知道，如月那丫頭第一次見到我，我聽見她說的第一句話就是昆明腔。

那個花鋪並不難找，就在熱鬧的市場裡面，我原先以為王師叔口口聲聲跟我說花鋪，不說花店是不是他隨口說的，卻不想這真的不是什麼花店，而就是一家花鋪子，因為這裡的花不是一朵朵的賣的，而是稱斤論兩的賣的。而這一路行來，我發現這也不是什麼新鮮事兒，這裡到處都是這樣賣花的人。春城昆明，也是花城昆明，這個城市我很喜歡。

站在花鋪子面前，我發現就只有一個女人在來來回回的忙碌，她的生意好像特別好，總是注意不到我。我反正也不著急等這一點兒時間，乾脆倚著店鋪門，雙手抱胸地觀察起這個女人。不過，越看我就覺得這個女人越不簡單。她應該不算年輕女孩兒了，可是又看不出來具體的年紀是三十歲還是四十歲，如果不是那股成熟的風韻，年輕女孩子偽裝不出來，你說她二十歲也行。

這個女人保養得很好，這是我對她的第一印象，至於第二印象則是她很漂亮，不，不應該說是漂亮，而是眉眼間的風情組成了她獨特的一種美。

至於第三印象就是她不簡單，那麼忙碌的情況下待人接物都是那麼的有條不紊，而且一舉一動、一言一行都讓人感覺如沐春風。

另外一個讓我如沐春風的人是我那二師兄，只不過那傢伙就只是樣子讓人如沐春風吧！不像眼前這女人，她做任何事兒你都覺得她是真誠的，就是這樣好的一個人。可偏偏就是這樣一個滴水不漏，對每個人都一樣熱情真誠的女人，就是無視了站在門口的我，我這麼大的個兒，她是真的無視了嗎？好像不是，她也會抽空看我一眼，那表情不是對著其他等待的客人一般，是歉意的笑容，而是一種打量，然後很淡定的表情。

彷彿一早就知道我要來。

就這樣，我在這裡站了足足二十分鐘，她才應付完了最後一個客人，這時，她才走到我面前，用一口純正的普通話說道：「來了，就去後屋休息一會兒，趕火車也怪累的。後屋就在那裡，上樓啊。」

我笑著點了點頭，她對我可沒對那些客人那麼熱情，只不過一股自然的體貼關切也一點兒都不造作。

老闆娘是這樣一個人，我自然也就隨便了很多，點頭之後，直接就順著她指的方向，去到了後屋。

「是承一吧，你等等。」忽然她又叫住了我，我很好奇，她知道我名字？從她知道我是要找她的人開始我就已經很奇怪了，只不過不好多問，沒想到她還知道我的名字，呵呵，真新鮮！

我不知道她為什麼叫住我，可這老闆娘卻彷彿看穿了我的心思，用手挽了挽耳邊散落的頭髮，然後微笑著說道：「你上火車之前，你師叔就給我打了電話通知我了。我估摸著就該到了，你果然就來了。個子長相，你師叔都給我形容過，看你站這兒，我就猜到了八九分。」

「哦，是這樣啊。」那老闆娘自然的一挽頭髮的風情，倒是讓我第一次真真切切的體驗到了一個成熟女人的魅力，就因為這樣，我反倒有些不好意思起來，也就不知道說什麼了。

「呵呵……」這老闆娘倒是很自然，她指著後屋的樓梯間兒對我說：「上去第二間有間乾淨的臥室，小了點兒，還能住。我漢名叫沈素茹，這裡的人都叫我素素或是六姐，你要是睡醒了，就叫聲我，給你弄吃的啊。」

面對這樣的自然體貼，我更加地不好意思，乾脆點點頭，逃也似地走進了後屋。

直到進了屋，坐在了那乾淨的小床上，我的心都怦怦地跳，說起來，倒不是我對六姐一見鍾情了，而是因為，活了快二十六年，我第一次真正的感受到了女性的魅力。

以前在高中大學的時候，雖然也跟著沁淮胡混，亂七八糟地交過一些女朋友，但那個時候在我心裡，我都覺得我的姐姐們才是最漂亮的女人，嗯，凌如月並列。所以就對那些女孩兒只是一種比較好玩兒的心態，壓根兒就談不上什麼喜歡，更別說發現她們有什麼動人之處了。

六姐的出現，彷彿才讓我有了一些開竅的感覺，覺得女人原來可以如此風情，怪不得我那看似溫和，實則花心的二師兄會跟我說這個寨子的人讓人驚喜，他原來是在說這個啊。

我毫不懷疑，六姐就是凌青奶奶她們那個寨子的，一個地方出來的人，總是有著比較相同的特質，那個寨子的人，我只見過女人，她們給人的第一感覺，就是乾淨，很乾淨的女人。

房間的盡頭有一間洗澡間，我簡單地洗了澡出來之後，發現床頭的櫃子上體貼地放著菸灰缸，我倒在床上，點燃了一枝香菸，忽然想到一個很好笑的問題，人說男孩子開竅晚，但是對征服女性的本能開竅得卻格外早。

我平日裡，其實沒什麼感覺，儘管我曾經荒誕過，莫非我現在二十六歲了，才開竅？忽然就有一種強烈的想和誰在一起的感覺，和誰在一起，不也就有家了嗎？那一定是一件很溫暖的事兒。這樣想著，一枝菸也抽到了盡頭，掐滅香菸以後，我再也忍不住疲憊，竟然沉沉地睡著了。

第十六章　種蠱

我是上午到的昆明，這一覺竟然睡到了晚飯時分，才被六姐叫醒。

此時，花舖已經關門，我們坐在一樓的小飯桌面前，六姐對我說道：「看你中午睡得香，也就沒有叫你起來吃飯，你該不會介意吧？」

我搖頭表示不介意，面對六姐，我發現不太會說話，難道開竅之後的第一反應，就是面對女的，不會說話了？

我胡思亂想著，全然沒有注意六姐為我介紹桌上擺著的過橋米線，等我回過神來的時候，六姐已經在殷勤地幫著我在米線裡面加東西了。我是第一次接觸過橋米線，覺得往米線裡加什麼蛋啊，肉啊之類的很新鮮，心裡也很疑惑，這能吃嗎？這湯看起來一點兒熱氣都沒有。

可這時，六姐已經麻利地把東西加完了，然後在那大碗上蓋上了一個碟子，說道：「等一分鐘就可以吃了，你得小心點兒啊，燙人呢。」

我陪著笑，心說這雲南人吃米線挺奇怪的，明明不燙的湯裡加生東西，還讓我小心燙。

這也不能怪我孤陋寡聞，我和王師叔他們到處漂泊，偏偏就是沒來過雲南，也刻意不去湖南和貴州，這是為了避開一些敏感的地方，要知道這三個省都有苗人，誰知道那個寨子的人會不會混在其中？

米線很快就可以吃了，我餓壞了，也就沒想那麼多，夾起一大筷子米線就往嘴裡塞，結果一瞬間我就被燙得「霍」一聲站了起來，還沒完全到嘴裡的米線也都吐了出來，真的好燙。

「我都來不及阻止你，你就那麼大一口吃下去，不被燙才怪呢！這可是滾燙的雞湯啊，只是上面有油蓋住，才沒有熱氣冒出呢。」六姐好笑地看著我，弄得我覺得很沒面子。

在這種風情萬種的大姐姐面前，是個男人都想保持一點兒形象吧？

在適應了之後，我才發現過橋米線真的很好吃，湯鮮肉嫩，米線滑溜，而且這是六姐不嫌麻煩，親自動手做的，味道更好，分量也足，我再一次吃得很滿足。

跟師傅在一起久了，自然而然的，我對於吃的東西也很在意，算是個吃貨。

一頓飯下來，和六姐的相處已經開始自然起來，發現從內心喜歡她，覺得她就像我的姐姐那樣好，想著我要再多一個姐姐，這樣風情萬種的就好了。

飯後，六姐和我隨意地聊著天，她果然是凌青奶奶那個寨子的人，她在跟我說：「我這手藝算什麼啊，和我們寨子的姑娘們比起來，差遠了！不要說和如雪比，就連團團也比不過呢。呵呵……」

如雪？團團？這兩名字我都感覺很熟悉啊，如雪，如雪，我一下子就想起了如月這丫頭，至於團團，我也想起來了是承心哥對我說的，一個做菜好厲害的女孩子。

彷彿看出來我在疑惑，六姐笑著跟我說：「如月你一定很熟悉吧，如雪全名叫凌如雪，是大如月兩歲的姐姐啊，至於團團也是我們寨子的姑娘，跟如雪如月是最好的姐妹。」

六姐這樣說起，我才恍然大悟，忽然就想起如月小時候和我們相處時，很多次地說起她姐姐，好像有一次我問過她，卻被什麼事兒打斷了，原來是這樣啊！

我沒有太在意，只是覺得好笑，問道：「六姐啊，你們寨子是女兒國嗎？咋我聽見的全是女的啊？」

「哈哈，哪裡是女兒國啊，有很多男的啊，團團的未婚夫飯飯不就是男的嗎？」六姐覺得好笑，不由得解釋道。

飯飯？團團？飯團兒？這名字，我也覺得很有趣啊，忍不住跟著一起笑起來，結果也就在這時，我的肩膀劇痛了起來。

六姐在那邊洗碗，沒注意到這邊的情況，還在說著：「飯飯，團團只是小名兒啊，這兩人又愛吃飯，又愛琢磨怎麼做飯……」

說到這裡，六姐忽然頓住了，胡亂擦了一下雙手，就趕緊跑了過來，問道：「承一，你這是怎麼了？」

我指著肩膀，連句完整的話都說不清楚，只能不停地說道：「疼……很疼……」不是我誇張，是這一次真的很疼，就像什麼東西在啃噬我肩膀上的肉一樣，讓我疼到語無倫次，以前從來沒有這樣發作過。

此時，六姐也顧不得避諱什麼了，見我肩膀疼到抬不起來，趕緊幫我脫了外套，拉開我的襯衣，一下子就看見肩膀上那個造型還頗為精緻的小劍。

「這……」第一次六姐有些搞不清楚情況了。

我心裡腹誹著承心哥，忍痛解釋道：「其他的是裝飾，實際……實際是個叉。」

好在六姐只是短暫的驚愕以後，一隻手就摸在了我的印記上了，想必手感很不好，因為以前被密密麻麻扎了那麼多小洞，加上毒液多多少少都有一些腐蝕的作用，那手感坑坑包包的。

可看六姐的臉色她好像完全不在意這些，摸著摸著，她的臉色就變了，手一翻就不知道從哪裡取出一隻長得很奇怪的蟲子，有點像天牛的東西，放在我的印記上。

那隻蟲子一趴到我的肩膀上，就開始狂躁不安，打了幾個圈以後，竟然徑直就從我的肩膀上飛走了，好像不太聽六姐的指揮一樣。

我不懂苗蠱的原理是什麼，在我的想像中，他們反正能指揮蟲子就是了，這樣的情況讓六姐的臉色很難看。

她也沒多說什麼，只是往手背上抹了一下，然後小心翼翼地靠近那隻蟲子，結果那隻蟲子竟然就乖乖地從牆上爬到了她的手上。

「只是一點兒小把戲，我手背上抹了一些牠感興趣的東西，牠就來了。剛才我在你的印記上也抹了一些，可惜牠還是很狂躁。承一，我可以負責的告訴你，你的肩膀被人種了蠱，現在那隻蠱已經快接近成蠱了。」六姐神色嚴肅地對我說道。

「什麼？」我顧不得疼痛，幾乎是下意識地喊道，不是是用一種植物汁液畫上去的印記嗎？怎麼變成有人種蠱了？我在火車上疼痛的時候，曾經想過，是不是肩膀裡面有蟲子啊，但不曾真的那麼認為，結果六姐竟然告訴我肩膀裡面有蟲子。

「你別懷疑，我的這隻蠱蟲，沒有什麼別的作用，但對任何種類的蠱蟲都特別敏感，遇到厲害的還會狂躁不安。在苗疆，被人下蠱防不勝防，有一隻這樣的蠱蟲，至少能安全許多。別看牠只有這樣的功效，可培育卻十分不易，難得之極，我出來代表寨子行事，才有幸得到一隻。我特意做了手腳，牠都不肯多待片刻，我可以肯定，你的肩膀裡被人種進了厲害之極的蠱蟲。」六姐的樣子一點兒也不像是在危言聳聽，估計她現在也沒心情和我開任何玩笑。

我聽了，心裡反而坦然了，至少我現在知道了我肩膀裡有隻蟲子，總比什麼都不知道好！我遲早是要面對那個寨子的，正所謂伸頭也是一刀，縮頭也是一刀，還怕個屁！只是，那疼痛，實在讓人忍得難受罷了。

相比於我的冷靜，六姐反而急了，在屋子裡來回地走動，嘴裡念叨著：「怎麼辦呢？也不知道寨子裡的人這幾天哪天下來，這種蠱我根本不敢給你拔出來……」

我也不懂，插不上嘴，只是覺得這幾年，我沉溺學習了一身的道家本事，竟然派不上用場，那感覺挺難受的，要是可以，真想引個天雷下來，轟了這蟲子。

可也就在這時，停在六姐手背上那隻天牛般的蟲蟲又開始狂躁起來，六姐的臉色陡然變了。

我也注意到了那隻蟲子的異狀，心裡也不免開始忐忑，因為六姐剛才才說過，有厲害的蟲蟲，這蟲子才會忐忑不安。

我顧不得肩膀的疼痛，拉好衣服站起來，四處打量著，都說苗蠱讓人防不勝防，就算有六姐這個行家在，我還是不敢放鬆，我也期望能幫得上六姐的忙。

可是，過了好半天，屋子裡都沒有任何動靜，就唯獨六姐那隻蟲蟲躁動不安。這可是怪事兒，我臉色難看，莫非有人在無聲無息的時候就對我們下蠱了？要知道，六姐也算是一個蠱苗啊。

六姐的臉色也不太好看，手一翻，收回了那隻「天牛」，然後也不知道從哪兒摸出一枝細小的竹筒，在房間周圍細細地灑了一層。

我不明白六姐是在幹嘛，不由得開口問道：「六姐，這是灑的什麼？」

「蠱這種東西，不單是你以為的蟲子，有很多的種類，可但凡厲害一些的，大多還是蟲子，這種粉末我不知道怎麼跟你解釋，是我們寨子的大巫調配製成的，你就當是殺蟲藥好了。」六姐簡單地解釋了一句。

灑好藥粉以後，六姐稍微鬆了一口氣，然後盛了一碗清水，吐了一口唾沫在裡面，細細看過之後，臉色終於變得平和。

我又感覺好奇，問六姐：「六姐，妳這又是在做什麼啊？」

六姐說道：「一種簡單驗證是不是中了蠱毒的辦法，一碗清水，吐一口唾沫進去，如若唾沫下沉，多半是中了蠱毒，如若唾沫上浮，則表示沒有事情。」

「這都能行？」我有些吃驚。

「也不是啊，這只是入門級的判斷方法，因為蠱這種東西太過複雜，幾乎每個蠱苗寨子都有自己獨特的秘方，但若是唾沫上浮，至少表示沒有中毒。不過，如果用來檢驗你肩膀裡那隻蟲子，這個方法就不行，因為牠不屬於蠱毒的範疇，而是蠱蟲的範疇。」看來不是太過秘密的事情，六姐還是很願意給我解釋。

倒掉碗裡的水，六姐又盛了一碗水，招呼我道：「你過來試試，如果被人盯上了，這蠱毒可是無聲無息的東西，也很難判斷是什麼時候下的。」

這樣說起來也是，我一下子就想起了小時候，我們去探餓鬼墓，如月那丫頭無聲無息的就把蠱毒下到了別人的飯粒，真是讓人防不勝防，所以，我也吐了一口唾沫在碗裡，所幸，我的唾液也沒有下沉。

這時，六姐才徹底地安心下來，坐在了我的旁邊，「天牛」是不敢拿出來了，她不是說了嗎？這屋子灑了「殺蟲藥」。

蟲子進不來，我們也沒中蠱毒，情況總算不是太壞，可是「天牛」的狂躁不安，總歸是一件兒讓人放心不下的心事。

「來，我給你上點藥吧。」坐下來之後，六姐又不知道從哪兒掏出來了一個竹筒，對我說道。

這讓我無語至極，不由得問道：「六姐，蠱苗都是叮噹貓嗎？」

「什麼叮噹貓？」六姐揚眉，顯然她不知道什麼是叮噹貓？

我一下子就笑了，自從接觸了電視這東西，我最愛看就是動畫片兒，我也不知道是不是童子命，就特別「童子」，總之這愛好我一直保持到了今天。

那個時候，我正沉迷「聖鬥士」，和王師叔四處晃蕩，也不忘了在電視上收看，甚至還買了漫畫書，而「叮噹貓」這種經典的動畫，我當然也不會錯過。

我給六姐解釋起叮噹貓，而六姐則一邊聽，一邊笑，然後拿出一把小刀說道：「原來有這樣一隻貓啊，倒是很神奇，不過我們蠱苗可不是什麼叮噹貓，你想知道，一會兒再跟你說，你怕不怕疼？」

「怕又怎麼樣？來吧。」我無奈了，心說我肩膀上這個東西，怎麼那麼麻煩，每一次處理起來，我都要承受痛苦，我覺得我已經開始痛恨那個在我肩膀上畫下印記，以及種蠱的傢伙了。

六姐笑了笑，倒是沒說什麼，只是下手用那把細細的小刀在我肩膀上「戳」了幾個細縫，然後用一片兒非常細小的竹片，沾了一些竹筒裡的黑色膏體，插進了那些細縫。

整個過程確實有些疼痛，可是當第一片兒竹片兒插進去的時候，我反倒不疼了，隨之而來的是肩膀上的一種麻痺感，隨著幾片竹片兒的插入，我原本痛得天翻地覆的肩膀竟然漸漸地消停下來，只是新的問題也來了，因為麻木，我這隻手也不大抬得起來了。

我望著六姐問道：「六姐啊，妳給我弄的什麼東西進去？」

「哦，是一種提取自蟲子身上的膏體，作用是麻醉，你身上那隻蟲蛊，應該是一種，嗯，用你能理解的話來說，是一隻血肉蠱。簡單的說，就是寄生在人的體內，以肉屑為食的一種蠱蟲。不過血肉蠱也分很多種，如果不知道正確的拔蠱方法，後果就會很嚴重。我不敢貿然給你拔蠱，只能用這個方法麻痺了你體內的蟲子，讓牠消停一下，到了寨子，應該就有辦法了。」六姐給我解釋道。

剛剛的劇痛消停了以後，我整個人總算舒服了，雖然手臂麻麻的，但也覺得此刻是在天堂了，不得不說，每一種術法都有它的獨到之處，這關於蠱的事情，還是要蠱苗出手啊。

「六姐，妳剛才跟我說的，要給我看你們蠱苗裝東西的……」舒服了之後，我緊繃的心情也好了很多，開始問東問西。

可是我問題還沒有問完了，六姐就臉色一變，一翻手取出了「天牛」，只見這隻在六姐手上的「天牛」，已經狂躁到一出來就要飛走，被六姐牢牢按住以後，幾乎是要咬六姐一口。

六姐估計覺得面子上有些掛不住，給我解釋道：「蟲子畢竟沒有智慧，所以制不住的時候，也會反咬，除非是本命蠱，或者是用……」

原本我是在安心聽六姐說的，可這時，我眼角的餘光瞟到了一件東西，我再也不能安心，只能大喊道：「六姐，妳看……」

六姐聽到我的喊聲臉色一變，回頭一看，有好幾隻大蛾子不知道從哪裡飛了進來，我估計是從那旁邊的小窗戶吧，可那不是重點，重點是這些蛾子我都認得，一輩子都不會忘記，這些蛾子就是把我弄成了幾天植物人的血線蛾。

估計是因為「殺蟲藥」的關係，飛進來的四、五隻蛾子，有三隻已經掉在了地上，不停在掙扎，還有一隻飛得歪歪斜斜，只有其中一隻最大的，飛得還算正常。

六姐沉著臉，罵了一句：「雕蟲小技。」然後手一晃，也不知道從哪裡摸出了幾枝削得尖尖的竹針夾在指間，然後手腕一翻就甩了出去。

甩出去的三枝竹針，很是成功的就扎在了那兩隻飛蛾身上，立刻那兩隻飛蛾就跌在地上，連掙扎都沒有就一動不動了。

這一招看得我目瞪口呆，好厲害啊，弄得我都想大喊一句：「小李飛刀，例無虛發了。」

六姐拍拍手，說道：「這血線蛾是那個寨子的招牌蠱蟲，毒到是挺毒的，不過放蠱之人的手段倒是一般了。」

說話間，她戴上手套去撥弄幾隻血線蛾，卻不想，很驚奇地在血線蛾身上發現了一點兒東西。

她叫過我，我走過去一看也發現了，原來每隻血線蛾的身上都仔細地用線綁上了一個小紙團兒。六姐覺得不可思議，叫我別動，而她則小心地把那些蛾子身上的紙團都取了下來，然後展開了那些小紙團兒……

每張小紙團上的內容都一樣，不知道是誰，用鉛筆寫著幾乎讓我立刻發狂的一句話：你的兩兄弟出事兒了。

並沒有說是哪兩兄弟，可是在雲南和蠱苗能扯上關係，又能被我當做兄弟的，只有酥肉和沁淮，除了他們還有誰？

看到這句話，我根本不能冷靜下來，有些自我封閉的性格，讓我接觸的人並不多，所以在我心目中重要的人也不算太多，除了家人和師傅，酥肉和沁淮無疑就是我最重要的人了，我幾乎不知道下一刻要幹什麼，抓狂地圍著桌子轉了兩圈以後，我立刻就要出門。

六姐一把拉住了我，問道：「出門之後你要做什麼？」

是啊，出門之後我要做什麼？我腦子裡亂糲糲的，我完全是憑著本能就想要出去做點什麼，總覺得出去以後就能靠他們近一點兒，總覺得我什麼都不做的話，我會瘋。

可是，出去之後往哪兒走，做什麼呢？

「承一，你冷靜一點兒，據我所知，血線蛾只有那個寨子才有，也只有那個寨子的人才有獨特的法門驅使，給你送信的是什麼人，你知道嗎？」六姐的眼中流露出一絲焦急，顯然她很怕我衝動之下她阻攔不住。

可就算這樣，她還是保持著鎮定給我分析，的確，她的話很有道理，猶如一盆冰水潑在了燒得通紅的炭火上，讓我徹底地冷靜了下來。

不過，無論如何這張紙條也在我心裡留下了揮之不去的陰影，面對重要的人，誰能冷靜？誰又能淡定地賭博一定沒事兒？關心則亂啊。

坐在桌前，我的心情不是很好，煩悶之中我摸出了一枝菸來叼著，六姐沒有責備的意思，反而溫柔地拿出一盒火柴，給我把菸點上了。

「承一啊，你的兩兄弟是誰？是不是有一個是胖胖憨憨的兄弟叫酥肉，還有一個清秀的，笑起來有點兒吊兒郎當的，叫沁淮啊？」六姐在我身邊軟言細語地說道。

「就是他們，我和他們分開了兩年多吧，他們當初是被安排來了雲南，是去你們寨子，我看那紙條，我直覺就是他們出事兒了。我……」吐了一口菸，我有些心神不寧地說道。

六姐的分析不是全無道理，可我總覺得那張紙條上的話不是完全不可信，我不知道自己是關心則亂，還是強大的靈覺在自然的判斷，總之，我就算冷靜下來，心神還是很難平靜。

「如果是他們，那這張紙條上的內容我可以肯定是假的，那兩小夥子我很熟悉的，在我們寨子待了兩年了，我雖然負責寨子的外部事物，很少回寨子，可這兩小夥子還是常常回來昆明玩兒，每次來玩都住在我這裡。上個月他們才來過呢！你說，他們怎麼可能出事兒？」六姐安撫著我，在這些事情上她沒必要騙我的。

「嗯。」我點點頭，努力壓抑著那股不安的感覺，只是問道：「六姐，我什麼時候可以去寨子？」只有去到了寨子，見到了酥肉和沁淮，我才能徹底安心。

「哦，這個啊，因為收到你要來的消息，寨子那邊的人幾乎每隔十天就會來幾個人到我這兒，上次來了該有六、七天了吧？不過他們的時間不定的，有時早點兒，有時晚點兒，不過要不了多久了，你就安心等著吧。」

說完這件事兒，我和六姐再隨便聊了兩句，就各自回房了，我們好像都刻意地在回避一個話題，那就是到底是誰會用飛蛾傳書來通知我們這件事兒。

我不知道六姐回避的原因是什麼，我只知道我回避談這個的原因是我不想給別人添麻煩，我不懂蠱苗寨子之間的關係，只是以前聽聞如月那丫頭說過蠱苗之間有時會有秘密的交易會，如果他們認識那個魔鬼之寨的人，那不管是友好、忌諱，還是相互敵視，不敢輕舉妄動的關係，我都不希望因為我而發生什麼。

畢竟我，我的兩個朋友接二連三地麻煩別人寨子，已經是一件很不好意思的事情了，這天大的人情怕也是許給我師傅、師叔們的面子，我個人根本沒辦法還情……

但到底是誰這樣給我傳書呢？那個寨子盯上了我，從他們的手段來看，不是「友好」的盯上我，而是一種莫名的敵意，那那個寨子我又認識誰嗎？

我翻來覆去地想，也只有一個人，算不得那個寨子的人，高寧……！可高寧憑什麼要給我報信，我不認為我和他關係好到了如此的地步，而且高寧是已經混入了那個魔鬼之寨嗎？

如果不是高寧，那又是誰？

一件一件的事情就像團團迷霧籠罩了我，讓我深陷在其中，根本搞不清楚方向在哪兒！師傅，如果師傅在……我想到這裡忽然就有些心酸，但又硬生生地打斷了自己這種心酸的感覺，已經快三年了，我怕是要戒掉依賴師傅這個毛病了。

亂七八糟地想著心事兒，終於在深夜的時分我總算有了一絲睡意，迷迷糊糊地睡著了。

第二天早上起來，照例是六姐給我弄的早飯，是以前我沒見過的一種東西——餌塊，細細地切成絲兒，燙在雞湯裡，放了一點兒雲腿肉片兒，蔥花兒，看起來簡單又誘人。

我很好奇這餌塊，仔細地看了一番，這餌絲看起來就像四川的米塊兒，只不過韌性更足一點兒，那濃郁的米香伴隨著雞湯在口中散開，好吃得讓人欲罷不能。

「這餌塊兒的吃法可多了，還可以炒著吃、拌著吃，是雲南的一種美食呢，不比四川的小吃差吧？」六姐笑眯眯地問道。

我吃得滿口留香，停不下來，只能「嗯嗯」地回應著，同時也佩服六姐，為啥她弄的東西，看似簡單，卻比某些大廚都弄得好吃呢？

吃過早飯，我要洗碗，卻被六姐堅決地拉住了，她溫和地說道：「我呢，一向不喜歡男人，漢子幹些瑣碎的事兒，好好坐著。在內呢，女人伺候著，出外呢，男人就把天頂著。」

這話說得可真讓我舒服，身在現代這個社會，其實我沒什麼封建思想，什麼君子遠庖廚之類的，不過試問哪個男人心裡又沒有一點兒大男子主義的心理呢？六姐可真是極品！

或者說，苗女都是極品吧！怪不得外面的很多男人都垂涎於苗女的風情萬種，如此的女人哪個男人不想要？說起來，我還想起了如月給我說的一段兒關於蠱苗的趣事兒。

她說苗人發展蠱術，一是他們居住的地方多毒蟲瘴氣，如果不能被這些東西給滅族了，那麼只有駕馭這些東西。第二呢，是因為苗女多被外來男子垂涎，甚至強搶苗女，為了保護寨子裡的女性，也為了在這美麗又險惡的山水中生存下來，所以寨子裡才華出眾的族長，就發明了蠱術。

是啊，如此曼妙多情的苗女，是值得男人這樣竭盡心思去保護的，也值得外面的男人這樣瘋狂。

因為六姐不要我做事兒，我就傻呆呆地坐在花鋪子看她忙碌，有心去研習一下道術，卻發現心情不怎麼沉靜得下來。

看我坐得無聊，六姐在忙碌的空隙停了下來，對我說道：「出去逛逛吧？現在正是二月，去翠湖吧，有驚喜呢。」

翠湖，驚喜？我搞不懂會有什麼驚喜。

六姐神秘地笑笑，倒是不願意多解釋，而是手一翻，不知道從哪兒又把那隻天牛變了出來，然後小心地放在了我的手中，說道：「總覺得你身邊不是很太平，帶著牠，一有不對，就立刻回來，知道嗎？哦，也別超過晚飯時間回來啊，不然我會擔心你出事兒。」

第十七章　狗血的曲折

六姐的關心就是這樣，不會太過熱情，但就是恰到好處的讓人心底覺得舒服，我心裡感動，可是又有些毛毛的，我壓根不知道怎麼控制這隻蟲子。

六姐在我衣袖處不知道抹了一些什麼液體，總之弄上了之後，那隻天牛就乖乖地待在我的袖口裡三寸，動也不動了。

「嗯，這樣就好了，就算你把牠捏死，牠也會待在那裡的，除非有什麼情況出現。那如果有什麼情況出現呢，你就把這個捏破抹在手裡，牠就暫時不會飛走了，然後你再把牠裝進這裡裡面就好了。」說話時，六姐的手只是輕輕地舞動了一下，一枝細竹筒就出現在了我的面前。

我又有了六姐是叮噹貓的感覺，自己在心裡不好意思了一下。

但說實話，這個其實算不得什麼，真正讓我感覺到蠱苗厲害的地方在於，除了她們對各種昆蟲，植物的瞭解，還在於他們的一雙手，很神奇的一雙手，動作快而精準，這純粹是技巧性的東西，沒有十年的苦功，根本做不到爐火純青。

這手上的功夫厲害了，投擲一點兒暗器，倒也算簡單的事兒，畢竟有時候下蠱也是要靠投擲的功夫，那股子巧勁兒是相通的。所以，六姐那一手「飛刀」絕跡也是理所當然的。

「天牛」老老實實地趴在了我的袖子裡，如果不可以去想，當真也不妨礙什麼，我對昆明這座城市原本就有好感，能夠出去逛逛，心情自然開朗了一些。

剛走出兩步，六姐又叫住了，然後往我手裡塞了一把錢，也不知道是多少，估計怕我面子掛不住，她笑著說道：「承一啊，這花舖子生意好，你也見著了，所以六姐要盡點兒地主之誼，讓你遊一下昆明。」

這話說得讓人心裡很舒服熨貼，可是我跟著王師叔廝混了兩年，加上之前父母給的錢和和酥肉一起賺的錢，我還真的不怎麼缺錢，堅決拒絕了六姐的好意，我就這樣出門了。

出門稍微打聽了一下，才知道翠湖原來是一個公園，在昆明，只要是當地人，無一不知，無一不曉，只是打聽了一下，我就沒費什麼功夫地找到了翠湖公園。

這個公園很美，圍繞著大大的翠湖，修建了很多亭臺樓閣，伴隨絲絲垂柳，在喧嘩的城市中當真算得上是一處勝地，讓人流連。

可這遠遠夠不上說是驚喜，這裡的驚喜在於那湖中鋪天蓋地而來的紅嘴鷗，我以為只有海邊才能看見海鷗之類的東西，沒想到在一個內陸城市竟然也可以看到這樣的景象，上萬隻的紅嘴鷗光是散散翅膀，就是足以讓人震撼的壯觀。那些紅嘴鷗也不怕人，有人帶了東西來餵牠們，牠們就毫不客氣地停在人身上，吃得悠閒自得。

這一幕讓我看得十分有趣，六姐說的驚喜果真是驚喜，就在我樂呵呵地在翠湖流連忘返的時候，一隻小手扯住了我，我回頭一看，原來是一個只有七、八歲大的小姑娘，正拉著我，而不遠處她父母正笑吟吟地看著。

我不知道這小姑娘為什麼拉住我，於是摸了摸這小姑娘的頭髮，用普通話問道：「小妹妹，什麼事兒啊？」

「叔叔，這是另外一個叔叔要我給你呢的東西。」小姑娘說的昆明話，但是不難聽懂，說完，這小姑娘就揚起手中的一封信，遞給了我。

我一下愣住了，怎麼會有這麼「狗血」的事情發生在我身上？可這一切又不能不問，我心想一個小女孩兒又能知道什麼呢？於是牽了她的手，朝她父母走去，然後道了謝，才問道：「請問兩位，你們有沒有看見，是個什麼樣的人讓你女兒給我送信呢？有沒有什麼特徵啊？」

這對夫妻倒是熱心人，見我發問，那男的就用普通話回道：「看見了，剛開始我還以為那男的是人販子呢。結果就是要我女兒幫送信。要說那男的有什麼特徵，這還真不好說，就一臉大鬍子，認不出來啊，個兒大概有一米七五左右吧。」

那男的努力地回憶著對我說到，那女的也插口說動：「就是，一臉大鬍子就是最大的特徵，穿的衣服記不住了，你在周圍看看吧，一臉大鬍子還是挺好認的。」

我知道再問也問不出什麼來了，對那對夫妻說了一聲謝謝就離開了，離開的路上，我一直仔細地觀察著，發現這周圍根本就沒看見什麼大鬍子的人。

這樣的感覺讓我窒息，以前我經歷了再多，都是擺在明面上，至少我知根知底的事兒，再不濟我也知道自己要做什麼，做的目的又是什麼。

換句話來說，一切的主動權都在我自己的手裡！可這件事兒，除了成都那件事是個意外，一切感覺自己都好像很被動，被一雙無形的手推動著在走，這有濃濃的陰謀的味道，像一張大網，已經在收網，鋪天蓋地的，根本逃不出去，怎麼不讓人感到窒息。

我不想在這湧動的人群裡看信，我怕信上又是什麼讓我抓狂的消息，因為我自身其實容易衝動，不是那麼淡定的人，抓狂之下，誰知道會不會又做什麼傻事兒？

所以，深吸了一口氣，我用勉強還剩下的理智把信塞進了褲兜裡。

發生了這麼一件事兒，我也沒有了遊玩的心思，而是選擇直接回了花鋪。

回到了花鋪，正是下午二點時分，這個時候是生意清淡的時刻，六姐倚在門口，笑吟吟的，一邊嗑著瓜子兒，一邊也不知道在和周圍的老闆們說著什麼，只是那一舉一動自然的風情，讓那些男老闆的目光都不那麼單純，而老闆娘們的眼神中自然的都會流露出一點點戒備。

我想，要不是六姐為人處事的手段到了一定的境界，只怕在這裡很難立足。

見我那麼早就回來了，六姐的臉上閃過了一絲詫異，不過很快就收斂了，然後轉頭對那些圍繞在她身邊吹牛說話的老闆們說道：「大家不好意思呢，我表弟回來了，就不和大家說了啊。」

我知道六姐說我是她表弟也是為了避嫌，這些細節，人精似的六姐不可能不注意。

我跨進花鋪以後，直接就上了樓，進了自己的房間，六姐也跟了上來，估計不太好進我的房間，只是靠在門口問道：「承一，怎麼這麼早就回來了？」

「這個，幫我看看……」我有些疲累地從褲兜裡掏出一封信，遞給了六姐。

六姐有些奇怪地接過信，沒有慌著打開，而是疑惑地問我：「這是什麼？怎麼來的？」

我摸出菸叼著，淡淡地說道：「很明顯啊，一封信啊。走在翠湖公園，一小女孩兒給我的，說是別人讓她帶給我的，一個長著大鬍子的人，我也不知道是誰，也沒看見。」

說這話的時候，我自己都能聽出自己的那股疲憊之意，不知道為什麼，沒有師傅在身邊的日子，我總是那麼容易疲憊。

六姐估計感覺到了我的疲憊，也感覺到了我把信給她看的用意，所以也就沒問什麼了，而是當著我的面，直接拆開了信。

裡面只有薄薄的一頁紙，上面的內容估計也不長，至少六姐很快就看完了信，看完之後，六姐的神色一下子凝重了起來，然後問道：「你能認得這筆跡嗎？」

我接過那封信，只看了一眼，就說道：「不認識。」

因為信上的筆跡歪歪扭扭，明顯是刻意這樣寫，不想讓人認出什麼來。見我說不認識，六姐微微一笑，說道：「自己看看信吧，因為信上寫的東西，必須你自己看看。沒想到，電影上才有的情節，也能發生你身上呢。」

我聽聞六姐這樣說，這才把注意力轉移到了信上，但願不要看見讓我控制不住情緒的內容。可是有時現實往往和人的願望就是相悖的，我越是不希望看見讓自己心驚肉跳的內容，可那內容就越讓我一顆心沉到了谷底。信上的內容很簡單，就寥寥的幾句話。

陳承一：

我希望你能聽我勸解，遠離是非，不要插手關於某個寨子的任何事情，走，走得越遠越好。

另外，你兩個兄弟的事情，我會儘量幫助。

最後，你肩膀上的蟲蟲，相信另外一個寨子能幫忙解決。

就這樣，信上就這麼幾句話，包含的內容卻很多，一是警告我不要去碰那個寨子，一個是側面的告訴我酥肉和沁淮確實出事兒了。這信給我的感覺非常的奇怪，總感覺這人想儘量表現得和我陌生，可又不是陌生人那種，最離譜的是他好像有些熟悉我！

難道真的是高寧，我默默地把信紙揉成了一團，然後用打火機燒了。

六姐默默地看著這一切，直到信紙燃成了灰燼，空氣中飄起了裊裊的輕煙，她才開口問道：

「你有什麼想法？」

我掐滅了菸蒂，說道：「還能有什麼想法？先去寨子，看看酥肉和沁淮，才能確定一些事情吧。就算被這人說中了什麼，我也不能被一個連是誰都不知道的人左右吧？」

六姐有些吃驚地看著我，問道：「承一，這一次怎麼那麼冷靜？」

我苦笑著，舉起雙手給六姐看，六姐這時才注意到，我的雙手一直在發抖，她的眼神閃過一絲異樣的神色，過了半天才說道：「原來你這麼在意你的朋友。」

「是在意！所以，六姐，我不是不衝動，而是衝動了也沒辦法，一想起酥肉他們危險，我都忍不住發抖。我心裡很著急，可這件事讓我覺得最憤怒的地方在於我什麼都不知道，很被動，被牽著鼻子走。其實，看了這封信，我心裡發著火，我已經下定決心，要去看看把我逼到這個地步的寨子到底是什麼樣的了！」我幾乎是咬牙切齒地說道。

有時候，年輕人的心思就是那麼沒道理，被逼到極限了，也就不考慮後果了，我到底不是一個冷靜而理智的人，剛才那種淡定也只能維持一瞬間，在下一刻，怒火就差點兒把我燒灼了。

六姐一聽我這樣，神色忽然就變了，她走進屋子，強行扳過我的身子，讓我望著她，她用一種前所未有的嚴肅語氣對我說道：「承一，不管你有多大的怒火，別去惹那個寨子，別去。如果惹到了那個寨子，對國家都是一種災難。」

六姐一向是一個圓滑卻讓人感覺到舒服的女人，我從來沒見過她用這樣的神情和語氣跟我說話，嚴肅中還流露出一絲畏懼。

我深吸了一口氣，然後對六姐說道：「我不會亂來的，六姐，可是我被他們盯上了，不是說我不去惹他們，他們就不惹我了，這事兒我沒辦法置身事外。」

「被盯上了可以躲，但你主動去惹他們後果就是不一樣的。」六姐對我說道。

「可我已經惹了，那個阿波，妳知道嗎？如果是妳和李師叔他們聯繫，妳就應該知道……」

「我知道，出去做這種事的都是小角色，他們不會太在意，而且那個阿波也沒怎樣！這些都不至於讓他們破壞一些規則去玩，其實，我覺得那信上勸你的是對的。」六姐忽然這樣說道。

我一屁股坐在床上，有些頹廢，如若師傅在呢？他是不是也要我畏畏縮縮去做人，什麼都拋在一旁，只是為了自己的安全？可惜，師傅不在，而六姐也是真的關心我，才會這樣勸解我。

沉默了好一會兒，我對六姐說：「師叔他們也給我講規則，妳也和我講規則，我是真的很好奇，有什麼樣的規則？六姐，那個寨子盯上了我，妳總要和我講講那個寨子吧？」

六姐沉默了一會兒，說道：「有些規則不是你現在的層次能接觸到的，我只能說，那規則是國家束縛一些事情定下的，或者說是一些國家的有大能之人定下的。他們的目的倒不是為了保家衛國，他們只是為了普通人的普通生活而定下來的，這個和國家為了穩定的目的不謀而合。所以就形成了一些不可觸犯的規則。」

我沉默，我忽然發現我真的不太瞭解這個世界，但是和別人不一樣，越是長大，我的好奇心就消磨得越多，我是真的一點兒也不想瞭解。

六姐繼續說道：「也不止我們國家吧，這個世界也總有些奇人異士，都是有約束的。總之，那個寨子也在約束之下，如果說你要我和你講那個寨子，我只能告訴你一句話，那是一群瘋子，約束對於他們來說不是那麼大。或者他們有依仗也說不定。你可以和講道理的高人鬥，你可以和妖魔鬼怪鬥，因為就算妖魔鬼怪，也不是完全無原因的害人，也知道冤有頭，債有主。可是你不要和瘋子鬥，因為瘋子一發瘋，什麼都不知道。」

說完以後，六姐深深地看著我，我吐了一口氣，感覺自己像是快死在沙灘上的魚那麼無助，所有人都讓我躲著，包括我的師叔們。

我頹廢地點了點頭，不再說什麼，心裡只是記掛著沁淮和酥肉的安危，也越發覺得這件事情我看不透了。

六姐也跟著歎息了一聲，說道：「安心地在昆明待兩天，過兩天，寨子的人就來了，你去那裡之後，有如月和你的朋友在，你的心情應該會好一些的。」

不論怎麼樣，這樣事情讓我沒有了初來昆明時的那種興奮了，由於心事太重，連六姐做的好吃的飯菜我都覺得索然無味。

原本我對六姐她們藏蠱的方式很好奇，可到現在也沒那心思去問了。我不太說話，也不太出去，整天在屋子裡發呆，也不知道自己是在難過什麼，就這樣發呆，感覺整個人都要生黴了。

在很久以後我才明白，一個人最難受的狀態並不是很難過的狀態，而是心事很重的狀態，那種沉沉的壓抑，一想起有這樣那樣的事的煩悶，才會把一個人壓垮。

至少和那種狀態比起來，能哭也算一種幸福。那個時候的我，就處於那種狀態，其實有些危險，因為時間一久了，人不是瘋狂就是頹廢了。但好在，這樣的狀態很快被打破了，寨子的來人沒讓我等太久，僅僅兩天之後，就到了昆明。

來的人是一男兩女，當他們出現在花鋪的時候，六姐彷彿鬆了一口氣，因為連六姐也感覺到了我的壓抑。

他們來的時候，我照例在屋子裡發呆，是六姐把他們帶到我屋子裡的。

我這才注意到來人了，不過不知道為什麼腦子有些木然，盯著來人看了半天，在腦中都沒反應過來別人長什麼樣子，直到其中一個女孩兒跳出來說道：「你就是陳承一啊？」

我才反應過來，看清楚了這個女孩兒，清清秀秀，斯斯文文，帶著苗人姑娘特有的白淨，這樣充滿朝氣地站在我面前。

我不知道她為什麼一副很認識我的樣子，我下意識地點點頭，說道：「嗯，我就是陳承一，你是？」

「我叫李團兒，小名團團。是和奶奶，還有飯飯一起來接你的人。」

飯團組合？

經過了兩天的時間，我才終於來到了如月所在的寨子，從地圖上來，她們寨子所在離昆明並不遠，處於雲貴川三地的交界，可這裡幾乎是蒼茫的群山，地勢險峻，常人來尋根本不可能找到。最後的路程沒有任何的代步工具，我們全憑雙腿來走，這時我也才真正體會望山跑死馬是個什麼意思，看那山頭明明不遠，直線距離也許不過兩里路，可要這樣翻山而走，就要好幾個小時。

我從小和師傅住在竹林小築，走山路倒也沒有什麼，可和飯飯、團團，甚至和團團的奶奶比起來，我都比不過，這陡峭險峻的山路，在他們走來如履平地。

團團一路倒是走得很開心，她跟我說這樣的路走多了，就會習慣了，她還抱怨我，如果不是我來了，她能和飯飯在昆明多玩幾天呢，因為我來了，這才到就要急急地回寨子。

團團是個活潑的姑娘，言談笑語中自有一股飛揚的，苗女特有的野性又陽光的感覺，相比於團團，飯飯就要穩重得多了，他不太說話，常常就是微笑著看著團團，而且一路上都在尋找，偶爾撿點兒蘑菇，偶爾抓個蟲子……。

一個白天的時間我們根本不可能趕到寨子，所以晚上是在山中露宿的，他們好像已經很習慣了這樣，一切都很有條不紊。

團團生火，飯飯麻利地在火堆旁用枯枝堆了四張簡易的床，而一直不怎麼說話的團團奶奶則是在我們露宿之地的周圍，灑上了很多的藥粉。

一路上，因為忙著趕路，我並沒有和飯團組合有太多的交流，直到布置好簡單的露宿之地以後，我才得以和他們好好談談。

在談話中，我得知了飯飯的漢名叫李楊，在寨子裡的男孩中，也就他和如雪、如月兩姐妹的關係是最好了，而團團之所以漢名會叫李團兒，則是因為她生出來的時候胖乎乎的，像個雪白的肉團子，所以就叫李團兒了。

團團的奶奶在火堆旁打著盹兒，我們三個年輕人交流起來倒也沒有什麼隔閡。這期間，我終於忍不住問起了酥肉和沁淮，團團很快地就告訴我他們在寨子裡好好的。

這個答案讓我長吁了一口氣，一開始我根本不敢問，就怕聽見什麼可怕的結果，可他們沒事兒，我的心情一下子就喜悅了起來。如果他們沒事兒，那麼所謂的飛蛾傳書啊，小孩兒送信啊，估計這一切都是騙我去那個寨子，激我的一種手段罷了。

露宿那一晚是飯飯親自做的晚飯，到這個時候我才知道他一路上挑挑揀揀是為了什麼，原來就是為了我們的晚飯。

那些野蘑菇當然是煮成了香濃的蘑菇肉湯，可是湯裡的肉竟然是飯飯從竹子根裡挖出來的大老鼠，飯飯說這叫竹鼠，味道非常的鮮美。

而菜更讓我覺得匪夷所思，竟然還是從竹子裡找出來的，胖胖軟軟黃色的蟲子，洗乾淨後，放火旁烘烤，一會兒竹蟲稍微烤乾了一些之後，飯飯直接就掏出一個小鍋子，翻炒起來。

西，這時經過團團的提醒，才發現湖邊所對的山坡上，竟然有一片兒楓葉林，現在是早春，還不是楓葉紅的季節，也難怪我沒注意到。

我在想，如果是秋天，這湖邊該是怎樣的一幅美景？應該不會輸於九寨溝了吧？

帶著讚歎的心，我一路走著，當走到那田邊的時候，一路上就陸陸續續的有了人，在勞作忙碌著，畢竟早春是農忙的時節。人們都熱情地跟飯飯團團打著招呼，也會很敬畏地給團團奶奶問好，至於對我，一般都是很好奇地打量，但是沒有什麼戒備的眼神。估計這個寨子的蠱苗高手大有人在，我這樣一個小子，不值得他們去戒備什麼。

可當團團給人介紹我是凌青奶奶的客人時，人們看我的眼光就不同了，多少開始帶著一些親切了，我好奇而小聲地問道：「凌青奶奶在你們寨子地位很高嗎？我不懂苗寨的地位之分，但我知道大巫很了不起，凌青奶奶是大巫嗎？」

團團噗哧一聲就笑了，說道：「別的我不知道，可我們寨子的大巫和族長都是男的，凌青奶奶是蠱女，男的承巫，女的承蠱，這是我們寨子的規矩啊。嗯，蠱女的地位，就相當於是聖女吧。」

聖女，這個詞兒弄得我暈頭轉向，很難想像一群接受了高等教育的人，還會接受聖女什麼的說法，好在他們也不叫什麼聖女，只是叫蠱女，也就是寨子裡用蠱最為厲害的女人。

至於巫術？我更好奇，其實道家的很多傳承來自傳說時代的大巫，但那個時代是否存在卻值得商酌，畢竟連夏朝的存在，世界都沒有給予承認，而那個時代的傳承幾乎已經斷掉。

師傅曾經有一次興起，和我談起過道家其實就是上古大巫傳承的一個分支，只不過道家繼承的比較多，而且有了一定的發展，所以在我國的歷史中，道術才能大放光彩，壓過一些原始的巫術。

但事實上，對世界的影響來說，巫術更加深遠，就比如南洋的各種奇術，就屬於巫術，就比如西方，一樣的有巫術。可無論怎麼樣，我是沒有見過真正的巫術的，我對巫術很好奇，我沒有想到月堰苗寨竟然還有古老原始巫術的傳承。

和團團邊走邊談，我們很快就到了寨子所在的山腳下，站在那層層疊疊吊腳樓自下而上，一條古老的青石板路夾雜其中，我有一種仰望仙境的感覺。

「走吧，我帶你去見一個人。」團團很是熱情地說道。

「見誰？我可不可以先見見我的朋友？」我始終有些擔心酥肉和沁淮。

「嗯，會見到的，不過你要先撥蟲才好，不是嗎？」團團神色平靜地跟我說道。

說起這個，我才想起我肩膀裡的血肉還有一條蟲蟲，因為六姐用藥把牠麻痺了，讓我這幾天幾乎忘記了牠的存在。

客隨主便，在這個寨子畢竟我是客人，也不好刻意再去強求什麼，酥肉和沁淮要好好的在這裡，我總能見到他們的嗎？這樣想著，我就跟隨團團走了，至於飯飯則和團團奶奶在半途就轉到了另外一條路上，說是先回家。

上山的路曲曲折折，我一邊走一邊看，倒也不覺得很累，因為我發現這個寨子其實也很熱鬧，不是我想像的聚居地那麼簡單，因為在樓與樓之間有很多空出來的小街道，在這些小街道上也有一些小小的商店，賣些小零食啊香菸什麼的，而且還有小飯館，喝茶的地方，生意居然還不錯。是啊，整個寨子的人都是出去接受過教育的，現代的風氣怎麼也會吹來這個寨子。

「我們的寨子很不錯吧？別看我們深居在山裡，可我們寨子有五千多人呢，基本上人們出去了之後，都會再回來。」團團很是開心地說道。

「為什麼會再回來？外面可是花花世界啊！難道是捨不得這裡的美麗？」我隨口問道，畢竟很多事情不能以己度人，像我就情願找個這樣的地方，和家人朋友過一輩子，可不是人人都是這樣的。

團團的神色不經意地黯淡了一下，可終究什麼也沒說。

我覺得有些蹊蹺，可是別人寨子的事兒，我又怎麼好多問？

團團要帶我見的人，居住的地方幾乎是寨子的最頂端，那一片地方是整個寨子的聖地，是寨子裡很重要的人才能居住，除了那一片兒，其他地方倒也隨意。

我估計團團是要帶我去見一個老太太，畢竟六姐說過我肩膀上的蟲蟲不簡單，她都沒有把握去拔蟲，那麼也只有經驗豐富的人才能下手了。那經驗豐富的人，不是老太太又是什麼？

寨子比我看見的還要大，就如你遠景看一樣東西，和你身在其中感覺是完全不同的，我沒想到順著這好走的青石路這麼走上寨子的頂端，都走了快四十分鐘。

終於到了寨子的聖地時，我已知這裡是一個不大的平臺，就像有人在接近山頂的地方，劈了一刀，劈出了這個平臺，由於地勢比較高，山風都有些凜冽起來，吹得我的頭髮衣衫呼呼作響。

站在這個平臺的邊緣，我看見眼下的景色也變得壯觀了起來，一層層的吊腳樓頂依次的排下去，壯觀無比，一個個的人影也顯得很渺小，這樣的地方，只要是一個男人站著，都會忍不住生出一種「會當凌絕頂，一覽眾山小」的豪情。

推了一下在平臺邊緣發愣的我，團團說道：「我們去那裡。」

隨著她手指的地方，我才發現平臺上稀稀拉拉的也修建著幾棟吊腳樓，還有一個很大的建築，估計是宗廟，祠堂什麼的地方，而團團指的那個吊腳樓在這些吊腳樓裡算最小的一個，可我看著它，一股熟悉而親切的感覺怎麼也抹不掉。

是啊，它最小，在這平臺上的吊腳樓都比較大，就獨獨它算小的，可是它不就是竹林小築的樣子嗎？除了大一些，這分明就是完完全全的竹林小築。這棟吊腳樓怎麼不讓我感覺到親切？

那是我現在最懷念的一段歲月，所以看著它，我的腳步不由得加快了，彷彿我只要靠近它，一推門，師傅那慵懶萎縮的身影就會出現在我眼前。

這時，團團喊了一聲：「如月，承一到了，來接一下嘛。」

如月在這裡？我有些驚奇，這丫頭在寨子裡的身分不低嘛，可我才走了幾步，一個身影就撲向了我，我還沒看清楚是誰，那身影就掛在了我的身上。

幾乎是出於本能的，我扯下了掛在我身上的這團「東西」，首先映入眼簾的是一張圓乎乎的臉蛋兒，接著是一雙圓溜溜的靈動大眼睛，接著是一個圓溜溜的大光頭。

慧根兒？我盯著眼前這個圓蛋兒，吃驚中帶著欣喜，慧根兒這小傢伙怎麼會出現在這兒？那是不是意味著慧大爺、我師傅都在這裡。

出於本能的，我就想去捏慧根兒的臉蛋，這臭小子九歲的時候那麼可愛，這一晃快三年過去，十二歲了還是那麼圓圓的，可愛得要命，讓人不捏一把都覺得對不住老天。

避開了我的「魔爪」，慧根兒不樂意了，一把撲在我的身上喊道：「哥，你欺負人，一見額就捏額。」

不知道為什麼，一見到這小子我心情就好，不由得哈哈大笑，不讓捏臉是吧？我就使勁地揉他的光頭，慧根兒一臉不滿，可偏偏就是避不開我的大手，一時間，被弄得氣鼓鼓的，圓圓的臉蛋兒更圓了。

就在我和慧根兒笑鬧的時候，一聲帶著些許矜持的「三哥哥」在我耳畔響起，我抬頭一看，才發現身前的不遠處，不知道什麼時候已經站著一個美豔到不可方物的女人。

「好漂亮！」我在心裡不由得暗歎了一聲，三年不見的如月如今已經二十二歲，直到這個年紀，她才真正散發出來屬於她的獨特美麗。

都說二八年華，才是女人最美麗的時節，可是苗女很奇怪，少女時候她們那股子野性又內斂的豔麗之美彷彿是沒有盡情燃燒出來一樣，總讓人覺得有缺憾，美得沒有特點。可是一過了二十，彷彿就是滾燙的油裡加了一把鹽，她們的美麗一下子沸騰了，熱辣辣得讓人睜不開眼睛，怕一睜開眼睛，就被滿眼的風情晃花了腦子。這種美才是有特點有靈魂的美，這是屬於苗女獨特的美，會伴隨著她們從風華正茂走到風韻猶存，漸漸地登峰造極，如月如是，六姐如是。

此時，正是如月在相貌上和氣質上最美的時節，難過只是一聲「三哥哥」就讓我看花了眼。

一把把還在我身上亂扭的慧根兒抱在了身上，我走近了如月，沒有任何隔閡的，我輕聲說道：「如月，妳這丫頭長大了啊，剛才那聲三哥哥可喊得真矜持。」

是啊，初見時，她用螞蟻纏身來招待我；再見時，她叫我小子，說我叼菸扮流氓。如今，她一身豔麗的美，如同出鞘的寶劍，終於閃露了光華，可她卻矜持地叫我三哥哥。

估計是被我的調笑激起了苗女本能的野性，這凌如月剛才的矜持一下子就不見了，欺負我抱著慧根兒雙手不得空，一把扯住我的耳朵，然後大喊道：「三娃兒，你可是越大越流氓啊，連妹子你都敢取笑。」

慧根兒看我這樣子，在我懷裡「呵呵」直笑，鬼知道這傻小子笑個什麼勁兒。

三人在歡聲笑語中，鬧了幾分鐘，可我心中卻始終有些不安，酥肉呢？沁淮呢？我怎麼自始至終沒有見到他們？如果說他們要待在寨子裡，一定也是和如月慧根兒在一起啊。

想到這裡，我的心情有些沉重，抱著慧根兒對如月說道：「如月啊，酥……」

可我剛剛才說完一個字，如月就打斷我，貌似很開朗地說道：「臭小子，出去竟然還能被人種蠱，真是丟臉死了，先進去撥蠱吧，有什麼話等下再說。」

在荒村的時候就是這樣，如月高興呢，就叫我三哥哥，不高興呢，就叫我臭小子，可我總感覺這一次的如月有些刻意，難道……？

我搖搖頭，覺得應該不會，如月她們有什麼理由騙我？她們又不知道我在昆明發生的一切，而那時的通訊技術也並不是很發達，就算放到現在，從昆明到這個幾乎封閉在群山中的寨子，要做到資訊即時流通也是很難的。除非如月她們未卜先知，否則沒可能在這件事情上騙我，想到這裡，我的心稍微安心了一點兒。

抱著慧根兒，我和如月一起走上了那棟像竹林小築的屋子，我一直沒問給我拔蠱的會是誰，可在現在，我覺得應該是凌青奶奶吧，她是這個寨子的蠱女，就是這個寨子運用蠱術的最高水準，加上她和我熟悉，應該就是她。

也不知道見到凌青奶奶以後，會不會見到慧大爺，如果見到了慧大爺，我是不是可以打聽一下我師傅的消息呢？

這樣想著，我的心忽然變得期待又忐忑起來，如月當然不知道我這樣的心情，只是貌似很開朗地領著我說說笑笑地進了屋，徑直走到了這棟吊腳樓最裡面的一間屋子。

這間屋子掛著一道淺色的門簾，風輕輕吹動著它，但是看不清裡面的情形，我口乾舌燥，不知道為什麼緊張到一種無以復加的地步。

或許是這段日子我過得太壓抑，迷茫，無助，所以太渴望得到師傅哪怕一絲半點兒的消息，才會造成這種緊張，因為這種緊張，我抱著慧根兒的雙手都不自覺的用力，勒得慧根兒一臉無辜地回頭望著我，說道：「哥，額要喘不過氣咧。」

我抱歉地望著慧根兒笑了笑，可如月卻不管我這些小心思，一把撩起了門簾，對我說道：「臭小子，還愣著幹啥，進來啊。」

我不敢看門簾背後的屋子，更不敢看門簾背後是誰，幾乎是呼吸不穩，下意識的抱著慧根兒就進了屋子。

屋子很乾淨，乾淨到幾乎一塵不染，擺設也非常簡單，除了兩張墊子，就是兩個用竹子做成的架子，架子上擺著一些奇怪的瓶瓶罐罐。除此之外，還有牆邊有一溜不知道用什麼植物編成了小罈子，上面都有個蓋兒。除了這些，屋子裡再沒有別的東西，什麼都一目瞭然。

打量著這間屋子，我的情緒也漸漸地低沉了下去，因為屋子裡只有一個人，背對著我，站在窗前，這個背影不是凌青奶奶！

長吁了一口氣，一顆心失望了，倒也沒有了那麼多的緊張，我幾乎是有些肆無忌憚的打量著這個背影，和別的苗女頭上總戴著髮帶或者沉重的銀飾不同，這個背影的主人的一頭秀髮只是用一根兒布繩簡簡單單地繫住，偏偏那一頭長髮卻又黑又亮，順滑到一絲不亂，被窗前的風輕輕吹動，就有一種讓人忍不住想撫摸一下她秀髮的感覺。

可我估計沒有人敢這麼做，就算不靠近，不看正面，就是一個背影，我都能感覺這個女人身上非常淡漠的氣質，一種拒人於千里之外的冰冷，或者不是冰冷，只是……我說不上來。

她穿著非常簡單的苗女服飾，一點點裝飾都沒有，或許是感覺到了我那肆無忌憚的目光，她終於轉過身來了，在那一秒，我和她的目光有了一瞬間的交會。那一刻，我聽見了自己心跳的聲音。

世間怎麼會有這樣的苗女？清淡得猶如山峰頂上的千年積雪，潔白乾淨，卻又不能融化。在我的心目中，苗女都是熱辣辣的，猶如一把辣椒一樣，讓人沸騰，讓人衝動啊！

她望向我的眸子幾乎沒有什麼情緒波動，就轉開了目光，而我卻記住了她的容顏，和如月這丫頭有八分的相似，可以說五官幾乎完全相同，不同的只是臉型，她太清瘦，不是如月那種鵝蛋兒臉，她是瓜子臉。

或許也只有這樣清瘦的臉型才能配得上她那如冰雪一般的氣質吧，那樣的她才完美吧。我腦中忽然不由自主地就冒出這個想法。我努力地壓抑著自己那明顯快了幾分的心跳，我知道她是誰了，她就是——凌如雪。

我終於見到了傳說中的凌如雪，我老聽人提起她，可是卻沒有一個人說起過她的缺點，我原本對她很好奇，可見到了之後，卻是一股頹廢帶著憤怒的感覺。

我想也許是我的性格很奇怪，當心跳不受自己控制的時候，就總覺得自己被人控制了，所以我很頹廢。頹廢之後，又夾雜一些憤怒，自己如此多的感覺，對方卻沒有任何的波動，這樣不對等的關係，讓我沒有安全感，於是我潛意識的竟然開始抗拒凌如雪。

在最初的驚豔過後，我臉上的表情變得平靜了，我似乎是在暗自較勁兒，我要比凌如雪更平靜，彷彿只有這樣，我才能找回一絲自尊，可一直就孩子氣，那時更孩子氣的我哪裡知道，這樣才是輸到最徹底的表現。

如月這傻乎乎的丫頭，當然不可能知道這短短幾秒之內，我的心思起了那麼大的變化，只是說道：「三哥哥，這是我姐姐如雪，她很厲害的，今天她幫你拔蠱呢。」

「嗯，妳好。」我平靜，禮貌，疏遠地給凌如雪打了一聲招呼。

而凌如雪也衝我一點頭，然後說了一聲：「坐。」沒有什麼毛病，可是平靜禮貌的疏遠，才是最疏遠的距離。

我又暗自惱怒，可是臉上卻看不出任何的變化，房間裡只有兩個類似於蒲團的墊子，我儘量不在意，瀟灑地，大剌剌地坐在了其中一個墊子上。

如月覺得可能這樣的表現不像平日裡的我，在她眼裡，我是一個不服輸的，嘴上有點兒扯淡的臭小子，今天這表現太正常了，反而不對勁兒，所以如月投來一絲兒詫異又帶著抱歉的表情。

詫異我知道，抱歉是什麼意思？我不懂。

但估計是因為如雪在房間裡，如月也不好多說什麼，只好從我懷裡接過了慧根兒，然後對我說道：「我和慧根兒在外面等著，你拔蠱完以後，記得找我啊，很多話說呢。」

我一愣，想著要和凌如雪單獨相處，沒由來地心慌了幾分，不由得問道：「如月，妳怎麼要出去啊？」

如月也不知道想到了什麼，臉一紅，恨恨地看了我一眼，然後說道：「臭小子，拔蠱是很忌諱有人在場的，我和慧根兒不出去，難道還要留在這裡搗亂啊？」

至於慧根兒又呵呵地傻笑，說了一句讓我覺得很沒面子的話：「痛咧包（不）要哭鼻子咧。」

臭小子，我一咬牙，就要去捏這小子的臉蛋兒，可如月一個閃身已經抱著他出去了，這又讓我心裡暗自頹廢了一下，陳承一，你幹嘛要在意一個小孩兒的玩笑話？

於是，我悄悄嚥了一口唾沫，一副淡定的樣子，毫不在意地看著窗外，也不曉得自己這形象有沒有了三分江湖豪客的氣質。

房間裡沒有任何的聲息，我只感覺到空氣一陣兒微微的流動，凌如雪就已經坐到了我的面前，和我相對而坐。

兩個墊子的距離很近，相隔不到半米，凌如雪忽然就這樣坐到了我的面前，讓我猝不及防，我儘量不把目光放在她的身上，卻能感覺她的呼吸輕輕打在臉上，癢癢的，就如一片兒鵝毛飄在了臉上。這種感覺讓我的手有些不自覺的顫抖，我都不知道為了什麼，乾脆把手抱在胸前，裝出一副我很無聊的樣子。

凌如雪好像根本不在意我的任何情緒，任何動作，她目光很直接地盯著我，我偶爾用眼角的餘光看見，就一陣兒不自在。就這樣，沉默地對坐了十幾秒，凌如雪忽然說道：「上衣脫掉。」

我一驚，差點就繃不住，本能地覺得這話不對勁兒，可心思一轉，卻知道是我的想法不對勁兒，我中蠱的地方在肩膀，不脫掉上衣，她怎麼看、怎麼拔蠱？總不能從我的臉上拔吧。

不過，她的一個女的既然都無所謂，我一個男的，怕什麼，我很乾脆地脫掉了外套，脫掉了襯衣，就留下了一件兒白色的背心。

凌如雪什麼也沒說，只是用她的右手輕輕地撫上了我的肩膀，那裡紋著一把黑色的小劍，她也一點兒都不在意，也不好奇。

當她的手接觸到我的肌膚，我的心根本不再是心跳了，而是一陣兒心亂，說不上的亂，我只是感覺她的手有些冰涼，觸摸在我的肌膚上，卻像帶起了一陣兒火花，那一片的肌膚都在發燙。

摸了一陣兒，凌如雪輕輕地皺了一下眉頭，起身離開了坐墊。

這是我第一次看見她有表情，只是一皺眉，就讓我跟著忍不住皺了一下眉，可我卻無意探究自己的行為，也顧不得凌如雪做什麼去了，只是心裡有點失落！

可失落什麼呢？失落失去了那冰冰涼涼的觸覺，還是失落沒有那輕柔的呼吸落在我的臉上？

凌如雪背對著我，不知道在架子上找些什麼，我也只有這種時候，才能肆無忌憚地打量著她的背影，看她忙碌，莫名心安。

過了一小會兒，凌如雪抱著幾個罐子忽然轉身，我趕緊收回了目光，一副無聊在四處打量的樣子，而凌如雪根本什麼都不在意，抱著幾個罐子就坐到了我的面前，然後對我說道：「我不能肯定是哪種血肉蟲，所以要試試。」

什麼意思？是在徵詢我的意見，還是她自己的肯定句？我有些無奈這個女人的話少，也不知道怎麼回答，只能非常乾脆地點頭，說道：「試吧。」

「好。」凌如雪只是簡單地說了個好字，就不再言語，手一翻，也不知道從哪兒拿出了幾根細小的銅針，然後打開她的那些罐子，開始在銅針上塗塗抹抹。

我已經習慣了，蟲苗都是小叮噹，也懶得問什麼，只是盯著那些罐子看了幾眼，那些罐子裡有的裝著膏體，有的裝著粉末。

裝著膏體的，倒是很好處理，直接塗抹在上面就是了，如果是粉末就麻煩一點兒，凌如雪會加些水，攪拌成糊狀，再抹在銅針上，那樣子倒是像個在做實驗的科學家。

「不出意外，應該就是這幾種了，開始了。」說話間，凌如雪的手一抖，我看見一把細細的，小小的刀子滑到了她的手裡。

這樣的刀子我在六姐的手中也見過，沒想到凌如雪也有一把，這是什麼刀啊？可惜我對凌如雪有隔閡感，也不好意思問什麼，也就懶得再問了。

我知道刀都拿出來了，我少不得又要挨痛，因為同樣的手段六姐用過一次，我以為凌如雪會像六姐一樣說些什麼，可是她什麼也沒說，幾乎是沒有猶豫的，刀就朝著我的肩膀捅了過來。

那刀雖然小，結構細長，可也是刀啊，我在心裡暗罵了一句。

但也不知道是不是因為太鋒利了，這樣捅進去一刀，我竟然沒什麼感覺，直到凌如雪拔出刀，我肩膀上那處印記特有的有些暗沉的血跡流了出來，我才感覺到了一絲疼痛。

然後才是越來越清晰的疼痛，我暗自佩服，就憑這一手，凌如雪只怕捅了別人十幾刀，別人才能反應過來。因為這一手，不僅要刀快，更要手快，乾淨而俐落。

拿起一塊潔白的布，凌如雪幫我擦掉了肩膀上的血跡，然後拿起一根銅針，毫不猶豫而又異常準確地插進了我剛才那個傷口，並且輕輕地攪動了一下。

這疼痛，讓我幾乎慘叫出聲，這女人怎麼回事兒啊？什麼事兒都不打招呼，也不嫌棄這些事情血腥，冰冷得就像一塊石頭！

第十九章　拔蠱

「有什麼特別的感覺？」凌如雪抽出第一枝銅針以後，盯著我很認真地問道。

除了痛，還能有什麼特別的感覺？我搖搖頭，說道：「除了痛，沒有其他的感覺。」

凌如雪輕輕點點頭，不再言語，用乾淨的帕子沾了一些水，開始細細地給我清洗傷口，就如戀人一般，可我卻沒有任何曖昧的感覺，相信任何人看了那張面無表情的臉，都不會有什麼曖昧的感覺。

「殘留的，要洗乾淨，否則無法判斷。」她解釋了一句，可是話剛落音，第二枝銅針又扎進了我的傷口。

我痛得大汗淋漓，可也知道，這是我必須承受的疼痛，一開始我就知道拔蠱不是那麼容易。可能是活該我倒楣，第二枝銅針也沒給我帶來多特別的反應，直到第四枝銅針，我才感覺到肩膀裡面的血肉開始疼痛，那感覺很清楚，那隻可惡的蟲蟲有些激動了，在我肩膀裡的血肉中活動。

凌如雪沒問我什麼，從我的表情她顯然也知道了，她用手撫上我的印記，閉著眼睛仔細感覺了一下，然後說道：「不夠。」隨後皺眉沉思。

莫非她閉著眼睛還能感覺蟲子的活動？我覺得有些匪夷所思，可是那劇痛來得太猛烈，我也沒有什麼心思去思考這個，甚至連她那句不夠，我也不想去想是什麼意思。

凌如雪拿起了下一枝銅針，我的眉頭下意識的一皺，那種血肉中的劇痛不是用言語能形容的，我真不知道我還能不能承受一下而不被痛昏過去。

也不知道凌如雪是不是注意到了我的表情，總之她是面無表情的放下了銅針。下一刻，那把細長的小刀再次出現在了她的手中，可這一次她不是要劃我，而是很快地在自己的小指頭上劃了一刀，一滴鮮紅的血液冒了出來。

接著，她從其中一個瓶子裡挑出了一點青色的膏體，然後把那滴血液滴入了其中……。

一切都在無聲中進行，當那加入了血液的膏體調試好以後，凌如雪又打開了其中一個罐子，那個罐子一被打開，一股濃重的血腥之味就直衝人腦門，我看了一眼，那個罐子裡裝的竟然是半凝固的，不知道是什麼東西的血液。

拿出一根細長的竹籤，凌如雪把它浸進了那個血罐子裡，然後又拿出一根乾淨的銅針，在上面仔細地塗抹著剛才加入了她血液的膏體。這兩樣東西準備好以後，凌如雪閉著眼睛貌似在閉目養神，這樣沉默了好幾分鐘以後，凌如雪才手腕一翻，不知道從哪兒拿出一個細長的竹哨。

拿著竹哨，凌如雪對我說道：「不要盯著看，蟲蟲的樣子可能會讓你難受。另外，很疼。」

在我身體裡我都認了，難道我還會怕牠的樣子，我表示沒有關係，凌如雪也沒有多說，只是默默地把竹哨含在了嘴中。

接下來，就是我這輩子都不願再回憶的拔蟲過程，只因為那過程真的太過恐怖。

首先，是我肩膀上的傷口被再次切開，弄到很深的程度，補了一刀，形成了一個十字切口。

然後，凌如雪把沾滿了那怪異膏體的整枝銅針都放了進去，那銅針一進入我的血肉，一陣鋪天蓋地的劇痛立刻就在我的肩膀爆發，我無法形容那種感覺，就像我的血肉裡原本藏著一根燒紅的鐵針，被冰包著，結果那冰融化了……

更要命的是，那滾燙的東西竟然變得狂躁起來，在我的血肉裡肆意亂動，感覺上是想要破體而出，卻又想強行地留在我的體內。

凌如雪吹響了那只竹哨，發出了聲音，讓我本能地起了一身的雞皮疙瘩，因為那哨子發出的根本不是哨音，而是類似於一隻蟲子的「嗡嗡」聲，那「嗡嗡」的聲音不大，可是比蒼蠅飛舞的聲音聽著還要難受，更無奈的是，它好像是直接在你的腦中響起，你避都避不開。

隨著那竹哨聲的響起，我肩膀的劇痛來得更加猛烈，我在心裡都開始祈禱自己能痛昏過去，此時能昏過去對我來說，都是一種奢侈的幸福。無奈，那痛裡帶著滾燙的燒灼感，我想昏過去都不可能！

也就在這時，凌如雪拿出了那枝泡在血罐子裡的細竹籤，只是淺淺地扎了一點在我的傷口裡，這竹籤彷彿是壓垮駱駝的最後一根稻草，我明顯的感覺我血肉裡有什麼東西一下衝了出來，痛得我忍不住冷哼了一聲。

這是我第一次叫出聲，不管怎麼樣，男人總是有逞強的本能，在凌如雪面前我一直在忍耐，不想大呼小叫的，這一下，我實在是忍不住了。如果換成是我媽在面前，我說不定早就不顧年齡，泣淚橫流地大哭大叫，滾到媽媽懷裡去了……。

可是，凌如雪顯然沒有我那麼多想法，此時她的神情分外嚴肅而又全神貫注，當扎在傷口上的竹籤有了一絲細微震動的時候，我看見凌如雪一下子扯出了竹籤，並快速地轉動了起來……

終於，隨著她的動作，我看見了這隻在我身體裡待了兩、三年的蟲蟲，牠不是我想像的那種猙獰的樣子，就好像蜘蛛啊，蠍子啊之類的，而是一條黑紅色的線型蟲子，身體邊緣有細細密密的小齒。蟲子很細，比一根縫被子的線粗不了多少，樣子也不猙獰，可這樣的線型蟲子給人的感覺就是純粹的噁心……

隨著凌如雪竹籤的轉動，這蟲子就這麼一圈一圈地纏繞在了上面，而我的感覺最難受，一邊忍著噁心，一邊忍著血肉被拉扯的劇痛……好在凌如雪的動作很快，在飛快的動作之下，這種疼痛被縮到了最小。

蟲蟲被完整地拔了出來，我蒼白著一張臉，看著纏繞在竹籤上的蟲蟲，怕快有一米的長短，凌如雪只是打量了一下，然後輕聲說了一句：「僅次於本命蠱。」就把這根纏繞著蟲蟲的竹籤放進了一個空著的瓷罐子，然後嚴嚴實實地封好。

我也不知道僅次於本命蠱是個什麼樣的概念，總之凌如雪說得不錯，這隻蟲子在我心裡成功留下了陰影，可是我又哪裡知道，我註定是要面對它們的，面對更噁心的事情……

拔蠱完畢以後，凌如雪開始打量我的傷口，然後細細地給我上了一藥，她說道：「你之前上過的藥有一定的作用，敷上這藥以後，印記的作用就會完全消散。只不過這印記藥水的顏色已經深入血肉……」

「沒關係，這小劍挺好看的。」我明白凌如雪的意思，很坦然地說道。

「嗯。」凌如雪輕輕地回答了一聲。

拔蠱完畢以後，凌如雪就疲憊得不想和我多談，而我也不想再多面對凌如雪，不過我知道拔蠱是天大的恩情，至少此時我無以為報，只能訕訕地說了一聲謝謝，然後就和凌如雪告別了。

如月和慧根兒果然一直等在這棟吊腳樓的門口，見我出來了，如月立刻上前來問道：「順利嗎？」

「嗯，很順利。」

聽聞這個回答，如月的表情一下子放鬆下來，露出了甜甜的笑容，慧根兒啥也不懂，反正見到如月笑了，他也跟著傻笑。

我心裡記掛著酥肉和沁淮，於是尋了一個相對清靜的地方，問起了他們的消息。

「為什麼騙我？酥肉和沁淮失蹤了那麼久，為什麼要騙我？」我不知道自己現在的表情，可我知道一定很嚇人，因為慧根兒一下子躲進了如月的懷裡，而如月也不敢正視我的目光。

一開始，如月總是左顧言他，根本不正面回答我的問題，這讓我越發覺得不對勁兒，終於在我的逼問之下，如月只得告訴我，原來沁淮和酥肉已經失蹤了快半個月。

於是，我憤怒了，幾乎是瘋狂的憤怒！

第二十章 大巫

如月這丫頭和我是出生入死過的夥伴，是小時候依賴我的妹子，是長大了叫我三哥哥，依舊能感覺到對我依戀的妹妹，說我對她沒感情是假的。我對她不但有感情，而且是很深的感情，可此時我除了憤怒，還有失望，我從來沒有想過欺騙會發生在我看重的親密的人身上。

在憤怒過後，我的語氣冷了下來，用一種看陌生人的眼光看著如月，只問了一句：「他們在哪兒？為什麼要欺騙？」

在我的暴怒之下，都只是害怕，沒有流淚的如月，在我這種冷淡的語氣和目光下，望著我，終於流了兩滴淚水，她咬著下唇，任由淚水流著，只是恨恨地瞪了我一眼，然後就倔強地扭過了頭，根本不回答我任何問題。在這一刻，我和如月的關係幾乎是降到了冰點。

彷彿感覺到氣氛不對，一直躲在如月背後的慧根兒跑了過來，一隻小手拉住我有些冰涼的大手，說道：「哥，哥……你別生氣，不要生氣好不好？」罕有的，這小子沒有說陝西話，而是說普通話，估計也是被嚇到了。

慧根兒這小圓蛋兒就是如此的讓人疼愛，看著他無辜的樣子，想著他和我一樣，師傅都不在身邊，何況他還是小小年紀，就要留在這苗寨，我一陣兒心酸，一把就抱起了慧根兒。

然後用稍微平和的語氣對如月說道：「別人騙我我無所謂，我一直當妳是妹妹，妳騙我，我會難受。但是，我相信妳騙我，一定有妳的理由，所以我會試著原諒。找人送我出寨子吧，我要去找酥肉和沁淮。不行的話，我就一個人走出去。」

半個月，這是一個無法讓我冷靜的時間，在我看來，每一分每一秒沁淮和酥肉都有可能出事兒，何況是已經半個月那麼久了。

我陷入了一種不冷靜之下的冷靜這種奇怪的狀態，不冷靜的是，我一定要捨身犯險，救出酥肉和沁淮，冷靜的是在做這個決定之後，我的大腦開始高速地運轉，分析起所有的事情。

我一早在昆明就收到了兩種不同形勢的傳書，目的都是阻止我去那個寨子，但是也明確的告訴了我酥肉和沁淮危險，那麼從現在的情況來看，那個人說的話就極有可能是真的，不，應該就是真的。

那答案就很明顯，酥肉和沁淮一定是身陷魔鬼之寨，而魔鬼之寨要他們的目的很簡單，就是要我出現。只要我出現，我就一定能找到酥肉和沁淮，找到之後怎麼樣，我沒有具體想過，腦中只有兩個字——拚命吧。我不介意，以身引動大天雷，布下罪孽深重聚煞陣，和那寨子拼個你死我活，在完全不顧自身的情況下，道術不見得怕了蠱術！

所以，我給如月說出了這番不容置疑的話，然後放下慧根兒，摸摸他的圓腦袋，說了聲：「在寨子裡乖，這個寒假完了之後，該念初中了，好好讀書。」

在剛才一路走來這裡的閒談中，我知道慧根兒和這裡的孩子一樣，在外面念小學，這寒假了，才回到寨子。說完這些，我轉身就走，如果如月願意安排人送我走，在我出寨子之前，就應該有人會找到我。

就在這時，慧根兒一下子跳起來，掛在了我的背上：「哥哥，額要和你一起。」

我一把扯下他，不知道這個時候慧根兒和我耍什麼賴，我對這個孩子比較無奈，從我和他第一次見面開始，他就對我莫名的親熱，莫名的依戀，要知道我根本就沒有和他相處過多少日子，我不知道這份感情是哪裡來的。除了我，他就是依戀如月了，同樣的，我也不知道為什麼。

原本我想問問的，可此時我哪裡還有心情，只是虎著臉說道：「哥哥不能帶著你，你要不乖，哥哥以後都不理你了。」

慧根兒一下子就委屈地嘟起了嘴，兩個大眼睛裡泛起了淚光，我看得有些心酸，乾脆不理，轉身就走。

可這一轉身，我才發現凌如月攔在了我的面前，說道：「我不能安排人送你出寨子，可我自己可以陪你一起去，你一個人是找不到那裡的。如果你被他們帶去，同樣沒有機會救出酥肉和沁淮。」

這話說得我心裡一暖，剛才對她的失望瞬間就消失了，小時候是她好奇，變著法子教唆我和酥肉去餓鬼墓，然後我們經歷了出生入死。這一次，是她要陪著我出生入死，我想魔鬼寨她比我清楚，更比我瞭解，從一些情況可以推斷出來，整個月堰苗寨的人估計都知道魔鬼寨。

想到出生入死四個字，我的心就顫抖了一下，有些心疼起剛才流淚的如月，忍不住語氣很溫和地說道：「既然都捨得陪我冒險，為什麼要欺騙我？」

如月望著我說道：「就如你所說，有不得已的原因。你在寨子口等我，我帶一些東西就來找你。」

「嗯。」我點頭，我也要去拿回自己的行李，因為裡面有我的法器。

我和如月三言兩語決定好了寨子口見，然後就準備各自行事，卻不想慧根兒鬧騰開來了：「你們要帶著我，必須要帶著我。我很厲害的，我可以化身金剛，還會好幾種伏魔印，你們要帶著我……」

示。」

我無奈了，知道擰不過這個女人了，同時我心裡也有一百個謎團不解，就比如現在我知道了大巫有一樣本事和我們道家的命卜二脈一樣，是什麼未卜先知，那他為什麼會一開始在我沒去寨子之前，就警告酥肉和沁淮的事兒不能對我說，又為什麼在我知道了，衝動地要前去救他們的時候，又說是命運的選擇呢？這不是很矛盾？

道家的卜算之術，一就是一，二就是二，知道了也絕無改變的可能，除非付出大代價改命或者用邪術轉移於他人身上，而巫術的卜算之術是什麼？感覺充滿了無數命運的選擇。

我很想讓李師叔和這個波切大巫交流一番，看看誰是正確的。

腦子裡亂七八糟的想著，心裡也很是沒譜，我對凌如雪說道：「妳有沒有什麼東西要帶著？我等妳。」

「沒有，我們走吧。」凌如雪淡淡地說道。

我發現這個女人是一個很光棍氣質的女人，說走連東西都不帶一件兒就跟我走了。好吧，隨便她，連換洗衣服也不帶一件兒，算她厲害，反正苗女都是叮噹貓，指不定她就給變出來了。

幾天以後，我們出現在了貴州的邊境，確切地說是湘西的邊境。

原本月堰苗寨就在雲貴川三省邊境處，我們走出密林後，就直接取道重慶，馬不停蹄地過了重慶，再隨便搭了一輛客車，就到了這個湘西邊境的小鎮。

在鎮子上，如雪問我借了五百塊錢，再回來的時候，她就已經換上了普通漢族女孩子所穿的衣衫，然後背上多了一個行李袋。怪不得那麼光棍，原來是打算問我借錢啊。

不過，經過兩天的相處，我面對如雪的時候，已經不是那麼不自在了，她依然是不多話，依然是沒有什麼情緒波動的樣子，可是一天一夜的密林跋涉，都是她在照顧我和慧根兒。

她很厲害，有一雙化腐朽為神奇的手，無論是什麼食材，經她做出來，就好吃得讓人停不下口，本著這層交情，我覺得借錢給她也是很應該的。

我們在鎮子上停留了一天，在如雪逛街的時候，我和慧根兒就無聊地待在旅館，才從密林行走出來，我們比較累，也沒有那逛街的心思，所以就選擇待在這裡。

因為無聊，所以我也逮著慧根兒問著在我看來很無聊的問題。

「慧根兒，你覺得如雪姐姐咋樣？」

「聊砸咧（很漂亮呢），哈哈哈……」慧根兒正在看電視，一邊傻笑，一邊就很直接地回答了我。

「你覺得如雪姐姐漂亮？你不覺得她冷冰冰的很凶嗎？」

「不凶，其實對額可好了。如月姐，團團姐都說如雪姐姐不愛表現。額也不知道她不愛表現嘛。」慧根兒忙著看電視，面對我的問題已經不耐煩了，回答我的時候連頭沒有回。

我也不好意思再問，忽然想起一個場景，當她看見我痛到皺眉的時候，猶豫了一下，然後劃開了自己的指頭……難道她是不忍心看我疼，然後才換了一個辦法，情願用自己的血？

難道她就是這樣的人？對人好，也不屑於解釋，外冷內熱？

這個想法讓我覺得心裡有一股說不出來的悸動，恨不得立刻找她問問，忽然又覺得自己有夠無聊，幹嘛要想這些，為了強迫自己不想，我乾脆一把擰過慧根兒，把他摁床上呵癢癢，弄得慧根兒哈哈直笑，一邊笑一邊大罵：「壞哥哥，哈哈……哈哈……欺負額……哈哈……」

就在我和慧根兒瘋鬧的時候，如雪就回來了，回來的時候已經換上了一身漢女的衣衫，多了一個行李包。

這個邊境小鎮原本就是比較落後的地方，顯然也沒什麼流行的、好看的衣衫，但是我不得不說，人漂亮，穿什麼都好看，穿苗女服飾的時候，如雪很漂亮，帶著一股說不出的風情。穿普通衣服的時候，她依然很漂亮，感覺整個人就像換了一個味道。

面對我的目光，她就像沒看見似的，只是進屋說了一句：「去吃飯吧，吃完飯後早點休息，去那個寨子的路不比去我們寨子好走。」

這時我才回過神來，抓著腦袋有些不好意思，惱怒自己為什麼盯著別人看得有些肆無忌憚，或者我也有些惱怒，為什麼她能無視我的目光。

飯是在鎮子上的普通小飯館吃的，比較有當地的特色，可我吃得索然無味，因為這些菜和如雪親手做出來的菜，味道還是差了許多，可是我是她的誰？有什麼理由要求別人為我做飯？

因為這個想法我又有些懊惱，不過這只是我一個人在想東想西，不論是如雪還是慧根兒，都沒有察覺到什麼。當夜，我們三人就在這個鎮子簡陋的旅館裡過了一夜，而在第二天，我們就踏上了去那個寨子的路。

第二十一章　深山中的小村

那個寨子比我想像的還要偏僻，從鎮子上坐普通的小巴車到某個鄉，再從鄉上坐三輪到某個村，再由某個村租馬，一路騎馬到下一個村，直到進到最後一個村子的時候，只能用走的了，那路偏僻陡峭到連馬都不能進去。

怪不得在幾年前，我遇見的那個怪人高寧會跟我說，後悔還可以再去找他，他說這個世界上除了他，沒有人能找到那個寨子了。

確實，就從我這三天以來輾轉的路，都可以證明這寨子偏僻封閉到什麼程度。可惜的是高寧錯了，原來這個世上知道這個寨子的人還是不少的，至少月堰苗寨的人幾乎都知道。

山路難行，特別湘西的這些山，看起來是如此的秀麗壯觀，可走起來卻是如此艱難費力，因為就沒有什麼很清晰的路，有的只是人用雙腳踩出來的痕跡。

這不得不讓我想起魯迅先生說的一句話，其實，地上本沒有路，走的人多了，也便成了路。

當然，我只是借來用於形容這裡的情況，和這句話裡高深的思想沒有什麼關係。

山裡寂靜，除了我們沙沙的腳步聲，就只有那不停喧鬧的鳥鳴聲與我們做伴了，雖然偶爾出現的景色讓人驚豔，可是看得多了，難免也會無聊。

慧根兒畢竟是小孩子，經不起累，這樣一路笑鬧著和我們走了兩個小時以後，就要賴不走了，我只得背著他，原本還有慧根兒呱噪的聲音，顯得不是那麼寂寞的我，在慧根兒在我背上睡著以後，走得也確實有些無聊了。

於是我和凌如雪搭話：「喂，妳是怎麼知道這個寨子所在的，我感覺好像你們寨子都知道這個寨子的所在啊？」

沒辦法，我覺得直接叫凌如雪很彆扭，叫如雪我又覺得和她關係沒到那個地步，結果我和她說話，一般都是喂過來喂過去的。

不過，凌如雪根本就不在意我怎麼叫她，這讓我很失望，覺得拉不近和她的距離。

面對我的問題，凌如雪回答得很直接，她說道：「我們月堰苗寨的存在，有很大一部分原因就是為了制約黑岩苗寨的，所以他們知道我們在哪兒，同樣我們也知道他們在哪兒。」

「黑岩苗寨？」我是第一次聽到那個魔鬼寨子的名字，不由得失聲叫了出來。

「嗯，黑岩苗寨。我們月堰苗寨在很久很久以前就已經存在，以前也並不是在那麼封閉的地方，我們是屬於白苗，而黑岩苗寨是屬於黑苗，他們以前也不是在那麼封閉的地方，這是有很多隱祕，才造成了這樣的情況存在。」說起這些事情的時候，凌如雪的話顯然多了一些，不過到底是什麼隱祕，她卻不願意說出來。

而我以前在上大學的時候，很是喜歡看一些雜書，特別是關於歷史的，對於黑苗白苗這個說法我不是很認同，我不由得問道：「難道還真有黑苗和白苗？在我的認識裡，黑苗就是現在的彝族，而白苗是白族，以前對少數民族的劃分不是那麼嚴格，所以把包括瑤族、白族、彝族在內的幾個民族都劃分成了苗族。白族一般聚居在雲南的大理、楚雄，而彝族聚居在湘西，這……」

凌如雪搖搖頭，打斷了我的話，認真地跟我說道：「這只是書本上的知識，也不能說是錯的。但事實上，在以前，是真正存在黑苗、白苗的，而到了現在真正黑苗，白苗的傳人和寨子已經很少，知道某些隱祕的寨子更少。黑苗寨就只剩下了黑岩苗寨，而白苗寨除了我們月堰苗寨以外，還有三個寨子。」

原來有這樣的隱祕？還關乎到歷史？我揚了揚眉毛，心裡在盤算著，我到底攪進了一個什麼樣的陰謀裡？好像還牽涉到了歷史，牽涉到了更大的隱祕，我怎麼專惹這些事兒啊？

「其實，我們白苗和黑苗比起來，很多地方是不如他們的，因為我們更喜歡的是安穩的日子，而黑苗人總是有著天大的志氣，所以在某些地方，他們發展得比我們快。」如雪好像很喜歡說這方面的事情，我自己都沒想到她能和我說那麼多。

「某些地方，是哪些地方？」我不解。

「就比如巫和蠱的發展！戰爭不就是科技的最好催化劑嗎？」說到這裡，凌如雪忽然對我眨了眨眼睛，說了一句很現代的話出來。

那一眨眼的風情，直接就把我看呆了，原本山路就陡峭，我這一呆，就不小心踩滑了，一個趔趄，一下子就半跪在了地上，我倒沒事兒，在我背上睡得正香的慧根兒卻被失手甩了出去，直接滾到了旁邊的雜木叢裡。

我心裡一緊，趕緊爬起來，去看慧根兒摔出了什麼毛病沒有，卻不想凌如雪動作比我還快，已經到了慧根兒面前，慧根兒這小子這時已經迷迷糊糊地坐了起來，看了看周圍，有些不清醒地說道：「是要吃飯了嗎？有莫（沒）有雞蛋？」

我心裡一鬆，忍不住捏著慧根兒的臉蛋兒哈哈大笑了起來，然後一把把他抱了起來，可是在笑著的同時，我的心裡又有些難過，說起雞蛋，我很想念慧大爺了。

看見慧根兒可愛的樣子，凌如雪也忍不住笑了，只是輕輕地淺笑了一下，然後一閃而逝，可正好就被我看見，這一笑就猶如在我的心裡扔下了一塊兒石子兒，我的心真的是難以平靜了。

為了掩飾尷尬，我趕緊側過了頭，然後裝作不在意地說道：「我還以為妳是古代人，沒想到妳還能說出戰爭是科技的催化劑這樣的話來，我確實驚到了，這才想起妳原來也是受過高等教育的。」

凌如雪已經恢復了平靜的樣子，說道：「苗人是聰慧的，不是你想的那麼食古不化。而學習和受教育是每一個聰慧的民族都懂的道理。」

這丫頭的思想還滿深刻，我不想與她討論這個，哄了慧根兒一會兒，然後重新背起慧根兒，我忍不住對凌如雪說道：「原來妳還會笑，我以為妳是面癱來著。」

「嗯？」凌如雪斜了我一眼，不再和我搭話，彷彿和她就只能討論比較嚴肅的話題，可我分明注意到她低頭挽髮的動作有一絲慌亂，原來這丫頭也不是完全沒情緒的人。

可是這情緒來得太快，也太淺，總是讓人抓不住。而我，卻偏偏很想抓住這些，因為此時我已經很明確的知道，我很想接近她，很想。但是不是喜歡她了，我卻不肯去想這個問題。

相識非偶然，一見已相牽！這就是我和如雪的開始，多少年以後再回憶起來，剩下的，反覆在腦海中也只是這一句話。

山路難行，可總也有一個盡頭，何況我們這次要去的這個村子，也並不是完全與世隔絕的村子，所以我們也沒有在山裡輾轉太久，只是走了五、六個小時，就走了出來。

「陳承一。」在走出山林以後，遠遠的看著村子的輪廓，如雪忽然開口叫到我的名字。

「嗯？」看著這個村子，我只是驚歎在如此偏僻的地方還有人煙，卻不知道凌如雪忽然叫我做什麼。

「圍繞著黑岩苗寨，大概有十幾個這樣的村子吧。過了這個村子，再有一個村子，我們就要進入密林，穿過密林就是黑岩苗寨了。」凌如雪輕聲對我說道。

「妳說過這個啊，幹嘛又說起來？」我有些不解。

「我是想說，這些村子其實都是黑岩苗寨控制著，我只是想告訴你，無論看見什麼，克制，不要多問，好嗎？」凌如雪忽然這樣對我說道。

我心裡一下子就迷惑了，忍不住脫口問道：「莫非妳來過黑岩苗寨？」

面對我的問題，凌如雪猶豫了一下，然後說道：「來過，每五年就要來一次，不止是我，還有其他三個寨子的人……」

來過？還每五年就要來一次？據我所知，凌如雪比如月大二歲，今年是二十四歲，如果從小時候算起，那她不是已經來過這寨子四次了？

就算我不出現，在明年她也會來這個寨子？這些寨子之間到底隱藏著怎麼樣的祕密？可這個黑岩苗寨明明就是以邪惡著稱的魔鬼之寨啊？

想到這裡，我忍不住脫口而出：「凌如雪，黑岩苗寨是個如此邪惡的寨子，為什麼妳一次次的來這裡？難道妳就能容忍一些壞事兒在妳眼皮子底下發生，而不阻止什麼？妳就這麼冷漠？」

面對我的問題，凌如雪只是很平靜，異常平靜地看著我，直到看得我不自在了之後，她才說道：「你，果然是個任性而衝動的男人，不，應該是男孩子吧。」

什麼意思？好像很瞭解我的樣子？我心裡一陣惱怒，她這話的意思擺明就是說我幼稚，可偏偏我在誰面前幼稚都可以，我卻不想她那麼以為，何況我已經二十六歲了。

我說道：「凌如雪，妳別岔開話題，我是在說大是大非的問題，妳扯到我身上做什麼？這不是任性，也不是衝動，而是我師傅說過，我們這些繼承了不一樣的東西的人，心裡應該有一份大義！」

「哦？是嗎？」凌如雪的臉上閃過了一絲不耐，然後才說道：「你又知道我們沒做什麼？」

我一愣，是啊，我又能瞭解多少？一想到這個，我就有些頹廢了，莫非我真的是很幼稚？衝動之下，也就不再會拐彎抹角？

「記得我的話，無論看到了什麼，都不要多問多說，一切到了黑岩苗寨再說。」凌如雪好像已經不想和我說什麼了，轉身就走到了前面，徑直朝村子走去，而我心裡百味雜陳，越是想在這個女孩子面前表現，反而自己就越是笨拙的樣子。

可現在也根本不是想這些的時候，放下慧根兒，叫醒了他，然後我牽著還有些迷迷糊糊的慧根兒跟上了凌如雪的腳步。

走進這個小村，這個地方給我的第一感覺就是窮，很窮！

這裡的房屋大多還是泥土和茅草做成的草房，再不濟的連草房都沒有，直接就是樹皮房子，房頂上有缺漏的地方，就直接蓋塊兒塑膠布，用石塊壓著，風一吹，那塑膠布呼呼作響，就是站在外面，我都能感覺裡面四面漏風漏雨的樣子。

這麼窮的地方，我在別的地兒還真沒有看見過，可能是我想像力貧乏，我是真的很難想像，在九〇年代，發展迅猛的中國，還有這樣的村子存在。

難道是因為封閉的地理原因嗎？我看到這個村子的人穿著髒兮兮的衣裳，甚至衣不蔽體的樣子，心裡難免很是感慨，不由自主地找著原因。

可很快，我就發現了一個奇特的事情，就是這個村子裡的人好像都很懶的樣子，我和如雪走進這個村子，走過了大半個村兒，竟然都沒看見一個在幹活兒的人。

這些村民不是蹲在牆根兒無所事事，就是穿著髒兮兮的衣服在村裡的土路上亂晃蕩。而且我還發現這個村兒，村裡村外不是沒有土地，而這些土地裡也歪歪斜斜地栽種著快被雜草淹沒的糧食蔬菜，說明他們還是以種地為生的農民，可這田地明顯就疏於打理。莫非，他們真的就是這樣過每一天？亂晃蕩？或者蹲在牆根兒發呆？

無疑，這個村子瀰漫著一種懶散而頹廢的感覺，這種感覺讓我覺得非常難受，比曾經我見過的那個無限輪迴的死村還難受，畢竟無限輪迴還有破除的希望，這村子裡的這種氣氛無疑就是一種絕望。是什麼樣的絕望？是那種日子就這樣了，沒有任何變化，死氣沉沉的絕望。

我不太願意相信這個事實，因為在我的印象裡，農民都是勤勞的，無論他們的日子清貧與否，都不能改變他們的勤勞，我忍不住問了凌如雪：「這個村子都是以打獵為生嗎？」

「不是。」凌如雪回答得很簡單，更沒有說明什麼，這感覺簡直快把我憋瘋了。

可偏偏我還不能多問，因為一早進村的時候，凌如雪就給我說過，無論看見什麼怪異的事情，不要多問，更不要多說。

村民們對我們的到來沒有一點好奇，我也很難想像一個封閉的村子，會經常有人來！因為只有經常有陌生人出現的村子，人們才會見怪不怪。而相對閉塞的村子，總是對外來人充滿了好奇的，就包括我的家鄉，那時候要是來了一個城裡人，村民們總是要去圍觀的。可這村子會經常有人來嗎？肯定不會，就衝那難行的道路，也不可能！

那為什麼這個村子的人會如此表現？我看見他們的表情，他們的眼睛，全部都像一潭死水，波瀾不驚的樣子，那種壓抑而絕望的感覺再次在我的心中泛起。

現在已經是下午時分了，我們三個要去下一個村子已經是不現實的事兒，今晚是註定要在這個村子留宿的，可面對這樣的村民，我真的不想留在這裡。煩悶之下，我摸出了一枝菸，還沒點上，我就注意到有一個原本坐在大樹底下打盹兒的村民朝我走來。

同樣是髒兮兮的衣服，頭髮也不知道多久沒洗了，亂蓬蓬的像一個鳥窩，他走到了我面前，一笑，露出了一口黃黑的牙齒，然後很直接地對我說道：「給我幾根菸抽抽吧。」

我眉頭微微一皺，倒不是嫌棄這個中年人髒兮兮的，而是我從來沒有遇見過找人要東西要的那麼理直氣壯的陌生人。

凌如雪很平靜，彷彿她早就知道了這樣的情況。

至於慧根兒，他對人情世故原本就沒有什麼概念，別人問他要東西，只存在他樂意給和不樂意給這兩個選擇，他也不會想太多。

我是一個不大會拒絕人的人，看著這個中年人，或者是老年人吧，我覺得幾根兒菸也無可厚非，於是我把剩下的半包全部給了他，他接過菸，嘿嘿一笑，也不說聲謝謝，轉身就要走。

我忍不住叫住了他，畢竟今晚還要在這裡留宿，我問道：「大爺，我們路過這裡，今天晚上想要在這裡住，你知道這裡哪戶人家方便借宿嗎？」

那人正在貪婪地聞著香菸，一聽我這樣問，轉過身有些奇怪地對我說道：「你叫誰大爺？」

我一愣，難道這裡還有別人嗎？不過農村人多少有些顯老，我想也沒有人樂意被別人喊成是老頭兒，於是我不好意思地抓抓頭，喊了一聲：「大叔，我……」

「你這人怎麼回事兒？又是大爺又是大叔的？我才二十八歲，咳，咳……怎麼就成了大爺，大叔？」那人毫不客氣地說道，不過好像身體不是很好的樣子，說話的時候不停地咳嗽。

二十八歲？我愣愣地看著眼前這個人，簡直不敢相信二十八歲，只比我大兩歲的人會蒼老成這個樣子！我很想問點兒什麼，可是我一下就看見如雪輕輕地對我搖頭，我只能閉口不言了，也不知道接下來該說什麼。

那人倒是不在意，手一揮，說道：「你們要借宿，是不是？我家就可以，五十塊錢就讓你們住，吃飯你們再加十塊錢，要吃肉的話，還給十塊錢。」

我覺得很神奇，這麼偏僻的村子，這麼慵懶的村民，竟然能對錢那麼有概念？就算有了錢，他們哪兒花去啊？而且還能這樣獅子大開口，要知道，在九三年，五十塊對於一個農民來說，絕對不是什麼小數目。另外，就他們這樣，還有肉吃？

我對這個村子越來越多的疑問，憋在心裡很想一探究竟。

看情況，估計也沒有什麼別的選擇了，而錢我還有一些，於是面對這個對我獅子大開口的村民，我說道：「可以，你帶路吧！」

那村民的臉上閃過一絲得意，然後帶著我們三人去到了他的家。

帶我們回家的人叫來順，很奇怪的是，他說他沒有姓。沒有姓就沒有姓吧，因為如雪在進村之前就說過，再奇怪的事兒都不要多問，何況只是沒姓。

來順的家很窮，他家就是屬於那種最不濟的，連茅草房都沒有，只有樹皮房子的家。這個家總共就兩間房，黑漆漆的，一間是臥室，一間就是廚房帶著客廳帶著臥室那種。

「你們既然給了錢，就住這間吧。」來順指著那間放著三張床的臥室說道，倒也好，畢竟外面那間屋是一個大通鋪，我和如雪住不是太方便。

我是長期在外面晃蕩的人，這間屋子雖然瀰漫著一股酸臭加黴臭的味道，我倒也可以將就，就是不知道淩如雪一個乾乾淨淨，嬌滴滴的大姑娘能不能將就。

可出人意料的是，凌如雪很平靜，也沒有任何嫌棄的表情，只是隨便抖了抖上面的灰塵，就在床上坐下了，她對我說道：「不要計較他們那種性格。其實他們很可憐。」

此時，來順和他媳婦說是去找孩子回來吃飯了，房間裡就只有我們三個人，說話倒也方便，我一聽，覺得凌如雪是要對我說什麼，就說道：「哪種性格？懶惰、愛占小便宜、臉皮厚的性格嗎？這個無所謂，這種性格說來稱不上是壞人，我不計較。但是他們為什麼可憐？」

凌如雪望著我，手托著下巴，沉默了一會兒才說道：「陳承一，你是一個很重感情的人，所以常常做的決定看起來很討人厭，因為太不計後果了。不過，你在幾年前，經受了教訓，我想你這次看似莽撞，其實有更深的想法，對嗎？」

凌如雪並沒有回答我的問題，而是問了一個很無關的問題，倒弄得我愣住了，感覺她好像很瞭解我，幾年前受了教訓，是指晟哥的事嗎？想到這裡，我的心有一點兒刺痛，可我沒必要對凌如雪隱瞞什麼，既然她貌似已經猜透了我。

點上一枝菸叼著，我很隨意地靠在了床上，然後才說道：「的確，我這一次不是莽撞，而是不得已而為之。一開始我就沒打算去當什麼正義的使者，大破邪惡寨子，我只是去那個寨子交換人質罷了。他們不是一直盯著我嗎？那我就送上門去，只要抓住了我，酥肉和沁淮對於他們來說，就沒有什麼意義了，他們就可以平安歸來。」

凌如雪點點頭，貌似她早已想到這樣的答案了，她說道：「那你呢？你有沒有想過你自己的安危？」

「我，呵呵……」我吐了一口菸說道：「有的人把生命看得比任何感情都重，有的人把感情看得比生命重，我說我是後一種人，沒有想過我自己，妳信不信？是不是覺得我很偉大？」

凌如雪搖搖頭說道：「你肯定想過，因為你知道他們不會殺你，可你不敢賭，你逃跑，置之不理，他們一怒之下會不會殺死酥肉和沁淮。所以，這才是你必須要去理由的吧？」

我很吃驚地望著凌如雪，每個人看我都覺得我是一個莽撞青年，不成熟，她怎麼那麼瞭解我？沉默了很久我才說道：「是的，我不能樣樣都依靠師傅師叔。何況我師傅至今為止還沒有消息，師叔他們好像也有很重要的事情分身乏術。我不敢拿酥肉和沁淮的性命去賭，可我自己去還能拖延時間，至少我是山字脈的傳人，在關鍵的時候，我可以自保。妳既然知道我的想法，我只希望妳把酥肉和沁淮平安地帶回去。」

凌如雪依舊是手托著下巴，不過這次她好像陷入了思考，沒有回答什麼。

我忍不住問了一句：「凌如雪，妳好像知道很多關於我的事？」

凌如雪偏過頭，嗯了一聲，明顯就是在敷衍我，我正待再問，來順一家人已經回來了。

晚飯就在來順屋子裡那間「多功能」屋裡吃的，我很吃驚來順那麼窮的家庭怎麼會有那麼多的孩子？我數了一下，整整八個孩子，最大的看起來不過六、七歲，最小的還是嬰兒。

不是有計劃生育嗎？怎麼還能允許一個家庭有那麼多孩子？這真叫人震驚，這些孩子的臉看起來倒是符合他們的年紀，就是因為營養不良，身材顯得矮小了一些。

可是，如果我沒看錯他們的年紀，那麼事實就叫人不解，因為有的孩子看起來就差不多一樣大，臉卻差得天差地遠，難道來順一年生兩個？可能嗎？

而且，我覺得這些孩子長得不怎麼像來順夫妻。

難道是他們收養的孩子？這更不符合邏輯，他們憑什麼養那麼多孩子？

我的眼中充滿了疑惑，可是凌如雪給我使了一個眼色，我懂的，再疑惑的事情也不要多問。

於是，我悶頭吃飯，所謂的晚飯也沒什麼好挑揀的，就是用火燜熟的土豆，因為交了所謂的吃肉錢，所以還煮了一鍋肉骨頭湯，湯裡有好幾根大骨頭，肉倒是沒見著多少。

慧根兒不吃肉，那燜熟的土豆他倒是吃得津津有味，我一邊啃著土豆，一邊喝著只加了少許鹽的肉湯，發現滋味其實還不錯。

凌如雪怕慧根兒咽著，在旁邊給慧根兒倒了一碗水，可是反觀其他的孩子，吃土豆都吃得狼吞虎嚥，哪裡怕被咽著，我看見凌如雪的眼中分明有一絲不忍。

這一群孩子裡面，有一個小女孩兒長得尤其可愛，一張小臉蛋兒雖然髒兮兮的，可怎麼也掩蓋不住她那雙明亮的大眼睛，她一邊啃著土豆，一邊拚命地盯著我面前的肉湯，然後對來順的媳婦兒說道：「媽媽，家裡來客人真好，平時每頓飯只能吃一個土豆，現在土豆都可以隨便吃，還可以看著肉湯下飯呢。」

聽聞這話其他孩子紛紛表示贊同，可那一樣很蒼老，看不出什麼年紀的女人只是不耐煩地說道：「吃飯就吃飯，哪兒那麼多廢話，總之都跟豬仔一樣，長膘長肉就行了，還管吃什麼飼料。」

「怎麼對孩子說話的？」我一下子就忍不住了，是的，我很難理解這個女人咋會這樣！因為對比我的父母，她簡直就不像一個母親，怎麼可以說自己的孩子是豬仔。

那女人一下子就不樂意，把手裡的土豆一扔，一下子就指著我罵道：「你一個人外人，當然站著說話不腰疼，他們除了吃還能做什麼？不是豬仔又是什麼？你說？」

我簡直怒火沖天，可這時，凌如雪一把搭住了我的手臂，對我輕輕地搖了搖頭。

望著那撒潑的女人，我忍住了怒火，從兜裡掏出兩百塊錢，扔給來順，說道：「去煮肉，給每個孩子都吃，二百塊錢夠不夠？」

來順原本就一副樂呵呵地看戲的表情，這下一下子見到兩百塊錢，一把就把錢抓在了手裡，然後一把扯過他的婆娘，說道：「不要在那裡耍潑了，快點兒去煮肉，要給每個娃兒都吃。」

那婆娘見了錢，也不撒潑了，倒是很聽話地去煮肉去了，我看見她去了後院，估計是把肉像小時候我媽一樣吊在井裡，過了一會兒，就回來了，竟然手上端了一小盆肉，我眼尖地看見是鹿肉。

難道就憑來順這個樣子，還能打獵？我有些疑惑不解，發現這個村子簡直就像籠罩在重重的迷霧中一樣，可我沒多問，溫和地摸了摸那個小女孩兒的頭，把自己的肉湯倒給了她。這些孩子是怎麼活下來的啊？一天吃三個土豆這樣地活著嗎？這個村子到底是怎麼樣的一個村子？我看著蒼老的來順，看著那些髒兮兮的，可憐的孩子，覺得自己有必要找凌如雪問一個答案了。

吃完晚飯後，這家人就早早地要休息了，說是為了節約燈油，也讓我們早早把油燈熄滅了。這個村子連電都沒有通！熄滅了油燈，原本就漆黑的屋子更是一片黑暗，好在山村的夜晚，月光分外明亮，適應了一會兒之後，藉著照進窗戶的月光，倒也還能看清楚屋裡的事物。

壓抑著一肚子的疑問，我很想和凌如雪聊聊，我覺得她沒有什麼隱瞞我的必要，如果我問，她應該會回答的吧？

但問題是，這樹皮房子根本就沒有什麼隔音的效果，隔壁不時地傳來來順的咳嗽聲，和孩子們小聲說話的聲音，外加來順媳婦呵斥小孩兒的聲音，我又怎麼好開口去問凌如雪這些？他們聽見了怕是不好。

凌如雪睡在另外一張床吧，分外的安靜，至少我是聽不見一點兒動靜，就在我猶豫要不要過去，小聲和她說話的時候，我聽見外屋的來順翻了一個身，不再咳嗽了，接著我聽見他的腳步聲，朝著我們這屋子走來。

莫非這來順心懷不軌？我調整了一下姿勢，全身都處於一種蓄勢待發的狀態，說起打架，從小習武健身的我，打五個來順這樣的，都沒問題，我可不能讓他傷害到慧根兒和如雪。

可是那來順明顯沒有要進來的意思，只是在門口咳嗽了兩聲，然後朝著我們這邊喊了兩句：「喂，你們睡沒有？睡沒有？」

如雪那邊很安靜，也不知道是真的睡著了，還是抱著和我一樣的想法，那就是不回答，看看來順究竟想做什麼，幸運的是，慧根兒這小子是真的睡著了，不然來順這樣喊，這小子說不定就愣頭愣腦地回話了。

喊了幾句，來順見我們這邊沒動靜，轉身就走了，接著我聽見來順開門出屋的聲音，緊接著，我聽見來順的媳婦兒也起床了，跟著追出了屋，兩人在院子裡拉拉扯扯地說起話來。

我不知道是因為好奇，還是我天生「三八」，總之我就是忍不住悄悄翻身起床，然後摸到窗戶底下，很想聽聽他們說些什麼。

可一走到窗戶底下，我就看見一黑影已經蹲在了那兒，還把我嚇一跳，以為遇到鬼了，心說老子當真是道士？走哪兒都遇鬼？結果仔細一看，發現是凌如雪在那裡蹲著，動作比我還快。

我心裡一樂，原來這丫頭也有「三八」本色啊？至少這樣的她比高高在上，冰冷到沒有什麼情緒的她可愛多了。

她見我過來了，挪動了一下，給我讓了一個位置，我衝她一笑，對她說道：「原來妳也那麼『三八』啊？」

凌如雪看都不看一眼，只是說道：「這個村子的事情，我也不是太肯定，只是聽大巫模糊的說過。聽聽，說不定能知道些什麼。」說完，她對我比了一個「噓」的手勢，我也就不好說什麼了。

但不得不感慨，這個女人的一舉一動，在我眼裡都是那麼地動人。或許，她平日裡真的太平靜了，所以一點兒情緒，一點動作才顯得分外地動人。

靠在窗戶底下，外面的動靜就聽得比較清楚了，我聽見來順的媳婦兒對來順吼道：「你是不是想一個人去鎮子喝酒吃肉，然後找野貓兒（小姐）？錢你至少得交出來一半。」

「最多給妳五十，人是我拉來了，錢是給我的，妳憑啥分一半？老子不去找野貓兒，難道天天對著妳這個老太婆？」

「你說我老太婆？你又好到哪兒去？你……」

他們的對話幾乎全是沒有什麼營養的爭吵，夾雜著來順的咳嗽聲，起因就是因為我扔出來的幾百塊錢。

這讓我很感慨，到底是什麼樣的夫妻啊？竟然為了幾百塊錢吵成這個樣子，而且從他們的話裡，我明顯能感覺到他們之間根本沒什麼感情，就是搭伙過日子的狀態。

就在我聽得無聊，準備回去睡了的時候，我忽然聽見來順吼了一句：「老子不管，錢就是不給妳！老子已經開始發作了，活不了多長的日子了，反正今朝有酒今朝醉，給老子滾。」

接著，我聽見兩人廝打的聲音，然後就聽見「噗通」的一聲，像是什麼人摔倒在地的聲音，這讓我禁不住抬頭一看。

藉著月光，我看清楚了，原來是來順的婆娘被來順一腳踹翻在了地上，然後來順罵罵咧咧的出去了，依稀能聽見他罵道什麼老子要死的人了，怕個屁，先去賭一把，明天去鎮上之類的話。

我內心震驚，同樣，我看見我身邊的凌如雪眼中也有一絲震驚加不忍的情緒。這個村子裡的人如此之窮苦，竟然還開設有賭坊，可見日子過得有多麼墮落和沒有希望，從來順的話裡，我好像聽出了些什麼線索，可是又不太抓得住，但是如雪一定是清楚地知道了些什麼。

我還沒來得及小聲說什麼，又聽見隔壁有孩子起床出門的聲音，我三八地探出了一個腦袋去看，就看見有一個小男孩兒，還有那個特別可愛的小女孩兒出門了。

那個小男孩兒我有些印象，因為我總感覺來順媳婦兒特別照顧他，土豆給他大的不說，連肉湯裡的骨頭也會多給他兩根兒，我不知道是不是我多想了，我總覺得那個小男孩兒是唯一和這兩口子眉眼有些相像的孩子。

小女孩兒先衝到來順媳婦身邊，喊著媽媽不哭，卻被來順媳婦一把推開了，只得可憐兮兮地站在一邊，倒是那個小男孩兒被來順媳婦兒一把抱在懷裡，說道：「媽也沒別的指望了，就指望你就去寨子裡過好日子，強過在這村子裡當豬仔兒。」

「寨子裡的人好凶啊，媽媽。」小女孩兒在旁邊忍不住說了一句，卻被來順媳婦兒推了一把，說道：「妳懂什麼，妳是一輩子都去不了的，當豬的命，都回去睡了。」

說完，來順媳婦兒也不哭了，從地上撿起一樣兒東西，然後牽著兩個孩子同樣罵罵咧咧的回屋了，我注意到她撿的東西其實就是兩張十元的紙幣，說到底來順還是扔給了她二十塊，至於她罵的，卻有些不堪入耳，全是什麼早死了好，早死早超生。什麼你死了就解脫了，還把錢也用了，沒良心之類的。之後，就是進屋躺下的聲音，過了許久，那邊再不傳來任何的動靜。

可我和凌如雪都蹲在窗子底下，半天沒動，估計雙方都被對方說話的內容震到了，需要好好地消化一下，才能思緒正常。我是很想和如雪討論一些什麼，可是話到嘴邊，還是覺得不太敢接受，所以，我們倆什麼都沒說，只是靜靜地待了一會兒，就各自回床睡了。

第二天一大早，我們就起身出發了，當然沒有看見來順，如他所說，有錢就要享受，他也不會那麼快回來，我不知道出於什麼心裡，還是悄悄地給來順媳婦兒塞五百塊錢。

我對她說：「不是給妳的，是給孩子們的，妳對孩子們好些，也是為妳下輩子積德，妳也不想下輩子還像這輩子那麼慘吧？」

來順的媳婦原本見到這一筆「鉅款」，喜不自勝，可聽了我的話，卻如臨大敵地望著我說道：「你知道些啥？」

我其實什麼都不知道，可是就當為了錢能用到孩子們身上，我故作高深地說道：「我知道些什麼妳不用問，妳只需要知道我們三個是要去寨子的，是寨子的客人就行了。錢，妳聽我的，最好用在孩子們的身上。」

說完，我就走了，我發現凌如雪一直盯著我這邊看，估計也是看見聽見了我的表演！

我牽著慧根兒，和她並肩走在路上，我說道：「妳讓我什麼都不問，什麼都不管，我終於還是忍不住管了，妳不會怪我吧？」

她輕輕地挽了挽耳邊被風吹亂的髮絲，然後才輕聲說道：「換做是我，也許會對那女人說，我是寨子裡很重要的客人，如果我知道錢沒用在孩子們的身上，我就保證妳兒子一定進不了寨子，一輩子都得留在這村子，不信妳賭賭看。」

我一聽這話，很震驚，轉頭望著我眼前這個波瀾不驚的女人，心想太狠了，打蛇打七寸，擒賊先擒王，她比我厲害一百倍啊。

「那妳為什麼不去說？」

「因為我沒錢給她，你上次借我的五百，我花光了。」

第二十二章　最後一個村子

趕往下一個村子的路上，我以為凌如雪會對我說些什麼，至少是她知道的答案，可她卻什麼也沒說，她告訴我：「你反正只是把你自己放進寨子裡去當人質的，知道那麼多做什麼？」

「為什麼又不能知道？至少知道一些東西，我會安心一些。」村子裡的怪異讓我有一種非常想要知道答案的衝動，特別是凌如雪說這些村民可憐，我更想知道為什麼。

我自問我不是那種非常俠義的人，要以拯救天下為己任，我最關心的也不過是我身邊的人。可是，人總是要有一個良心底線的，這個良心的底線至少還能觸動你，讓你做些什麼。否則，麻木不仁地活在世上，你坐擁了金錢和權力，風光無限。本質一樣也是行屍走肉，沒有半分意義。

這也就是師傅說的大義所在，捨身成仁，才能讓生命綻放光彩。

就如國難之前，有那麼多將士願意用血肉去維護國家，前仆後繼，這也就是一種良心的底線。是啊，或許在良心的底線爆發之前，他們也許也只是有些小自私的普通人。

我問凌如雪這些倒不是真的為了求安心，只是根據我知道的線索，我猜測出的答案已經隱隱觸動到了我的那份良心底線，我想證實。

但凌如雪好像猜透了我，她說道：「陳承一，我不能告訴你，有時知道了真相，然後又無能為力的感覺，特別的痛苦。與其去想一些你根本不能解決事情，你不如想想怎麼解決自己身為人質的困境。」

我歎息了一聲，這種無能為力，偏又滿腔熱血的感覺我體會的已經夠多，受到的教訓也算足癮。」

說話間，我發現他拚命地嚥口水，然後馬不停蹄地朝著一個村口奔去，人們也都是朝著那個方向去，估計也就是在那裡發糧吧。

我和凌如雪幾乎是默契地就跟上了那個人，這村子怪異，村民們不大理人，我們跟著，想必他也不會在意。

越是走到村口，人就越多，我簡直不敢想像，這麼貧困的一個小村，目測竟然有一、二千人那麼多，估計還不止，此時他們都圍繞在村口，等待領所謂的糧食。

我和凌如雪混雜在人群中，也沒人搭理我們，但是因為人群圍繞得太多，我也看不見裡面的情形，我牽著慧根兒，剛想和凌如雪說，我們找個高點兒的地方，看看裡面咋回事兒？

卻不想那個剛才說要啃一斤肉骨頭的村民拉住了我，他問我：「兄弟，外面來的？」

我很吃驚地望著他，聽他的口音根本就不是湘西口音，反倒是純正蘇北話，因為我和王師叔曾經在那邊晃蕩過，聽過那邊的口音。

但是，這些村子的水很深，不用凌如雪提醒，我自己也能感覺出來了，所以在一切不甚明朗之前，我也不想去惹是生非，多打聽什麼。於是只是點點頭，說道：「嗯，剛才外面來的。」

「那給根兒菸抽抽吧？」那人望著我，咧開嘴笑著開始討菸了，同樣是一口黑黃的牙齒，這讓我想起了來順。

我沒多說，遞了一根兒菸給他，他貪婪地放在鼻子上聞了又聞，然後望著我說道：「反正你還有一包，多給幾根唄。」

這裡的人都這樣？我有些無語，拿出菸，倒了半包給他，不是我捨不得多給，而是我發現周圍已經有一些村民注意到了這裡，確切地說是注意到了這些菸，我不想太惹眼。

那人收了菸，美滋滋地點了一枝，狠狠地吸了一大口，這才說道：「你別覺得我臉皮厚，過幾年，你一樣是這樣。你一男人，死了之後，二十年後又是一條好漢。可憐這如花似玉，嬌滴滴的大姑娘了。」

他說的自然是凌如雪，我淡淡地敷衍了一句，表面上很平靜，內心卻掀起了驚濤駭浪，因為我聽他話的意思，好像他根本不是本地人，而且之前根本不是生活在這裡的。

我之前聽他說蘇北口音，還原想是不是他父母親人中有蘇北人，現在看來根本他自己就是個蘇北人。

見我一副不置可否的樣子，這人還較上勁兒了，說道：「老子可是見過世面的，在外面的時候，不比你吃得差，穿得差……」可說到這裡，他又一副頗為害怕的樣子，看了我一眼，見我依舊平靜，才鬆了一口氣兒，說道：「算了，反正過段時間，你也就這樣了，你當老子吹牛吧。」

我呵呵笑了一聲，也不答話，心裡卻堅信了這件事兒，這個村民不是原住民，甚至很多村民都不是原住民，我原以為他們是懶散、冷漠，看到我們才無動於衷，看來這事情根本還另有隱情。那就是，這村子也許並不缺乏外來客！從這個蘇北男人說話說多了的顧忌樣子來看，他們一定還受到過什麼警告。

但是我能怎樣？現在我能做的也只是儘量平靜，因為我現在也解決不了什麼。

和我有著同樣心思的人，自然也有凌如雪，她也是一副平靜的樣子，可是她貼著我站著，我分明感覺到她聽到那人說過幾年，你也是一樣的時候，身子顫抖了一下。

可能在這件事兒上，她比我還不冷靜！

第二十三章　道蠱鬥

分糧的過程沒有什麼看頭，只是看著下方緩緩移動的人群，我總覺得心有淒涼，當人被當成畜牲圈養起來，麻木地活著，那活著也真的只是活著而已了。

我不想再看，招呼了一聲凌如雪，牽著慧根兒就準備回到村裡，只是在我轉頭的剎那，我看見那個為首的苗人漢子正遠遠地望著我這邊，我知道他是在看我們，只是奇怪他沒有任何動作，只是看著。

隔得太遠，我看不清他的目光，但是這種時候，我不想節外生枝，也只是面色平靜地看了他一眼，就轉身走了。

凌如雪走在我的身後，輕聲地說了句：「怕是我們去到了第一個村子時，他們就知道我們來了。」

我點點頭，可那又如何？既然要面對，我就再也沒想過逃避，知道與不知道也改變不了我現在的處境。

當夜，我和凌如月依然是花錢在這個村子住下了，只不過，出於一種我自己也不知道是什麼的心理，我多給了一些錢，讓原本住在這裡的一家人去和別人擠擠。

我想這是一種逃避，是眼睜睜地看著身為同類的別人，成為了「畜牲」，卻幫不上忙，就不願意面對的逃避。奇怪的是，凌如雪也默許了我這種行為，或者她比我體會得更深，她不是說過嗎？從出生就能體會。

第二天，我們隨意吃了點兒東西，一早就出發了，按照凌如雪的說法，不出意外，我們再走五個小時，就會去到黑岩苗寨。

走出村口的時候，凌如雪叫住了我：「陳承一。」

「嗯？」

「原本這些村子以前是沒有那麼多人的，尤其是沒有那麼多小孩。」

我心裡沒由來的一陣煩躁，然後手一揮，說道：「我都知道，我還知道，黑岩苗寨的人在外面非常努力地掙錢。他們——罪該萬死。」

「是的，但如果這個罪該萬死的人握著一個炸彈呢？」凌如雪淡淡地說道。

「呵，那就讓他們逍遙一陣子，總有一天，這個炸彈會被拿下來的。」我恨恨地說道。

「如果真的可以，那我們也算解脫了。」凌如雪輕聲說了一句，就不再言語。

其實，這一路路過村落，加上高寧隱約給我說的線索，我再不知道發生了什麼事兒，就是傻子了，這些村民分明就是黑岩苗寨故意圈養來達到某種不可告人目的的工具。

至於那些孩子，我的心裡也隱約有了一個答案，那些孩子大多數根本不是村民親生的，那他們哪兒來的？這個答案很可怕，他們是被黑岩苗寨的人買來或者是拐來的。怪不得他們的人在外面拚命地撈錢，原來要做那麼多見不得人的勾當，要圈養那麼多他們眼裡的「畜牲」。

他們的目的是什麼，我不知道，可那也不重要了，因為他們所做的的確已經是罪該萬死了，我很少去惡意地猜測一群人，因為一群人中總有好人。可是這些黑苗，我已經不能壓抑對他們整個寨子的惡意，我甚至不覺得他們中有任何人是無辜的。

和凌如雪的對話，我們都沒講得太過明瞭，太過明瞭難免唏噓，彼此的意思能懂就是了，凌這就是非常危險的過程，要求念力強大，能附著、壓制並驅使這些負面氣場。

可於我來說，還不算太困難，當感覺到身體一冷，我已經快速地開始附著念力、存思把所有的詛咒寄託於眉心，大喊了一聲「著」，然後收攏抵住眉心的手指，揚起指著補周的另一隻手指，整個施術過程順利地完成。

但此時那隻蟲子已經飛到了我的面前，我那一瞬間，所有的想法都只是用道家獨門的吼功能不能把這隻蟲子震死，可根本就來不及，那隻蟲子竟然朝著我的耳朵，用牠那大得驚人的前顎給我狠狠來了那麼一下。

幾乎是同時，我和補周都狂吼了一聲，一起倒下。

那蟲子咬在耳朵上的感覺是劇痛，那種痛根本無法用語言來形容，以至於我痛到根本站不住，至於有毒沒毒，我現在還不知道。

但補周能好到哪裡去？我下的詛咒是虛弱，不解咒他根本沒辦法站起來！說起來很神奇，其實也不過是道家存思集中念力控制氣場的一種表現。

因為陰氣、煞氣原本就是對人體有害的，表現得十分複雜，接觸多了，生病、虛弱、精神萎靡、脾氣暴躁，或者頹廢輕生各種表現不一而足，而我用念力只是強調了某一方面的作用，意思是把效果集中在某一方面，那麼被咒之人就會在某一方面表現得特別明顯。

所以，所中的詛咒不管是什麼，表現的是什麼症狀，都是被負面氣場纏身而已，再厲害的一點兒無非就是請鬼纏身，或者配合巫毒。

補周站不起來，我同樣是倒地不起，我感覺自己中招那隻耳朵沒了知覺，好像已經不屬於自己了。這時，凌如雪靜靜地走到了我面前，抱起了我的頭，放於她的膝上，開始查探起我的傷勢。

那邊的補周怒火沖天地吼道：「妳怎麼可以讓別的男人靠在妳身上，妳要付出代價，妳寨子的人要付出代價。」無奈他全身虛弱，這吼出來的聲音，就跟小狗在哼哼一般。

至於其他人，紛紛朝我們三個聚攏，有一個漢子，抽出一把雪亮的彎刀，用半生不熟的漢語對著我吼道：「你對我們補周王子做了什麼，去救他，否則你會生不如死。」

凌如雪抬頭望著那個人，淡淡地說了一句：「閉嘴。」

我乾脆地閉嘴了，雖然只是短短的接觸，可我早已感覺到補周是一個霸道、小氣、佔有欲極強的人，他還真有可能那麼想。

但我的心裡同時也很不舒服，為什麼補周說凌如雪是他的女人，凌如雪並不反駁呢？這中間有什麼隱情？

一路騎馬前行，想著這些我的心裡有些煩躁，我只管自己想得入神，直到我懷中的慧根兒驚呼了一聲，我才回過神來。

這時，我抬頭一看，也快忍不住要驚呼出聲了，在我原以為的印象裡，黑岩苗寨那麼邪惡的寨子的所在地，應該是陰氣森森，窮山惡水的樣子。

可哪想一條大道走完，竟然會直接到了一座孤山的腳下，這座孤山並不和其他的山相連，形成山脈，而是獨自屹立著，海拔高度遠遠地高於其他山。

山勢陡峭，山上綠樹蔥蔥，山頂霧氣繚繞，倒還顯得有那麼一絲人間仙境的味道，只有一條青石板路很霸氣地鋪在山的中間，扶搖直上！

此時，補周一行人已經騎著馬往山上前行，凌如雪也已經騎著馬踏上山路，望著這美麗的山景，我不禁感慨那麼美的地方，竟然住著那麼邪惡的寨子，然後也縱馬追上了凌如雪，和她並肩前行。

看到了山，我也沒看見黑岩苗寨，不過這裡綠樹蔥蔥，如果寨子隱藏在這山上倒也不容易發現，凌如雪騎馬走在我的旁邊，忽然說道：「你和補周單挑，倒是有恃無恐啊。」

我嘿嘿一笑，說道：「那是。他們要殺我早殺了，妳以為這群人會怕世俗的法律嗎？我要在這寨子裡做人質，反正也不是什麼好日子，為避免被欺負得太慘，還不如先給他們一個下馬威！

反正他們也不敢殺我。」

凌如雪輕哼了一聲，說道：「比起幾年前，你倒是沒那麼傻了，不過也越來越像你師傅那樣無賴了。」

「哈哈哈……」我開心地大笑，她知道什麼，我師傅就是喜歡聽別人說他是無賴，他跟我說無賴不受氣，無賴可以佔便宜。那就當個小無賴又如何。

當我站在黑岩苗寨的入口時，我完全地震驚了，我原本以為這個寨子是修建在山林裡的，卻不想整個寨子霸氣地修建在這山頂上，掩藏在這山頂的綠樹叢林之間，壯觀得讓人連感慨都覺得是多餘。

這山頂處處是人工開鑿的痕跡，看得出來，這裡原本應該不會有那麼大一片平坦之地，是被人們世世代代改造成這樣的，就像是山頂上的一個小平原。

寨子的一側對著我們沿山而上的青石板路，一側就是坡度陡峭的懸崖，這樣的寨子放在古代冷兵器時代，當真就是一夫當關，萬夫莫開之地，就算是現代，也是一個不好拿下的軍事險地。

而與此同時，我也明白了這個寨子為什麼叫黑岩苗寨，因為寨子的四周都砌著大塊大塊的黑色岩石，看不出是什麼石料，這也讓我很佩服這個寨子的先祖們，到底是什麼樣的力量，讓他們能把那麼巨大的岩石一塊一塊地運上山。

凌如雪下馬了，我也跟著下馬，並把慧根兒抱下下來，容不得我們不下馬，因為寨子口此時已經聚集了大概不下一百多人，都是剽悍的漢子。

而站在這一百多人前面，是兩男一女三個人，左側那個男人非常的壯實，那鼓鼓的肌肉就快把衣服撐破了，眉眼間除了那剽悍的氣息，還有一股不怒自威的殺氣，我敏感地覺得這個人手底下怕是有人命。他的眉眼和補周有幾分相似，我估計這就是補周他爹吧，老子什麼運氣啊，在堂堂的現代社會，見了王子，又馬上看見了國王！

右側是一個女子，看樣子不過四、五十歲，樣貌白淨，眼波流轉，按說是個風韻猶存的半老徐娘，無奈我總覺得這個女人有些邪氣，我不喜歡。至於當中的，卻是一個老人，只看了他一眼，就讓我想起了月堰苗寨的大巫，他和那個大巫一樣蒼老、乾瘦，詭異的是，我只是看見他鬚髮全白，感覺他老，在他臉上根本看不見一絲皺紋。

任何人站在這麼一群剽悍的漢子面前，知道這些人是敵非友，恐怕心裡多多少少都會有些心虛。從某種角度上來說，我也是一個普通人，難免會緊張，要知道，我現在唯一可以依靠的也就是他們不會殺我而已。

可是說什麼也不能輸了我老李一脈道家人的氣勢，我牽著慧根兒，遙遙與他們對望，神色很是平靜，只有慧根兒在我身邊小聲嘀咕：「哥，你的手好涼啊。」

我一捏他的臉蛋兒，低吼道：「你懂個屁，山風大。」

「哪兒有風啊？」慧根兒皺著眉頭，一臉的無辜加不解。

凌如雪自始至終就站在我的旁邊，聽見慧根兒說的話，終於忍不住噗哧一笑，這一笑落在我的眼裡，直接就讓我呆了呆，這是我第一次看見她如此盛放的笑顏，竟然如此動人，讓我腦袋裡一時間早就忘記了什麼緊張之類的，就剩下一句話：「她比山花燦爛。」

面對我放肆的目光，凌如雪只是斜了我一眼，就轉過頭去，剛才那好看的笑顏也已經轉瞬不見。我收回目光，暗道可惜，隨即也轉頭看向那邊的人群，正巧就看見補周在對那個壯實的中年男子說著什麼，一邊說一邊惡毒地望著我。

果然，大家只是靜默對峙了不過十幾秒，那個壯實的男子就用一口標準的漢話吼道：「陳承一，你竟然敢打傷我烈周的小兒子，你的膽子倒是不小啊。」

說話間，他往前踏了幾大步，離我就不到五米遠，那驚人的氣勢散發開來，很是讓人覺得壓迫，他對著我大喝了一句：「你信不信，我會讓你生不如死？」

苗人都很維護自己寨子裡的人，何況是自己的兒子，我完全相信他會讓我生不如死，我來也不是為了過好日子，他的氣勢是很驚人，可我從小跟著我師傅和慧大爺這種奇葩，骨子裡早就有了一種光棍加無賴的氣質，越是面對這種威嚴的人，我反而越能豁得出去，乾脆大吼著回了他一句：「我信，反正都是生不如死，我還不如揍他一頓來得好。」

「你……」那個烈周又上前了幾步，就杵在了我的面前，那雙跟牛一樣大的眼睛瞪著我，那逼人的氣勢要遇見膽兒小點兒的人，估計能讓人氣都喘不過來。

可老子現在是流氓，還能怕了誰，我乾脆也上前一步，幾乎是臉對臉地和他互瞪著，我分明看見烈周的怒火已經到了一個臨界點，其中一隻手已經扶在了他隨身佩戴的腰刀刀把上，大有一言不合，就要和我拚命的架勢。

也就在這時，那個妖嬈的中年女人忽然走上前來，一把拉開了烈周，風情萬種地對我笑道：「小弟弟，何苦那麼大的火氣？」

原本烈周上前來都毫無表情的凌如雪，此時見到了這個女人，忽然嚴肅起來，她望著那個女人開口說道：「橋蘭，妳最好不要輕舉妄動。」

那叫做橋蘭的女人斜了一眼凌如雪，然後一根手指從我的胸膛劃過，媚眼如絲地說道：「喲，妹樓妹子，妳這是什麼意思？若我記得不錯，妳可是我們補周看上的女人，按規矩，遲早是要許給我們補周的。怎麼為別的漢子出去了頭來？」

那女人的手指劃過我的胸膛，讓我胸膛的肌膚不由自主地起了一串兒雞皮疙瘩，而她的話更讓我厭惡萬分，這個黑岩苗寨當真是霸道得不像話，你們寨子裡的男人看上了別的寨子的女人，不管是不是一廂情願，都已經內定了嗎？

想到這裡，我厭惡地皺起了眉頭，卻不想那橋蘭一把抓起了我的手，下一刻她那尖銳得不像話的指甲竟然瞬間刺入了我的手腕，鮮血跟著就流了下來。

「橋蘭，妳要做什麼？」凌如雪激動地踏出了一步，而我發現，對這樣一個女人，哪裡需要講什麼風度，直接一把就推開了她，因為用力過大，她一屁股就坐在了地上，然後扭過頭，很是哀怨地看著我。

我卻厭惡地「呸」了一聲，好在妳是女人，要妳是個男人，老子早就一腳給妳踹過去了。

甩甩手腕，那女人的氣力還真不小，忽然那麼一下，指尖就能刺進肉裡，倒弄得我有些疼，凌如月擔心地拿起我的手腕，仔細查探了起來，我聽見補周在那邊又是一陣兒「狗哼哼」。

倒是那個橋蘭，嬌滴滴地說道：「承一弟弟，你好狠的心吶。妹樓，妳倒是挺關心妳這個小男人的。」一說完，她竟然伸舌頭舔了舔她指甲上我的鮮血，一副沉醉的樣子，惹得我又是一陣噁心。

他媽的，這女人以為她在演電視劇那種禍國殃民的妖精嗎？可我不知道的是，她在那時，還真沒有演，她就是沉迷於這種鮮血的味道。

這時，凌如雪已經仔細地查探了我的手腕，估計沒什麼問題，因為我看見她長吁了一口氣，然後她很鄭重地對橋蘭說道：「請妳叫我凌如雪，不要叫我妹樓。」

橋蘭那個瘋女人現在哪裡會理會她，只是咬著自己的指甲，一副瘋瘋癲癲的樣子，癡癡傻傻地笑著，可就在此時，一個聲音突兀地插了進來，那聲音蒼老之極，卻沒有老年人的厚重，倒是有股說不出來的腐朽的意味。

他說道：「凌如雪，我苗人大好的名字妳不用，偏偏要用漢人的名字，這可是辱沒了我們苗人的驕傲啊。」

那個詭異的老頭兒，很突兀地就走了過來，我竟然沒有察覺到，原本面對著烈周和橋蘭底氣都很足的我，不知道為什麼面對著他，卻沒由來地在背上起了一串兒雞皮疙瘩。

凌如雪表現得比我鎮定，她只是說道：「波切大巫，漢人名只是為了方便，我曾許願，我的苗人名，只有寨子裡的人能叫。」

妹樓，那麼怪的名字，還是凌如雪好聽，我這樣想著，努力地轉移著注意力，不去想不去看那個叫波切的詭異老頭兒，可他好像有一種特殊的氣場，讓人的心思就是要停留在他身上，偏偏他身上有一種讓我難受的氣味，那是死氣！

我第一次痛恨自己靈覺那麼強，為什麼要感覺到那股令人難受的氣息？

波切面對凌如雪的回答，只是冷哼了一聲，卻不想與凌如雪計較的樣子，而是一把逮住了我的手腕，我本能地想掙脫，卻發現這個看似弱不禁風的老頭兒氣力那麼大，我根本掙脫不得。

他望著我笑，然後伸出枯瘦的手，用他那不比橋蘭短的指甲，輕輕地挑了一點兒我手腕還沒完全止住的鮮血，然後同樣放進了嘴裡，閉上眼，一副靜心感受的樣子。

我看得一陣難受，這個寨子的人是咋回事兒？鬼那麼恐怖的東西，都沒有吃肉喝血的，人們還怕到要死，他們一上來，就兩個人對我的鮮血那麼感興趣，怎麼不讓人難受？

過了好一陣兒，那波切才睜開眼睛，忽然就咧嘴笑了，那笑容在一張枯瘦的臉上，要多難看有多難看，比月堰苗寨的大巫不知道難看了多少倍。因為有皺紋的臉笑起來，至少你能感覺像個人樣兒，沒有皺紋，那麼枯瘦的臉，你就只能想到乾屍！

「很好，很好的鮮血，它很活躍，很喜歡。他們沒有騙我們。」波切幾乎是興奮地在大喊。

我日，誰很活躍？是什麼人又沒有騙他們？我心裡簡直疑惑得要瘋了，可惜沒有人有興趣給我答案，波切喊了一聲：「回寨！」然後轉身就走，跟著他，那壯漢烈周和瘋子女人橋蘭也同樣轉身走了。

凌如雪的臉色很難看，全身都在顫抖，以至於要靠著我才能站住，我扶著她問道：「妳怎麼了？」

凌如雪搖搖頭，對我說道：「本命蠱動靜大了些，沒事，先進寨子找到沁淮和酥肉再說。」

我點點頭，望著不遠處的寨子大門，黑岩苗寨是嗎？不管你是魔鬼之寨，邪惡之地，還是地獄，我陳承一都來了，而我道家山字脈的傳人既然敢堂堂正正地來，也能平平安安地走出去。

我們三人隨人群走進了寨子，才發現目測和身臨其境永遠都是兩回事兒，就好比我目測這個寨子原來有雞蛋那麼大，走進來才發現，哦，它其實有月餅那麼大。

和月堰苗寨不同的是，這個寨子雖然很大，人數卻沒有月堰苗寨那麼多，遠遠沒有那種熱鬧和生氣，我以為我在寨子裡能看見很多「乾屍」，畢竟高寧和我說過，這是一個魔鬼之寨，有一群強留在世間的「死人」，可事實卻不是那樣的，這個寨子裡幾乎都是年輕人，連老人都幾乎沒有一個。

我原本以為這些年輕人莫不就是老人吧，可我的直覺告訴我不是，因為他們身上沒有感覺到那股子讓人難受的死氣，他們是充滿生機的。

另外不一樣的地方在於，月堰苗寨有一種鮮活的，跟時代相連的進步氣息，而黑岩苗寨一進來感覺到的卻是一種原始的古樸，這裡的人我發現會說漢話的不多，幾乎都是男人會說漢話，其餘的都說的是我聽不懂的苗語。

這個寨子的建築上裝飾著奇怪的，看著有些恐怖的花紋，讓人不想細看，另外還豎立著幾座雕像，雕像是一個男人，栩栩如生，真實到僅僅是雕像，你都能感覺到那股沖天的煞氣和威嚴。

我有些佩服這些黑苗或者是他們先祖的手藝，也隨口問到凌如月：「那雕像是誰啊？」

凌如月平靜地回答：「他們最崇拜的祖仙，蚩尤。」

蚩尤？那個大反派？我們明明是炎黃子孫，他們卻是敵人蚩尤的子孫？真他媽的反社會！但無論怎樣，我還是能感覺到這個寨子的富足，遍地飼養的雞鴨，家家戶戶都掛著很多的臘肉臘腸，苗寨特有的米倉，他們有好多。

狗日的，自己過地主的生活，而底下村子的人……想到這裡，我的心有一些沉重。

幾乎走了半個小時，人群已經散了大半，走在前面的一行人才在一座很大的吊腳樓前停下了，那個波切大巫轉身過來，對我們三人說道：「遠來是客，你們就在這裡休息吧。兩天後，我會派人來找你。」

說到最後一句話的時候，波切大巫的眼睛盯著我，我知道他的意思，是過來找我！但我怎麼能讓他這樣就走，我這次來的主要目的是為酥肉和沁淮，可我還沒來得及說話，補周就激動了。

他對波切說道：「大巫，你不要安排凌如雪和他們同住，好不好？」他的眼神中帶著急切和渴望，看得我心裡一陣毛躁，這小子又欠揍了！

波切望著補周，忽然就冷哼了一聲，扔下了一句：「還未大婚，你若想和她同住，是於禮數不合！我們寨子可不是什麼野蠻人！遠來是客，客人住在一起，很正常！」

補周急了，他說道：「大巫，我不是這個意思……」

卻不想烈周已經上前來，重重地給了補周一個耳光，大喝道：「你要質疑大巫的決定？」

補周訕訕地站在一旁，不敢說話了，我心裡看得暗爽，我當然能理解補周的意思，他是不想凌如雪和我同住而已，沒奢望能和凌如雪住到一塊兒去。不過，活該，我第一次覺得烈周和那乾屍也有可愛的地方啊。

這齣鬧劇演完，那波切大巫似乎覺得丟臉，帶著人轉身就準備離去，可我怎麼能任由他離去，我大喊道：「等等！」

波切轉身望著我，而烈周則是哼了一聲，那個橋蘭卻是媚眼如絲地轉過身來，望著我說道：「小弟弟，你捨不得我嗎？」

看得我心裡一陣噁心，直接無視她，而是對波切大巫說道：「你們不是想要我嗎？我來了，可來的目的是為了我的朋友，我朋友在哪裡？」

波切大巫用異樣的眼神看了我幾眼，才不疾不徐地說道：「你覺得你到了寨子之後，還有什麼本錢威脅我嗎？」

我冷笑了一聲，然後很是認真地對波切大巫說道：「我是一個瘋子，真的！我一發瘋會弄死自己，不管用任何方式。」

我料定了活著的我，比死去的我對波切他們有意義得多，所以我當然有些威脅他們的本錢，我在賭，賭他們是不是敢賭我會不會弄死自己！畢竟酥肉和沁淮對他們的意義不大，他們存在的價值不過也只是為了引我上鉤。

波切的神色變化不定，過了半天他才說道：「我不喜歡被人威脅，可是你的確成功了。你的朋友就在那屋子裡，兩天後，我來找你，那時候你想讓他們離開也可以。不過，你以後的日子不會好過。」

相比於漢人，苗人是一個直接得多的民族，他們對陰謀詭計的愛好遠遠沒有漢人那麼狂熱，這個波切說話真的很直接，可我也沒有奢望自己來了這裡，能過什麼好日子。

可為什麼要兩天後？我望著波切走得急急忙忙的背影，覺得這個問題值得深思。

波切走後，剩下的那些苗人對我可沒那麼客氣，幾乎是像趕鴨子一樣的，就把我趕進這座吊腳樓，相反，他們對凌如雪倒還保持著幾分客氣。

我心裡酸酸地想，壓寨夫人吧，待遇就是不一樣！該死的凌如雪為什麼不開口否認些什麼？難道她對補周是青梅竹馬，芳心暗許？

我不知道自己為什麼會胡思亂想，可現在卻不是胡思亂想的時候，我迫不及待地想見到酥肉和沁淮，我怕他們受到了折磨，另外我好幾年沒見過他們了。

進了吊腳樓，那些苗人就走了，我叫住其中一個，問道：「我的朋友在哪兒？」

他用半生不熟的漢語回答我：「你自己不會找嗎？」然後也走了，可以感覺得出來，這個寨子的苗人對於漢人好像充滿了敵意。

我懶得計較，待他們走後，我就拉著慧根兒，一個房間一個房間地開始尋找，終於在倒數第三個房間門被我踢開的時候，我看見了兩個熟悉的身影。我的手都在顫抖，我的兄弟，好在你們平安。可這兩傢伙完全不知道我的到來，大白天的，竟然睡得像豬一樣沉。

大大的客廳裡，我們圍坐在火塘前，酥肉對著我哭得跟個女人似的，而沁淮要好一點兒，但兩個眼圈也是紅紅的。

凌如雪依然是那副平淡的表情，慧根兒則殷勤地幫酥肉擦著眼淚，至於我，儘量維持著冷靜的任酥肉和沁淮宣洩情緒。

在兩年前，我設想過很多次我們兄弟相見的場景，卻不想在今天，這兩個傢伙被我一叫醒後，第一個反應就是哭，酥肉是逮著我的手臂大哭，而沁淮則是不停掉眼淚。

想著凌如雪一個人在客廳等著，我覺得不好意思，好容易才把這兩個傢伙帶到客廳，可沒想到他們還是哭。

他們越哭，我的拳頭就捏得越緊，到底是什麼樣的非人虐待，才讓這兩個沒心沒肺的傢伙哭成這樣啊？

又是幾分鐘過去，這兩傢伙才平靜了一點兒，可我眼眶卻紅了，我忍著，問道：「你們挨打了嗎？」

他們搖頭。

「你們被下蠱了？」

搖頭。

「被辱罵了？」

搖頭。

在我問了好幾個問題之後，沁淮才說道：「承一，有菸嗎？給根兒菸。」酥肉也跟著要了一根兒，直到香菸點著，他們深深地吸了一口，我才感覺到，這下兩人是真的平靜了。

沁淮對我說道：「承一，我們沒有受到任何的折磨，除了一開始的兩天，有幾個苗人總是來找我們麻煩，藉口打我們，給我們吃的也很差。但是後來，卻沒有人再找我們麻煩，反而好吃好喝地伺候我們。只是，只是這日子過得太絕望了。」

酥肉也插口說道：「是啊，太絕望了，這吊腳樓裡除了床，什麼也沒有，我們卻被限制在這裡，一步也不能離開。每天除了睡覺，吃飯沒有別的事情好做，有人告訴我們，你不來，我們就準備被關一輩子吧。」

「是啊，也有人來，讓我們說出你的具體下落，和誰在一起，只要抓到了你，我們就可以離開。我們一點都沒說，哥兒我已經做好被關一輩子的準備了。」沁淮接著說道。

這時，我的眼淚才掉了下來，是啊，在一座什麼都沒有的吊腳樓生活一輩子，這樣的感覺除了絕望，還有什麼？這才是真正的折磨，怪不得這兩傢伙見到我，會哭成這樣！可他們也是真的漢子，就算這樣，也沒出賣我，我如何不感動？

第二十五章　信封上的祕密

也不知道是不是因為我到了寨子，酥肉和沁淮的活動範圍也不被限制在小樓了，至少我抱著出氣的想法帶著他們走出去的時候，沒人攔住我們。但是活動範圍也僅限於這棟小樓面前的院子，和背後的小樹林，其他的民居是萬萬不能靠近，一出了這個範圍，就會被禮貌地請回去。

我心裡有著自己的想法，暫時不想和這個寨子的人起什麼衝突，也就退回到該屬於我們的活動範圍。這樣帶著沁淮和酥肉出來走了一圈，他們挺激動的，太陽照在身上的感覺，是自由！

晚飯很豐盛，看得出來，這個黑岩苗寨的人也沒有怠慢我們，但是要說他們有什麼好心，打死我也不信，吃飯的時候，沁淮小聲地問我：「承一啊，你行啊，把女神都給拐來了，咋回事兒？」

我很奇怪地問沁淮：「誰是女神啊？」

沁淮小聲對我說：「還能有誰？凌如雪啊！只有她才能叫女神啊，高高在上的，不愛理人。比起來，如月妹子才是人間精靈啊。」

我無語，懶得理會沁淮扯淡，還是人家酥肉好，該吃吃，該喝喝，對凌如雪和我一起來，沒一點兒想法，人家一顆「芳心」就維繫在劉春燕身上。

是夜，我把慧根兒哄睡著了，凌如雪也回自己的房間歇息去了，我帶著酥肉和沁淮來到了這棟小樓後面的小樹林。這個小樹林不大，就在那懸崖的邊上，是唯一一個被沒黑色岩石圍住的地方，也沒必要圍起來。當然，這也是他們讓我們放心在這裡活動的原因。

我看了看遠處，那些苗人還是挺負責地守在我們小樓的周圍，見我們三個溜達進了小樹林，他們也沒有多說什麼，難不成我們還會跳崖跑了嗎？跳下去就是個死！

我們一直步行到了懸崖邊上才停下，我在這裡坐下了，然後招呼沁淮和酥肉坐在我身邊，我一手攬住一個，說道：「這段日子，你們受苦了。」

這不是我矯情，而是發自真心實意的說話，酥肉聽了不好意思地抓了抓腦袋，至於沁淮則說道：「咱們哥們兒，誰跟誰啊？哥兒我就當見識了一回。」

可我不會忘記他們痛哭的樣子，但是兄弟之間不需要多說，我摸出三枝菸，然後我們一人一枝，三個男人，就這樣坐在懸崖邊上沉默抽菸，耳邊盡是呼呼的風聲。

過了許久，我才問道：「你們是怎麼被抓到這裡來的？」

沁淮說道：「還能為什麼？我們去昆明，在路上被抓的。其實，每一次出去月堰寨子都會派人保護我們的，就那一次，我們還沒走出大山呢，保護我們的幾個人也不知道中了什麼邪，一個個地昏睡過去，叫都叫不醒，然後出來幾個拿獵槍的漢子，我們就被威脅著帶來了這裡。」

酥肉吐了一口菸說道：「那時老子還以為遇見土匪了，差點沒喊我不是女人，你們帶我走幹嘛啊。」

酥肉的話惹得我們三個哈哈大笑，其實男兒身在天地，有經歷也是一種幸福，在事情過後，笑著回憶也滿充實的。

笑過以後，我掐滅了菸，認真地對沁淮和酥肉說道：「我覺得我被盯上了。」

沁淮說：「你這不廢話嗎？幾年前你就被這個寨子盯上了。」

酥肉點點頭，表示認同。

這兩傢伙神經咋就那麼粗大？我無語地搖搖頭，把這段時間的經歷說給酥肉和沁淮聽了，什麼飛蛾傳書，什麼小女孩兒送信，說完以後，我說道：「我到昆明，這行蹤是祕密的，我剛才已經證實了，這個寨子是不知道我的行蹤的，那麼你們說是誰？」

我這一說，酥肉和沁淮都愣住了，說真的，我的行蹤安排，除了月堰苗寨少數幾個人，他們和我那一脈的人知道以外，別人還真不知道。

不過酥肉是個粗神經，他說道：「你瞎想什麼呢，反正別人對你沒惡意，說的話也是真的，你擔心個屁啊。」

我沉默了很久，然後才說道：「不管有沒有惡意，那個神祕人給我說的都是事實。知道我為什麼單獨叫你們出來嗎？」

我忽然嚴肅了起來，搞得酥肉和沁淮也一愣，我沒有看他們，而是盯著遠處影影綽綽群山的黑影說道：「那封信真正的內容不在信裡，而是在信封上。信封上有一排鉛筆寫的小字，上面寫著，三老人遠行，注意保護慧根兒，寨子裡有叛徒！」

「什麼？」酥肉和沁淮幾乎是同時出聲。

我重新拿出一枝菸說道：「我當時沒敢看信，就盯著信封看了一會兒，就發現了那排小字，後來想著六姐是寨子裡的人，我就把那排字抹去了。我一直是抱著不太相信的態度，可是我去寨子根本就沒看見我師傅他們，我就有幾分相信了，後來求證了你們也不在……這事兒，我騙了如月，也騙了如雪，你們知道……」

這才是我半句沒問慧大爺傷勢怎麼樣的原因，也是我知道不能依靠誰的原因，因為他們遠行了。而那一段時間我之所以那麼壓抑，就是因為這排小字的內容，讓我感覺在哪裡我都不是安全的，充滿危險卻無人可以幫我。

沁淮拍著我的肩膀說道：「承一，我理解，換我我也不會告訴如雪、如月的，她們對寨子的感情那麼深，她們說不定不會相信，反而打草驚蛇。總之，這事兒，一個外人去說，太敏感了。除非凌青奶奶在，由你師傅去說。」

酥肉則說道：「我說你怎麼把慧根兒一個小孩子帶在身邊呢，原來有這個原因。寨子裡有奸細，誰放心啊？」

「是啊，我不敢拿慧根兒去賭，所以我帶上了他。在我身邊，他才是最安全的，因為他們只會把注意力放在我的身上！而且，這種情況下，慧根兒只有在我眼皮子底下，我才放心。不管那個人是什麼意思，我總覺得這件事兒有協力廠商勢力攪合在裡面。沁淮，這次我來了寨子，你就不用回雲南了，帶著酥肉回北京吧。如果可以的話，把我這邊的事情告訴我師叔他們。」我抽了一口菸說道。

沁淮點點頭，如今這情況，已經不是我們能解決的了，必須要告訴長輩。

至少黑岩苗寨達成了目的以後，就不會再為難酥肉和沁淮，他們可以去通風報信，而在黑岩苗寨眼裡，可能除了那幾個白苗寨，其餘的他們都不放在眼裡吧。至少他們認為，國家都不敢動他們，所以他們可能根本就不在乎酥肉和沁淮。

「那你呢？」酥肉不放心地問道。

「我，我肯定是走不了的了，你們和凌如雪一起回去吧，我帶著慧根兒自然知道周旋，我和你們不一樣，就算慧根兒也比你們本事兒，你們不用擔心我們。」我認真地說道。

酥肉和沁淮沒有反駁什麼，因為我說的就是事實。

而如今最好的辦法也只有這個了，必須有人去通風報信，月堰苗寨的人不行，因為有奸細，我怕事情洩露了。

不過想起凌如雪、凌如月，我的心情又有些複雜，我說道：「其實凌如雪這個人冷靜淡定，計謀百出，你們觀察一下吧，和她一起回去的路上，如果可以，你們委婉地把事情稍微對她提一下吧。」

說完這件事兒，我和酥肉沁淮又聊了一下，就起身回去了，在路上我在想，為什麼月堰苗寨知道了酥肉和沁淮被綁，也不去救呢？可為什麼又捨得凌如雪如此重要的人物和我一起來？這中間到底是怎麼一回事兒？事情攪合著，就像一團亂麻，我理也理不清楚。可就在這時，我聽見一聲奇異的叫聲，非常的大而震撼，是什麼？

聽見這怪異的聲音，我以為酥肉和沁淮會和我一樣震撼，可他倆壓根就跟沒聽見似的，酥肉還在和沁淮說：「我們在樹林裡尿尿吧，澆灌下這些樹也是好事兒一件啊，三娃兒常常說因果，因果的。」

我一頭黑線，因果是那麼算的嗎？可不止酥肉和沁淮如此淡定，連那些為了守住我們守夜的苗人也很淡定，像什麼都沒聽見似的！難道我幻聽了？我有些疑惑！此時，周圍安靜得只剩下夜蟲的鳴叫，哪裡還有什麼怪異的聲音？

就在我懷疑自己的時候，再一次的，那個怪異的叫聲又來了，這一次我聽得仔細，那聲音就像發動機一般的轟鳴聲，或者說像是很多蟲子在同時用腹腔發出低鳴一般。

這聲音很大，很清晰，像從四面八方包圍而來，真實得連大地都有些震動，決計不可能是我聽錯了，我再一次抬頭看著酥肉和沁淮，他們倆仍然沒什麼反應，酥肉甚至正在拉褲子拉鍊，準備方便一下。

我有些激動地一把扯過酥肉，吼道：「你還尿啥尿啊？沒聽見啥聲音嗎？」

酥肉有些反應不過來地望著我，而我又一把拖過沁淮，問道：「你小子難道也沒聽見嗎？」

沁淮也一愣，搞不清楚我為啥那麼激動。

酥肉這時反應了過來，長吁了一口氣，然後繼續他的「方便」大業，他說道：「我日，你扯我幹啥？害我剛才一激動，差點尿褲子，這聲音不是每隔一兩天就會有嗎？習慣就好了。」

沁淮過來拍拍我的肩膀說道：「這種苗寨總有一兩件兒稀奇事兒，我和酥肉都習慣了，也就忘了和你說，沒事兒啊，哥兒我第一次聽見的時候也疑神疑鬼的。」

我沉默著不說話了，那怪異的叫聲總讓我有種很不舒服的感覺，可是又說不上來哪裡不舒服！甚至我都不知道聲音的來源是哪兒來的，總之四面八方都是那種低低的，怪異的嗚叫。

好在這叫聲也沒來幾次，我們一路回到了吊腳小樓，卻不想一眼就看見了凌如雪，她捂著腹部，面色蒼白地趴在大廳，一雙眼裡全是恐懼。

看樣這樣無助的凌如雪，我的心沒由來的就一陣刺痛，想也不想的，我就衝了過去，在酥肉和沁淮錯愣的眼神中，一把就把凌如雪半扶起來，讓她靠在了我的懷中。

「妳怎麼了？」問出這句話的時候，我的聲音都是顫抖的，連呼吸都不流暢，我發現我很害怕也很緊張，怕她有事兒，緊張她不好。

凌如雪沒有回答我，只是軟軟地靠在我身上，一隻手捂著腹部，一隻手用力地抓著我的衣領，因為太過用力，我看見她的指關節都已經發白。

我默默地讓她靠著，心跳怦怦一聲快過一聲，酥肉愣在那裡，彷彿有點兒不適應這樣的場面，最終歎息了一聲，什麼都沒說。

至於沁淮微微皺著眉頭，倚著門，雙手插在褲袋裡，一副若有所思，有些憂慮的樣子。

我懶得理會這些，我的一顆心都繫在凌如雪身上，我擔心她出什麼事兒，因為害怕我一動，她會更加疼痛，我保持著不動，讓她就這樣靠著，靜默著直到兩分鐘以後，凌如雪才鬆開了我的衣領，低聲又平靜地說道：「有些疼，沒忍住。」

我幾乎是不加思索地說道：「沒事兒，有我在。」說完，我就愣住了，有我在又能怎樣？我又不是醫生，又不是承心哥，怎麼治療肚子疼啊？我傻不傻啊？

就在我還在糾結的時候，凌如雪已經離開我的臂彎，站了起來，她臉色依然有些蒼白，對我剛才的話，她異常平靜地說了一句：「謝謝。」然後就轉身回房了。

我站起來，望著門口的酥肉和沁淮，想說點兒什麼，想笑一下，最終只是揚揚眉，撇撇嘴，聳聳肩，我發現我也不知道說什麼。

我幾乎是被酥肉和沁淮架到小樹林裡去的，我是真的倒楣，才從這裡回來，又被架回去了，然後聽他們一疊聲的審問。

我無奈地比了一個停的手勢，然後很肯定地對酥肉和沁淮說道：「得，你們要是為了說這個，就回去吧。我肯定地說，我和凌如雪之間很清白，她很好，我覺得是可交的朋友，我關心一下怎麼了？換你們這樣，我更著急。」

我幾乎是下意識地就說出了這樣的話。當然，也沒騙他們！我壓根就沒細想過我對凌如雪是什麼感覺，也不想去細想，至少在這樣的環境和形勢裡，我沒那心思。

面對我幾乎算是強勢的肯定，酥肉和沁淮沉默了，悶了半天，酥肉才對我說道：「三娃兒，我覺得凌如雪那姑娘吧，還是不錯的。可是呢，她沒啥感情，也不食人間煙火的樣子，這樣的女人不適合當媳婦兒啊。你沒喜歡就最好，當兄弟的，也不願意你碰一鼻子灰。我在月堰苗寨待了兩年吧，也聽說了凌如雪是那個寨子的蠱女繼承人什麼的，反正要不就不結婚，結婚吧，也可能沒什麼自由之類的。是朋友就最好。」

我有些悶悶的，這關我什麼事兒？我還知道補周說凌如雪是他內定的女人呢！就是補周那傢伙我看不順眼，如果可以的話，我想阻止這事兒，反正他別碰凌如雪！

沁淮對感情的經歷很多，當然比酥肉想得更多，酥肉說完以後，沁淮過來攬住我的肩膀說道：「承一，你說你也交過好幾個女朋友了，在大學的時候，都不是你追姑娘，是你挑姑娘，那多自由，也不勞心。當然，我知道你那時候沒認真……」說到這裡，沁淮頓了一下，然後才幽幽地說道：「這一晃吧，咱們都二十五、六了，也是個該認真的時候了，可是這份認真，就像酥肉說的，得給同樣對你認真的人。比起如雪吧，如月不錯，樣子也差不到哪裡去啊，對吧？」

如月，我日，這都扯淡到哪裡去了？我勾住沁淮的脖子，然後對沁淮說道：「別扯上我妹妹啊，你喜歡人家，幹嘛把我拉扯進去？怕以後叫我姐夫啊？」

沁淮肯定是喜歡如月的，從他第一眼看到如月開始，我就覺得他喜歡人家。

沁淮苦笑了一聲，也不再和我爭辯，只是低聲說了一句：「如月？我和她，怕是襄王有心，神女無情啊！」

我在沁淮胸口上搥了一拳，然後說道：「還有妞兒能難倒你這公子哥兒啊？得了吧，只要你以後收心，做為你的大舅哥，我支持你啊。」

沁淮只是搖頭苦笑，一副懶得理我的樣子，我也懶得理他，一把扯過酥肉，在他那胖腦袋上揉了揉，說道：「酥肉，你也別老他媽想著劉春燕了，趕緊找個能生的女人娶了吧！不然非得氣死你爸媽不可，在咱們村裡，你這晚婚模範不要當太久。」

酥肉嘟囔著：「你還不是一樣？再說，人劉春燕指不定已經結婚了，我想……我想個屁啊！」

「哈哈哈……」我和沁淮同時放聲大笑，笑聲在小樹林裡傳出很遠。

接下來的兩天我們過得很平靜，出人意料的夜晚也很平靜，那怪異的叫聲竟然沒有再次響起。隱隱的，我總覺得凌如雪那天的發作和那怪異的叫聲有關，可是又覺得這想法太過無稽了，於是也沒深究，不是說很多女孩子那個每個月……那啥也會疼嗎？

有酥肉沁淮在，有慧根兒在，還有凌如雪在，這兩天倒是過得很開心，當然，開心的只是我們三個大男人加一個小男孩兒，凌如雪自始至終很平靜。

唯一不爽的就是補周來過幾次，每一次來都是給凌如雪帶水果來的，貌似水果在這個寨子比較難得，畢竟它又不像肉類和糧食那樣好儲存，也不能透過耕種補充。

他們這寨子出去一次，天遠地遠的……面對補周殷勤的水果，凌如雪既不拒絕，也不感謝，她對補周和對別人一樣，平靜淡漠而禮貌。

只不過那水果雖然留卜了，凌如雪也沒去碰它，補周來的時候把它們放在哪裡，下次來依然還在哪裡，來過幾次以後，補周就發現了問題。

幾乎是嘶吼著對凌如雪說道：「給妳送來，妳就吃。妳是要挑釁我的耐心和底限嗎？可是妳憑什麼挑釁？」

於是，凌如雪就沉默地抓起一個水果，沉默地吃，總算讓補周的臉色好看了許多。

而這一切被我看在眼裡，心裡莫名其妙地堵得慌，為什麼總在關鍵的時候，凌如雪就會對補周順從？她怕什麼？有我……想到這裡，我就黯然，有我在又如何？做為朋友，我能說什麼？

不過，在那次以後，我和酥肉，沁淮、慧根兒總是會把那堆水果啃完。媽的，讓你送，送來也是便宜了我們。對於我們這種行為，凌如雪沒發表任何意見。

兩天時間一晃而過，到了那一天的中午的時候，波切大巫找上了門，而我們一行人早已經在大廳等他。

他不在乎其他的人，一雙眼睛只是盯著我，那眼神非常詭異，充滿了急切，興奮，還有一種說不清，道不明的意味。

這目光讓我很不舒服，可是我還是平靜地迎上了他的目光，對他說道：「我的朋友可以走了嗎？只留我，還有他在寨子裡就行了。」

我所指的是慧根兒！這個決定酥肉和沁淮早就知道，表現得倒是很淡定，慧根兒聽見能和我一起，就沒有任何意見，反而挺高興。

只有凌如雪看了我一眼，用一種責怪的語氣說道：「為什麼要留下慧根兒？」

我懶得解釋，只是沉默地看著波切大巫，他根本不在乎地說道：「只要你在寨子裡，其他人我不在乎。」

我以為事情就這樣定論了，可是凌如雪忽然說道：「我也不走，不要試圖說服我，我不會走的。」她沒有看波切大巫一眼，這句話只是望著我說的。

憑心而論，我不想她留在這裡，因為這裡太詭異也太危險。但事實上，我對她一點辦法也沒有！她忽然說不走，我總不能綁著她走，只能等這一刻過去了，再想辦法說服她走吧。

畢竟此刻，我一點也不想耽誤送酥肉和沁淮離開這個地方。

面對我們的磨唧，波切大巫顯得有些不耐煩，他說道：「你們商量好沒有？以為我隨時都有閒空嗎？」

我平和地看了他一眼，此時我並不想激怒他，於是說道：「就依她說的，她不走，但你總得允許我送朋友出寨子吧？在你們這兒，我可不敢保證我還能不能活著走出去見到他們。」

波切大巫聽聞了這句話，只是哼哼地冷笑，不置可否，手一揮，表示讓我趕緊去辦事兒。

在許多寨子苗人的包圍下，我把酥肉和沁淮送到了寨子口，心情卻沉到了谷底，剛才我說那句話只是在試探波切大巫，我有沒有生命危險，他沒否認什麼，看來我以後的日子危機重重，慧根兒呢？凌如雪又為什麼要留下？我心亂如麻。

在寨子口，我分別擁抱了酥肉和沁淮，這樣的動作只是為了在他們的耳邊提醒他們，快點趕回北京，我最大的希望就在這裡。

酥肉和沁淮沒敢耽誤什麼，擔心地望了我一眼，就在那些苗人的護送下下山了，我料想他們應該不會遇見什麼危險，以苗人的高傲和耿直，應該不屑和我玩這種陰謀，可是凌如雪不放心，她站出來說道：「我送他們到了鎮上就回來，不耽誤的話，大概後天就會回來。」

說完，她直接地追了上去，這個女人果真心細如髮，但也免除了我最後的一絲擔心。目送著他們的身影漸行漸遠，我心裡鬆了一口氣，同時也緊張了起來，接下來就只剩下我和慧根兒了，這在寨子裡的日子，我要怎麼面對？

慧根兒的小手依然被我牽著，他對這一切還懵懂無知，我是他唯一的依靠！我甚至不敢把他交給沁淮和酥肉帶走，因為我怕叛徒會是任何一個人，儘管我不想去懷疑凌如雪，可我不敢賭。

就在我心情紛亂想著心事的時候，一雙有些冰冷乾枯的手抓住了我的手腕，力氣大到就像是一把老虎鉗鉗住了我的手腕，接著我就感覺到那股讓人噁心的死亡氣息，不用轉頭，我都知道，是波切大巫抓住了我。

「你的要求我已經做到了，現在跟我回去吧。」波切大巫的聲音中有一絲急切的催促道，只不過不論他帶著怎麼樣的情緒，那聲音還是一如既往乾枯難聽。

被他抓著的感覺不比被乾屍抓著的感覺好，而且他身上的「味兒」讓我難受，我深吸了一口氣，儘量平靜地對他說道：「放開我吧，我這就跟你回去。」

和波切大巫一路回到那棟小樓，剛跨進屋，我做的第一件事情就是把慧根兒送回了房間，從波切急切的語氣來看，我就知道不會發生什麼好事兒，我不想讓慧根兒看見這些，他叫我哥，那我就要做好一個哥哥該做的事兒，盡一切的努力來保護好自己的弟弟。

把慧根兒的房門鎖上，我努力保持著平靜地回到了大廳，波切就在那裡等我，見我回來了，他咧嘴露出一個陰沉沉的笑容，我已經做好心理準備了，現在要儘量地隱忍，就算他對我下蠱，我也必須忍著。

可事情並不如想像的那麼糟糕，波切只是一個箭步就竄到了我的面前，逮住我的手腕，他那尖銳的指甲就刺入了我手腕的皮膚。

我在心裡氣得大罵，我日，這個寨子的苗人懂不懂衛生啊？不知道有樣工具叫刀嗎？不知道有種病叫破傷風嗎？要放血不能拿刀消個毒再來嗎？一個個全是這樣，他媽的，長指甲怪物。

不是我願意想這些無關緊要的事兒，而是這樣想著，我的心理壓力會小一些，畢竟不能反抗的，眼睜睜地看著一個乾屍給自己放血，那感覺不是一般難受。

波切根本不在意我，他的指甲刺入我的皮膚以後，很是熟練的一劃拉，我的鮮血就湧了出來，這個時候他並沒有拿出任何器具來盛我的血，而是帶出了一隻蟲子，放在了我的手腕上。

那隻看起來怪異的扁蟲子一爬到我的手腕上，就興奮地順著血跡開始吸血，我眼睜睜地看著這蟲子的肚子脹起來，從一隻扁蟲子變成了一隻肥蟲子，我很想一巴掌拍死牠。

這蟲子讓我想起了師傅曾經跟我說過的一個小故事，他說他曾經去過沙漠，在沙漠中就有這樣一種蟲子，專門守在水源旁邊，當人過去喝水時，牠們就會趴在人身上吸血，一直不會放，直到吸到自己脹死為止。

而且這種蟲子吸血，人根本就沒有感覺，常常無意中一巴掌拍下去，就是一手的新鮮血液，不知道會嚇一大跳！

我當時聽了，覺得很無稽，怎麼可能有這種傻×蟲子，可現在我信了，我懷疑趴我手腕上那隻就是！而且牠吸血時我真的沒什麼感覺！

這隻蟲子沒有浪費我的一滴血液，全吸進了牠的肚子，當牠的肚子脹到一定程度時，波切小心翼翼地把這隻蟲子收進了竹筒，然後又拿出一隻蟲子放在我手腕上……

如此吸滿了三隻蟲子以後，波切才住手，拿出一種藥粉，灑在我的傷口上，那血立刻就止住了，苗人搗鼓的這些玩意兒倒真的非常好用。

但波切下一句話卻讓我渾身都起了雞皮疙瘩，異常難受，他滿足地說道：「別浪費了。」

那感覺就彷彿我是他的食物，他要儲存起來。

做完這一切，波切就走了，但在走出房門的那一刹那，他不知道出於一種什麼心理，忽然轉身對我說道：「鮮血是會凝固的，用任何器具保存都不合適。這種蟲子倒是最好的運輸工具，當我拍碎牠時，你的血就新鮮得像剛從你身體裡流出來一樣。」

我努力忍著想引天雷下來劈死他的衝動，轉過頭索性不理他，一副很是淡然的樣子。

波切走了，四個苗人卻守在了我的門口，對我說道：「接下來一個小時，你不能外出。」

真他媽的怪異，這算是一條什麼命令？我也懶得外出，因為那種心理上的壓力和折磨讓我全身都發軟，眼睜睜看著自己被吸血，然後吸去的血……

我腦中不由自主地就會想到一幅畫面，波切流著口水，取出三隻蟲子，像扔花生米一樣的扔進自己嘴裡，然後沉醉地說：「味道不錯。」

這噁心的畫面，讓我一屁股就坐在地上，根本連起來的力氣都沒有，顫抖地點上了一枝菸，深深地吸了一口才算平靜下來。

我告訴自己，冷靜，忍耐，保持淡定，如果需要拚命的時候，再拚吧。

第二十六章　黑岩傳說

人的適應能力是驚人的，至少我覺得我是如此，在第三天的時候，我就已經適應了那個波切老頭兒每天中午的取血，覺得不比打針難受，也適應了這裡每天晚上那該死的怪異叫聲，至於取血以後一個小時內不能行動什麼的，對於我來說都是小兒科，總之我覺得除了這些以外，我的日子過得還滿逍遙的。

每天飯菜有人好吃好喝地伺候著，而且全部是好菜，另外還有水果吃，需要什麼對守在外面的苗人吩咐一聲，就立刻有人去辦，就比如我昨天發現自己帶在行李裡的一條菸沒了，說了一聲，就立刻有人拿了兩條菸給我，在這裡過日子，沒有香菸打發我的苦悶，那可是不行的。

另外除了那一個小時不自由，其餘時候我都很自由，因為我活動的範圍被放寬了，整個寨子除了少數幾個地方，我都可以亂晃蕩，當然，我不能和那些苗人搭話，那是不允許的。

我知道波切這是把我當豬養，每天好吃好喝地供著，有時還拿些阿膠給我補身子，目的就是我的鮮血。這樣的事實，讓我有時候都忍不住想，我是不是該感謝波切老頭兒，把我這隻豬看得那麼重要，地位比村子裡那些豬高級多了。我日，真他媽的悲哀！

慧根兒只是個小孩子，但過了幾天這樣的日子，他也察覺到了很大的不對勁兒，這一天他找上我，很嚴肅地對我說了一句話：「哥，額……不是，我覺得我們是不是該做些什麼？」

我一下子就樂了，第一是這小子不說陝西話，反倒和我說起普通話。第二，是這小子嚴肅的樣子太逗了。

我樂呵呵地捏著他的臉蛋兒說道：「你覺得我們該做些什麼啊？還有你小子幹嘛說起普通話來。」

慧根兒打掉了我的手，很是不滿的對我說道：「我師傅一說正事兒的時候就用普通話。」說到這裡他頓了一下，然後背著手，像個小大人一樣的，在我面前走來走去很認真地說道：「哥，你不要把我當小孩子，我都十二歲了，那天你和姐（如月）的話我都聽見了，我知道這裡不是個好地方。我也看出來了，我們被關起來了。哥，難道準備被關一輩子嗎？你就不做點什麼？」

他走來走去，晃得我眼睛都花了，一把把他逮過來站好，我倒是有了幾分吃驚，我倒是小看這圓蛋兒了，這小子原來精明得很啊，我想了一下，也用嚴肅的態度對慧根兒說道：「既然你都知道了，哥也不瞞你。我們現在的處境的確不是很好，但是卻不能做什麼，因為很危險。我們只能等待機會，而你呢，只需要好好地待在我身邊，明白我無論做什麼，去哪裡都會帶著你就好了，知道嗎？」

慧根兒還是很聽我的話，見我那麼嚴肅，點點頭，說了一句：「我知道了。」就乖乖地去做他的功課了，他說師傅吩咐過他，功課每天都不能丟。

望著慧根兒小小的身影，我心裡一陣煩悶，摸出一根兒菸點上了，是啊，把慧根兒帶在身邊很冒險，責任也很大，但我也不得不那麼做，只因為那個奸細，我不明白是哪裡的奸細。我一早就判斷有協力廠商勢力來蹚這渾水，而信封上又只說讓我看好慧根兒，所以我不能判斷到底是哪一方勢力需要慧根兒。

萬一，是協力廠商勢力呢？那麼不管慧根兒留在苗寨，還是跟隨酥肉和沁淮回北京，都可能出事兒。相反，只有在這個寨子裡跟著我他才安全。

我為什麼那麼兵行險棋，只是因為一來這個寨子，我就仔細觀察過了，他們對慧根兒沒有半分興趣。如果他們表現得有丁點兒不對，那麼我就會判斷是這個寨子對慧根兒有興趣，那我就會用我本身去威脅他們，讓慧根兒走。

事實證明我這一步走對了，可事情也更錯綜複雜，讓人陷在迷霧裡，看不清楚！我吐了一口香菸，這樣的鬥智比和老村長戰鬥還要辛苦，我都不知道自己能否撐得住，在這迷局裡為自己和慧根兒找到一線生機。

要怪，也只能怪那信封上的留字寫得太過迷糊，既然已經冒險給我遞信了，為什麼不寫清楚是誰對慧根兒有興趣，誰又是奸細，是哪方的奸細？

就在我想得入神的時候，一隻手伸過來，拿走了我嘴邊的香菸，我抬頭一看，不是凌如雪又是誰？我苦笑了一聲，說道：「妳怎麼走路都不帶聲音的？」

凌如雪掐滅了手中還剩下半枝的香菸，說道：「不是我走路不帶聲音，而是你想事情太過入神了。你一個修道之人，難道不知道香菸有害？怎麼天天菸不離手？」

我望著凌如雪，這算是在關心我嗎？在我探尋的目光下，凌如雪很平靜，也沒有不自在，這讓我覺得很沒意思，一時間兩個人有些沉默。

但這次不同的是，是凌如雪先打破了這沉默，她問我：「他們有對你做什麼沒有？你要是覺得有什麼不對勁兒的地方，一定要告訴我，我好幫你。」

我明白她的意思，她是擔心我中蠱了，如果是這樣，她好幫我拔蠱，我沒直接回答她的問題，反而是問道：「妳為什麼要留下來？」

她沉默了很久才說道：「我有一定要留下的原因，你又何必多問？」

我伸出雙手，手腕上赫然有幾條未癒的傷痕，我對凌如雪說道：「看見了？他們沒對我下蠱，就是把我當成了一個血站來用了，每天抽血。凌如雪，說實話，我不知道該不該信任妳，但是人總得有些同情心吧？看我這樣，妳還要對我隱瞞這個寨子的什麼？或者妳留下來只是想看著哪一天我因失血過多而死去嗎？」

凌如雪低下了頭，我看不清楚她的表情，她的手指緩緩地摸過我的傷口，終於她說道：「我沒有不告訴的意思，而是我曾經就說過，如果不能阻止，只能保持現狀，知道也是徒增煩惱。」

「如果我必須知道呢？」太多的迷霧已經籠罩得我喘不過氣，我覺得我必須知道一些什麼，才能決定下一步我該怎麼做，就算我要等師叔他們來救我，也至少要讓他們知道這個寨子具體的情況吧。

凌如雪抬起了頭望著我，終於是說道：「如果你一定想知道，好，我說。」

＊　＊　＊

在中國這片廣袤的土地上，有很多的民族，而最具神祕色彩的，無疑就是苗族。

他們自古就居住在被稱為苗疆的地方，有過自己的輝煌歷史，一度還曾在苗疆建立過屬於自己的國家。那個時候的苗疆只是中國古代很模糊的地域劃分法，那個時候的苗人也是最令漢人皇帝頭疼的民族。因為不管是苗人的巫術還是蠱術，都是那麼的神祕，而苗人戰士又是那麼的剽悍善戰！

但不管是任何的事物，有過自己的巔峰，定然就會有自己的低谷，經過了歷史的滾滾長河，曾經輝煌的苗族文化，終於也走向了沒落。這其中最大真實的原因已經被掩蓋，但事實還是被少部分的人知道，那個令苗人走向沒落的最大原因其實就是因為黑苗和白苗的內鬥！

略過那複雜的鬥爭史，總之當苗族傳承到了明朝的時候，真正的黑苗白苗已經所剩不多，剩下的一些普通族人早就融入了漢文化，而一些新的民族，因為居住在苗疆，也被統稱為了苗人。

真正的苗人是一個很在意自己血統的民族，大勢已去，在心灰意懶之下，那些血統純正的苗人都選擇了遷徙，把整個寨子遷徙到了人煙荒蕪之地，以一種避世頹廢的方式，來延續自己的血脈。這也就是所謂的生苗（不與外人接觸的苗人），凌如雪所在的月堰苗寨也就是在那時遷徙的，那時的他們是白苗，也是生苗。而黑岩苗寨也是同樣的情況，只不過他們是血統純正的黑苗。

而在明朝，當掌握了巫蠱之術精華的苗人紛紛隱居避世的時候，屬於漢人的精髓——道家，卻得到了極大的發展，在那一個年代，道家天才湧現，彷彿重現了在高古時期，佛家還沒傳入中華時，道家的輝煌。

那是一個很特殊的年代，有一個祕密的傳說，是傳承定在了那個年代，而盛衰終有時，過了那一個朝代，傳承會關閉，道家也會走向一個衰落期。這只是道家的祕密，原本扯不上苗人，可也就在那個神奇的朝代，有一個苗寨好像和這所謂的傳承扯上了關係，那個苗寨就是黑岩苗寨。

聽到這裡的時候，我覺得很神奇，好像抓住了一點兒什麼，卻又不太清晰，我打斷凌如雪的話，問她：「妳一小丫頭怎麼知道這些，那麼久遠的祕密了啊！」

凌如雪回答我：「我也是幾年前才知道的，這些是你師傅、慧覺爺爺，還有我姑奶奶之間的一些祕密，姑奶奶因為要離去，所以在告訴我黑岩苗寨的事情時，順便告訴我的。」

我點點頭，既然是想不出來的事情，我也懶得多想，畢竟就我現在這情況，自顧不暇，太多的祕密我就算想明白了也沒用。

凌如雪點點頭，開始繼續訴說。

黑岩苗寨和傳承具體扯上了什麼關係，凌如雪並不知情，而傳承是什麼，帶來了什麼樣的影響，凌如雪也不知情，她只是模糊地告訴了我一個概念，那就是任何的事情都有雙面性，傳承帶來的並不一定是好的，也有災難，只不過有那麼一些人，一直在默默地彌補那些災難。

這句話，也是凌青奶奶告訴凌如雪的。

那場傳承具體結束於多久，沒人知道，總之當滿人踏破漢人的雄關，入主中原時，傳承肯定是結束了，可也在那個時候，黑岩苗寨忽然崛起了。

在明朝的時候，選擇隱居的苗寨，一共有十一個，其中七個是白苗寨子，四個是黑苗寨子，黑岩苗寨只是黑苗苗寨裡最弱小的一個罷了，無論蠱術還是巫術，都是最弱小的。

沒人想到它會強勢地崛起，雖然那個崛起只是在這些苗寨裡而已。

但就是這樣也已經是一場災難！和白苗不同，黑苗一直都是充滿野心，崇尚戰爭，並崇拜血統的一個苗族分支，他們選擇隱居只是形勢所逼，一旦有了依仗，那一定會捲土從來。

黑岩苗寨是典型的黑苗寨子，他們的崛起當然可以用災難來形容，他們先是兼併了一些普通的寨子，壯大了自己寨子的人口，然後就找到其他三個黑苗寨子，意思是要統一黑苗再做打算。

面對黑岩苗寨這個昔日弱小的寨子的要求，另外三個黑苗寨子當然嗤之以鼻，帶著狂妄的態度拒絕了，可是這一拒絕，災難就來臨了，這三個寨子的高層在不知情的情況，都中了非常莫名其妙的蠱，找不出任何原因地開始急劇衰老。

而更令人感到恐怖的是，黑岩苗寨來人了，來的全是超過百歲的怪物，要知道無論是巫術還是蠱術，都是要靠歲月來累積的東西，可人的壽命終究有限，當你的巫、蠱之術發展到一個很厲害的程度時，你也離黃土不遠了。

這些老怪物的出現，無疑引起了另外三個黑苗寨子的恐慌，而他們寨子的高層卻因為急劇衰老，去世的去世，剩下的也是衰弱到無法行動，這結果可想而知。

三個黑苗寨子被兼併了，黑岩苗寨的崛起初步的完成，他們把手伸向了白苗的寨子，由於黑苗和白苗累積下來的世仇，白苗人可沒有那麼好的運氣了。

他們的寨子破滅後，就只能去黑岩苗寨當奴隸，而不像那些黑苗人，還可以成為普通的寨子人，而傳說這些奴隸的下場非常悲慘，但具體是怎麼樣，沒人知道。

這些事情，黑岩苗寨一共用了七年來完成，這時，在避世封閉的寨子也知道消息了，這其中就包括了剩下的四個白苗寨子。

他們根本就沒有想到，當初隱居避世之前所達成的協議，到現在竟然演變了加速滅亡的一個必要條件，那個協定的大概內容就是為了避免苗人的徹底覆滅，隱居的十一個寨子應該放下仇恨，彼此知道各自的隱居所在，要是哪個寨子有了忽然的災難，應該彼此接納。

因為不管他們內部的仇恨是什麼，民族的傳承之血不該斷掉，他們都是傳說中蚩尤的後人。

世事弄人，這一條當初互助的協議變成了傷害，誰人又能預料到？剩下的四個寨子慌了，他們自己變成奴隸無所謂，可是要讓後代也世世代代變成奴隸嗎？於是，四個寨子的波切大巫聚在了一起，挑選了幾個勇士去探聽情況，決定要快速地取得一些線索，再做決定。

最後，只剩下一個勇士逃了回來，同時也帶回來了一個恐怖的消息，那就是黑岩苗寨的確掌握了一種神祕的蠱蟲，可以讓人快速地衰老，而那個聰明的勇士還根據各種線索，得出了一個結論，就是黑岩苗寨有一批老怪物，他們的長壽和別人的衰老有種隱隱的聯繫。

他還告訴大家，被抓去的白苗人很悲慘，被圈養了起來，強迫他們生孩子，幹活養活黑岩苗寨，並且那些奴隸一個個都呈現了衰老的趨勢。

勇士就這樣把消息帶給了大家，可是他自己也已經開始衰老，二十來歲的小夥子，看起來就像四，五十歲的中年人。

勇士要求波切大巫們殺死自己，用火把自己的屍體燒掉，他說已經知道自己身上一定帶了這種邪惡的蟲蠱，不能因為自己給寨子帶來災難，所以請波切大巫們一定要把自己這樣處理，否則他會選擇回到黑岩苗寨，再了結自己。

這是一個值得尊敬的勇士，所有的知情人都是含著眼淚送走了他，選擇的方式是用毒，他們不忍心勇士身上帶著任何異樣的傷痕離開這個世界，一點點都不行，那是對勇士的尊敬。

隨著勇士的死去，就發生了一件可怕的事情，那就是從他的屍體裡爬出了一隻蟲子，那隻蟲子呈詭異而華麗的紫色，樣子就像一隻蠶，可一出來，牠就陷入了休眠，然後蛻變了，蛻變成了美麗的蝴蝶，或者說介於蝴蝶和飛蛾之間。

大巫們留下了那隻蟲子，卻吃驚地發現，無論是什麼控蟲的方式，包括最最高等的意念控蟲，都不能指揮這隻蟲子，而這蟲子彷彿還會進化，這是一個知識豐富的大巫得出的結論。

那要怎麼消滅這隻蟲子呢？大巫們也用盡了辦法，他們發現他們所掌握的任何蟲蠱，都對這隻蟲子無效，巫術也無效，甚至還有一個非常恐怖的發現，那就是這隻蟲子生命力驚人，甚至連火燒也不怕。這樣的結果，惹得一個大巫在一怒之下拍爛了這隻蟲子，可在第二天，大巫們就驚奇的發現，這隻蟲子又能動了，只是虛弱無比。甚至牠還生產了一顆卵，這是什麼意思？

大巫們都恐慌，最後一個大巫摁碎了那隻蟲子的腦袋，經過幾天的觀察，才發現這隻蟲子徹底死去了，死去之前，牠的翅膀和腦袋竟然已經覆蓋了一層薄薄的甲殼，牠是在進化。

凌如雪講到這裡的時候，總結了一句，那蟲子就是惡魔之蟲，恐怖無比，配合上苗人神出鬼沒，防不勝防的蠱術，幾乎是無法可破。

紫色的惡魔之蟲，這讓我想起了一種植物，在那個荒村河底發現的——紫色的植物，我也稱呼它為惡魔之花。

這世界上的緣分是一件很奇怪的事兒，它能解釋任何巧合，但世界上的哪一件事兒又不是巧合呢？就如一粒麥子，做成麵粉，包成包子，最後被你吃到嘴裡，也包含了無數的巧合。

就如我，彷彿陷進了一個紫色迷局，從出生到遇見師傅，一切的一切都在朝著這個方向前進，那是我的宿命嗎？

我思考著這個問題，發現面對這個問題，我只有一個想法，既然是朝著這個方向前進，那就不要停止，一定要讓我得到一個結果，否則不就證明了我的人生是徒勞無功嗎？

凌如雪的講述仍在繼續。

面對如此可怕的蟲子，四個白苗寨子恐慌了，在他們面前的選擇從明面上來說，就只有一個了，那就是逃！舉寨遷徙，往山林的更深處，往人跡更罕至的地方深入。

可是那樣有用嗎？且不說他們耗費了大量的汗水與辛勞在這片土地上，才能扎根。就說人跡罕至的地方一般都是環境惡劣的地方，他們能適應嗎？說不定在遷徙的過程中就會死掉大量的族人，也說不定在適應的過程中，族人就會全部死光。

雖然苗人號稱是玩蟲子的專家，可是這個世界上那麼多昆蟲，就算現代科學都探索不盡，何況是那時候的他們？窮山惡水的地方，蟲子也特別毒，這就是遷徙最大的問題。

好像是無路可走，等待著當奴隸的命運了，幾個大巫都特別悲哀，而在這時，有一個地位僅次於大巫的蠱女站了出來，這是一個美麗而聰慧的女子，她算起來也是凌如月的先祖，這個女子曾經在外面遊歷過，所以思想也特別的開明，她提出了一個想法。

黑苗為禍，畢竟也是在大明朝的土地上，為今之計，何不與漢人合作？

自古以來，苗人都是排外的，特別是對漢族這個神奇、充滿韌性又強大的民族特別的排斥，因為他們的族人總是那麼多，總是擴張，而無論他們是處於怎樣的劣勢，他們也總能再次崛起，他們就像適應力最厲害的蟲子那樣，讓人望而生懼。

這些都不是最可怕的，最可怕的是，漢族有一個很奇怪的特點，那就是無論何種民族遇見他們，都會不自主地接受他們的文化，接受他們的思想，甚至他們的生活方式，然後最後被同化。

苗族偏偏是一個看重自己的文化、血脈的民族，甚至他們的生活方式也不想別人來改變，所以這一點是尤其讓他們害怕的地方，可如今還有得選擇嗎？

黑岩苗寨的崛起彷彿是一個警鐘，已經在耳邊敲響，容不得他們猶豫了。

最終，大巫們妥協了，包括最為固執的大巫都選擇了妥協，他們派出了使者，忐忑不安地等待著，等待著他們能在黑岩苗寨到來之前回來，也等待著漢人的皇帝能夠插手這件事情。

等待的日子是煎熬的，好在出行的使者也知道自己任務深重，快馬加鞭地辦事兒，竟然在一個月後就帶回了消息，說是漢人皇帝已經承諾，會處理這一件事情。

事實上，使者們並沒有走進紫禁城，見到皇帝，他們只是見到了一個府的高官，而那高官感覺事態嚴重，等到那些苗人慢悠悠地見到皇帝時，怕事情已經晚了，當夜他就寫了一本加急的奏摺，然後用特殊的方式，連夜就呈了上去。

而等了沒幾天，皇帝的詔令就傳了下來，大意是要緊急地處理這件事情，讓這些苗人只留下幾人帶路，剩下的就先回去交代一下事情。

自古帝王身邊就多奇人異士，也不是所有的事情都要靠軍隊解決，這樣的詭異事情當然是要靠奇人異士來解決，在後來，這四個苗寨的人就等到了一隊百人的精英武士，外加十個帶隊的高人道士。

接下來，就是一場對黑岩苗寨的征討，那一場爭鬥不是凌如雪給我講解的重點，重點是最終四個白苗寨子和漢人的合作取得了勝利，黑岩苗寨敗了。

凌如雪告訴我，在那個時候的道士是有大本事的，不是今天的道士能比的，但道士最可惡的地方就在於敝帚自珍，把自己的一身本事看得太緊要，如果不是這樣，何以到了如今，道家的傳承會斷了那麼多，以至於黑岩苗寨又開始有野心的徵兆。

這個說法，讓我苦笑不已，其實道家從來沒有敝帚自珍，可以公開的本事，哪樣沒有公開？健身的法門、醫療的經驗、卜算的方式，只是這些東西一是要時間的累積才會有成果，二還需要一些天分和悟性。

至於不能公開，口耳相傳的東西也是有自己的苦衷，首先修習一途，所耗資源甚巨，要是全民修習，可以想像那是多麼慘不忍睹的一幅畫面，有多少人會為了一點點資源被逼瘋。再則，術法所需學習的條件更為苛刻，要求靈覺遠遠強於普通人，天分更是必不可少。

試問，這樣的條件，傳承何其困難？

古時候，環境尚未被破壞，資源尚且豐富許多，大本事的道士當然也就多了許多。如今卻……要知道道人的一身術法，可是與功力有關，而功力則直指各種資源！

不過，這些何足與外人道？我沒有解釋什麼，只是聽凌如雪繼續講述。

這場勝利其實來之不易，那個精英的百人小隊，死傷了近一大半，四個白苗寨子也失去了快一半的精英戰士，十個道人死了四個，連波切大巫和蠱女都死了兩個。

可就是如此的慘勝，也不能徹底地消滅黑岩苗寨，只因為黑岩苗寨有一個老不死的大巫，功力參天，他自然也有一身預言的本事，他早就從紛繁不清的未來轉折中，找到了一條明確的預言，他認為黑岩苗寨必有一場大難，所以他早就準備好了後路。

那就是他派出了一部分族人，潛藏在漢人的城市，這些族人身上都帶著那神奇蟲蟲的卵，而在他們身上，大巫早就祕密弄下了特殊的控制方式，總之黑岩苗寨一旦覆滅，這些卵都會被孵化出來，為禍人間。

這簡直是一個不可破滅的局，就算那大巫撒謊，也沒人敢拿如此多關係到國家命運的老百姓去賭博，所以黑岩苗寨就這樣留存了下來。

在那些有大本事的道士中，有一人也充滿了智慧，他威脅那個大巫，不要小看道家，如果黑岩苗寨再敢如此為禍下去，天道一旦不容，給出提示，道家一定就有大本事的人，抓住這條提示，找出所有潛藏的苗人後裔。他告訴那個大巫，你不要不信天道！

大巫自然是相信天道的，因為他自己也有一身預言的本事。

雙方談判，在經過了漢人皇帝的允許後，達成了一個微妙的平衡，那就是允許黑岩苗寨的存在，但是寨子中的人始終不能超過三千人，而方圓數十里的村莊也允許提供給黑岩苗寨，但絕對不會往村莊裡補充村民。

大勢總是無情的，為了大部分人，往往就會犧牲一小部分人，何況方圓數十里也不過就是十幾個村莊，黑岩苗寨在這個問題上一點都不妥協，而這對大勢來說，根本不足為道，所以這一協定就談成了。

在這之後，那位有大本事的道人回到了白苗寨子，很是憂慮地對白苗寨子的大巫和蠱女們說道，這黑岩苗寨在天下大勢中始終是一顆毒瘤，一旦散開後患無窮。

他要這四個寨子密切地保持和漢人的合作，不，確切的說也不是漢人，而是和天下得大勢的勢力合作，不管是誰！另外，他要這個四個寨子，密切監視著黑岩苗寨的一切，和他們保持密切的聯繫，哪怕聯姻也是可以的。

聽到這裡，我心裡不舒服了，難道如雪就是聯姻的一個棋子嗎？

我心裡的不舒服當然不會表現在臉上，聽完凌如雪訴說完這一切，我問道：「那為什麼妳會每五年來一次這裡？」

凌如雪說道：「每五年來一次這裡是每個寨子蠱女的責任，如果波切大巫親臨這裡監察，未免太有失身分，也太過挑釁。我是下一任的蠱女，所以從五歲開始，我每五年都要來一次這裡。」

「蠱女都是要和這個寨子的人通婚的嗎？」這個問題讓我的內心有些忐忑，如果是傳統，那又要怎麼辦？

凌如雪搖頭說道：「這個通婚多少有些犧牲和制約的味道在裡面，因為從來都是白苗的女子嫁給黑苗的男人，黑苗的女人是不會嫁到白苗的寨子的。可你也知道黑白兩苗積怨已深，誰又會心甘情願地嫁過來？那個高人曾經說過，通過一樁樁的婚姻，會改變一些東西，這也算是一種策略吧。」

我明白那高人的意思，婚姻中的兩個人是親密無間的，思想多少會互相影響，婚姻是有改變一個民族的魔力的，但這需要漫長的時間累積和絕對的社會環境優勢。

顯然，那幾個白苗寨子是沒有那種優勢的，至少黑苗走出寨子，看見的不是白苗為主的社會，而是漢人為多的社會。這樣的婚姻只是讓白苗的寨子多了一些安全性，畢竟這黑苗寨子中有很多家屬是白苗女。

「那麼犧牲的就要是蠱女嗎？」我的心彷彿是被什麼東西堵住了一樣。

「這個倒不是，我們蠱女每五年來一次寨子無非也就是看看這個寨子的人超過人口限制沒有，還有就是看看附近的村子黑岩苗寨是不是擴張了。另外，就是帶著制約的人來這裡，給黑岩苗寨一些壓力。這是一種雙方默認的事情，原本無事。可自從我十五歲那年到寨子以後，補周……」說到這裡，凌如雪攏了攏頭髮，顯得有些悶悶的，她輕聲說道：「無論如何，我們幾個白苗寨子都是屬於弱勢的，有些犧牲不是我們不想，就可以避免的。」

我的內心有些苦澀，我懂凌如雪的言下之意，黑岩苗寨是被勉強壓制在這裡的，從現實來看，這種壓制之力好像已經越來越弱，而一旦壓制不住，首當其衝倒楣的就是幾個白苗寨子，相比於寨子的利益，一個蠱女算什麼？一樁婚姻又怎麼樣？況且凌如雪的對象是補周，黑岩苗寨族長的兒子，這樁婚姻蘊含的意義巨大，根本不是凌如雪能反抗得了的。

想到這裡，我忽然有一種無力的感覺，我只是一個外來者，有什麼足夠的理由插手到別人寨子的事物中，何況這個寨子牽涉的東西可能已經涉及到國家，我這種小人物能在這場禍事中自保就已經不錯了。

「那妳為什麼要執意留下?」我聲音悶悶的。

凌如雪沒有正面回答我的問題，只是說道：「從明朝到現在，沒有哪個當權的機構不重視這個寨子的隱患，知道如今制約這個寨子的主要負責人是誰嗎?」

「誰?」我開口問道。

「你師傅統領的幾個人，今年冬季就該是他每五年應約的時間了。大巫阻止你來這裡，就是不想你出事兒，無論是黑岩苗寨，還是制約力量，都不是我們寨子能得罪的，可是我不明白他為什麼又要改變主意讓你來，不過他要求我跟著，我想那意思就是保護你，拖到有人來救你為止吧。」凌如雪說到這裡，奇怪地說了一句：「我也不知道黑岩苗寨怎麼了，明明知道你師傅是制約人，為什麼敢盯上你。」

我師傅是制約人?我覺得很吃驚，就如凌如雪所說，那他們為什麼會盯上我?

就在我思考的時候，凌如雪說道：「這個寨子還有很多祕密，就如幾十年前，曾經有人闖進過這個寨子，他……」

可凌如雪剛剛說到這裡的時候，那奇怪的蟲鳴聲又開始響起，凌如雪的臉色一下子變得煞白，手一下子捂住了腹部，連身體都變得僵硬。

我看著這一切，已經可以肯定，凌如雪的腹疼和這奇怪的蟲鳴聲有關，我幾乎是控制不住的心疼，忍不住問道：「我要怎麼才能幫到妳?」

凌如雪慘然一笑，斷斷續續地說道：「是……是這奇……奇怪的叫聲，讓我……我的本命蠱……不安，我就……就發作，讓我……我靠著……就好。」

說完，凌如雪靠在了我的肩頭，一張蒼白的臉上也只有在這種時候，才顯出那種女人特有的柔弱，讓人心疼。

同樣，她抓住了我的衣袖，指關節因為太過用力而發白，我沒有任何猶豫地用自己的手握住了她的手，我只是希望我的溫度能給她一些依靠，還是和上次一樣，我幾乎是沒有猶豫地說出了同一句話：「沒事，有我在。」

「嗯。」凌如雪幾乎是低不可聞地答了一聲，然後閉上雙眼默默的忍受這種疼痛，而我，雙眼盯著外面黑沉沉的夜，心裡想著的只有一句話，再黑的夜，也總會有天亮的時候吧。

昨天下午，我和凌如雪由於交談太久，而忘記時間，所以到夜裡，我親自目睹了她發作的過程。但一起經歷了一場「苦難」，我和凌如雪的關係無疑更進了一步。

但更進一步的表現，無非也就是她會用平靜的語氣和我打招呼，回答我的一些問題，除此之外，我們並沒有任何多餘的話。

我對苗疆的蠱術一向很好奇，也很想明白本命蠱是個什麼東西，但知道真相以後，我卻覺得異常震驚。凌如雪告訴我其實蠱粗淺的分類，應該就是：蟲、粉、膏、液、藥、靈。本命蠱不是人人可養的，有本命蠱的人都是蠱術高到了一定境界的人，最好的本命蠱是靈，不濟的話就是蟲子，但這裡的蟲子不是一般的蟲子，而是靈蟲。

這些，凌如雪沒有與我細說，細說起來所需要的時間就太長了，她只是告訴我，她的本命蠱就是一隻靈蟲，可是分外畏懼這個寨子晚上會響起的蟲鳴聲，就會在她體內不安而暴躁。

我之所以覺得震驚，是因為原本所謂的本命蠱是真的養在身體裡，這太過匪夷所思，不管我是不是一個道士，我首先接觸的都是文明社會，我很難想像這一切。

面對我吃驚的樣子，凌如雪倒是很平常地告訴我：「本命蠱，要做到用意念驅使，也是與

「其實你看見的，所謂黑岩苗寨的波切大巫，根本就不是真正的波切大巫，他在這個寨子裡根本不夠資格當上波切大巫，他只是表面上的波切大巫。」

聽到這個消息，我倒不怎麼吃驚，根據凌如雪給我講的這個寨子的歷史，這個寨子可是有許多老怪物存在的，那麼這個波切大巫不夠資格，是肯定的。

只是，人有可能突破壽命的限制，達到一定的長壽，但是不可能一直延壽下去，我倒是很想知道，他們寨子裡最老的老怪物是有多長壽。

但，這個寨子裡住的分明都是年輕人，最老的也不過四十來歲，那些老怪物在哪裡？就如，明明每晚我都聽見蟲鳴聲，那蟲子又在哪裡？

我在今天上午和凌如雪探討過這個問題，凌如雪也表示不知道，她說這是黑岩苗寨的祕密，包括我師傅和她姑奶奶都不知道這些具體在哪裡。

我曾經猜想過會不會是在地下，但有一次我故意等待蟲鳴後，趴在地上仔細聽過，根本就不在地上，否則一定會聽出什麼端倪。

可是就這樣，凌如雪剛和我說了一句話，而我正凝神思考的時候，一個苗人走過來，對著我們咋咋呼呼，嘰哩呱啦的也不知道在說些什麼。

凌如雪自然是聽得懂，可她一臉不屑的樣子，倒是高寧趁機走了過來，一邊對我推推嚷嚷，一邊擠眉眨眼，一邊說道：「不懂規矩是不是？這一個小時之內不能出屋，也不能站在窗前。」

真是巧了，剛才我和凌如雪談話，恰好就站在窗前。

我知道規矩是不能出屋，但不是不能站在窗前，但這些苗人原本對我印象就不好，故意找個麻煩也是正常的，我很習慣，況且我知道這次麻煩是高寧故意為之。

因為我眼角的餘光看見，高寧分明是和那苗人說了什麼，那苗人就咋咋呼呼地過來了。

面對這樣的故意找茬，凌如雪一如既往的冷淡，只是對高寧說了一句：「你不要碰到我。」一然後自己就回屋去了，而我也表示接受，很乖地回到了客廳正中坐下。

由於剛被取血，我不可避免地會疲憊，反正被關屋子裡也無聊，我乾脆靠著椅子睡了，等到我醒來的時候，哪裡還有高寧的影子？畢竟一個小時的時間是過得很快的。

竟然會遇見他？我輕輕地笑了笑，然後把剛才睡覺時，一直放在褲兜裡的手拿了出來，攤開手，裡面赫然有一張小紙條。

小紙條上寫著：「後天晚上十點，小樹林，懸崖邊見，我會等你半個小時。」

我看完紙條，不動聲色地拿出一枝菸，然後掏出打火機，點燃了小紙條，借助小紙條的火再點燃了煙，看到紙條上的字燒得差不多了，我把紙條隨手扔進了火塘。

深吸了一口菸，我在想，我到底要不要去？答案是肯定的，我一定會去。

這個寨子的一切，畢竟關係到國家，我不知道師叔他們能不能把我順利地救出去，我不能把一切的希望都放在別人身上。

我自己也要爭取一點兒什麼，高寧這個人有些「鬼」，肯定有名堂，就算冒險我也得去。

時光匆匆，兩天的時間轉眼就過去了，這一天的晚上，我哄睡了慧根兒，又隨意和凌如雪交談了幾句，然後推說心裡悶，想出來走走，然後一個人就去了小樹林。

我直覺帶著凌如雪，也許高寧就不會吐露些什麼，我覺得和高寧見面，有必要單獨一人。

我慢悠悠地晃進小樹林，假裝不在意地四處張望，果然那些負責監視我的人，都很盡責的在這周圍遊蕩，不過見我一個人，也不是太在意，他們在一般的情況下，不會太靠近我。

至於高寧有什麼辦法來這裡，不是我擔心的範疇。

慢慢踱步到了小樹林的懸崖邊上，可一眼望去這裡並沒有人，我有些疑惑地朝前走了幾步，已經來到了懸崖邊上，卻忽然聽見一句：「別回頭，坐下。」

我被這一嚇，差點就摔一筋斗，這大晚上的，誰在一個四周都無人的環境，忽然聽見一句話，不被驚嚇到啊？還好哥兒我心理素質好，很快就回過神來，假裝若無其事地在懸崖邊坐下了。

這時，我才注意到，在懸崖邊有一塊大石頭，大石頭和懸崖邊緣有個一米不到的邊緣，很是危險的樣子，高寧就坐在這塊大石頭的背後，懸崖真正的邊緣上，看起來像表演雜技似的，總之讓人心裡懸吊吊的，總覺得他一不小心就會摔下去。

我只是看了一眼高寧那邊的情況，就轉過了頭，然後望著懸崖那邊彷彿是無盡的山脈，小聲地說道：「以後別這樣忽然說話，這他媽在懸崖邊上，會出人命的。」

高寧故意壓低的聲音也傳到了我耳邊，他說道：「我這樣做很危險的，不小心點兒，怎麼行？萬一你帶人來抓我了呢？或者你故意暴露我了呢？」

我有些惱怒地回道：「你要不相信我，就別他媽給我玩這一套，又不是我求著要見你的。」

高寧那邊沉默了半晌，才說道：「我今天時間不多，我長話短說，你想不想要知道這個寨子的祕密？」

我對高寧說不上信任，所以他突兀地問我這個問題，我一時間不知道怎樣回答，但長久的經歷，讓我知道一個道理，凡事不能讓別人牽著鼻子走，如果失去了對某件事情的主動權，事情往往就會脫離自己的控制。

在這種步步驚心的環境下，這個問題我不能輕易回答，沉吟了半天，我才說道：「我現在的處境很不妙，知道了一些祕密又如何，說不定是一種負擔。」

說完後，我點上一枝菸，吸了一口之後，才說道：「如果你沒有別的事兒，我這枝菸抽完就回去了。看在以前總有幾天交情的份兒上，如果你不害我，我也不會出賣你什麼的。」

說完，我很無所謂地抽起菸來，可是心跳卻避免不了的，「咚咚咚」開始加快起來，我直覺這件事情裡，可能有契機，但願高寧不要讓我失望。

果然，我這無所謂的態度讓高寧沉默了，估計他也是在掂量用什麼樣的籌碼說服我，或者有些籌碼對於他來說也是很重的負擔。

當我一枝菸快要抽完的時候，高寧忽然說話了，他說道：「你命都要沒了，你不擔心嗎？」我會沒命？高寧無疑給我拋出了一個重磅炸彈！我怎麼會沒命？我不是這個寨子的移動血庫嗎？我的師傅不是這個寨子的制約人嗎？我有何理由會沒命？

甚至按高寧的說法，我離沒命的日子貌似不遠了的樣子。

沒人不擔心在意自己的生命，包括我！就算我知道有鬼魂的存在，那又如何？就先不說我現在還無法論證鬼魂是否能投胎的問題，就算能投胎，已經失去了所有的記憶，那和自己真正死了，又有什麼區別？

所謂修者，就是為了跳脫這種輪迴的限制，不然任憑輪迴就是了，又何必去修道？

看破生死，我自問沒這個境界。

但是，我還是努力地鎮定下來了，輕聲對高寧說道：「我憑什麼相信你？」

高寧這次倒是很快就回話了，他說道：「陳承一，你是完全有理由不相信我的，可是你敢拿自己的命去賭嗎?你是一個修道人,你該知道精血對一個人有多重要,被抽乾了精血是什麼下場,你不會不知道吧?時間不會太久的,你到時候就相信我了。」

我當然知道精血對一個人來說是多麼重要,那是一個人氣血的本源,關係到人的壽命,缺少精血的人,身體會虛弱,壽元會比常人短,這是最基本的常識。

而一個人的精血被抽乾了,他當然不會馬上死去,但是他會變得虛弱無比,一點小病都能要了他的命。另外,他的壽命也不會超過一年了,因為失去精血,相當於失去了氣血再造的能力,當身體裡剩餘的氣血活力被消耗殆盡,人肯定是要死的。這種死法,比立刻死去還要殘忍。

可事到如今,我除了冷靜應對,也沒有別的辦法,我說道:「就算我相信你,那又和寨子的祕密有什麼關係?天下沒有白掉餡餅的事兒,你也不可能無緣無故地幫我吧?」

高寧說道:「你很明白我有什麼目的,我要拿回我奶奶的東西,幾年前我就曾經邀請過你們,因為你們是有本事的人,況且和這個寨子為敵,可惜在幾年前我沒等來你們,只有混入這個寨子慢慢等機會。其實我都快放棄了,因為知道的越多,我就覺得自己越沒希望,可沒想到,你和我是命中註定要互相幫忙的,我又等到了你。我時間不多了,我直接和你說吧,我要拿回我奶奶留給我的東西,至於你,可以得到逃跑的機會,寨子的祕密只是附屬的,因為你要逃跑,就不得不接觸到寨子的祕密,你好好考慮一下吧。」

我沉吟著沒搭腔,可是高寧已經很著急地說道:「今天我就不等你回答了。三天後,我會想辦法輪班來值班看守你,你若願意,見到我來,就對我點三下頭,到時候再說。」

說完,高寧不再說話了,而是一疊聲地催促我走,因為我在這裡,他就不好離開,萬一被人看見了,難免心生疑惑吧,我也不表態,站起來,慢慢地起身,慢慢地朝著自己的住處走去。

回去以後，我幾乎是徹夜未眠地思考著高寧給我說的一切，似乎牽涉到了很重要的祕密。

他奶奶的遺物是什麼，我沒興趣知道，我有興趣的只有兩件事兒。第一，他為什麼如此肯定我會死，而且是精血被抽乾而死。第二，就是如果我相信第一條成立，那麼我幾乎就是無路可退，根本等不了師叔他們，我就要帶著慧根兒逃跑。這樣成功了還好，失敗了會是什麼樣的可怕後果？我要不要賭。

對高寧，我說不上是信任，可是拿他和那個神神祕祕，嗜血的波切大巫來對比，我是會選擇信任高寧的。有時人生就是這些扯淡，明明可以平平淡淡走的路，非要來一個大起伏，然後把前面布上迷霧，讓你選擇賭不賭。贏了，皆大歡喜；輸了，就只能任由命運蹂躪。我都懷疑人有賭性的原因，就是因為命運也常常逼人去賭。

我狠狠地掐滅了手中的菸蒂，我好像沒得選擇，只能選擇高寧給我的路，去賭一把了。但是這樣的決定不是那麼容易就可以下的，既然還有三天的時間，我就用三天的時間去觀察觀察。

由於一夜沒睡好，第二天取完血後，我有一些暈乎乎的，波切那張「光滑」的老臉立刻杵到了我面前，說道：「你感覺你很虛弱嗎？」

他身上的死人味兒讓我難受，我敷衍地說道：「天天被抽血，是人都會虛弱，弄點兒進補的吧。」

於是在當晚我得到了很多補血的藥材，連飯食都是一些補氣血的東西，什麼豬肝之類的。面對這些，我樂得接受，我本能地覺得我該拚命保持自己的狀態，否則我還有什麼機會抗爭。

我、慧根兒、凌如雪平靜地坐在大廳吃著晚飯，而凌如雪很是難得地跟我說了一句：「我自幼學蠱，藥理知識也知道一些，我來幫你搭配著熬藥吧，我怕你堅持不住。」

凌如雪很少對人表示出什麼關心，可她偶爾的關心卻讓我心裡覺得那麼的熨貼，晚飯的時間表現出了難得的溫馨，我都凌如雪都給慧根兒夾著菜，而慧根兒時不時地說一些話，讓我忍不住大笑，凌如雪也在一旁微笑。

在昏黃的燈光下，我有了一種說不出的錯覺，如果這是一個家該多好？我和如雪，然後我們的孩子……。

這樣的想法，讓我心裡生出了不可壓抑的異樣的感覺，我第一次正視自己的感情，我是喜歡上凌如雪了嗎？因為我從來沒有如此在意過別的女孩子，別的女孩子也帶不來這樣的感覺給我。

可是……補周……

我的心一下子從溫馨溫暖變到烏雲密布，可老天好像跟我作對，嫌我心情不夠糟糕一樣，一個醉醺醺的聲音從門外傳來。

他說的是苗語，我聽不懂在說什麼，但是我一下子就聽清楚了，這個聲音是屬於補周的，我的臉色一下子變得很難看。

他在嘶吼著，旁邊有人同樣用苗語在勸解，只不過補周是誰？這個苗寨的小王子，別人哪裡能勸阻得了？不一會兒，我就聽見了門被一腳踹開。

我聽不懂苗語，不代表凌如雪聽不懂，當補周開始在外面吼叫的時候，凌如雪的臉色就已經變了，當聽到踢門的聲音以後，凌如雪「霍」的一聲站了起來，對我和慧根兒說道：「我先回屋。」

我理解地點了點頭，這個補周就跟瘋子一樣的，如雪是應該回避一下，交給我來應付，再說了，我的私心並不想如雪和補周見面。

可是，已經來不及了，如雪還沒開始走，補周已經醉醺醺的，腳步不穩地闖了進來。

這種時候，凌如雪反而不好走了，如果見到補周就走，不是落了補周的面子嗎？這種太明顯的事情，不好做。

我不動聲色地瞄了一眼，正醉醺醺，一雙眼睛通紅的補周朝我們走來，然後端起碗，慢慢地喝湯，不過一種強烈的不爽開始在心裡蔓延。

相比於我和凌如雪的各懷心事，慧根兒是最鎮定的一個，他在努力地吃著炒雞蛋，這個是他最愛吃的菜，畢竟在寨子裡可買不到什麼蛋糕，他的心思全在炒雞蛋身上，彷彿補周在他眼裡就是空氣。

此時，補周已經走到了我們的飯桌面前，伸手就要去抓如雪，卻被如雪巧妙的避開了，補周身邊一個苗人拉住補周正在勸解著什麼，卻不想補周卻一個耳光揮了過去，然後對著跟著他進來的兩個苗人大聲地說了幾句。那兩個苗人臉色訕訕地退了出去，而補周轉過身來，紅著眼睛望著我們，當目光落在我身上的時候，他忽然一拍桌子，把飯桌給我們掀了。

第二十八章　失戀與百鬼困靈陣

我沒料到補周居然會玩那麼一齣，心裡的怒火騰地一下就沖天而起，端著湯的手也開始顫抖，我在考慮要不要把湯碗扣他腦袋上去，讓他清醒一下。

凌如雪深知我的壞脾氣，早已走到了我的身邊，一隻手搭在我的手臂上，一雙眼睛近乎哀求地望著我。

我深吸了一口氣，知道她背負的東西太多，幾乎是把整個寨子的生活都背負在了自己身上，導致到這黑岩苗寨來，一舉一動都得小心翼翼，忍辱負重，我不能因為我的脾氣，連累了她。

所以我忍了下來，強裝平靜的轉頭不再看補周那張討厭的臉。

卻不想補周踉踉蹌蹌地走過來，一把又想逮住如雪，可也就在這時，補周的臉上結結實實地挨了一腳，蹭蹭蹭地倒退了好幾步，才站住。

我吃了一驚，到底是誰啊，敢一腳踹補周臉上，回頭卻看見慧根兒這小傢伙雙手端著一個飯碗，穩穩地站在一張凳子上，一雙圓溜溜的眼睛怒目圓睜地望著補周。

「叔叔可以忍，大嬸都不能忍！推翻額的雞蛋，不讓額吃飯，你逼咧（你完蛋了）！」慧根兒一副正氣凜然地宣布著補周的罪狀，而一身小衣服上還掛著菜葉子，豬肝片兒什麼的。

我很想忍著，很想假裝嚴肅地，「和藹」地去勸架，可是想著那句叔叔可以忍，大嬸都不能忍，我終於忍不住爆笑出聲了，連同凌如雪看著補周臉上那個腳印，都忍不住笑了。

補周看著我們大笑，當然知道我們是在嘲笑他，一下子就爆發了，他吼了一句：「小兔崽子，老子把你扔去餵蟲。」然後就撲向了慧根兒。

慧根兒把碗朝凌如雪一扔，說了句：「幫額放好咧，等下額還要吃。」凌如雪愣了一下，接住了慧根兒扔來的碗，我伸頭一看，好小子，碗裡什麼時候夾了那麼多炒雞蛋。

補周撲了個空，因為慧根兒一個漂亮的後空翻已經從凳子上翻了下來，還順勢蹬了補周一腳。

我自小習武，自問做不出來慧根兒所做這種高難度的動作，莫非……想到這裡，我不禁高聲喝彩：「慧根兒，好啊，少林功夫。」

慧根兒回頭衝我得意地一笑：「額從小就練功咧，額師傅更厲害。」

我們這一唱一和的，無疑弄得補周更是火大，他原本醉酒，腳步就不穩，又急著抓住慧根兒，反倒被靈活的慧根兒逗得在屋裡團團轉。

我摸出一根兒菸來點上，一點也不阻止這一幕，就算黑岩苗寨再霸道，也不可能去和一個小孩計較吧，這補周借酒發瘋，活該被慧根兒收拾。

慧根兒雖然身體靈活，功夫基礎也不錯，但無奈是小孩子，和成年的大人比，力氣還是差了不少。武功不是神話，不是說你會了招式，你就能如何的無敵，內練一口氣，力氣靠打磨，這些都是需要時間累積的。

所以，補周挨了慧根兒不少攻擊，也沒傷著什麼，但他終於是忍不住惱羞成怒地大吼了幾句苗語，然後我還等不及凌如雪跟我翻譯，就看見先前兩個被他呼喝出去的黑苗漢子衝了進來。

在三人的圍追堵截下，慧根兒顯然騰挪不開，眼看就要被補周抓住了，我不認為補周抓住慧根兒會輕饒了慧根兒，於是我端著湯站了起來，衝到補周面前，一個湯碗就扣了下去。

「好意思麼？這樣欺負一個小孩兒？」我拍拍手，對補周說道，然後拉過慧根兒，把他拉到了我的身後。

補周被我這一扣，一張臉頓時變得通紅，接著變得發青，他指著我說道：「你死定了。」然後用苗語對那兩個黑苗漢子說了點兒什麼，自己也揮拳朝我衝來。

我一點兒也不介意再教訓補周一頓，於是迎了上去……

到底我是波切大巫非常重視的人，那兩個黑苗漢子不敢怎麼對我動手，只是拉架，可我對補周卻一點都不客氣，又一次地把他打趴在了地上，當然我也結實地挨了幾拳。

補周仰面躺在地上喘息，我一邊掙脫了兩個黑苗漢子，一邊對著補周「呸」了一聲，指著他說道：「見過不要臉的，沒見過你那麼不要臉的，你以為你是土匪嗎？還能強搶民女？」

補周盯著我，一直盯著我，深深地盯著我，一直盯到我心裡發毛了，他忽然開始狂笑，一邊笑一邊對我說道：「土匪，土匪又怎麼樣？都比你這快沒命的小白臉好，哈哈哈哈……你以為你有機會……哈哈哈……得到凌如雪？」

我的臉色變了，一下子變得陰沉無比，我想起了高寧的話，我不認為補周是在騙我，凌如雪這時走到我的旁邊，幾乎是不由自主地拉著我的袖子，問我：「承一，他說的是怎麼回事兒？」

慧根兒在旁邊刨著他的雞蛋飯，對著補周「呸」了一聲，說道：「聽他胡說。我哥長命百歲。」難得慧根兒還用上了普通話，說明慧根兒也是很認真的。

我不想讓如雪和慧根兒知道什麼，畢竟高寧和我的約定非常冒險，我沒回答凌如雪什麼，而是徑直走向了補周，補周在剛才看見凌如雪拉住我的衣袖，眼睛幾乎都要噴出火來，見我走向他，一口帶血的濃痰就吐在了我褲子上。

我沒有理會這些，而是望著補周說道：「你知道什麼？」

補周哈哈大笑，只是說：「你以為我會告訴你？你就記得，你要死，你非死不可！」

而跟隨的兩個苗人，其中一個估計聽得懂漢話，連忙上前去扶起補周，就要拖他出去，補周則望著凌如雪吼道：「知不知道什麼叫從一而終，妳這個蕩婦，枉我真心喜歡妳，枉我想對妳好一輩子，妳等著，妳完蛋了，妳這輩子都會承受折磨的，我不會再對妳好，不會！」

我聽見這話，恨不得衝上去再給補周一個耳光，凌如雪卻拉住了我，很平靜地對我說道：「任他說去吧，我不在意。」

「他如此惡毒地說妳，妳不在意？」我一揚眉，如果有人這麼說我，我會衝上去撕爛他的嘴的。

「對於不在意的人，他說什麼，我都不會在意。」凌如雪很是簡單地說了一句，然後開始收拾屋裡的一片狼藉，但我的心裡忐忑，不由得說道：「萬一妳以後真的嫁給他，他……」

凌如雪停下了手中的動作，望著我，忽然問了我一句：「原來你擔心這個？」她的眼神溫潤而平和，但是那一閃而逝的哀傷，忽然把我的心都刺痛了，我一時之間竟然不知道說什麼才好。

但凌如雪已經再次低頭去收拾東西，在我猶自心疼的時候，忽然聽見她一句依然平靜的話語飄過來：「我的命運我不能決定，可是我的命在自己手裡。」

我的心一陣兒抽搐，這話是什麼意思？

到底補周是黑岩苗寨的小王子，在我們剛收拾好狼藉的屋子，安靜了沒幾分鐘以後，烈周氣勢洶洶地找上來門來了。

相比於衝動的補周，烈周顯然面對怒火更懂壓制，他壓根兒沒有理會慧根兒和我，而是直接對凌如雪說了一句話：「妳這次就留在寨子裡別回去了，明天我就讓人去你們月堰苗寨下聘禮，那邊答覆後，妳就嫁給我兒吧。我兒身有頑疾，需要沖喜，時間等不及了，禮數不周之處見諒。」

這句話就如他腰間那把殺人的彎刀一樣鋒利，直戳進我的心裡，我看見凌如雪蒼白的臉色，我相信也戳進了她的心裡。

烈周根本不容凌如雪反駁什麼，徑直就走到了門口，然後轉頭說了一句：「雖然沒有媒妁之言，但妳和補周的事兒，兩個寨子的高層都知道，幾乎也是默認的事兒了，我相信沒人會反對。」

我當時恨不得跳出去，大吼一句：「我反對！」可是，烈周會在意我的反對嗎？

烈周走後，我和凌如雪呆立在客廳，只有慧根兒跟沒事人一樣的，翹著個小二郎腿，半靠在窗臺上，他自小跟著慧大爺學佛，心靈比一般的小孩兒都要純淨許多，顯然剛才烈周的話是個什麼概念，慧根兒根本就不懂。

我望著凌如雪，她不知道為什麼，卻回避我的目光。

我無法想像，某一天凌如雪穿著苗疆的新娘服，在人群的喧鬧中，被補周牽手領著的畫面，我的心很痛！這個時候，我根本不用思考，都知道我真的是很喜歡她，從第一眼開始，從她在窗前清淡的回頭，這張容顏就刻在了我的心裡。

那個時候，她一回頭，在我眼中除了她的臉，所有的背景都已淡去，在那個時候，她就如一縷微風，早就吹亂了我的心湖。

我一直逃避，一直回避，直到現在，烈周猶如架了一把刀在我脖子上，讓我根本就回避不了了，她不看我，我乾脆幾步就衝到了她的面前，徑直握住她的肩膀，把她的身子掰了過來，讓她看著我。凌如雪的眼神依然平靜，平靜到讓我絕望，我忽然不知道我要說什麼了，只是看著她，呆呆的。

凌如雪像根本看不見我灼熱的目光一般，用手輕輕地撥開了我的手，轉身就要走，而我卻再也忍耐不住，一把把凌如雪抱進了懷裡。在那一刻，我的手臂都在顫抖，也在那一刻，我才發現，這是我早就想做的事情——擁她入懷。

「不要……不要嫁給他。」我此刻已經不知道我這樣算不算哀求了。

懷裡的人沒有任何反應，像一根木頭似的，任我抱著，在我說出這句話以後，她平靜的聲音才從我的懷中傳來：「陳承一，你從來都是那麼莽撞嗎？比起補周，你好像更直接霸道。」

我有些訕訕的，我的確不是沁淮，我沒有甜言蜜語，更不知道怎麼去追女孩子，怎麼去感動她們，如果要問我對凌如雪該怎樣的好，我想我只有我說不出口的心意。

此時，凌如雪已經推開了我，側過頭去，一如既往清淡地說道：「現在我相信如月說的了，你就是個自大的男人，好像你的感情就只有兩種選擇，一種你喜歡別人，別人也該喜歡你。一種是你不喜歡別人，別人喜歡你。但是抱歉，我不在你的兩種選擇之內。而補周至少有讓我屈服的理由，我去睡了。」

說完，凌如雪轉身走了，留下呆呆的我，在客廳裡安靜地站著，彷彿都能聽見自己心碎的聲音，一片，再一片！

「哥，你剛才抱如雪姐了。」忽然一個聲音在我耳邊響起，我這才反應過來，慧根兒這小子原來一直在旁邊看戲啊。

我不知道說什麼，下意識地就要去找菸。

「哥，你失戀了。」慧根兒忽然嘆息了一聲，人小鬼大地說道。

我剛把菸叼進嘴裡，一聽慧根兒這話，菸直接就掉地上了，我一直以為慧根兒純潔得像張白紙，這小子是咋回事兒？

我提著慧根兒的衣領，一把抱住他，捏著他的臉蛋問道：「說，哪裡學來的？」

慧根兒被捏痛了，立刻老老實實地說道：「電影上看的，一個男的抱一個女的，女的不抱男的，就是不喜歡他，那男的就是失戀了。」

原來這小子不懂啊，我鬆了一口氣，可是陰霾的心情也總因慧根兒童真的話語而稍微好了一些。這就是我的求而不得，得而不順嗎？我強忍著心疼的感覺，把慧根兒哄去睡了，然後發狂一般地從我的行李裡，拿出了朱砂，拿出了法器。

補周、烈周，你們在我的地方來去自如的侮辱人、欺負人，當真當我道家沒本事了嗎？我抱著這樣的想法，開始調配朱砂，然後在屋裡塗塗抹抹起來。

我全神貫注地投入其中，期望能忘記剛才的痛苦。一個法陣，並不是那麼好布置，特別於我這種還不算道術有成的人來說。可是，這個法陣卻非布不可！

直到半夜，我才畫好了法陣所需的法紋，每一個法紋都需要存思，功力灌注其中，不比一張低級的符籙好畫，我累到幾乎虛脫。

然後，我拿出了法器，開始布置，這些法器全部都是師傅留給我的好貨色，上面蘊含的功力不言而喻，沒哪一件不是經過了十年以上的養器。

可這些法器卻都是——明器！是特地到聚陰聚煞的地方養的，因為我布的法陣是——百鬼困靈陣！

當天空露出第一縷晨曦的時候，百鬼困靈陣已經布好，我手裡拿著最後一個法器，一杆旗杆為骨製的小旗，長吁了一口氣。其實，這個陣法是我一開始就想在屋裡布置的了，只是為了麻痺黑岩苗寨的人，我才什麼都沒有做。

如果說補周和烈周的行為刺激了我，那麼已下定決心要和高寧走一趟的決定才是我刻畫陣法的最大動力，一個晚上沒睡，加上連日失血的虛弱，讓此時的我分外疲憊。

點上一枝菸，我坐在窗臺，看著一輪紅日慢慢從那邊的山脊線升起來，我告訴自己，如果真的有逃出去的機會，我會再問淩如雪一次，願不願意跟我走，至於走之後會是怎樣，走之後再說。在我心裡，師傅既然是這裡的制約人，他應該不會任由這個寨子胡來的，三年之約，要到了吧？我吐出了一口菸霧，回頭看見慧根兒這小子已經迷迷糊糊地起床了，他是要開始早課了。

「慧根兒，過來。」我招呼道。

慧根兒一邊抓著自己的光頭，一邊打著呵欠，一邊蹭到了我身邊，把頭搭在我放窗臺的腿上，這小子說道：「哥，你今天倒是比我起得早啊！」

我憐惜地摸了摸慧根兒的大光頭，這小子是很勤奮，只是比起年少的我還要可憐，那時我至少有師傅日日陪伴關懷，他則是小小年紀就要遠離父母，連師傅也不在身邊。

拿出那杆小棋子放在慧根兒的手上，我對慧根兒說道：「慧根兒，哥過幾天可能要做一點兒事，如果哥在第二天都沒回來，你記得把旗子插在那裡。」我指著陣眼的位置說道。

這個位置非常隱蔽，就算不隱蔽，常人被困其中，也不可能看到它的所在，這個陣法不可謂不陰毒，但事到如今我也沒有辦法。

慧根兒拿著旗子，有一些不解也有一些擔心，問我道：「哥，你要做什麼？為什麼不把我帶上？」

我摸著慧根兒的大腦袋說道：「哥怎麼會不把你帶上？只是哥怕耽誤了時間，然後有壞人來欺負你和如雪姐姐，所以要弄點東西保護你們。到時候你把旗子插在那個地方以後，就趕緊帶著如雪姐姐進我的房間。如果覺得有陰氣侵襲那裡，你可以稍微驅逐一下，知道了嗎？慧根兒，你可是一個大小夥子了啊！」

這句話讓慧根兒很受用，他鄭重地點頭說道：「放心吧，哥，我會保護如雪姐的。」

和慧根兒再閒談了兩句，我就讓他去做早課了，而我坐在客廳的椅子上，滿心的疲憊，我怕和高寧這次冒險，我會一去不回，那麼慧根兒和如雪該怎麼辦？我相信如雪會想盡辦法保護慧根兒，但是那個辦法如果是要她犧牲自己，我寧可不要，雖然我可能已經看不見了。

這個大陣引百鬼聚集，想必這個寨子沒人能破得了，而陣裡的生門就在我那間屋子，如果能把時間拖到我師叔他們來，我想慧根兒和如雪就安全了。

我在屋裡裡放了一封類似於遺書的信，走之前我會吩咐慧根兒信在哪裡，找到後要交給誰，而信裡寫了一些我的願望，我想師叔師傅一定會幫我做到。

人，怎麼能被逼到如此的地步，沒有退路。前進一步，可能會死；原地不動，卻一定會死！可憐的是，心裡原本諸多牽掛，在這些時日裡又多了一件兒，望著如雪的房間，我如是想到，卻再也抵擋不住陣陣的睏意，終於沉沉地睡著了。

到中午的時候，我是被嘈雜的人聲弄醒的，甩了甩還有些脹痛的大腦，我發現身上不知道什麼時候已經蓋上了一床厚厚的毛毯。而轉頭，凌如雪的身影正在窗前。

我想對凌如雪說點兒什麼，卻發現屋子裡站著好幾個人，波切老頭兒，有過一面之緣的橋蘭，還有兩個苗人，其中一個正是高寧。

時間過得飛快，這已經是第三天了，高寧果然想到辦法又是他輪班了。

而嘈雜的聲音正是波切老頭兒用一種古老的語言在和橋蘭說著什麼，看他們不避諱凌如雪，凌如雪也沒反應的樣子，我猜凌如雪也不懂這種語言。

又是要取血嗎？我有些無奈地伸出了手腕，波切老頭兒見我醒來，倒也不和橋蘭多說什麼了，而是照老樣子，取走了一部分我的血液。

可這一次波切老頭兒取完血以後卻並沒有急著離開，而是大聲對我說道：「把衣服脫下來。」

我看見高寧的臉色一沉，心知終於是來了嗎？我知道高寧在擔心什麼，他是擔心我活不過今天，但我想不會的，因為我沒有太強烈的不好預感。

靈覺就是有這個好處，當自己有難時，強大的靈覺總是會讓自己產生心慌的感覺。

我脫下了上衣，露出了上半身，很安然地站著，既然躲不掉，也就無所謂了，倒是凌如雪這時轉過身來，臉色有些沉重地看著這邊。

面對我這種淡然的態度，波切老頭兒的眼中閃過一絲疑惑，他忽然開口問道：「你不怕嗎？」

他這話剛一落音，高寧的臉色就變了，我知道高寧是怕我露出什麼破綻暴露了他，顯然我這樣的態度，讓這個老成精的波切老頭兒有了極大的懷疑。

我冷笑了一聲，對著波切老頭兒說道：「怕又如何？我現在難道還有其他辦法嗎？我已經知道了一些事情，所以我不怕了。」

波切老頭兒臉色一變，說道：「你知道了什麼事情？」

我沉聲說道：「我知道了我師傅是你們寨子的制約人，你也是有底線的。你不敢弄死我，只要你不弄死我，我有什麼好怕的。」

這一齣是我故意演的，目的就是要讓波切老頭兒放心，一般的理由一定說服不了他，我乾脆拋出一點兒內幕！否則，我不反抗的樣子豈不是很不好解釋，但是一反抗，誰知道會不會提前招來殺身之禍。

聽完我的話，波切老頭兒忽然放聲大笑，然後對凌如雪厲聲說道：「妳對他說的嗎？」

凌如雪很是平靜地說道：「是，我對他說的。」然後裝作不經意的樣子，走到了我的身邊，緊張地看著波切。

波切很是猙獰地對凌如雪說道：「以後不要亂說話，不然哪怕妳是烈周的媳婦，也難逃懲處。」

可我分明看見波切的眼中根本不在意這個事情，反而是鬆了一口氣的樣子。

面對波切的威脅，凌如雪並沒有答話，只是站在我的身前，緊張地看著波切和橋蘭，我的心沒由來的一陣感動，她是在擔心我嗎？可是她是為了我而擔心我？還是為了所謂寨子的利益？

但不容我多想，橋蘭已經走了過來，一雙手拂過了我胸膛上裸露的皮膚，臉上帶著嫵媚卻讓我噁心的笑意說道：「年輕真是好，這肌膚的感覺摸上去真是好啊！」

面對這噁心的女人，我終於忍不住了，破口大罵道：「妳他媽要做什麼就快點，別用妳的爪子在我身上摸來摸去，出於禮貌，我不想當著妳的面吐。」

聽到我這話，橋蘭的臉色一變，果然我這極沒風度的話刺激到了這個老妖婆，她幾乎是嘶喊了一聲，然後手一下子停在了我的胸前。接著，我的胸口傳來一陣劇痛。我低頭一看，那橋蘭長長的指甲不知道什麼時候已經深深地插進了我的胸口，她是要殺了我嗎？

曾經有過那麼一個故事，說是在沙漠缺醫少藥的時候，一個人心臟病犯了，危在旦夕。當時那個醫生沒有辦法，在沒有麻藥的情況下，用刀子剖開那個病人的肚子，用手捏住那個病人的心臟，幫他的心臟搏動……然後救了那個病人一命！

故事的具體細節我記不清楚了，但如果這個故事是真的，我要佩服的不是那個醫生，而是那個病人，無法想像那該是何等的劇痛，就如現在，我也幾乎要痛昏過去！

我不知道這個女人的指甲是什麼做的，竟然生生地插了我的胸口，我能她的指甲邊緣觸碰到了我的心臟，而當她劃過我的心臟時，那種疼痛加上不能呼吸的心悸感，讓我差點沒暈過去。

「妳幹什麼？」由於橋蘭的動作太快，凌如雪這時才反應過來，她幾乎是用盡了全身的力氣推開了橋蘭，而同時，波切大巫已經一把逮住了她。

「你們要做什麼？」凌如雪凜然不懼，和橋蘭與波切大巫對峙著，我捂著胸口，剎那的劇痛讓我難過話都說不出來一句。

還能做什麼？人的心尖血、臍血、眉心血都是精血所在的位置，橋蘭把指甲插進我的胸口，純粹就是為了折磨我，這根本就是我禍從口出。

波切看也不看凌如雪一眼，反而是握著橋蘭的手腕，用鼻子仔細地嗅著橋蘭的指甲，我這時才注意到橋蘭的指甲邊緣閃著異樣的光澤，分明就是鑲嵌了一圈鐵片兒在周圍。

凌如雪已經被波切放開了，她顧不得波切和橋蘭，而是衝到我的面前扶起我，仔細查看著我的傷口！由於橋蘭的動作非常快，插進去的指甲又比較尖細，所以傷口不大，甚至沒流多少血出來。我只是佩服這個女人的技巧，竟然能在重重的肋骨間，一下子就插進了我的心口，甚至觸碰到了我的心臟。

她沒有傷到我的心臟，這算不上什麼重傷，說起來也只是一個小創口，只不過深了些，只是想到被人那麼靠近心臟，那種心理壓力才是不能承受的。

另外，我很震驚於橋蘭的這一手技巧，哪怕高明的外科手術醫生也不能一下子做到，輕一分碰不到心臟，重一分又會重創了我，她是殺過多少人？還是觸碰過多少屍體？才能有這一手？

見我無大礙，凌如雪總算鬆了一口氣，而波切此時也放下了橋蘭的手，還是用那種古老的語言對橋蘭急急地說了幾句什麼，而橋蘭則恭敬地聽著。

說完後，那波切老頭兒隨手拋了一枝竹筒給凌如雪，然後說道：「裡面的藥粉可是好東西，止血，癒合傷口。給他好好處理一下。這幾天我不會來取血了，你們也不要隨便離開限定範圍了，好好將養一下身體。」

傷口是凌如雪給我處理的，用線細細密密地縫過，然後灑上了那種特效藥粉，我又承受了一次痛苦，在這種寨子裡，不可能找到麻醉劑這種東西。

但古老的東西，有古老東西的價值，那藥粉的效果出奇地好，比之前波切老頭兒給我用的止血藥粉效果還要好，如果能開發成醫藥，那是多大一筆橫財啊，這個寨子的人還用得著出去帶著人招搖撞騙的騙錢嗎？

為了緩解氣氛，我把這個想法給凌如雪說了，凌如雪只是白了我一眼，說道：「你以為做成藥粉的草藥是那麼好尋找的嗎？幼稚。」

我無言地吐了吐舌頭，在這個女人眼裡，我從來就是那麼「幼稚」嗎？

傷口無礙，凌如雪也就放心了，經過了這一場風波，她也有些疲憊，和我相對無言，更有些尷尬，沉默了一會兒，凌如雪就回房間了。

凌如雪一回房間，高寧倒是找了個機會，又給我遞了一張紙條，我默默地捏著，直到高寧他們一個小時後離去了，我才回房間，把紙條展開來看。

上面只有簡單的一行字：好好休養身體，凌晨三點，老地方見。

我把紙條燒了，然後午飯也沒吃，二話不說地躺下就睡，這一覺一直睡到晚飯時間才起來。

晚飯依然是特別豐盛，依然也是以補血的菜肴為主，我大口大口地吃，吃了很多。飯後，我還特地到院子裡練了一套拳，直到全身微微發汗，熱血沸騰了才停下。

這樣的程度剛好，既不特別消耗體力，也剛好把身體運動起來，我不知道和高寧的行動有多大的危險，但無論如何我必須保持著最佳的狀態去應付一切。

是夜，慧根兒和凌如雪都去休息了，而我則在房間內閉目養神，默默地計算著時間，盤算著要如何小心地出門，最好別讓那些眼線看見了。

卻不想在這個時候，我的房間門被敲響了。我打開門一看，是凌如雪站在門前，我很錯愕，她為什麼會半夜來找我，但看見她嚴肅的神色，我還是側身讓她進來了。

進來以後，凌如雪沒有多餘的廢話，而是直接問我：「你有什麼打算？」

我一驚，幾乎是下意識地回道：「什麼什麼打算？」

凌如雪對我說道：「我知道你留在這寨子裡，一定是有所依仗，等待著機會被救出去。而我，也是這樣想著，而……而幫著你吧，畢竟你對苗巫，苗蠱都不熟悉。可是，現在我覺得事情越來越不對勁兒，我覺得他們有很大的陰謀，要對你不利，難道你沒感覺，沒有打算嗎？」

我望著凌如雪，看她的眼神，我知道她是真的在擔心我，她今天不顧危險地推開橋蘭，我就知道，這個女人不是像她表面上那麼冷淡，我不知道她是不是喜歡我，但我知道她不是那種無情的人。

我長歎了一聲，但有些話出於一些顧慮，現在還不是要告訴凌如雪的時候，我對她說道：「我有感覺，雖然我不知道他們具體要做什麼，但是插進心口，多半是和精血有關係。妳還記得嗎？補周說我活不了多久了。」

凌如雪顯然很著急，臉上再也維持不住慣有的清淡表情，而是微微皺眉問道：「既然如此，你不擔心，你不打算一下？你甚至都不問我，和我商量一下？」

我說道：「那妳有什麼辦法？」

凌如雪沉默了，過了很久，她才咬了咬下唇說道：「我會去找補周。」

我心頭無名火起，但我知道她是為了我，她不忍心看著我死，我不自在地把雙手插在了褲袋裡，只有這樣，我才能克制住想要抱住她的衝動，然後認真地對凌如雪說道：「我有打算，也有辦法。妳信我嗎？」

凌如雪詫異地望著我，過了很久才說道：「我信你，但是可靠嗎？」

我轉頭望著窗外，心裡想著怎麼可能不可靠？我連遺書都留好了，一切的退路都想好了，我輕聲說道：「那是對現在這種形勢來說，最好的辦法！妳相信我就好了，我只是希望真的到了那天，妳跟我走。」

「我跟你走？」凌如雪喃喃地念了一句，卻沒有回答我什麼，然後轉身走了。

我看著她的背影心裡萬般滋味，如果到那個時候我把她強行帶走，她會不會恨我？而月堰苗寨會不會承受來自黑岩苗寨的怒火？

時光流逝得那麼快，早春時節就快過去，春意盎然的春天就快到來。

可時間又過得那麼慢，是要到了夏末我才能見到師傅嗎？點上一枝菸，我望著漫漫的長夜沉思起來。轉眼，已是夜裡兩點半，我背上一個早已整理出來的小包，慢慢地繫上鞋帶，然後從窗戶翻了出去。但願，那些眼線沒有注意到這一切。

第二十九章　祕密

凌晨二點多的黑岩苗寨安靜得像一頭沉睡的巨獸，那沉沉的黑暗似要把人吞噬，卻又安靜得讓人毛骨悚然。我自嘲地笑了一下，也不知道是不是我接下來會冒險，所以才會有這種自己嚇自己的恐懼心理。

臨走之前，去看了一下慧根兒，臭小子睡覺極不老實，被子都蹬在了地上，幫他蓋好被子之餘，我留了一張紙條在慧根兒的枕頭旁邊，說明了遺書的位置，但願用不上吧。

我小心地在小樹林裡前進，藉著樹與樹之間的陰影，小心地掩藏著自己的行跡，那些負責守夜的人彷彿是因為到了深夜很疲憊，一個個的都心不在焉，有的已經打著瞌睡了，怪不得高寧會選擇這個時候。

原本只需要走十分鐘就到的懸崖邊上，我整整走了二十多分鐘，不想讓人看見當然是最大的原因。到了目的地，我四處尋找了一下，高寧並沒有到，看了看時間，二點五十多分，離約定的時間還有幾分鐘，我也樂得安歇。

三點鐘，高寧沒有到，我耐心地再等了五分鐘以後，終於聽見小樹林的另一側傳來窸窸窣窣的腳步聲，我回頭一看不是高寧又是誰？

高寧到了地方，招呼我一起藏到了懸崖邊的大石上，他點了一枝菸，等喘息稍微平靜了一些，才小聲對我說道：「來晚了，我要避開別人的耳目。」

我表示理解地點點頭，然後問高寧：「什麼祕密，你不能說嗎？」

高寧有些小心地盯了盯四周，然後在我耳邊說道：「我說不清楚，你和我親自跑一趟就明白了。如果能趕在明天上午十點鐘以前回來，就應該沒事兒。那波切就不會發現你失蹤了。」

我沉默著，沒答腔，心裡暗暗吃驚高寧這傢伙的觀察能力真不一般，是的，一般早晨除了一個送早飯的大媽，是不會有人到我房間裡來的。我這段時間因為抽血的原因，每天早晨幾乎都在昏睡，一般是慧根兒取了早飯，如果我沒在，他也不會特意叫我。而上午十點左右，一般會有二個黑苗的漢子來巡查一下，而這個時候我一般就起床了。

看看時間，離約定的時間只剩七個小時不到，我忽然對高寧說道：「來得及嗎？」

「如果一切順利就來得及，這次不會出事兒的，只是帶你熟悉環境，下一次我們再行動。」高寧的臉上有種莫名的興奮。

我望著高寧的臉，總覺得這傢伙有很多祕密的樣子，可惜的是，他不會告訴我，我也無從知道。我和高寧趴在祠堂的底下，看著不遠處的墳地，默默地等待著。祠堂一樣是吊腳樓，所以我和高寧才能趴在下面，而這裡我從來沒有來過，因為這裡對於我這個「移動血庫」來說，是絕對的禁地。

我更沒想到的是，在這祠堂背後還藏著一片墳地。

高寧似乎對這個地方很熟悉，我原本以為會很費勁才能來到這裡，卻不想高寧帶著我七彎八繞的，不到二十分鐘就來到了這裡，而且還避開了人們的耳目。

「你很厲害啊，這樣隱祕的路線你也能找到？」我在高寧耳邊小聲地說道。

「你以為我在這寨子三年，付出了那麼大的代價，是來吃乾飯的嗎？」高寧也同樣小聲地說道。

「你就是要帶我來這裡嗎？」我不解，他辛苦籌畫了那麼久的行動，難道就是為了帶我來祠堂底下趴著看這一片墳地嗎？

「稍安勿躁，沒有多久的時間了。」高寧仔細地看了一眼他的錶，指針是夜光的，此時還差幾分鐘到凌晨四點。

這種被人牽著鼻子走，什麼也不知道的感覺很不好受，可我已經走到了這一步，還能說什麼？只能跟隨高寧靜靜的等待。

大概到了四點多一些的時候，原本守住這片墳地的四個黑苗漢子忽然就離開了，我一愣不知道發生了什麼事情，可高寧卻在這個時候拉了我一把，小聲說道：「快，不到十分鐘，就有另外一批人來了。」

我覺得詫異，如果是換班的話，為什麼不在崗位上就換了，還要一批人離開，一批人才來？而且這個破墳地有什麼好守的？

無疑，這個時候高寧是不會給我解釋的，我也不會笨到要去問，只是跟在高寧背後快速的朝著墳地爬去。爬過了那道柵欄，我們可以貓著腰走路了，高寧在這些荒墳之間穿梭，我就跟著後面，忽然我盯著一塊墓碑，一下子就愣了。

因為我看見那塊墓碑上用漢字寫著橋蘭之墓。

是哪個橋蘭？難道是同名同姓的？我疑惑不已，高寧見我愣住了，忙不迭地扯了我一把，然後小聲說道：「等一下再給你解釋，快走。」

我只得跟在高寧身後一起快速走動，一直走到了一個很大的無墓碑也無名字的荒墳前，高寧才停下，然後在那座荒墳前搗鼓起來。

我吃驚地看著高寧移開了一堆亂草之後，這個荒墳露出了一個大概可供一人爬進去的洞口，難道高寧是要帶我盜墓？

高寧現在是不會回答我的疑問的，而是自己徑直就爬了進去，見我沒動靜，他在墳包裡小聲地對我說道：「跟上啊，記得把那草移過來蓋住。」

我一咬牙，也爬了進去，一進去，才發現爬過那條大概一米多的通道以後，裡面有一個類似窯洞的空間，也不算小，剛好供兩個人轉身的樣子，在裡面呼吸並不氣悶，抬頭一看，才發現上面留有比較隱祕的通氣口。

「去，把門遮上。」高寧蹲在地上，不知道從哪裡摸出了一個小手電筒，用嘴叼著，然後含糊糊地吩咐我。

我轉身，又爬出去，把那堆亂草扯過來蓋住了洞口，才縮了回去，心裡想著，怪不得這個無名墳這麼大，原來裡面竟然別有洞天。

令人吃驚的是，那個窯洞的地上，還有四個明顯的洞口，也不知道是通往哪裡的。回了窯洞，我看見高寧在四處摸索著，我指著那四個洞口問高寧：「為什麼不去這些洞口裡看看？」

高寧從嘴上拿下手電筒，對我說道：「如果你有興趣爬到別人的棺材裡，那麼你可以爬進這個四個洞口看看。但前提是你別迷路。」

我有些吃驚，這四個洞口是通往外面那些墳包兒底下的嗎？這地下是個四通八達的迷宮嗎？

但高寧此時卻處於一種別樣的興奮中，根本不可能回答我的問題，我也不會自討沒趣地去問他什麼，也就在這時，高寧低聲歡呼了一句：「總算被老子找到了。」

我看見他找到的是一個類似於把手的東西，掩埋在土下，不注意還真的找不到，高寧一邊興奮地扒開泥土，一邊對我解釋道：「這個地方，我才來過兩次，記不得把手的位置也可以理解。」

我表示點頭表示理解，而這時高寧已經完全地扒拉出了那個把手，然後對我說道：「兄弟，過來，搭把手，幫個忙。」

我的心裡隱約也有一種說不出的興奮，我感覺這一趟跟隨高寧去，說不定就能解開黑岩苗寨的祕密，於是毫不猶豫的彎腰走上前去，和高寧一起握住那個把手，然後吃力地往後移。

把手連著的貌似是一道「小石門」，那重量可不輕，高寧一邊和我用勁，一邊說道：「這群苗人，謹慎得要命，這石門不是兩個壯漢，根本不可能拉得動。」

我鼓著腮幫子，使勁地拉著，終於，石門開始緩緩地朝後移動，我和高寧驚喜地對望了一眼，兩個人沉悶而壓抑地低喝了一聲，然後同時使勁，那石門終於被我們拉開了。

而石門下赫然是一個漆黑的洞口。

當那個漆黑的洞口露出來之後，高寧鬆了一口氣，一屁股坐下地上歇息起來，順便摸了一枝菸出來遞給我，說道：「抽根兒菸，歇歇吧，等下就沒有歇腳的地方了。這個爛寨子，老子混到今年一個月才能領五包菸抽，等老子拿到東西了，絕對頭也不回地就走。」

我接過菸，點著了，然後靠著身後的土牆休息，照高寧那麼說起來，我的待遇還算不錯，一開口就給了我兩條菸，還是很好的紅塔山。

吐了一口菸，我問高寧：「你是可以隨便走的嗎？」

高寧望著我認真地說道：「不可以，拿了我奶奶的遺物怎麼可能隨便走得了？我是準備和你一起走，出了這個寨子，大家再各回各家，各找各媽吧。」

高寧是要準備和我一起出逃？我詫異地望了高寧兩眼，一時間不知道這小子葫蘆裡到底賣的是什麼藥，可我也不打算問，每個人都有自己的祕密，何況我現在還要仰仗他？

一枝菸很快就抽完了，我站起來望著漆黑的洞口躍躍欲試，卻被高寧一把拉住，他說道：「這裡可是黑岩苗寨的重地，你以為防禦會那麼薄弱？就四個看門的？還有十分鐘空子可以鑽？你這樣下去，等下怎麼死的都不知道。」

這洞裡面有什麼嗎？我不解地望著高寧，高寧也不解釋，嘿嘿一笑，然後從衣服裡掏出一個土罐子，說道：「這是我祕密收集的，就這一小罐兒！這次下去用一點兒，下次下去再用一些就沒了。」

說著，他打開土罐子上密封的塑膠布，然後掏出一個小竹片兒，從罐子裡挖了一點兒東西出來，就要往我身上抹。

罐子一打開，就發出一股子刺鼻的味道，這味道非常難聞，讓我第一時間就想起了屍油，我跟師傅那麼多年，他為了讓我練膽，曾經帶我去睡過亂墳崗，那種破裂了的，要老不老的墳裡就散發過這種屍油味兒。

這味道不完全的像屍油，我憑藉著靈覺能感覺這東西裡竟然還充滿了一種混雜的生機，可那麼噁心的東西，我見高寧朝我抹來，我還是下意識地躲了一下。

高寧對我吼道：「你別躲啊，難聞是難聞了點兒，但除非你想死，你就不用抹。」

我當然不想死，最後也只得任由高寧把這灰色的，還散發著淡淡螢光的東西抹在了我身上，我的鼻子被刺激得幾乎麻木，眼睛也被弄到淚眼模糊，好在高寧給我扯了兩團紙堵在鼻子上以後，這種情況才稍微改善了一些。

「這到底是什麼？」塗抹完以後，我問到高寧，這玩意兒抹到身上，連同我自己也快成了一個灰人，還散發著淡淡的螢光，要一個不知情的人在墳包兒裡看見我，不定得嚇死。

「祕密。」高寧嘿嘿一笑，他知道我現在這個境地，也只能跟隨著他行動，什麼事兒能讓我知道，什麼事兒不能，決定權全在他。

他如法炮製地在自己身上抹了一遍這噁心的東西之後，這才又摸出一個小電筒，遞了一個給我，說道：「含在嘴裡，等下下去的時候小心點兒。那坡陡的！」

終於是要下去了嗎？我的心莫名其妙地開始劇烈地跳動，高寧卻很是鎮定地率先慢慢下去了，我也叼著電筒，跟著高寧下去了。

手腳並用地爬在洞裡，我才知道什麼叫下去的時候小心點兒！

這個洞是一個幾乎成九十度垂直的深洞，電筒的光亮根本照不到底，它有一點稍微傾斜坡度，估計只是為了方便人們往下爬，要一不小心鬆手了，我估計就只有摔死的命。

說是在這個直徑大約二米多的洞裡有往下爬的梯子，但這所謂的梯子不過就是一個一個挖出來的洞眼，為了防滑，在洞眼裡抹了一層水泥，危險得要命。

這樣的洞，只不過往下爬了五、六米，我就覺得刺激心跳得要命，老子是有輕微恐高症的人啊！但我不能說話，手腳並用的情況下，我嘴裡還叼著電筒，根本不能說話。

我準備繼續往下的時候，腳底下忽然傳來了高寧的聲音，他說：「慢點兒，我停住了，有話跟你說。」

我無奈之下，也只能停下，鬆開一隻手，把電筒拿著，跟高寧一樣，像隻壁虎似地貼在洞壁上，看他要說什麼。

「等一下，無論看見什麼都要鎮定，我怕你一不鎮定就摔下去了。其實這是很久以前的老路，廢棄了一些日子，新路更好走，可是那裡的防備太過森嚴，我們去只能是送死。」高寧對我說道。

原來這小子帶我走的是廢棄的老路啊，既然是廢棄的老路，那能看見什麼？我疑惑地問道：「這路是廢棄的老路了，為什麼不封了，照你說的，甚至還剩有防備力量啊。」

高寧卻不解釋什麼了，只是對我說道：「現在不解釋了，你記得什麼情況下都不要鬆手就行了，下去再說。」

是啊，趴在這兒當壁虎的感覺不好玩，我只能重新叼著電筒，手腳並用地跟著高寧快速的往下爬，只是下爬了不到三、四米，我就理解了高寧所說的什麼情況了。

因為在下到某一梯的時候，我的臉就被一個觸感軟綿綿的東西劃過了，我不知道是什麼，頓時毛骨悚然，當我的臉側過去的時候，電筒光也側了過去，然後我所看見的，差點讓我含著的電筒都掉了下去，手腳頓時就有些發軟。

剛才從我臉旁邊劃過去的是一個翅膀，飛蛾的翅膀，而我看見的一隻有我腦袋那麼大的血線蛾停在階梯的旁邊，剛才我是和牠擦臉而過！

這樣的場景怎麼不讓我毛骨悚然？血線蛾那麻痺人的毒素，我是親自體會過有多麼可怕。但是這隻蛾子就是這樣，和我擦臉而過也一動不動，彷彿陷入了冬眠一般，我把頭埋在手臂間，深呼吸了好幾次，才算穩住了自己，才能一步一步地往下爬。

接下來的路，就跟地獄之路一般，我發現這個洞壁裡幾乎是停滿了血線蛾，大大小小無數隻，小的就跟一般飛蛾一樣大，大的非常恐怖，竟然有我半個身子那麼大。

有那麼大的飛蛾嗎？在我的記憶中，曾經看過一則趣聞，說是最大的飛蛾品種也不過人的半截手臂那麼大啊！這些苗人還真不能用正常情況來判斷。

一個人在恐怖的環境下，如果沒有崩潰，那麼就只能適應，我在往下爬的過程中，竟然漸漸麻木了，這要感謝我過往的經歷，讓我對恐怖的環境還算適應。不然，就一隻半個人那麼大的血線蛾就足以驚嚇到我了。

這些蛾子彷彿是對我和高寧視若無睹，我們在洞裡爬著，甚至有時候會踩死一兩隻正巧停在「階梯」上的血線蛾，牠們都無動於衷。

牠們沒有飛舞，就不會帶起那致命的毒粉，但是那麼多血線蛾在其中，我懷疑這空氣裡也充滿了毒素，只是我沒有半點不適。

難道是那灰色的「屍油」起了效果？我也不知道，苗疆裡的蟲術相生相剋的例子太多，根本不是一個門外漢能窺得門徑的。

就這樣，我也不知道往下爬了多久，幾乎是到了快麻木的程度，我終於腳踏實地的落在了地面。我心有餘悸地往上看了一眼，背上立刻起了一串兒雞皮疙瘩，因為映入我眼簾的，是那些停在洞壁上，密密麻麻的血線蛾的翅膀，在電筒燈光的映照下，翅膀上的花紋發出了點點詭異的螢光。

「別看，這玩意兒誰看了心裡會舒服？」我的肩膀陡然被人拍了一下，驚得我冷汗瞬間就流了下來，回頭一看是高寧，我才鬆了一口氣，我真他媽怕出現一隻蛾子妖怪，站起來拍我的肩膀。

從師傅的口中，動物化形為妖，雖然罕見，但不是沒有，至少他語焉不詳地沒有否認過，這裡那麼多血線蛾，要是化形為妖了……這下，不只我背上起了一層雞皮疙瘩，連同全身都起了一層雞皮疙瘩，聽高寧的，我趕緊轉頭不再看。

只是在那一瞬間，我很奇怪，為什麼這血線蛾也會有淡淡的螢光？我聯想到了很多，那紫色的植物有螢光，剛才高寧給我抹了很臭的膏體有螢光……

但此時，高寧已經走到了前邊去了，我也只得趕緊跟上他。也就在這個時候，我才觀察到了我處在什麼地方，這是一條建在地底的甬道，高不過二米多，很窄，只能容兩人並行通過。

通道黑沉沉的，除了頂上那一層，糊了一層水泥，周圍全是泥土的本色，我看見甬道有插火把的小插孔，只是沒有了火把而已。高寧沒有騙我，這條路估計是真的被廢棄的路，嗯，是半廢棄的路。

和那個洞一樣，甬道裡並沒有氣悶的感覺，只是通風口在哪兒，我並不知道，我三步併兩步地追上高寧，問道：「這甬道沒有什麼危險吧？」

高寧一邊大步走一邊說道：「這甬道的危險在那兒。」說話間，高寧的手指著我們的頭頂。難道是頭頂上有什麼嗎？我一下子就覺得頭皮發炸，幾乎是戰戰兢兢地抬頭往上看，可頭頂一如既往的是一片水泥糊的頂，上面什麼也沒有，連一隻小小的血線蛾都沒有。

高寧扯著我說道：「走快點兒，今天冒險來這一趟，我只是讓你熟悉一下環境，到時候好配合我，時間耽誤了，行動暴露了就糟糕了。」

我看了一下錶，現在的時間也還算充足，我們往下爬，用了將近一個小時的時間，現在也不過才凌晨五點多一些，但是一想到被發現的後果，我也不禁加快了腳步。

但這不妨礙我問高寧：「我們頭頂上有什麼？」

高寧很簡短地對我說道：「有靈，是一種很厲害的蠱——犬靈，用特殊的方法把它們禁錮在了這甬道的頂上，上面有不下十隻的犬靈。雖然不是像本命蠱那樣溫養，但你不要懷疑它們的厲害。」

靈？就是上次如雪來不及給我說起的東西！我不知道犬靈是什麼玩意兒，但看高寧這副鄭重其事的樣子，我覺得一定很厲害吧。但這時的我哪裡知道，這種蠱已經涉及到巫術，真的是陰毒無比，觸碰到的後果真的是非常的可怕……

「為什麼要在頂上藏犬靈，通道裡不行嗎？」我和高寧幾乎是一路小跑，以至於我問問題，都有些氣喘吁吁。媽的，抽血過多的後遺症太強烈了，也不知道要補到什麼時候才能恢復。

「你知道我們在哪兒嗎？我們在地下，是兩山之間的地下，我們離地面的距離不過兩三米。」高寧喘得比我更厲害，可他這話說得我心裡一陣火熱。

因為只有兩三米的距離的話，我往上挖，不就可以逃出去了嗎？我一下子就明白了，為什麼這些苗人會在頂上暗藏了十隻那麼多的犬靈，防止的就是這種情況吧？但是能走入這條密道的，不是黑岩苗寨的心腹嗎？

彷彿洞悉了我的心思，高寧說道：「這條路，可不是只有黑岩苗寨的人才能進來，以前也要押送一些特殊的人進來，這是為了防備他們忽然拚命要逃跑而設的。另外，也怕上面有人挖下來，懂了嗎？」

原來是這樣！

「那為什麼這裡藏了十隻犬靈那麼多的機關，這條通道還要被廢棄？」我一直對這個問題耿耿於懷。

高寧沉吟了一陣兒，然後才給我解釋道：「第一是因為這條通道太過簡陋危險，你看見的。第二，是因為這條通道只通往一個地方，而那個地方現在需要一定的時間吧，新的通道也有一條路可以通往這條通道的所在，所以這條通道暫時被棄用了。說起來，就是因為這裡藏了一窩血線蛾，還有犬靈無法轉移，所以黑岩苗寨的人捨不得拋棄它。」

高寧的話語焉不詳，什麼那個地方需要一定的時間，正常人哪裡會聽懂這個話？可是他明顯不願意說，我也就不問，我只需要明白這條通道是這些黑岩苗寨棄之可惜的雞肋就好了。

和高寧快速地在這條通道穿行，時間也一點一滴的過去，我看了一眼錶，我們在這個通道裡怕是快走了四十分鐘，都還沒有到頭。

又走了大概五分鐘以後，我的眼前忽然一亮，這條長長的通道終於到頭了，讓我眼前一亮的原因則是我的眼前竟然出現了一個小廳，小廳的四周都插著火把。

火把，難道這裡有人？我躊躇地站在通道口，不敢進入小廳，被發現了可不是鬧著玩的，因為小廳中間有個類似於祭壇的東西，誰知道背後是不是有人？

可是高寧卻不在意，大剌剌地走了出去，一直走到祭壇邊上，才坐下來大口喘息著，歇息起來，看樣子是沒人，我也放心地走了出去，挨著高寧坐下了，既然沒人，這裡的火把是咋回事兒？

高寧看了一眼錶，說道：「時間還算充足，沒到六點。等一下進去後，你發現了什麼都一定要鎮定，知道嗎？」

我擦了一把額頭上的熱汗，問高寧：「這裡怎麼會有火把？」

「當然有火把，這裡還常常有人回來，你沒看見那兒嗎？」高寧指著一個地方給我說道。

我順著他手指的方向望去，原來在祭壇的斜對角，有一道小石門，說是門，卻只有石頭門框，門框上雕刻著我看不出所以然的圖騰，因為那個斜對角幾乎是視覺的死角，所以我剛才才沒看見。

「那是新路到這裡的入口！我們剛才跑到後半段，你不覺得有些吃力嗎？因為那個坡道是輕微的向上傾斜，為的就是迷惑人們，以為是在地底，其實我們已經到了另外一座山的山腹中，也就是關鍵的所在，這裡有火把很正常。」高寧東一句西一句地給我解釋著，我卻明白他的意思。

他是在告訴我，這裡已經不是廢棄通道，而是關鍵的所在，有火把很正常，而這個關鍵的所在在山腹中。

休息了大概有五分鐘，高寧站起來，拉著我就要朝祭壇走去，這個小廳裡，祭壇占了絕大部分的位置，想要走到另外一邊，必須就要通過祭壇。

我心裡大急，一把就拉住了高寧，對他說道：「這裡既然是關鍵的所在，你這樣走出去，不是等著被人發現嗎？」

高寧先是奇怪地望著我，不懂我為什麼把他拉住，聽完我說的原因以後，他忽然詭異地笑了起來，用充滿信心的言語給我保證：「兄弟，你就放心好了，今天根本就不會有任何人來這裡來，任何人！」

我沒反應過來，他卻一把拉過我，繼續神祕地說道：「相信我，一個月只有三天這樣的機會，但今天就是其中一天，你放心地跟我上去好了。」

上去，還要去哪裡？我傻乎乎地跟著高寧，穿過了祭壇，到了另外一邊，我才看見祭壇的另一邊原來還有一條通道，比起我們走來的那條簡易的黃土通道，這條通道顯然富麗堂皇了許多，竟然有著門框，有些青石階梯，斜斜的往上，也不知道到底是通往哪裡？

只是稍微躊躇了一下，我就和高寧踏上了那道青石階梯，在心裡我有些抗拒高寧的做法，為什麼不把話一次給我說清楚，而是像擠牙膏一樣的，我問他答，或者就叫我自己看。

回頭想來，可能事情太過詭異，就算我是個道士，也不見得能接受這些事情，高寧怕我不和他一起冒險，乾脆保持神祕，一步步地引我和他合作也不一定。畢竟，在從前我不是拒絕過他嗎？

青石階梯不算太長，我和高寧走了不過五分鐘就到頭了，盡頭處是一個拐角，也不知道拐角的後面是什麼，當我踏上拐角的一瞬間，不知道為什麼心跳陡然就加快了，彷彿有一種詭異的氣場壓制著我。

高寧罕見地也很緊張，他深呼吸了一口，幾乎是用扯的，一把把我扯過了拐角，然後蒙住了我的嘴。我不懂高寧這是在幹什麼，下意識地就想掙扎，卻不想正好瞟見拐角後的情景，一下子眼睛就瞪大了。

我想在這個時候，我應該感謝高寧，他及時地捂住了我的嘴，否則我一定會驚叫出聲，因為我現在所看見的場景，我認為比在荒村裡看見的恐怖十倍！

我看見了什麼？說起來拐角的背後不過也是一個同樣的小廳，廳裡的陳設也再簡單不過，有一個凸起的石台，石台上鋪了一些乾草，令人恐怖的存在就在那些乾草上。

蟲子！紫色的蟲子！我不想說謊，但如果有一天我把這個說出去了，我情願人們以為是謊言，因為如果是謊言的話，至少世界還是人們眼裡熟悉的樣子，不會讓人們覺得這個世界太神祕，太沒安全感。

當我實實在在地看著這蟲子的時候，這就是我腦子裡唯一的想法。

這是什麼蟲子啊？超出了我認知範疇太多，首先牠呈一種詭異的紫色，整個身長幾乎超過了二米，在那泛著螢光的紫色上，還夾雜些絲絲詭異的死灰色的條紋，那些條紋排列得是如此奇怪，分開來看，就像一張張表情各異的詭異臉龐，整體是什麼，由於牠太大，我也看不見。

這個不重要，重要的是我不知道這蟲子是什麼，牠明明有一雙類似於飛蛾的翅膀，可是身子卻像節肢類的蟲子，就如蜈蚣，整個蟲頭猙獰而恐怖，最讓人難受的是那蟲子的一雙眼睛，竟然很詭異的有眼皮，此時是閉上的，我很怕牠睜開，我就看見一雙類似於人的雙眼。

另外就是這蟲子的腿，我也不知道能不能叫腿，按說牠的身子像蜈蚣，腿也會像蜈蚣那樣有很多條，可牠偏偏只有兩條很詭異的腿，在牠腦袋後面的一些位置，我怎麼看怎麼像人伸出的兩隻手臂。再具體的掩藏在牠的翅膀下，我看不清楚了。

但單純是一隻蟲子的話，不至於讓我覺得恐怖成這個樣子，讓我恐怖的是另外一個情況，是這間小廳裡的人。

這個小廳有很多人，很多瘦得皮包骨頭的人，不下於二十個，其中十幾個在一種類似於蠶繭的東西裡，只露出一個腦袋，閉著雙眼，也不知道是在沉睡，還是昏迷了。

而另外的幾個則是在那隻蟲子的翅膀底下，有的露出一雙腳，有的露出一個頭，我看不見翅膀底下的情況，只是那些露出的頭，無一不是驚恐的表情，而且那些在蠶繭裡的人，你只會覺得他們是瘦得皮包骨頭，而這些翅膀底下的人，你有很明顯感覺，他們是乾癟的感覺，比那波切老頭更乾癟。

這樣的情況為什麼會讓人覺得如此恐怖？那是因為出於一種兔死狐悲的傷感，畢竟我眼前的是我同類，竟然感覺是做了蟲子的飼料一般，看著眼前的情景，我的拳頭越握越緊，有一種說不出來的衝動，想要毀滅了這裡的一切。

在這個寨子，我被取血，喜歡的女人被壓迫，我都選擇隱忍，我知道就憑我和凌如雪，不可能和一個邪惡的寨子做對，那只是送死，我們要等待機會，或是等著師叔來救，或是自己逃跑，然後再解決這寨子裡的一切。這也許就是人成熟的代價，選擇適當的退避。

可在此時，什麼退避，什麼隱忍，都被我拋開了，我有一種想掀開底牌，不顧一切的衝動，真當我道家的人是吃素的嗎？如果我就這樣離開，我自己都感覺那些睡在蠶繭裡的人那絕望的心情在撕扯我，我會在今後的日子裡寢食難安的。

「不要衝動，他們現在已經是蟲人，沒救了，已經不是人了。」也就在這個時候，高寧忽然在我耳邊對我說道。

我一把扯開高寧捂住我嘴巴的手，憤怒地，幾乎是咬牙切齒地盯著高寧，然後說道：「你到底知道一些什麼？如果你不全部對我說完，我寧願死也不會和你合作！而且你為什麼一定要糾纏我和你合作？」

這是我長久以來的疑問，在此時再也隱忍不住。

高寧低頭小聲對我說道：「我回去以後會想辦法告訴你，但這裡絕對不是說話的地方，你看吧。」說完他指著蟲腹底下，我抬頭一看，一下子覺得毛骨悚然。

原來在蟲腹底下有一個凹坑，坑裡竟然還睡著一個人，整個人全身被一種奇怪的液體浸泡著，好像和蟲體之間還連接著什麼。

我看不清楚那是一個什麼樣的人，只是這樣遠看，我就有一種非常無力的感覺，高寧在我耳邊小聲對我說道：「這是這個寨子裡最老的怪物，如果他醒了，你覺得是什麼後果。」

什麼後果？幾乎不用去想，我都覺得害怕，我不知道我為什麼要害怕，怕這個睡在蟲腹下面的人。

「那你說能逃跑的機會呢？你不是騙我吧？」這個寨子的一切讓人感覺如此的詭異恐怖，而我又命在旦夕，在某些問題上，我很實際，如果自己都沒命了，談什麼拯救那些可憐的人？

高寧聽聞我這個問題以後，拉著我小心翼翼地走到這個小廳的一個角落，在這個角落的視角正好可以看見這個恐怖蟲子的背後，我這時才注意到這個蟲子的背後有個小洞。

「從那個洞口可以爬出去。」高寧小聲地對我說道。

「你怎麼知道？」繞過那個蟲子，從牠的身後爬出去？我一想到這樣的情景，就覺得頭皮發麻。

另外，我不相信高寧有過這樣的體驗！

高寧小聲地，神祕地，詭異地對我說道：「當年我奶奶就是這麼逃出去的，你相信我。」

早晨八點多的時候，我和高寧終於爬出了那個洞口，然後吃力地把蓋子重新蓋上了，但是我們卻沒有著急著出去，而是蹲在了墳包裡，高寧說在九點的時候，會有十分鐘的間隙時間，我們可以利用那個空擋出去。

現在所能做的只是等待，而我卻有一個要求，那就是讓高寧對我坦白我想知道的，否則我會拒絕合作。

高寧很直接地告訴了我一些事情，當然那不是全部，他說他必須保有自己的祕密，但讓我相信他，他的祕密不是什麼傷天害理的事情，他只是為了自己而已。

人的自私我能理解，雖然我不太能理解為什麼不自私的人會被別人說成傻×，然後大家為了凸顯自己不傻×，原本不自私的人也得裝著自私。

難道，真如師傅所說，事有高低起伏，人類不經過一個極限的黑暗，就不能看見光明嗎？

當然，這些都是廢話，我不想去多想，我和高寧一人點上一枝菸，他說，我聽。

這個寨子最大的祕密就在這片荒墳地，其實這不是什麼荒廢地，在這個寨子，這裡是他們所謂「昇華重生」的地方！經過了考驗的人，就能得到壽命，沒有經過考驗的人，那就在這片荒墳地裡腐爛。

所以，這個墳包裡四個通道有無數的分支，分到各個墳包裡，當墳包裡的人復活後，就會順著通道，爬進這裡，然後到達所謂的山腹聖地。

「這個寨子，不是每個人都有資格葬進這裡的，必須是重要的人物吧，才能藏進這片聖地。那是他們的最高榮耀，不，不是榮耀，是最大的獎勵。」高寧眯著雙眼，表情有些詭異的對我說道。

我心裡一陣陣地發冷，我在想像那個場景，我原本該入土為安了，然後在黃土裡我醒來了，欣喜若狂，然後順著身邊的通道爬進一個大墳裡，再通過一條布滿了惡性血線蛾的通道，去見另外一隻蟲子……如果是這樣的復活，我要來做什麼？我寧願安心地死去！

可這世界上，又有多少人能抵抗死亡的恐懼？又有多少人能拒絕活著的誘惑？這一直都是人類最禁忌，最逃避的心病，和我一樣想法的人有多少？

我狠狠地吸了一口菸，然後有些苦澀地說道：「所謂的復活是有代價的吧？沒有人可以憑空得來壽命，他們這是在逆天！」

高寧啐了一口，然後說道：「誰說不是逆天？看見外面那些村子了嗎？看見那些一個個髒兮兮、懶洋洋，外加絕望的村民了嗎？他們十個人也許能換來一個人的復活吧。」

我一下子捏碎了手中的菸。

第三十章　危機重重

在高寧的帶領下，我最終回到了屋子裡，其實我心知肚明，我除了和高寧合作，已經別無選擇，但是如果我什麼都不知道就與他合作，冒那麼大的危險，我是不會心安的。

因為，要逃跑的話，我是打算要帶上凌如雪和慧根兒的，我可以拿自己的命賭，但我不能拿他們倆的命去賭。是的，不和他合作，我會死，但是我死了之後，至少慧根兒和凌如雪能活著。

這就是我執意找高寧要個真相的原因，我不能迷迷糊糊地被他帶到一個危險的地方，見識了那麼多蟲子，然後說一句大蟲子背後有逃跑的路，然後就賭上了。

知道真相，我至少能明白自己的處境，判斷一下，我是不是帶著如雪和慧根兒一起賭了。

回到房間以後，我還來不及休息一下，就看見了嚴肅得像個小大人一樣的慧根兒，和面有憂色的凌如雪。

看著他們那神情，剛從窗戶裡跳進來的我，心裡一下就「咯噔」了一下，難道是慧根兒這小子出賣了我？這樣想著，我的表情有些訕訕的，想說點兒什麼，又不知道說什麼，卻不想慧根兒見我站在那裡，一下子就撲了過來，緊緊地抓著我，那樣子，好像我下一刻就會消失一樣。

「哥，額都怕你不回來咧。」說著，這小傢伙的眼淚一下子就湧了出來，看得人心疼不已。

我不知道該對慧根兒說什麼，只是摸著他那圓圓的腦袋，表示著安慰。

也就在這時，凌如雪忽然走過來，伸出手遞了兩頁紙給我，輕聲說道：「你很不想我嫁給補周嗎？」

那兩頁紙，我當然知道是我寫的遺書，上面寫了一些我身後事的處理，其中一條就是希望師傅師叔們能阻止凌如雪嫁給補周，沒想到，遺書沒遞到師傅師叔那裡去了，反倒被凌如雪先看見。同樣，我也不知道對凌如雪說什麼，只是沉默不語，有太多的情緒梗在心頭，千言萬語，反倒不知如何說起了。

見我不語，凌如雪說道：「不管你做什麼，不要拿自己的性命冒險。這樣，會顯得我做得一切很傻，很沒有意義。」

我愣住了，我不知道凌如雪為什麼說出這樣的話，難道她一直是在默默地做著什麼嗎？可是，不容我多說，黑岩苗寨的人已經照例進來巡視了，我們三個同時閉上了嘴。只是我的心裡不由得恨恨地想了一句，慧根兒果然是嘴上無毛，辦事不牢。

夜晚，總是那麼的安靜，我和凌如雪倚在窗戶面前，我在低聲地對凌如雪訴說著一切。

「就是這樣的，我見到了那隻蟲蟲，確切的說是母蟲，村子裡的那些人就是蟲卵的『營養液』，那母蟲產的蟲卵在那些人身上吸取著『營養』，成蟲之後，會被黑岩苗寨的人用特殊的辦法取出來。然後放置在那些老不死身上，或者是一些重要的將死之人身上，然後那些人就和蟲子一起活著，用的是別人的壽命，太具體的我也不清楚，高寧就知道那麼多。如雪，我們必須逃出去，高寧說這個寨子的野心在復活，他們好像有了特殊的依仗。妳知道的，如果這個寨子再來一次以前發生的事情，那是多麼大的災難。」

我終究是把一切告訴了凌如雪，拋開了一切懷疑，一切不安！只因為她對我坦白了一切，讓我感動，卻也傷心，我覺得我有必要對她說出一切。

原來，凌如雪來這個寨子的目的就是為了保護我，當發現我有性命之憂的時候，她就會假意接近補周，用自己的本命蠱控制住補周父子，然後為我爭取一絲活路。

至於她自己，她是這樣說的：「其實做為月堰苗寨的蠱女，我的命運早已註定，有些人的一生都在追求幸福，而有些人出生就已經失去了幸福的資格，我就是這樣的。」

我不懂凌如雪話裡的深意，可我能感覺到那股悲涼，她說當大巫讓她跟隨我同來的時候，她就已經知道了要怎麼做，整個月堰苗寨，也只有她才有一些遏制黑岩苗寨的辦法。

「補周非常的受寵，而黑岩苗寨也不是你看見的鐵板一塊，他們分為了兩個部分，一部分就是寨子裡普通的苗人，另外一部分就是那些有資格享受『長生』的人。太具體的事情，我不知道，我只知道，控制住了補周，烈周一定會不計代價地救補周，那個時候，烈周一定不會再聽命於那些老妖怪……」這就是凌如雪的所有底牌。

她忍受著疼痛，忍受著補周父子的侮辱，一切都只是為了保住我的性命，儘管代價很可能是犧牲自己。

面對這樣的凌如雪，我怎麼可能不和盤托出一切，包括我即將有的性命之憂，我不管她是為了寨子的利益這樣救我，還是純粹只是為了我，這樣的情意分量太重，這樣的結果也太沉重，我不能允許這樣的事情發生。

當然，寨子裡有叛徒的事情，我還是沒有告訴凌如雪，叛徒有可能是任何一個人，凌如雪不知情的情況下，天知道會不會打草驚蛇，萬一叛徒是她親密無間的人呢？

聽我說完這一切，凌如雪的臉色也變了，她自小聽聞這寨子的傳說，沒想到本質的真相如此的恐怖殘酷，她喃喃地問我：「那些蟲子，是要經歷十個人才能成熟一隻嗎？」

「我不知道，高寧說過看那個人本身的壽命，或者說生命力有多強悍了。我問過高寧，他們為什麼需要我的血液，高寧也不知道具體的情況，他說他還不能接觸到一些最核心的祕密，他知道，那些老妖怪說，我的血液有效果，接下來就需要我全部的精血了，你知道生命的本身蘊含在精血裡，說不定他們會在我身上放一個更可怕的蟲子。」我是這樣回答凌如雪的。

「為什麼他們會盯上你？知道你的血液不一般？」凌如雪無疑是聰明的，她一下子就抓住了問題的關鍵。

可是我不能告訴她寨子裡有叛徒的事實，面對這樣的問題，我只能推說我也不知道。

「你告訴我這一切，是想讓我知道，你會跟隨那個高寧逃跑嗎？」凌如雪沒在這個問題上糾纏，而是直接問我結果。

「不是我要跟隨高寧逃跑，而是我們，包括妳和慧根兒。高寧有必須仰仗我的事情，那就是蟲腹底下的老怪物需要我去對付拖延一下。如雪，我不可能犧牲妳，我只有相信高寧，和他賭一把，除了這個我沒有退路，我甚至等不到我師傅師叔他們來這裡，妳知道嗎？」我很認真地對凌如雪說道。

「不，你不能這樣，我去找補周吧，我……」凌如雪太看重我的安全，她不敢冒這個險，這個傻女孩兒第一時間想到的，還是犧牲自己。

我一把抓住她的肩膀，然後強迫她看著我，對她說道：「不，如雪，妳不能這樣。我只是想說，和我一起走吧，看妳嫁給補周，對我來說，是比讓我死更殘忍的事情。如果，妳不跟我走，非要這樣做，那我會選擇明天就去讓那些老妖怪抽乾精血，死掉算了。」

凌如雪的眼中閃過一絲異樣，她望著我問道：「你這是在威脅我嗎？」

我點頭對她說道：「是的，是在威脅妳。妳的話無時不在告訴我，妳嫁給了補周，妳會去死！因為妳說，命運妳不可決定，但命是妳自己的，我承受不起妳的生命，就只能放棄自己的生命。妳說過，妳不喜歡我，妳又何必為我賣命？而我，妳不喜歡我，我不可能接受一個陌生人的命那麼大的因果，而妳如果喜歡我，那我更不可能看著妳去死。我就只有一句話，妳到底跟不跟我走？」

凌如雪扭過頭，不再看著我，而是說道：「這個時候，你竟然還能對我說喜歡或者不喜歡，我對這件事沒有興趣。但是你的命成功地威脅到了我，好吧，既然就是要冒險，那我跟著你一起。」

那隻蟲蟲，確切地說是那隻母蟲，高寧告訴我那是一個非常恐怖的存在，他開玩笑般的對我說道，搞不好得用導彈來毀滅牠，不然就要用些特殊的手段了，反正我是做不到的。

所以，我們逃跑的時間就只能是在母蟲沉睡的日子，高寧說每個月有三天，母蟲就會陷入深度的沉睡，除非是有生命的威脅，不然任何人用任何辦法都不可能喚醒牠。

「記得千萬別動到那條蟲子。」這就是高寧給我警告。

可是那蟲子的沉睡期我們已經經歷過一次，高寧告訴我，下一次那個蟲子沉睡會在五天以後。所以，我的當務之急就是要拖過這五天。

高寧怎麼會知道那麼多，是一件讓我和凌如雪覺得奇怪的事兒，甚至連蟲子什麼時候沉睡這種絕密的事情他都能知道，這讓人不得不探究。

畢竟，他自己曾說漏了一句話，那就是那蟲子的沉睡並沒有太具體的規律可以尋找，只知道每個月有三天，貌似和牠的進化有關係。

「既然不知道，也就不用想了，當務之急是我們就想辦法度過這五天吧，因為不知道他們什麼時候就會來要你的精血。」這就是我和凌如雪商量的結果。

在商量之後，我的每一分鐘都過得很忐忑，我覺得自己需要時間，可又覺得自己很害怕時間的流逝，因為我怕波切忽然就出現在我的房間，然後獰笑著要取走我的精血。

凌如雪在忙碌著，我不知道她在幹什麼，但我知道，她在做著背水一戰的準備。

我也在忙碌著，我每天流連於小樹林和房屋周圍的時間越來越多，在那些地方很隱蔽很小心地寫寫畫畫，可是這個寨子沒人知道我在做什麼。

至於我的臉色也開始變得蒼白而虛弱，至少這個寨子監視我的人，看見我的時候是如此，因為我在人前出現的時候，悄悄地給自己綁上了鎖陽結，陽氣被鎖住，自然整個人就是這樣的。

時間在我們的不安和忙碌中流逝，不知不覺中，已經到了第三天的夜晚。

這三天波切大巫並沒有來過，就如他所說，他要我好好將養一下，我祈禱他給我的將養時間長一些，最好能有五天那麼多，如果能不拚命的話，誰又會選擇去拚命呢？

可是，命運總是喜歡和人開玩笑，在這一個晚上，一件我們意想不到的事情發生了。

蟲鳴，依舊是那惱人的蟲鳴，在這天晚上早早地就響起來了，和往次不同，這次蟲鳴的時間特別長，而且那蟲子的鳴叫聲，有一種讓人聽了煩悶不已的急躁，彷彿那隻蟲子到了什麼關鍵的地方，牠很急躁，而牠的急躁就通過這鳴叫聲傳了出來，也感染了人們。

這一次的蟲鳴聲整整持續了一個小時，惹得聽慣了蟲鳴聲的寨子裡的人也紛紛坐不住，出來想看一個究竟，我敏感地察覺到這蟲鳴聲中還有一絲虛弱的意味在裡面，也不知道是不是自己靈覺的作用。

事實證明我的判斷沒有錯，這次的蟲鳴，如雪竟然沒有腹痛，很安寧也很安然，她只是跟我說了一句，她的本命蠱也很強悍，如果那隻蠱子不能壓過本命蠱，她的本命蠱不會煩躁不安的。

那隻蠱子虛弱了？我有一種不好的預感，總覺得這蠱子的一切彷彿與我的鮮血有關，這種預感讓我有些煩躁，信步走出了屋子，正好就走在了兩個負責看守我的苗人漢子不遠處。

他們正在低聲地交談著，偏偏我的耳朵又好，聽見了他們交談了的一切。

「這樣的事情好像八十年前有過一次，我聽我爺爺說過，那一晚上，也是蠱子叫了很久。」其中一個苗人漢子用漢話說道。

「你沒事兒用什麼漢語說話，你沒看見……」其中一個苗人漢子的目光瞥向了我，我假裝若無其事地在樹林裡漫步，心裡卻在翻騰，八十年前有過一次？這中間好像有什麼關鍵的地方，但我卻理不出頭緒。

「你是出去掙錢過的人，漢語好，我學學，明天我就要離開寨子出去了，再說，我們又沒說什麼，怕他聽……」另外一個苗人漢子無所謂地說道。

隨著我的漸行漸遠，他們的話語聲微不可聞了，但八十年前有一次這樣的情況，不知道為什麼，這句話在我心底反覆地翻騰。

一夜過去，彷彿我那強大的靈覺再一次地得到了驗證，在第二天一早，波切帶著橋蘭還有好幾個人上門了，見到坐在客廳裡的我，波切老頭兒只有一句話：「跟我走。」

跟你走了，我還有活路嗎？我在心裡默默地想著，難免心底有一絲慌亂，拿著茶杯的手也不自覺地抖了一下，凌如雪站在我的身後，當波切說出這句話的時候，她的手不自覺地就搭在了我的肩膀上，好像這樣，她就能憑藉她的力量把我留在這裡，不讓波切他們帶走一般。

我感覺到了凌如雪的身體在微微地顫抖，可她的在意讓我覺得溫暖，我反而不慌了。

我的臉色很蒼白，我整個人也很萎靡的樣子，可我的神情偏偏很淡定，昨晚預感不好，我在今早就特意起了個大早，把鎖陽結打在了心口，要知道，這個結打在胸口，效果非常的強烈，而且經過了這麼久時間，連同我的身體都開始冰冷。

這樣的行為很冒險，可我不得不冒險，要知道今天才第四天啊。

「跟你去哪裡？」我握著茶杯說出了這句話，如果波切要強行把我帶走，那麼我就會摔了這個茶杯，站在一邊的慧根兒就會快速地把手裡的陣棋插入陣眼，那個時候，就是拚命的時候了。

好在波切並沒有想像中的那麼急切，他望著我，看著我蒼白的臉色和萎靡的神態，眼中全是疑惑，沉默了很久，他才說道：「你怎麼會搞成這個樣子，我不是讓你好好休養嗎？」

「好好休養？好好休養了，這次被你帶走，我也會變得更加虛弱吧？」我故意這樣說道，其實是以退為進，想給自己再爭取一天的時間。

波切望著我，眉頭不自覺地皺了一下，然後說道：「我說過，這次以後，你就會解脫，跟我走吧。」

我站起來，手握的茶杯還是握在手中，然後我幾步走到了波切的面前說道：「你說我會解脫，我就會解脫？如果你現在要對我做什麼，就算是取大量的血，我都會沒命！我還怎樣解脫？」

說著，我很是激動地指著橋蘭說道：「上次這個女人把手插進我的胸口，其實已經傷到了我的本源，我們道家之人功法特殊，我在心臟周圍溫養精血，她破壞了我的行功，現在精血不能聚攏，還損失了一些，眼看著再有一天，我就能恢復，你竟然要我現在跟你走，跟你走，是為了取血是嗎？你是要害死我是嗎？」

這些話，純粹是我扯淡，道家沒有任何功法是什麼在胸口溫養精血的，我故意裝瘋賣傻曲解波切的話，就是要告訴他這個資訊，我損了精血，但明天就可以恢復，他在意的是我的精血，我偏偏裝作不知情，故意拿我的精血說事兒。

他們不知道道家的功法到底是怎麼樣的，更不知道高寧已經祕密告訴我了一切，我就是賭波切在意我的精血，然後給我一天的時間。

果然我的話成功地引起了波切的疑惑，他轉頭望著橋蘭，而橋蘭則一臉無辜驚慌地望著波切，急切地用那種古老的語言在解釋著什麼。

而我不管這些，只是往前踏了一步，然後微微扯開了一點胸口的衣服，大聲地喝道：「妳這女人上次發瘋，為了一句話，就要取我性命，現在妳再來一次啊？看看老子敢不敢和妳魚死網破？精血沒了，我二十年的修習也算廢了，老子也不管了。」

然後我裝瘋賣傻地又盯著波切說道：「你身為大巫，不知道精血的重要嗎？你們苗人不是很有辦法嗎？今天倒是為我主持一個公道啊，你，你來驗驗，我的精血是不是散掉了，集中的精血少了很多。」

這時，有個苗人看不下去了，大聲對我呼喝了一句，不要對他們大巫無禮。

而我則不管不顧地盯著波切說道：「我明天就能養好傷勢，你今天非要帶我走，我就自殺。因為今天要是被取血的話，我的功力就完了。」

說這話的同時，我握緊了茶杯，如果波切還是不管不顧地帶我走，那就只有拚命了，雖然我知道，我們也拖不到明天深夜，明天也必須要拚命了。

第三十一章　生死時速

我的態度很強勢，但「胡攪蠻纏」的始終不是重點，因為在波切的眼中我還是一個幻想著自己能活著，自己要被取走大量鮮血的人。

「愚蠢得可怕」，估計這就是波切對我的所有想法，但是我這個愚蠢之人所說的精血有傷，又不得讓他不重視，他肯定相信橋蘭沒有傷到我，因為他應該比較相信橋蘭的技術，他所擔心的也只是那個他不甚瞭解的道家功法。

氣氛彷彿是凝固了，我握茶杯的手心流出了滑膩膩的冷汗，我很擔心，我會不會一不小心握不住它，讓它掉地上碎掉。我也必須很用力地讓自己的手不至於顫抖，讓自己貌似很鎮定的臉不至於抽筋。

終於，當氣氛已經像繃緊了的弓弦，快要射出那一箭的時候，波切開口了，他有些陰沉地說道：「不能再拖太久，明天，最多明天我就會來找你。」

我相信他所說的明天，是明天一大早，看他那樣子，也有拖不下去的理由，換誰不想讓自己的「藥」品質好一些？

但是波切永遠不會那麼簡單地放過我，估計是我對他太重要，他在轉身之前，對那兩個跟隨他進來的苗人說道：「派十個人來看住這個屋子，要每一個角落都看住。」

然後對我說道：「對不起，你就好好休養吧，從現在開始，你就只能待在屋子裡。」

我低著頭眼中閃過一絲陰霾，波切這個老狐狸到底不是真的相信我的裝瘋賣傻，他只是不敢拿我「珍貴」的精血去賭罷了。

我的默認也算是一種順從，當這一行人匆匆走出屋子的時候，我深吸了一口氣，小心又小心地把手中的茶杯放到了桌子上，然後整個人忍不住一屁股坐在了地上，凌如雪第一次從背後抱住了我，只是短短的一瞬，就放開了。

很快十個人苗人漢子就來到了我們的屋子，佔據了屋子裡的每一間房間，每一個死角。

不知道波切是不是另外有吩咐，站在窗前的我敏銳地發現，在屋子外站了不下二十個精壯的苗人漢子，這種陣仗，恐怕只有武俠小說裡的高手才能破得了了，現實中的武功高手都不行。

我夾著菸無所謂地吐了一個菸圈，陰霾的天空下，我們房間的窗戶外一串新掛上的竹片兒風鈴正在發出並不怎麼清脆的響聲。那是我在屋子裡無聊時做的。

但願高寧啊你別讓我失望。無意中，我看見高寧的身影在窗前晃了一下，嗯，他也是負責看守我的人中的一個。

下午，我、慧根兒、凌如雪在苗人的監視下美美地睡到了晚飯時間，凌如雪告訴我，她不想和那個苗人漢子單獨同處一室，所以很是堅決地睡在了我的旁邊。

我不是紳士，自問也需要休息，當然也不會讓床出來，於是我就這樣和她並排睡著。

醒來的時候，她的髮梢正好落在我的臉龐，有一股獨特的清香，我無意地呆了一呆，只是想著如果能逃過這一劫，我可不可以每天早上都在她髮梢的香氣裡醒來？但這是苗人獨有的火辣辣的奔放吧，也許客氣的同睡也不代表了什麼，我整理好了自己的心思。

卻不想在我們吃晚飯的時候，凌如雪卻對我說了一句：「真怕你撐不住，總覺得在你身邊會好一些。」

當布陣的那一刻，我就已經再無任何心理負擔，所以此刻我很輕鬆。屋外，已經傳來了哭號聲，說著我聽不懂的苗語，不過看樣子是害怕之極，但願你們不要被嚇死，我輕鬆地點上了一根兒菸。

凌如雪看著我，忽然就噗哧一笑，說道：「那他們註定倒楣了。」

是啊，他們註定倒楣，這個寨子幾百年來的冤魂會少嗎？我輕輕皺了皺眉頭，只是說了一句：「但願慧根兒快一點兒，不然等下我們就只能祈禱自己長了四條腿兒。」

是的，屋裡那麼大的動靜，外面那些看守的人怎麼會沒有反應，我看見很多人已經衝了過來，也看見有人吹響了代表警報的哨子。

我相信，再拖一會兒，來找我們的就不是這些小貓小狗了，而是波切老頭兒那種老妖怪了。

而也就在這時，門外響起了慧根兒的聲音：「哥，快開門，額再被纏著，可要念經驅鬼了。」

慧根兒回來了，我的心一陣輕鬆，趕緊開門閃身讓慧根兒進來，可在那一瞬間卻也能感覺到慧根兒身上的「陰風陣陣」。

果然承了凌如雪的「吉言」，這裡的人一定比較倒楣，慧根兒走的可是一條生路，而慧根兒本人也是大佛法，大念力加身，竟然都被纏上，外面那些人的確有些慘。

但無論如何，在慧根兒進屋的一瞬間，他的身上清明了，畢竟這裡是唯一的「生門」。

使勁地摸了一下慧根兒的圓腦袋，我也不多廢話，抓起早已藏在床下的黃色布袋背在身上，就說了一句走吧，除了這些法器，其他的東西我不需要了。

當然，我也沒忘記從黃色布袋裡摸出一隻骨雕的蛇，放在了我床下一個隱祕的陣紋當中，陰骨雕陰蛇為陣紋法器，陣紋已經啟動，連接屋內大陣，生門已毀，你們就在房間裡慢慢玩吧。

我不無嘲諷地想著，先把慧根兒抱著扔出了窗外，在陰風乍起的時候，我也從窗臺上跳了出來。至於凌如雪，人家動作快，早已經等在了窗臺外。

我在想我們的動作一定很拉風，一定也如黑暗中的明燈一樣顯然，膽敢就這樣大剌剌地從窗戶跳了出來。事實上，也是這樣，在我落地的瞬間，我就感覺自己跟舞臺上的明星似的，無數的燈光一下子匯集在了我的身上。當然，人家那是螢光燈，我他媽的這邊是手電筒，外加——火把。

「在那裡，他要跑……」人聲開始嘈雜起來。

「@#¥%……」我聽不懂的苗語，接著還有很多人朝我們跑來的腳步聲。

我從隨身背的背包裡拿出一塊兒入手就涼得讓人心驚的玉石，然後想也不想地拉著慧根兒和凌如雪就開始跑，這個時候不跑就是傻×。

耳邊的風呼呼作響，在這樹林裡，我第一次發現這些樹是那麼的討厭，儘管我自己已經跑得很快，可它們還是能成功降低我的速度。

我不擔心慧根兒，這小子從小習武，在樹林跑得就跟一隻猴子一樣快，一樣靈巧。

我只是擔心凌如雪，一個女孩子的速度始終不能跟男孩子比，我怕她跟不上，然後被補周逮去當媳婦兒。

我有些痛恨我在屋外樹林裡布的大陣，因為陣法本身太大，加上陣眼要隱祕的關係，我們必須要跑兩三分鐘才能到陣眼，這一過程很危險。

因為，我看見聚集過來的人越來越多。

但不是沒有好消息，事實證明我對凌如雪的擔心是多餘的，因為她用背影給我證明了她是一個風一樣的女子，嗯，跑得跟一陣兒風似的。

「啪嗒」，在我猝不及防的情況下，凌如雪砸了一樣東西給我，同時，也砸了一樣東西給慧根兒。

我被正中砸在臉上，心裡不由得一陣兒火大，妳是怕我跑得比妳快，然後砸我一下嗎？可凌如雪頭也沒回地說道：「快撿起來，抹在身上，你布陣眼，需要時間，另外我們需要更多的保障！」

地上的是一個竹筒，聽了凌如雪的話，我和慧根兒幾乎不假思索地撿起了地上的竹筒，然後看也不看竹筒裡是什麼東西，倒出來就往身上亂抹亂塗。

竹筒裡的東西軟滑軟滑的，就像稀泥，摸在身上的味兒也怪怪的，我感慨我這人估計是天天洗澡的毛病不環保，然後老天看不下去了，故意要我髒點兒，前幾天是「屍油」，這幾天是「稀泥巴」。

但此時，凌如雪已經跟小叮噹似的，拿出了一個造型非常怪異且相對碩大的哨子放在了嘴裡，然後「嗚嗚」地吹奏起來。

在這個過程中，凌如雪拉住了我的手臂，幾乎是被我帶著跑。不帶著跑也不行，因為在吹奏的時候，她的眼睛是閉著的，讓我不禁感慨，原來苗家用蠱也得存思。

我卻不知道，其實這是苗蠱中投蠱的最高境界——意念控蠱，幾乎是傳說中的技術了，所以凌如雪顯得非常吃力。

接下來，我看見了我一生都難忘的情景。在身後，不，四面八方的電筒光，火光的包圍中，草叢中飛舞出了一隻隻不知道名字的蟲子，這些蟲子什麼樣子我不清楚，但是牠們無疑有一對很美的翅膀，透明的折射著火光，竟然有了七彩的顏色。

由於這一幕太美，我差點拉著凌如雪去撞樹，幸好被及時睜眼的凌如雪拉了一下，才避免了這一場悲劇。我們時間緊迫，撞不起樹。

「為什麼現在才讓我和慧根兒塗上藥膏？」我們的身後，響起了一陣陣詭異的，發狂般的笑聲，我在笑聲中和奔跑中問了凌如雪。

「這藥膏揮發太快，最多只能撐十分鐘，我可控制不了一群蟲子，我的哨聲最多讓牠們狂躁不安，而且要讓每隻蟲子感覺這種情緒，已經很耗神了。」凌如雪不愧為風一樣的女子，回答我那麼長一串兒，竟然氣定神閒。

「那意思是十分鐘過去以後，我們也會像他們一樣開始狂笑？」我很震驚地問道。

「不會，這蟲子只是很普通的蠱蟲，唯一的作用也只是讓人發癢，控制不住狂笑，作用時間也很短。你是以為我有多本事，能控制一群厲害的蠱蟲？難道你以為這個寨子就沒有高手破蠱？」凌如雪一邊跑，一邊不忘白了我一眼。

彷彿印證了她的話，身後已經響起了一個狂妄的聲音，大喝道：「雕蟲小技，大家忍忍，三分鐘左右就好了，忍不住了跳冷水裡去泡泡，馬上就好了。把這林子給我圍起來，我看他們跑到哪裡去。」

我無奈地看了一眼凌如雪，這蠱用冷水泡泡就破了？或者忍三分鐘就破了？

不過，她已經很了不起，給我爭取到了寶貴的時間，而此時，我們已經跑到了陣眼兒處。

這個陣法比屋子裡的百鬼困靈陣還要陰損，這是一個標準的十煞陣，聚十方陰氣，煞氣為一體，就算陽剛氣十足的人也無法破解，除非遠離這個大陣，從來沒靠近過它。

另外，這個陣法，要是沒有高人破之，那就會一直存在，而且煞氣和陰氣還會越聚越多，最壞的結果那就是把這一片兒地方變成一個死地！這樣的陣法背負的因果極大，可是用來打擊敵人，甚至殺死敵人都是極其有效的。

畢竟所謂百鬼陣中的鬼聽起來嚇人，但是鬼之一物，終究怕的是人的一身陽氣，只要你不在第一時間被嚇破膽，有時血氣旺的人閉著眼睛反而能無意地破陣而出，因為那些鬼始終被限制在了一個小範圍內，出了那個小範圍就是你贏了。

但是這陰氣、煞氣陣不同。這些陰氣煞氣是詛咒的本源，你就算出了大陣，同樣會被糾纏詛咒，有的血氣弱者，甚至立刻就能出現幻覺。

這樣的陣法我布置了整整三天，連同晚上都在悄悄地布陣，可是啟動它也不是那麼簡單，除了陣眼的法器有講究以外，還要發功施訣。

很感謝凌如雪為我爭取到的時間，我把那塊發涼的玉石放到了陣眼中，這就是陰玉，刻意養出來的法器，是道家幾乎最為陰毒的法器之一了。

玉能夠聚集磁場，所以聚集了正面磁場的玉石對人的好處不言而喻，但同樣聚集了負面磁場的玉，帶來的結果也很悲慘。古玉不能亂碰，怕的就是其中聚集了太多的陰氣，形成了負面磁場。

這塊陰玉，原本就是從墳墓中挖掘出來的古玉，而且是含冤而死之人的墳墓之中，然後用道家特有的手段陰養，不管它在古玩販子裡有什麼價值，在道家人眼裡，它就是一塊最好的法器。

當陰玉入陣時，我彷彿感覺身邊都吹起了一股冷風，陰寒入骨，連我自己都忍不住打了一個哆嗦，這個陣法太損，天道不允嗎？

看著不遠處與四面八方繼續蜂擁而來的人群，想著如雪爭取來不多的幾分鐘，我一咬牙，如果天道都允許這樣的寨子逆天而行，而讓我因這個陣法背上大因果，那麼我也認了。

陰玉入陣，步罡踏起，行陣之咒語也隨著我踏出步罡而緩緩念出，這樣的陣法還需要布陣人的法力加持。所幸，陣法本身就像一包準備好的炸藥，蘊含著無限的威力。而法力加持，就是點燃那包炸藥的火苗而已，並不是太耗費力氣。

一分鐘過後，隨著我最後一步步罡的踏出，最後一聲咒語的念出，陣法發動了，一般情況下，道家的陣法發動也不是如何驚天動地，除了一些特殊的陣法。

可是這十煞陣，典型屬於比較特殊的陣法，當陣法發動的瞬間，立刻就狂風四起，然後灰濛濛的迷霧以肉眼可見的速度從四面八方聚攏而來，接著就是冷，不是感官上的冷，而是從心裡感覺發寒。陣法已啟，效果立現，就連我們三個都有一種冷而無力的感覺，多待一陣兒，少不得詛咒的效果就要出來了。

我舉目一望，心裡也暗暗吃驚，這陣法就如不是我布置的一般，範圍竟然越來越大，原本我的設想只是覆蓋這一片小樹林，卻不想此時的範圍已經遠遠超出了小樹林。

聚合而來的煞氣太多了。

我第一時間就判斷出了這個情況為什麼發生，可見這個寨子沾染了多少的血腥！

「慧根兒，自己加持念力護身。」我急吼吼地吩咐慧根兒，陣法可不長眼睛，不會因為是我布的，就不傷害我們三個人，我只是知道該怎麼走出這個陣法而已。

至於我，則是開始默行驅邪咒，然後一把拉過了凌如雪，緊緊牽著她的手，這可不是我要吃她的豆腐，純粹是因為在道家陣法面前，凌如雪並沒有自保之力，我牽她的手，只是為了渡一部分正面氣場給她辟邪。

慧根兒自然不用我擔心，在驅邪避穢上，他比我厲害。

而凌如雪被我牽著手，她冰冷的手也總算恢復了一絲溫度，畢竟是女子，估計又是養蠱人，陽氣自然不是很旺盛，被這些陰煞之氣第一時間侵蝕也是肯定的。

「跟我走。」陣法已成，陰霧覆蓋之處，我不擔心這些苗人會追上來，所以不用急吼吼地跑了。

而凌如雪也終於不用化身風一樣的女子了。

陣法之中，慘號之聲四起。前人的罪聚攏的負面氣場，後人來承擔結果，這也算是這個寨子一樁小因果。我心硬如石，並不覺得這些慘號聲聽來，我需要心軟。

在我的指引下，我們步步前行倒也順利，濃霧夜色之中，更不擔心誰會看見我們。

這是我耗盡心力布置的陣法，想當年在荒村，老村長僅憑一己的怨氣，就令那個地方怨氣化濃霧而不散，能滅了他，現在回想起來都覺得僥倖。

上一次高寧帶我走的路，我還記得，那條路隱蔽而快速，幾乎是利用到了視覺上所有的死角，只要踏上了那條路，我們也就可以安心幾分了。

如果行程順利，今夜我們就能逃出這個黑岩苗寨。

這樣想著，我的腳步又快了幾分，不過看似輕鬆的走路，對於我來說也很不清楚，行咒之時，一般要求全力存思，我又要引路，又要存思行咒，一心二用，其實在當時已經頭脹不已了，再多一些時間走不出，估計我也要撐不住了。

幾分鐘以後，我們總算要走出了這個陣法了，可這時異變再生，我聽見小樹林裡響起非常怪異的聲音。

是人的聲音，可是這人的聲音非常怪異，念著我聽不懂的語言，如癲似狂，又像是在唱歌，最讓人不解的是，他的聲音聽起來不像是很大，偏偏又輕鬆地傳遍了整個小樹林。

這個聲音我聽見了，但苦於現在的處境，我根本不敢開口問什麼，可是凌如雪被我牽著的手，卻莫名顫抖起來，她忽然低聲說了一句：「糟糕，大巫在行巫術。」

一聽這話，我心中大急，咒語也被這樣的情緒打斷，瞬間，那股陰冷再次包圍了我和凌如雪。我對巫術不瞭解，可我毫不懷疑，那個大巫的功力遠勝於我，道術源於巫術，不同卻又共通，這個大巫此時行術，那麼就算他不能以正常的手段破了我的陣，也可以通過一些方式逮到我們。

「慧根兒，別行咒了，跟我跑。」此時，就算有小小的陰氣詛咒纏身我也顧不得了，必須快點跑出這片迷霧區，我一手拉著凌如雪，一手拉著慧根兒，閉目衝開天眼，想也不想地就帶著他們再次奪命狂奔起來。

那鬼魅一般的行巫之聲，始終如影隨形地跟著我們，彷彿跑到了哪裡，都能聽見他那癲狂的聲音，然後越來越急，就如打在心上的鼓點，讓人喘不過氣。

一分多鐘以後，我終於帶著如雪和慧根兒衝出了迷霧區，踏上了高寧上次帶我走過的路，這個地點比較隱祕，終於能讓人鬆口氣。

奇怪的是，離開了迷霧區，那個聲音也漸漸地微小而不可聞了，我散去了天眼，倚著身邊的牆開始大口大口地喘息，剛才的負擔不重是假的，我要抓緊時間恢復一下。

凌如雪很體貼地從隨身的包裡拿了一壺清水給我，其實水於道家之人來說是一件兒好東西，在沒有那種逆天的恢復刺激精神的藥丸之下，一壺清水，倒是可以暫時清明刺激一下精神力。

我接過水壺咕咚咕咚地喝了兩口，又倒了一些在自己的頭上，感覺總算好受一些了，我知道這只是逃亡的第一步，我不能使出太多的底牌，能這樣恢復一下，已經算不錯了。

「他是在行陰毒的巫術，在陰氣籠罩的範圍內，聲音聚而不散，遍布所有的地方，那是陰毒巫術的一個特徵。」凌如雪在我喝水的時候，平靜地對我說道。

要說她身為白苗的蠱女，對巫術沒有一定的瞭解，誰都不會相信。

我不懂行巫術之法，但這不妨礙我對巫術的一些小瞭解，在我看來巫術總是神叨叨的，不可控的，甚至是冰冷無情的，因為它施術的代價特別大，但效果也特別強烈，而且一旦施展，總是不太受控，且不說受術之人的淒慘，就連無辜之人也會波及。

聽見凌如雪如是說，我一把把水壺還給了凌如雪，然後說道：「我們快跑。」

我就是直覺我們必須快跑，可不想我的話剛落音，那片離我們不遠的迷霧區，忽然響起了一個特別淒慘，讓人心悸的聲音！那個聲音一點兒也不奇特，按照人們都應該很熟悉，因為只是簡單的貓叫聲音而已，可是讓人聽了就是那麼的不舒服。

就像貓兒發情之時所叫之聲，也如嬰兒啼哭，聽到的人都覺得難受，而這聲音卻比那聲音還要淒慘，淒厲十倍。

我腳步不停，可是臉色一下子變得沉重，在貓叫之聲響起以後，我同時聽見了人們更加淒慘的呼號聲，在慌亂之下，人們呼喊的自然是苗語，我聽不真切，可是那呼號聲中的絕望與驚慌之意，我卻聽得出來。

我的手心發汗，忽然就覺得我是不是太狠毒了，竟然布下了十煞陣，然後引出了大巫做法，如果因為這個我害了數十條人的性命，這因果背得不輕啊，而且又讓我怎麼忍心？

這個想法就如心魔一般佔據了我的思維，凌如雪不明白我心中的慌亂，在跟隨我跑動的時候，她忽然第一次用極其不鎮定的聲音說道：「貓靈，貓兒蠱，那個大巫竟然召喚了這個！」

我心亂如麻地問了一句：「那是什麼？」

「那是最陰邪之物，見人就會纏上，被纏上之人全身立刻就會流膿起瘡，狀況淒慘。你的陰氣大陣是它的最愛，根本困不住它，而且……」凌如雪說到這裡，臉色已經很難看。

我不禁問道：「而且什麼？」

「而且被它盯上的目標，它會不死不休地糾纏，我們在這裡生活了那麼久，施法之人一定有我們的氣息之引，這些貓靈會一直纏著我們的。」凌如雪如此對我說道。

氣息之引是什麼？我們什麼時候遺落了這個東西？我心亂如麻之下，更添了一絲慌亂，彷彿為了配合我的慌亂，那片迷霧區裡的貓叫聲越來越大，而且聽聲音就如一群貓在慘嚎一般，而越來越多的人哭爹喊娘的聲音也已傳來，我生怕會看見一群貓忽然就從迷霧區裡逃出。

祠堂背後的荒墳區也越來越近了，在此刻我已經不敢抱什麼希望，這個施法的大巫會不知道我們的動向了，貓靈雖然可控性差一點，但我相信靈與巫一定是心神相連，貓靈追蹤我們而來，那大巫也就自然知道我們的動向。

快，此時只有快！

而凌如雪彷彿也知道我的心思，給我說道：「氣息之引，無疑就是沾染人氣息的一些東西，就如體液、體毛，就算你的這些東西沒有被他們收集到，可你的鮮血……」

第三十二章　貓靈附身

在我的印象裡，高寧絕對是一個現代人，儘管他狡猾謹慎，也是屬於一個生意人的本色，就算他知道那麼多黑岩苗寨的祕密，在我心裡那也是和他奶奶有關，我從來沒有把高寧當一個苗人，更別說是幾乎脫離了現代社會的苗人。

但此時高寧已經顛覆了我的印象，因為他穿的是一身波切大巫才應該穿的衣服！骨鏈、骨手環、一身大巫袍，包括臉上的圖騰，都跟波切大巫一模一樣。要知道，在平日裡，高寧雖然融入了這個寨子，可是我連一次也沒看過他穿苗族漢子該穿的衣服。

不僅我注意到了這個問題，凌如雪也發現了，她幾乎是不由自主地問道：「高寧，你是這個寨子的大巫？」

高寧卻不回答凌如雪的問題，而是對我們說道：「必須在這裡解決了貓靈，否則貓靈進入洞裡糾纏，那麼危險的地方，後果不用我多說。」

是的，後果的確不用高寧多說，就算沒有那些血線蛾，就那條下去的路，已經很危險了，根本不可能還有空閒應付貓靈。

「要怎麼解決？」我沉聲問道。

可高寧還沒回答我，凌如雪已經接話了：「貓有九命，貓靈是最難纏的一種蟲靈，不像犬靈，威力雖大，但是滅了就是滅了。除非殺死施術之人，否則貓靈不死不滅。另外……」

凌如雪說到這裡不說話了，此時我們待在墳包裡都能聽見貓靈淒厲的叫聲了，高寧飛快地說道：「倒不是貓靈不死不滅，而是它的一絲魂魄和施術之人共生。要消滅它，除非完全的把它在外面活動的靈體打散，那麼一絲魂魄也需溫養很久，才能成為新的貓靈。可是打散它很難，要以靈破靈。我不想解釋那麼多了，總之，現在要解決，就只有承受貓靈附身，為我們爭取時間。」

凌如雪一下子冷冷地望著高寧，說道：「你怎麼知道那麼多？連我都不是很瞭解貓靈！」

可高寧卻不回答凌如雪，而是望著我問道：「考慮好沒有？貓靈附身，不是要死。和犬靈一下，它只是一種惡毒的詛咒術，只要我們跑出去，有了時間，貓靈的詛咒總能解決的。」

時間已經來不及讓我多思考了，既然只是詛咒，那承受了又如何？我大聲說道：「慧根兒、如雪，趕快跟著高寧下去，這裡的貓靈我來應付。」

高寧聽聞我如此說，已經掏出了他那個小罐子，開始在自己身上塗抹屍油，也讓慧根兒和如雪塗抹在身，凌如雪卻一把拉住我，說道：「你知道貓靈詛咒的可怕嗎？不要，那跟死了沒什麼區別！」

我望著凌如雪，幾乎是吼著說道：「不要囉嗦了，快照高寧說的做，不然大家都死了，又有什麼意思？」

凌如雪深深地望了我一眼，並沒有說話，而是拿出一部分罐子裡的膏體，在我身上塗抹起來，我卻不耐煩的在身上隨便抹了兩下，然後徑直爬出了這個墳包，在爬出去之前，我對凌如雪說道：「下去，好好照顧慧根兒，我等下就進來。」

剛爬出墳包門口，我就聽見嘈雜的人聲，因為有一定的距離，所以不是太大聲，但是我能感覺人群是往我們這邊聚集了。那個施術之人，跟著貓靈的指引一定知道我們朝著這裡跑來了。

情況真是糟糕，我苦笑了一聲。

卻不想剛剛站定，我就聽見一聲淒厲的貓叫在我耳邊響起，然後臉上一涼一痛，就感覺是什麼東西抓了我一下。

那種痛很抽象，不是什麼鋒銳的利器抓過的痛，而是一種緊縮的，彷彿是你精神上想著那裡痛，那裡就有種痛兼涼颼颼的感覺。

我感覺自己的臉那一部分似乎冒出了什麼東西，伸手一摸，竟然是一串兒燎泡，手上濕漉漉的，竟然是黃色的膿水。而且奇癢無比，讓我忍不住伸手想要去抓，但自覺告訴我，如果去抓了的話，後果一定很可怕，我強忍著沒有去抓。

這一切，看似很久，不過就發生在幾秒鐘之內，接著越來越多的貓叫聲在我的耳邊響起，我感覺越來越多的爪子抓過我的身體。

我知道我只要不反抗，這些貓靈最終會附身在我的身上，我乾脆站在墳前，任由這些貓靈上上下下地攻擊我，我不敢想像自己變成了什麼樣子，只求它們快一些，別耽誤太多的時間。

在恍惚間，我感覺身子一涼，感覺什麼東西進了身體，然後整個靈魂都在因為那股陰冷而顫抖，我還來不及有更多的體會，就感覺那些貓靈接二連三地竄進了我的身體，我一陣一陣的發冷。最後，我感覺我身體裡進入了七隻貓靈，整個靈魂都被凍結了的感覺，我全身發抖，然後很多燎泡以肉眼可見的速度布滿了我裸露出來的雙手，癢，很癢。

如果說身體外的奇癢還是我可以忍受的，那身體內，五腑六臟中的奇癢才是要人命的，能想像自己的內臟被貓抓的感覺嗎？就是這種感覺。

冷，整個人冷到僵硬，我自嘲地想，就如凌如雪所說，這跟死了有什麼區別？比死還難受！

可是，我又有什麼選擇？難道讓我喜歡的凌如雪來承擔？或者讓慧根兒來承擔？那不可能！

至於高寧，不用考慮了，他有什麼義務為我承擔貓靈。

此時，人群的喧嘩聲已經越來越大，我只知道越來越大，卻根本聽不分明，因為我腦中縈繞的全是貓叫，要是普通人，光是腦中那淒厲的叫聲，就能把人折磨瘋，可我還勉強能在心裡反覆地默念師傅最初教我的清心明台的口訣，保持住最基本的理智。

只是兩分鐘不到，我就被這貓靈折磨得人不人鬼不鬼，可我還知道我要做什麼，忍著難受的感覺，我轉身想爬進墳包，卻在這時，一雙溫暖的手拉住了我。

我回頭一看，是凌如雪，她不知道什麼時候已經站在了我的背後。

「不要看我。」我幾乎是咆哮著對凌如雪說道，被貓靈附身，長滿燎泡的樣子一定很難看，我雖然不是太在意皮相上的事情，可是也不想喜歡的女人看到自己這個樣子。

「樣子有什麼重要？先進去。」凌如雪很平靜，甚至摸了摸我的臉。

很奇怪的是，她摸過的地方，竟然莫名地泛起一陣溫暖的感覺，讓我感覺那一部分不是那麼的陰冷，也不是那麼奇癢難耐了。是我的錯覺嗎？心裡有一種莫名的感動，卻不知道要說什麼，我沒有忘記我們現在的處境，轉身爬進了墳包，而凌如雪跟在我的身後，一起進了墳包。

高寧和慧根兒此時已經塗抹好了那個膏體，慧根兒一見我的樣子就憤怒了，大喊道：「哥，是雖（誰）把你弄成這樣子，額去給你報仇。」

說完，慧根兒就掐訣行咒，我也不知道他要幹什麼，卻被高寧一把拉住了，他對慧根兒說道：「現在先逃命吧，他的詛咒以後可以解決的，你要耽誤時間，就是浪費了你哥的心意。」

我看見凌如雪衝慧根兒點點頭，表示認同高寧的說法，我也點頭表示認同，慧根兒是個懂事的孩子，兩隻眼睛含著眼淚，但終究還是沒有亂來，隨著高寧一起下去了。

而此時凌如雪卻用手，分別在我的額頭、心口、手心撫過，待她做完這一切之後，我忽然感覺輕鬆了很多，這才發現凌如雪臉色蒼白，而拂過我的手上全是乾涸的鮮血。

「本命精血，可以暫時幫你壓制貓靈，讓你舒服一點兒，我怕你在高寧的眼中只是刻意壓榨的棋子，用完拋棄了也沒有什麼。」凌如雪依舊是平靜地說道。

說完，她解下了腰帶，一頭繫在了我身上，一頭繫在了自己的身上。這是要做什麼？

凌如雪讓我先進洞，然後她才跟著下來，一根腰帶就是連接著我和她的生命線，原來她是怕我在貓靈附身的情況下，沒有辦法爬完這恐怖的血線蛾之洞，她要用她的生命負載著我的生命。

我感動得幾乎想落淚，我真的想不出這個世界上，除了我的親人和師傅以外，還有誰能夠把我的生命置於自己生命之上的，這個女孩子卻這樣做了。

就是這樣一根腰帶，讓我想好好地愛她一輩子，對她好一輩子。她的表情依然平靜，可這平靜之下，是怎麼樣的深情？或者，有其他的原因，讓她不得不保住我的性命，可我就願意相信這是一番深情。在洞裡，我戰戰兢兢地往下爬著，我生怕出錯，連累了凌如雪。

儘管她用她的本命精血暫時克制住了貓靈，但只是奇癢難耐的感覺稍微好了一些，我全身依舊冷得非常僵硬，每一步幾乎都要用盡全身的氣力。

洞裡非常地安靜，只有我們下爬的腳步聲和呼吸聲，那裡面待著的血線蛾如同死了一般的，附著在洞裡。

我希望就這樣平安地爬過這個洞，可是頭頂上出現的火光，預示著我們這一路不可能太安靜，因為那些苗人追上來了。他們在洞口議論著什麼，相信這些血線蛾對於他們來說依舊危險，沒人往下爬，跟著追上來，他們似乎是在等待著什麼。

而我的心就跟擂鼓似的，開始狂跳起來，恨不得自己能爬得快一些，再快一些。

但是這貓靈太過厲害了，我們下爬到一半的時候，我的身體忽然開始慢慢地再次癢了起來，然後冰冷僵硬的感覺更重了。

我緊咬著牙關，努力地克制著不舒適的感覺，奮力地往下爬，只是每次身體和那土壁接觸的時候，我都忍不住去蹭一下。

彷彿是感覺到了我的異動，凌如雪在上面說道：「不要用任何方式去止癢，抓過的地方血肉會掉下來，成為不可恢復的外傷。」

凌如雪的話剛一說話，我一低頭就注意到，我的領口往下一點兒，已經被我蹭出了鮮血，那裡的皮膚往外翻著，露出了鮮紅的血肉，我竟然毫無知覺。

這個發現讓我一下子頭皮發麻，我只是去蹭了蹭，要是動手去抓的話，這後果……

幸好剛才在墳洞那裡忍住了，不然我的臉……想到這裡我的冷汗一下子布滿了額頭。

胸口往上的地方，鮮血默默地流淌著，流過皮膚涼涼的，我感覺不到痛，就只剩下這樣的感覺，幾乎是一步一挪地往下爬著，我能感覺自己的鮮血已經流到了一直掛著的虎爪上。

虎爪這個東西最怕污穢，也不知道沾染了貓靈的血，算不算是污穢了它？想起師傅曾經為我溫養了好幾年，又想起曾經在荒村，虎爪出現了一次奇異的反應。我努力地想著這些來轉移注意力，不然身上的奇癢，會把我折磨瘋，可是想著一些別的，精神難免出現恍惚，也就在這個時候，我聽見洞口處一陣嘈雜，然後一個熟悉的聲音出現在了那裡。

那人說的是苗語，我聽不懂，之所以覺得這個聲音熟悉，因為他就是貓靈的施術人，他的聲音在小樹林裡鬼哭狼嚎了那麼久，我想忘記都不行。

這個人一定有什麼辦法整我吧？我這樣想著，無奈身體僵硬，動作也快不起來。

果然，那個人又開始在洞口鬼哭狼嚎起來了，應該是巫術的一種施咒方法吧，隨著他咒語的念動，我感覺身體裡就像有什麼東西開始發瘋了一般，在我的身體裡亂滾亂動，這樣的感覺讓我痛苦不堪，一下子趴在洞壁上，動也動不了了。

是貓靈，我身體裡的貓靈在做怪，可是知道了又能如何？癢，奇癢無比，簡直是發自靈魂的癢，然後痛，內臟器官被牽扯著疼痛無比，那一刻我想死，我是真的想死了。

也就在這時，上面傳來一個聲音，是用生硬的漢語在對我喊話：「你若是束手就擒，我可以解除你的痛苦。」

是的，我想要屈服了，那感覺真的可以把一個鐵一般的漢子折磨到崩潰。

可也就在這時，高寧在下面喊話說道：「你要忍住，你屈服了，你是個死。慧根兒和凌如雪的日子也不會好過！」

是啊，我不能屈服，我緊咬著牙關，趴在土壁上大口地喘息，腦中的貓叫個不停，我連思維都要崩潰了，我只想快一些爬下去，我只剩下這樣一個本能，一片迷濛中，我只想著不要屈服，下去，下去就好了。

就是這樣，我再次開始挪動，卻不想一腳踩空了，整個人控制不住的一下子下滑了一下，頭重重地撞到了土壁上。

可是，我沒有掉下去，繫在我腰間的帶子拉住了我，猛然的驚懼讓我清醒了一下，我抬頭看去，是凌如雪，她一隻手趴在土壁上，一隻手緊緊地拉住了那條帶子，而她的腰因為我的猛然下落，被拉成了弓形，可就是如此，她還堅持拉著我。

我沒想到有一天，竟然有個女人會對我說這樣一句話：「不要害怕，我不會放手。」

我無法形容自己的感覺，只是這一瞬間，淚水一下自己迷濛了我的雙眼，在帶子的支撐下，我終於找到了一個洞口，穩住了自己的身形，而也只是通過這根帶子，我感覺到了我頭上那個女人的身體都在微微的顫抖，可見剛才她是有多麼的吃力。

上面的咒語還在繼續，我身體的貓靈似乎發作得更加厲害了，可這時，我的心情是說不上來的心疼、感動和憤怒，幾乎已經達到了情緒的頂點，我幾乎是用盡了所有的力氣嘶吼了一聲：「你在上面鬼叫什麼，給老子閉嘴。要是老子的女人出了事，我要所有人陪葬。」

隨著這句話吼完，一股帶著強烈不甘的憤怒也隨之爆發了，在這一刻，我的神思一下子恍惚了，感覺有一個與我性命相連的東西在我的心口，忽然醒來了。

它睜開了眼睛，它發出了一聲憤怒的咆哮，我的腦子嗡的一聲，就聽見一聲「吼」，是我的虎魂，那個師傅說已經和我靈魂共生的虎魂甦醒了。

我不知道是不是在場的所有人都聽見了一聲虎吼，但是周圍是真的安靜了下來，接下來，我聽見高寧興奮的聲音：「我早看出來你的靈魂裡有虎勢，這樣刺激下果然把它給刺激醒了。」

高寧是怎麼看出這個的？我一直以為他是普通人。這是我腦子裡的最後一個念頭，接下來，我就不甚清醒了，我在沒開天眼的狀態下，就已經恍惚地進入了一個奇妙的狀態。

我真實看見一隻隻形體猙獰的貓從我的身體裡爭先恐後地跑出來，可是第一隻還沒有跑遠，就被一隻不知道從哪兒伸出來的虎爪給拍了個稀巴爛。

老虎的威嚴豈容貓來挑釁！

我心裡莫名的興奮，我看見一隻威風凜凜的大虎猛然地從我身體裡竄出，那隻大虎好大，比我在荒村裡見到它時還要大，這才是百年虎妖的本色嗎？

接著，我看見貓靈狼狽逃竄，可是能逃到哪裡去？在老虎威猛而虎虎生威的氣勢下，它們一隻都沒能逃掉，全部被拍碎。而大虎所過之處，帶起的是一股炙熱的陽氣，和銳不可當的煞氣，那些陰沉沉的血線蛾在虎魂所過之處都紛紛掉落，揚起了很多粉塵。

我彷彿什麼都不知道，可是我好像又知道很多的樣子，我知道那些血線蛾是受不了虎魂刻意沒有壓制的煞氣而紛紛死亡的。

我下意識地掩住了口鼻，這彷彿也是我剩下的本能，我沒想到，虎魂竟然會這樣復活了。

第三十三章　犬靈現

一切終於安靜了，那些亂七八糟的，讓人熱血沸騰的，如同幻覺一般的畫面，也在虎魂竄入我身體的一剎那，徹底消失不見了。

洞裡安靜了幾秒，我就聽見我們頭上傳來了一陣悶哼的聲音，然後是那些苗人慌亂的聲音，那聲悶哼是貓靈的主人發出的，他的七隻貓靈被虎魂俱滅，他本人不受牽連才怪！

就如哪一天我的虎魂被滅，我也會受到很大的牽連。靈魂之力，也就是功力最重要的構成部分，會減弱很多，要是嚴重點兒的話，我甚至會陷入元懿那種活死人的狀態。

以魂養魂的共生魂就是這樣，有利也有弊。

相對於苗人的慌亂，我聽見慧根兒在下面歡呼了一聲：「太帥了，大老虎太帥了。」

我很奇怪地問了一句：「慧根兒，你能看見？」

慧根兒很是輕蔑地說了一句：「我修佛三年後，就能看見很多魑魅魍魎了，只要周圍有氣場厲害的東西，我自動地就能看見。」

我默然，慧根兒果然是個慧根兒，這佛家的天眼通不比道家的天眼簡單，他竟然不用自主地開天眼，就能看見，或許他靈覺沒我強大，但論起修行的慧根，我是拍馬也趕不上這小子了。

我默然，原本想問高寧為什麼能看見我的虎魂，可是現在不是問話的時候，貓靈已除，我恢復了正常，當然是儘快地爬下去再說。

身上火辣辣的痛，是剛才我蹭傷的地方，不過比起那些貓靈附體時的難受，這絕對只是小事兒了。就像人生一般，你原以為你不能承受某種小磨難，遇見了你的人生就完了。卻不想在承受了更大的磨難以後，你才發現原本的小磨難說不定已經是幸福了，然後才學會領悟，學會珍惜當下。

誰，不是這樣跌跌撞撞地越來越明白和洞徹人生？

這樣感慨著，高寧和慧根兒已經爬完了這條往下的通道，站在下面等我們了，而我和凌如雪也還有幾米的距離，就快爬到了下面了，這讓我很振奮，說不定逃出去真的有希望。

可也就在這時，一個生硬的漢語聲又再次響起：「你們過了不了這裡的，已經有人喚醒了通道裡的犬靈，你們過不了的。」

是那個貓靈的施術之人，他好像恢復了一些，就忙著威脅我們了，我懶得理他，在心裡默默地對他比了個中指，就繼續往下爬。道家手段那麼多，大不了就和犬靈拼了，反正老子是不會回頭。

終於爬了下來，腳下踩著的感覺是一片滑膩，這時，我才看見，這洞底竟然堆滿了血線蛾的屍體，這些屍體證明了剛才的一切不是幻覺。

高寧見我和凌如雪下來了，明顯地很高興，非常張揚地說道：「快走，這些克制血線蛾的藥膏，就只有那些老怪物還有一些，可是那些老怪物不能輕易出來，喚醒他們也比較麻煩。但時間過了那麼久，我也不能保證那些老怪物會不會來了，趕緊走吧。」

高寧是一疊聲的催促，可是凌如雪卻根本不走，她望著高寧說道：「你到底是誰？有何居心？你竟然敢慫恿陳承一去以身飼貓靈，你是想要害死他嗎？」

凌如雪忽然說起這個，是高寧預料不到的，她知道阻止不了我去承受貓靈的詛咒，只能默默地幫我，因為我的性格又二又愣，決定了的事情不讓做，可能會做出更激烈的行為。

雖然我最後成功地度過了危險，但這也不能成為她不防備、不忌諱高寧的理由，所以在暫時安全以後，凌如雪果斷地發難了。看起來，如果高寧不給她一個合理的解釋，她是情願我們自己行動，也不會讓高寧帶著我們繼續冒險了。

高寧一愣，訕訕地不知道該說些什麼，沉默了快半分鐘，他才說道：「我是不會讓陳承一去送死的，因為到後面必須需要他，否則我也不會一次次不死心地找他合作。而你們要逃出去，必須需要我，這點請妳務必相信。另外，我知道陳承一身具虎魂，貓靈是不能拿他如何的，我就是在賭這個。你們也知道，逃出去本來就是拿性命在賭，我不敢保證任何事都是百分之百的把握，我相信你們也不會那麼無理吧？」

是啊，這原本就是風險重重的事情，我們又怎麼敢讓高寧保證我們百分之百的安全？高寧已經拿話堵死了我們，他好像有很多祕密的樣子，可是他的祕密不願意說，凌如雪又能怎麼樣？

剩下的路，無非也就是相信和不相信他的問題，可是我們敢去賭一個不相信他，自己跑嗎？我想起那個巨大的，奇形怪狀的大蟲子，不寒而慄。

凌如雪深吸了一口氣，然後問道：「你避重就輕我也無奈，的確我們是互相需要，可你至少也應該解釋一下，你為什麼會身穿黑岩苗寨大巫的全套服裝吧？而且是祭祀祈禱用的全套正裝？」

高寧斜了一眼凌如雪，說道：「這有什麼奇怪？妳身為蠱女該不會不知道這些骨環、骨鏈中含有靈魂之力，可以增加施法時的靈力吧？這些圖騰也可以喚醒微弱的圖騰之力，助於行法，我當然要這一身行頭了！至於我為什麼會有這一套衣服，還有我在寨子裡的事兒，這涉及到我的祕密，恕我無可奉告。」

凌如雪還待說什麼，我卻一把抓住她的手，說道：「走吧，問了也是白問，我只想帶著妳和慧根兒跑出去。」

凌如雪的手在我手中掙扎了一下，無奈我用力根本就不放開，凌如雪歎息了一聲，任由我牽著她走了幾步，忽然用力把手掙脫了。

我臉色難看地望著她，她卻不接觸我的目光，只是平靜地說道：「守護你，是我該做的。別誤會！」

一下子我的心裡就憋屈了，如果只是責任，那那些若有似乎的曖昧又該怎麼解釋？在為我做一切時，不經意流露的感情又該怎麼解釋？

可偏偏這些東西只是兩個人的感覺，根本就無法說出口，我只得悶聲說了一句：「我知道。」然後悶頭朝前大步走了起來。

可就是這樣，高寧還嫌我們速度不夠快，竟然帶著我們小跑起來，跑了沒有幾分鐘，我聽見身後傳來了嘈雜的聲音，然後打著手電筒回頭一看，在那個離得已經很遠的洞口，有一個人影正在模模糊糊地動著。

我看不仔細，可一下子就知道了是怎麼回事兒，是那些苗人不死心追上來了，那個人影是手電筒光映照出來的，顯得很大，我就算看不仔細，也看見了他的腰間綁著一根繩子，是他們把人用繩子綁著給吊下來了。

那些血線蛾沒有攻擊，是不是意味著他們已經有了防備的藥，那不就意味著有老怪物醒來了？

不僅我們發現，高寧也發現了這一個情況，高寧臉色變了變，然後喊道：「他們下來還需要時間，我們快點跑！」

這還用說，再一次的，我們幾人在通道內飛快地跑了起來，在我的想法裡，只要順利跑到了那間蟲室，從那個洞裡爬了出去，外面就是山林，任由他們再本事，也沒辦法在山林裡把我們找出來。到時候，我再布一個簡單的迷蹤陣，也就真正安全了。

但想法是美好的，現實卻是殘酷的，在我們劇烈奔跑的時候，前面的通道內，響起了一陣陣的咽嗚聲，那種聲音就像狗要咬人時，發出的那種低低的警告聲，警告人們不要靠近，再靠近牠們就要咬人了。媽的，犬靈，那個人說過的話果然實現了，才除了貓靈，犬靈又來搗亂了，這一路到底要怎樣折磨我們？

這個世界，大多數的事情都會有回頭的後路，但是不是所有的事情都會有，就比如我們，從決定開始逃亡的那一刻，就註定了沒有回頭路。

後面是追逐的苗人，前方是未知的犬靈，可惜沒有回頭路的我們，只能往前衝，去面對那未知的犬靈。

我不知道犬靈到底是怎麼樣的一種存在，至少在那個時候不知道，在我的心裡，犬靈和貓靈一樣都是一種靈體，這個想法沒有錯，可事實上，在後來我知道了犬靈和貓靈的本質後，才明白自己的想法有些天真。

犬靈的本質是餓犬，饑渴到了極點，充滿了怨氣的餓犬靈魂，要刻意去製造這種靈，必須用最兇惡的鬥犬，把牠埋在土裡，只露出腦袋，然後不給餵食，只給喝一定的水。

這個水也要有講究，因為根本不是普通的清水，確切的說應該是血，充滿了怨氣的狗的血。

這些狗血是怎麼來的？是刻意收養狗的幼仔，極其精心的餵養，當狗對主人充滿了深情和依戀的時候，把狗虐殺至死，然後取得的血，可想而知這些血液裡包含了怎樣的怨氣。

那被埋在土裡的鬥犬，原本就饑渴難耐，每天唯一能進食的東西，就是少量的這樣的血，所以，牠不會拒絕進食這樣的血。

用這樣的血給鬥犬吊命，一直到七七四十九天的最後三天，是不給吃任何東西的，包括這樣充滿了怨氣的血也不會給碰了，然後在第四十九天的夜間十一點，一刀砍下這條鬥犬裸露的腦袋，最後用特殊的方法收集的這條鬥犬的靈魂，就是犬靈的雛形。

整個培養過程，充滿了惡毒，可見犬靈是怎樣邪惡的存在，我當時以為是靈體，當然沒錯，可我卻不知道它是這樣邪惡的靈體。用一般的手段根本沒有辦法對付。

在跑動的過程中，我開始默念口訣，掐動手訣，對付靈體，手訣無疑是殺傷力最強大，也最簡單直接的一種方式，我掐的手訣威力自然不如師傅，可我自我感覺對付犬靈應該是夠了。

可不幸的是，在這個過程中，無論我怎樣催動手訣，功力都聚集得很慢，甚至完全聚集不起來，手訣只是虛有其表，我不得不原地停住，臉色難看地說道：「等一下，我這邊好像出了問題。」

高寧眉頭緊皺地問道：「到底怎麼了？」

「我掐動不了手訣，前面的犬靈怎麼辦？」從某種程度上來說，高寧現在是我的戰友，我必須對他說明情況。而且我隱隱有感覺，高寧不是我想像的那麼簡單，他一定隱藏了什麼，我是真的沒辦法對付犬靈了，這一路上總不能盡讓我出力了吧？

如果我沒記錯，高寧也是有求於我們幫他拿到東西，他也要逃出去的。

面對我的直接，高寧稍顯為難地皺了皺眉頭，他說道：「你的虎魂也是屬於靈一類的東西，和苗疆的各種靈是沒有區別的，它們的行動是比較耗費主人的靈魂力，所以你聚集不了功力也是正常。」

我心頭一陣無名火起，我是問他怎麼辦，而不是讓他給分析原因，這高寧怎麼那麼不地道？可這時已經來不及說什麼了，我聽見一陣瘋狂的犬吠之聲，接著一陣霸道的陰風吹起，就像有什麼東西朝我們撲來，我以為高寧會出手，卻不想他倒是動作很快地閃到了一邊去。

我沒看天眼也能感覺犬靈是直直地朝著如雪撲去的，靈做為苗蠱裡最高深的蠱，如雪有辦法對付嗎？

難道我要動用壓箱底的兩種術？我大腦飛快地在思考，可顯然這是扯淡，時間上已經來不及動用請神術或者上中下三茅之術了，我只來得及一把拉開凌如雪，卻聽見一聲稚嫩的聲音大喝道：「滾開。」

吼叫間，我看見一串兒東西一閃而過，擊打在空氣的某處，接著我們大家都聽見了一聲聲狗類的嗚咽聲，這時，我才看見慧根兒手持佛珠，掐了一個我不太認識的手訣，站在路中。

剛才那一串擊退犬靈的東西，就是慧根兒手中的佛珠，這佛珠肯定不是簡單的物件兒，這樣想著我摸了摸戴在手腕上的沉香串珠，說不定它們一樣不凡。

這沉香串珠，我戴了那麼多年，還沒有發現它的用處，除了特別的寧神靜氣以外。

「這樣都打不死你，師傅給我的佛珠可是高僧的舍利子串成的啊。」慧根兒有些不滿地說道，邊說邊揮舞了一下手裡的佛珠。

可就是這樣，已經讓我驚喜不已了，沒想到慧根兒還有這一手。

我還沒來得及誇獎慧根兒兩句，卻不想慧根兒卻對我說道：「哥，那隻醜狗跑了，再（咱們）繼續跑。」

這樣就打退了犬靈，我簡直不敢相信，可這安靜的通道證明它的確是不在了，而且慧根兒這小子的天眼通比我還厲害，至少在感應厲害的邪物時比我敏感，應該不會有錯的。

我不想和高寧撕破臉皮，只是深深地看了他一眼，高寧回避我的目光，只是說道：「那就趕緊吧，等下那些苗人追上來了。只有跑進蟲室我們才安全了，蟲室對他們來說是聖地，除了某些人，他們是不敢進去的。」

他又知道？我已經習慣了，看到凌如雪的臉色不好，我對她使了一個眼色，示意她別發作，然後和高寧一起，繼續朝前飛快地跑去。

通道原本就很長，奇怪的是我們一路跑來根本沒有遇到任何的阻礙，除了在身後響起了陣陣的腳步聲，那是那些苗人追逐的腳步聲。但是越跑我卻覺得越來越不對勁兒，因為高寧明明告訴我，有九隻犬靈藏於這通道中，為什麼就只出來一隻，還被慧根兒輕易地打退？

這個問題悶在我心裡，幾乎要把我悶瘋了，我有一種特別不好的預感，我覺得非常有必要說出來，我說道：「明明有九隻犬靈，為什麼只出來一隻，還被慧根兒輕易地打退了？」

高寧沉默不語地往前跑，但凌如雪的臉色卻瞬間變了，她說道：「糟了，承一，犬靈和貓靈不同，犬靈喜歡群起而攻之，據有一定的團隊智慧，它們會搬救兵。不像貓靈，如果不是主人刻意指揮，一般都會單獨行動，集體行動也基本不會互相幫助。這是狗和貓生前的特性，沒辦法改變，我懷疑在前面的道路上，九隻犬靈會聚集在一起等著我們。」

凌如雪的話讓我的心一下子收緊了，儘管這一路上，我一直隱忍，不願意與高寧弄壞關係，可這時，我哪裡還顧得上那麼多，一個箭步竄到高寧面前，一下子扯住了他的衣領吼道：「高寧，你為什麼不告訴我這個？如果你是想利用我們，對不起，我一定會讓你先陪葬。」

也許是連續的奔跑讓高寧有些乏力，他任由我扯著衣領，喘息著對我說道：「告訴了又如何？難道就不過去了嗎？凌如雪也說了，這是犬靈的特性，根本避免不了。你不要怪我不出手，你不要忘記這裡最難對付的是那隻母蟲，只有我能對付，我要留著力氣對付牠！如果你覺得你能，那現在我可以出手，你來對付蟲子幹不幹？」

我憤怒地望著他，他其實就是在把我們當槍使，自己保留實力，無奈這是一個陽謀，我們根本就無從反對什麼，誰敢說有把握對付那隻奇怪的蟲子？

可面對我的憤怒，高寧只是分外平靜地看著我，半分畏懼也沒有，他有太多的本錢可以拉著我們走了，就憑我不想去送死這一點就已經足夠了，何況我們已經走到了現在？

就在我們爭執不下的時候，慧根兒忽然開口說道：「哥，別和他計較，我有辦法對付那些醜狗的，再（咱們）走！」

我沒有理由不信任慧根兒，就如慧根兒一如既往地相信我，我恨恨地放開高寧，也不想理會他，只是帶著如雪和慧根兒埋頭繼續奔跑。事已至此，該來的也躲不掉，我們不可能放棄。

至於高寧，我們繼續朝前，就是如了他的願，他哪兒還能說什麼？

幾乎是沒有歇息地奔跑，這條上次我和高寧一路小跑用了四十分鐘才跑到盡頭的通道，我們四個人只用了半個小時不到，就跑到了盡頭。

後面幾乎已經聽不見苗人追趕的腳步聲了，他們被我們遠遠地甩在了後面。是啊，他們只是追兵，只是被動地接受命令，哪裡是像我們是在逃命，幾乎是壓榨了全部的潛力。

通道的盡頭，一陣犬吠聲此起彼伏，我們站在離通道盡頭有一百米的地方，大口地喘息著，我第一次覺得犬靈是如此可恨的存在，恪守在通道的盡頭，這種成功在即的壓力和失落，遠比普通情況來得嚴重。

「姐，額要喝水。」慧根兒喘息了一陣兒，忽然說道。

凌如雪從背包裡拿出水壺，遞給了慧根兒，慧根兒一連喝了好幾口水，喘了幾大口氣，然後忽然就取下了脖子上掛的佛珠，挺直了腰杆。

我擔心地望著慧根兒，憑他一人，能對付犬靈嗎？我嘗試著運行了一下功力，發現情況比剛才好一點兒，但依舊不能順利聚集功力。

這時，我仔細地體會過了，果然是一陣來自靈魂的虛弱，讓我難以聚集功力。

就在我臉色陰晴不定的思考時，忽然聽見慧根兒悶哼了一聲，我一下子擔心地望著慧根兒，以為犬靈已經開始襲擊他，卻不想他一口舌尖血噴在了佛珠上，然後用手一抹，整串佛珠都沾染上了他的舌尖血。

咬舌頭很疼的，我有些心疼地摸了摸慧根兒的圓腦袋，他卻一把抹掉了嘴角殘餘的血，豪情萬丈地對我說道：「佛珠打不死它，就加上額的血！師傅說咧，我的血陽氣靈氣都很足，效果好得很咧。」

我勉強擠出一個比哭還難看的笑容，算是鼓勵慧根兒，心中卻自責不已，陳承一啊陳承一，你怎麼要淪落到要慧根兒來保護大家。

同樣，凌如雪的臉色也不好看，九隻犬靈交給慧根兒一個小孩子來對付，於心何忍。

只有高寧一副無動於衷的樣子，而且他還說了一句：「這小孩子不同尋常，背後有金剛羅漢的影子，比一般的高僧厲害太多。」

我瞪了高寧一眼，我已經懶得追究高寧怎麼還知道慧根兒的事，我只知道不管慧根兒是金剛羅漢也好，還是佛陀轉世也好，他都只是小孩子，是我的弟弟。

而慧根兒此時已經掐了一個奇怪的手訣，開始念起咒語，那個手訣我看著很陌生，卻隱隱記得師傅對我說過，慧覺這個老頭根本沒有門派之限，無論是大乘佛教、小乘佛教，或是藏傳佛教等等對於他來說，都是追求佛家至理可以借鑒的路，我懷疑慧根兒用的是密宗的手訣，但也不確定。

隨著慧根兒的行咒，我彷佛感覺到了一股莊嚴的佛意，這股佛意不同，充滿了懲戒的意味，而不是常人所看見的所謂大慈大悲，隨著慧根兒腳的連跺三下，這股佛意達到了頂點。

一下子，小小的慧根兒忽然就睜開了眼睛，雙眉皺起倒立，怒目圓睜，這是慧根兒請到了金剛法相嗎？

慧根兒的這股氣勢，不要說我，就連凌如雪和高寧也感覺到了，凌如雪明顯有些緊張，而高寧則嘖嘖稱奇，連呼：「怪胎，都是一些怪胎。」

也許是受到慧根兒這股氣勢磅礡的佛意影響，我的天眼竟然自發地啟動了，這種情況原本在我身上很少出現，因為從小師傅就教會了我控制，這當真是我學會了控制天眼之後，第一次出現這樣的現象。

我首先看見了九條面容猙獰的惡犬，全部虎視眈眈地守在通道的盡頭齜牙咧嘴，那樣子非常的可怕。

接著我就看見慧根兒小小的身影背後，竟然站著一個金剛法相，這個金剛法相面目模糊，身形也有些不凝聚，可是完全不影響它那股威嚴之意的流露，還有那種公道懲處的權勢。

這小子比我本事，我欣慰地想著這個的時候，慧根兒已經衝了上去，當慧根兒靠近那些犬靈五十米的時候，率先有三條犬靈撲了出來。

犬靈當然是不受所謂身體的物理限制的，它們撲來的時候，幾乎是天上地下，全方位的封鎖，慧根兒根本就無路可躲。

可是空間對靈體一樣是有限制的，否則我懷疑它們會全部撲過來。

面對這樣的攻擊，我拉著凌如雪不自覺地就前進了幾步，我生怕慧根兒吃虧而我來不及救援，要知道如果我拚著虧損元氣，也可以用一些祕術暫時激發自己的功力。

我是顧忌著高寧，所以不敢用這樣的祕術，我怕用了之後，慧根兒和如雪面對高寧會吃虧，但如果慧根兒遇見危險，我就顧不上那麼多了。

但慧根兒這小子確實爭氣，面對撲過來的犬靈，慧根兒掐起了一個手訣開始行咒，那行咒的速度估計在金剛法相的幫助下，是如此地行雲流水，非常快速。

隨著一個禁字的響起，慧根兒單手一合，有兩隻撲過來的犬靈竟然被生生地禁錮住了，剩下的那一隻迎面朝著慧根兒撲來，卻被慧根兒一個鐵板橋倒仰，生生地躲了過去，一回神那串兒佛珠就打在了犬靈的背上，直打得那隻犬靈哀嚎連連，不住地後退。

別人不明白靈體為什麼會受到攻擊而哀嚎，可我卻看得清清楚楚，慧根兒的佛珠所過之處，那犬靈身上的怨氣所形成的靈體，就會生生地被剝落一團出去，然後散開，這佛珠本就是高僧舍利，加上慧根兒的舌尖血，充滿了正能量，犬靈身上的負面氣場，當然會被這樣的正能量打散，很是正常。就好像化學實驗裡，一樣試劑中和或者溶解一樣試劑，把它變了一個性質，再說簡單點兒，跟血清解毒是一個效果。所以，當一個人正能量強大，陽氣強大時，怕什麼鬼怪？鬼怪一般都會對此避之不及。

犬靈後退，不代表慧根兒會放過它，現在有九隻犬靈，能滅一隻是一隻，慧根兒乘勝追擊，一串佛珠硬是被他舞出了雙節棍的效果，打得那隻犬靈連連後退，連原本跟小牛犢一樣大的身體都變小了很多。

可那隻犬靈退到了一定的程度就不退了，而是發出一種奇怪的吼叫聲，隨著它的吼叫，其餘的幾隻犬靈分為兩撥，都朝著慧根兒撲來。

慧根兒此時好像毫無畏懼，手下不留情的對那隻受傷的犬靈繼續攻擊，而另外一隻手又掐起了禁字訣，再次禁錮了三隻撲過來的犬靈。但禁錮五隻犬靈好像這已經是慧根兒的極限了，我分明從他的小臉上看出了一絲吃力的感覺。

可是他卻毫不退卻，面對剩下四隻犬靈的進攻，一串佛珠舞得滴水不漏，那四隻犬靈根本占不到任何的便宜。

但是，我的眉頭卻皺了起來，因為我發現慧根兒的禁字訣根本無法完全地禁錮犬靈，道家也有類似的法術，但是不是禁錮，而是鎮壓。

師傅給我講解這個法術時，曾經演示過一次，這種鎮壓類的法術由師傅施展開來，那才真的是禁錮鎮壓住了目標對象，可以讓目標對象絲毫不能彈動，而且師傅如果不給解咒，那就是想鎮多久鎮多久。

慧根兒畢竟年幼，就算有金剛法相的幫助，能施展到這個程度已經算不錯了。我看著那些被禁錮的犬靈掙扎得越來越劇烈，心裡開始著急起來，腦子裡一下子閃過了很多念頭，都是怎麼幫助慧根兒。

照慧根兒的實力，對付四隻犬靈綽綽有餘，如果不分心禁錮另外五隻犬靈，一定會更快解決，就在我絞盡腦汁的時候，我的手一下子摸到了手腕上的沉香串珠，看著身邊同樣焦急的如雪，一個想法忽然在我腦中成形。

犬靈是什麼，那時候我不瞭解，可我知道，靈體大致可分為兩種，一種是乾淨的靈體，就是全部由陰性氣場組成的純靈體，一種是污穢的靈體，充滿了怨氣和穢氣。

犬靈當然乾淨不到哪裡去，但沉香是什麼？驅邪避穢最好的材料，如果是這樣的話……想到這裡，我立刻扯下了我的沉香珠，同樣一狠心，咬破了自己的舌尖，一口舌尖血噴向了沉香串珠……

如果有人要問我，蠱苗除了有什麼地方厲害，我會告訴他，絕對是一手手上的功夫，我還記得那個風情萬種的美麗女人六姐，一手竹針耍得是如何地出神入化。

畢竟意念控蠱，不是人人可以做到，那麼下蠱就只有在手上做功夫。

往沉香珠子上噴完舌尖血，我吐了一口帶血的唾沫，然後一狠心又把手鏈給扯斷了，可惜這祖師爺的愛物，這已經是第二次被我扯斷了。

我把一顆珠子塞在凌如雪的手上，對她說道：「妳手上功夫怎麼樣？能指哪兒打哪兒嗎？」

凌如雪接過珠子，仔細看了一下，說道：「如果距離不是太遠，我可以用這樣的珠子打死一隻蒼蠅。」

我看了凌如雪一眼，很想扯著她問：「說，你們蠱苗和傳說中的四川唐門有什麼關係？」他們也是下毒、暗器，和蠱的性質差不多，只是沒有蠱那麼神奇而已。

但我知道，在這種緊張的情況下，是不適合扯淡的，我指著最先被禁錮的一隻犬靈腦袋說道：「打那裡。」

凌如雪兩指夾著珠子，用一個很帥的姿勢，一下子就把珠子朝我指的方向甩了出去，那帶著舌尖血的珠子就準確無誤地擊穿了那隻犬靈的腦袋。

犬靈發出了一聲淒慘的哀嚎，被帶著舌尖血的沉香珠穿過了腦袋，整個身形都黯淡了幾分。它們不是真的鬥犬，沒有陽身，自然也就沒有陽身的弱點，這樣的攻擊，當然不是說打腦袋，就能讓它們死去的。

可就是這效果，已經讓我震驚了。貌似我的沉香串珠比慧根兒的舍利子對這個犬靈的傷害還要大些。

我靈魂處於虛弱狀態，如雪不是陽氣很重那種人，能這樣遠距離的幫到慧根兒，自然是再好不過的事情。那聲犬靈的哀嚎，如雪自然是聽見了，她一下子明白了過來，驚喜地朝著我微笑了一下，我很爭氣地又被迷了一下。

慧根兒也察覺到了，笑嘻嘻地轉過頭，對著我和如雪伸出大拇指，眨了一下眼睛，說了一句：「真棒！」

這才讓我驚喜過來，對著慧根兒也比了一個大拇指，對他說道：「小圓蛋兒，你也很棒！」

在我和如雪的幫助下，那些被禁錮的犬靈都受到了沉香珠的打擊，雖然不至於能打散它們，但讓它們虛弱無力無法再掙扎，確是能輕鬆做到。

有了這樣的配合，慧根兒很順利地消滅了那四隻沒有被禁錮的犬靈，又打散了兩隻被禁錮的犬靈，這個過程用了不到五分鐘。

也虧我們都有個怪物一樣的師傅，法寶層出不窮，否則哪有那麼容易就滅了犬靈。

剩下的三隻犬靈，我沒讓慧根兒動手了，後面還有追兵，怎麼也得給他們製造一點兒麻煩，給我們自己爭取一點兒時間。

我問了一句慧根兒：「你的禁錮能堅持多久？」

慧根兒嘟嘟囔囔地回了我一句：「五、六分鐘吧。」然後身後的法相就暗淡了下來，然後快速地消失了，這小傢伙一下子就暈了過去。

我一把抱住慧根兒，我知道這是脫力的表現，看來這個金剛法相不是慧根兒現在能駕馭的，否則他不會在請了法相以後虛弱到這種地步。

如雪幫著我，把沉香珠子收了起來，我塞到了隨身的包裡，發現這沉香珠上的舌尖血早已失去了靈氣與陽氣，連珠子常年溫養的靈性都少了一些。

這些犬靈靈體，真的是污穢得厲害。

後面追兵的腳步聲已經近了，不過沒有什麼好擔心的了，剩下的三隻犬靈足夠他們喝一壺的。從逃亡至今，我們終於爭取到了對我們最有利的局面。

背起慧根兒，我們三人繼續跑，只不過跑了兩分鐘，已經到了上次高寧帶著我來過一次的祭壇處。

我不認為這些苗人會輕易地放過我，事實證明也的確如此。此時，那間有祭壇的小廳裡，站著不下五個人，這五個人都是我在寨子裡沒見過的人。

要知道我的記憶很好，在這苗寨也待了不少的時間，一天到晚瞎晃蕩，只要是我見過的人，我都會有個印象，這五個人我的確覺得很陌生。

他們不是那種老怪物，相反，他們很年輕，很強壯，穿著像是制式服裝的奇怪苗服，就這樣站在小廳裡等著我們。

我們停下了腳步，高寧這時才小聲對我說道：「那些老怪物，這幾個月裡都不會出來的，所以你從始到終見到的都只有一個表面上的波切大巫。這些人，是寨子裡的精英，是守護那些老怪物的祕密部隊，平日裡根本不會到地上來生活。這次一下子派出了五個來抓你們，還真看得起你們。」

守護老怪物的祕密部隊？我再次狠狠瞪了高寧一眼，我發誓我是第一次聽到這個消息，這高寧怎麼以前沒有告訴我？讓我什麼都不清楚地就闖了進來。

高寧倒是很輕鬆地聳了聳肩膀，小聲說道：「這祕密部隊，只對那些老怪物負責，我沒想到他們會出動。你小心一點兒，巫術雖然需要天分，不是人人可學，但是蠱術嘛……這些精英部隊的人，個個都有一身不弱的蠱術。」

我的功力還沒有恢復，就算恢復了，要我用道術和這些蠱苗對拚，也只是兩敗俱傷的效果，也就是我拚著中蠱，也給他們下詛咒。

我摸了摸包裡，裡面有一張紫色的符籙，是師傅留給我的符，這個符籙是一張攻擊性的符籙，上面封印了一隻鬼將，只需要一點功力和開啟咒語，就可以使用這張符籙了，可是我要在這裡用掉嗎？

要知道，我非常忌憚蟲室裡的一切，高寧說，我們跑到蟲室裡就安全了，因為那些苗人不敢追上來！但事實上，我覺得蟲室裡的一切才是真正可怕的……

那些封印在蠶繭裡的蟲人、那怪異的母蟲，還有母蟲下沉睡的那個人，何來安全？

就在我猶疑不定思考的時候，那五個人中唯一包著頭巾的苗人漢子說話了：「你們是要乖乖地跟我們走，還是要我們出手把你們打到半死，再拖著你們走？」

我有些暈乎乎的，這五個人穿著一樣的衣服，乍一看，根本不知道誰是誰，這次幸好是頭巾哥在說話，換成別人，我還搞不清楚誰在說話。

頭巾哥剛說完，剩下的四人其中一個就說話了：「那也正好，就把他帶到蟲室裡去，我們的神已經等不及了。」我知道這說的就是我。

我還沒來得及說什麼，又有一個聲音說道：「那他又是誰？」

這一定是在問高寧，高寧此時穿著波切大巫的服裝，臉上畫著圖騰，包著的頭巾遮了小半邊臉，一下子這些人就沒把高寧認出來。

只是他們爭先恐後，沒有一點兒時間間隔的說話，搞得人難受，我一下子就怒了：「你們能不能讓一個人把幾句話說完，幾輩子沒說過話嗎？」

高寧卻在我旁邊說道：「你猜對了，他們從十歲起，就在地下祕密訓練，吃喝用住都和地面上的普通苗人不一樣，每年只有一個月時間能在地上生活。在地面下，為了怕驚擾那些蟲子，他們是很少說話的。你別看他們這個樣子，很成熟的樣子，其實這些人都不會超過二十五歲。超過二十五歲的，就沒有資格待在祕密部隊了。」

祕密部隊？這黑岩苗寨到底想搞什麼？

我和高寧在這邊囉嗦的時候，有一個人卻不想再說任何的廢話了，她只是說了一句：「用蠱的嗎？」然後手一翻，一隻長著翅膀，我也不知道是什麼的怪異蟲子就出現在了她的手上。

是如雪，面對這些用蠱的人，自然是她出手了。

「飛蟲？這隻蟲的第一代蟲祖怕是五十年前的蟲了，妳竟然有這個！」為首那個頭巾哥的臉色一變，囉哩囉嗦地解釋了一句。

我有些想笑，如果他們不是我的敵人，從某種方面來說倒是滿可愛的。無奈我們的關係簡直就是尖銳的矛盾，所以只能下狠手。

面對敵人的囉嗦，凌如雪很酷，一句話也不說，下一刻，一片奇形怪狀的葉子就被她含在了嘴裡，然後吹奏起來，隨著節奏的響起，那隻所謂的飛蟲，竟讓一下子就飛了出去，動作快到不可思議，如同一道黑色的閃電。

我在心裡懊惱地想著，下一次，下一次我一定要問清楚，這些蟲苗到底把那麼多東西藏在哪裡了。

在這時候我能輕鬆地這樣想著，那五人可不見得輕鬆。那飛蟲是什麼蟲祖我不瞭解，反正五十年的時間聽著就很厲害的樣子，事實上，那隻飛蟲的動作也的確快如閃電，不可捉摸。

我睜大了眼睛想看一下，生怕錯過了一絲細節，這是我第一次真正意義上的看到鬥蟲，事實上也沒有讓我失望，這鬥蟲確實非常的精彩也驚險。

如雪，這個一直很冰冷的女人，也讓我見識了一個寨子唯一蠱女的真正厲害。

第三十四章　鬥蠱

那隻來去如電的飛蠱，讓對面的五人神色罕有的嚴肅了起來，在我看來這樣的蟲子是可怕的，如果牠還身藏劇毒的話更是可怕，因為人的躲避速度根本比不上這隻蟲子的飛行速度。

但這五人也只是臉色嚴肅了一些，但沒見得多驚慌，下一刻，其中一人竟然扔出了一件兒物事，那件物事落地之後，我就聽見了一聲熟悉的鳴叫聲，這聲音我太熟悉不過了，因為小時候在鄉下，幾乎夜夜都能聽見牠們鳴叫。

趴在地上的，是一隻癩蛤蟆。

這隻癩蛤蟆不過拳頭大小，身上的花紋很神奇，五條五條地擰巴在一起，看起來色彩很豐富的樣子，已經脫離了癩蛤蟆灰黑灰黑的低級趣味，是隻蛤蟆中的貴族。

要不是牠身上坑坑包包的疙瘩，我會以為牠已經升級到了蛙類的層次。

這囉嗦五人組放出癩蛤蟆以後，其中兩人開始閉上眼睛，嘴中念念有詞，一副很吃力的樣子，而另外三人則開始了「深情」地解說：「我看妳怎麼辦？我這蛤蟆蠱專剋一切飛蠱。」

「什麼蟲子能逃得過蛤蟆？哈哈哈……不然田地裡的莊稼早被害蟲吃光了。」

「這蛤蟆蠱的蠱祖可有百年歷史，這已經是很多代的子孫了，厲害無比。而且，我們用意念控蠱，那可是靈活得很啊！」

嗯，那個年代沒有「櫻桃小丸子」，但我想，如果櫻桃小丸子在場的話，面對這解說三人組，一定會做出那個經典的滿頭黑線的表情。

雖然這幾人給人的感覺有些扯淡，可是他們的蠱術的確不含糊，那隻蛤蟆蠱閃亮登場以後，左蹦右跳的，一條長舌時不時地伸出，這速度根本不是肉眼能捕捉的，在我看來，也只能看見那蛤蟆嘴巴一張一合，和解說三人組「相映成趣」，只是非常偶然的時候，看見過一次牠把舌頭縮回去。

許是天敵相剋，從那隻貴族蛤蟆出來以後，那飛蟲就躊躇著不敢靠近那五人了，在凌如雪的催動下，勉強地靠近五人，也被那隻蛤蟆逼得左右翻飛，好幾次差點被蛤蟆的一條長舌捲進了嘴裡。

「哈哈，如果這隻飛蟲就是妳的本命蠱，那麼你們最好跟著我們走吧。」

「就是，我們還有更厲害的傢伙。」

「真是的，就是這種小角色怎麼要我們出手。」

解說三人組得意之極，說話間頗多的威脅之意，高寧在一旁翻了一下白眼，小聲說道：「白癡，要是我的話，肯定趁現在放出蟲蟲壓制敵人了。」

凌如雪面對這些人威脅的話語，只是歎息了一聲，從嘴上取下了那片不知名的葉子，手一翻收了回去，然後解開她的頭巾，然後我看見了頭巾之下，是如雪的盤髮。

這盤髮編得精緻，讓原本就國色天香的如雪看起來更是女人味十足，我看了心裡不由得「咯噔」了一下，手也忍不住握緊了，難道如雪準備色誘嚇唬五人組？

也就在這時，慧根兒哼哼唧唧地醒來了，不滿地嘟囔道：「哥，你捏額屁股蛋兒幹啥咧？」

我臉一紅，原本是我一直背著慧根兒的，剛才一緊張手一緊，竟然捏到了這小子的屁股蛋兒，我都不知道，我只得故作嚴肅地說道：「沒啥，怕你昏過頭了，你繼續昏著吧。」

慧根兒乖巧地嗯了一聲，竟然又趴在我背上睡了過去，看來召喚金剛法相確實讓這孩子疲憊至極。

那隻飛蟲失去了如雪的指揮，下場就比較悲劇，終於被那隻大蛤蟆一下子捲進了嘴裡，那隻蛤蟆得意地鳴叫了幾聲，然後竟然朝我們這邊蹦來。

「這隻蛤蟆有劇毒的，而且還會噴塗毒液。你們跟我們走吧……」頭巾哥得意洋洋地說話了。

而如雪根本不理會囉嗦五人組，也不理會不靠譜的我和慧根兒，而是從頭上拔下了一根釵子，一條烏黑光亮的大辮子就落了下來，搖晃不已！

我第一次見到如雪的時候，就驚歎她的長髮及腰，看起來風情萬種，沒想到編成辮子以後也那麼好看，只是我眼尖地看見這條長長的辮子梢上綁著一把薄薄的，寒光四射的小刀片。

如雪向前邁出了一步，我只看見她頭一甩，那條大辮子就跟鞭子似地揮舞了出去，那片寒光閃閃的刀片正巧劃過了那隻蛤蟆，神奇的事情發生了，那隻蛤蟆竟然倒地就一動不動了。

辮子功？這是清朝時比較流行的一種功法，練到高深處，辮子如鞭子一般犀利，我沒想到如雪也會這一手，只不過我很疑惑，這隻蛤蟆的傷口明明就不深，為何這樣就倒地不起了，看起來死翹翹了？

這時，如雪已經收回了她的辮子，很帥地把辮子咬在口中，我不能指望她給我解說什麼，可是我有囉嗦五人組啊，果然其中一人說道：「頭髮蠱，在藥引的激發下，根根髮絲都含有劇毒。」

「配合辮子功使用，怪不得在清朝的時候頭髮蠱會那麼興盛。」

「嗯，這頭髮蠱極難練成，這女的什麼身分，竟然有頭髮蠱。」

「我有聽說，凌如雪貌似是月堰苗寨的蠱女，可是白苗寨子的蠱女有什麼可怕的？」

他們竟然開始若無其事地討論，可是手上卻沒有閒著，這一次五人各自拿出了一個布包，其中一人囂張地說道：「有本事就敵過我們從小溫養的本命蠱吧。」

五人齊放本命蠱，看來這頭髮蠱已經深刻地刺激到他們了，其實換我面對這詭異的頭髮蠱，也會這樣如臨大敵吧。

本來鞭法就以遠距離的控場，和神鬼莫測的方向打擊而聞名，如雪髮梢有一把小刀，只要被那小刀劃開一個小口子，再被劇毒的髮絲掃過……

那結果，就參考地上那隻貴族癩蛤蟆吧。

面對五人拿出的布袋，高寧臉色變了一變，低聲說道：「祕密部隊的本命蠱，都是一種劇毒的飛蟻，本身就很堅硬，而且幾乎什麼東西都要吞噬，身上穿著一層防護衣也得被這些飛蟻給吞光了。一隻或者沒什麼，但是一群的話……」

高寧分明就是在提醒凌如雪，而我卻想到了另外一件事情，那就是當祕密部隊一起出手，一群鋪天蓋地的飛蟻，這樣的東西已經可以劃歸於大規模的生化武器範疇了，他們到底要做什麼？

而且如雪對付得了這些飛蟻嗎？

要知道，成群的螞蟻在昆蟲中幾乎沒有天敵。

如雪咬著辮子，一如既往的平靜，從她的臉上看不到什麼表情的變化，倒是對面那五人已經扯開了那個黑色的小布袋，當小布袋一被扯開，一隻隻的螞蟻就飛了出來。

很快，就在這五人身前聚集成一朵小小的蟲雲，我粗略看了一下，每一朵蟲雲大概都有兩三百隻所謂的飛蟻，這些螞蟻單獨來看，個頭已經算是很大的了，怕有人的半個小手指那麼大，身上有著透明的翅膀，全身是紅黑相間的花紋，那對相對於身形，巨大得有些誇張的口器，證明了高寧所說之話不假。

我不懂本命蠱同一般的蠱有什麼區別，但是這五人指揮這堆飛蟻顯得毫不費力的樣子，比起剛才指揮貴族蛤蟆輕鬆多了。

那群飛蟻在五人的指揮下，開始散開，雖說每一個人的數目不多，但是五人的加起來，怕也有一千多隻的樣子，加上本身個頭不小，這一散開朝著我們飛來，竟然有一種鋪天蓋地，我們根本無力逃跑的感覺。

在這期間，凌如雪只做了一件事，那就是拋了一個小竹筒給我們，說了一句：「快，把這個藥粉灑滿全身。」

拿著凌如雪遞過來的竹筒，我激動得幾乎流下了眼淚，不為別的，只為她說了一句「藥粉」，是藥粉就要好處理得多，如果是什麼膏啊、液啊，等我抹好估計也被這些飛蟻幹掉了。

我快速地把藥粉倒了一些在慧根兒身上，然後我和高寧各自把竹筒內剩下的藥粉也倒在了各自的身上，凌如雪也做了同樣的動作。

面對我們所做的一切，那頭巾哥得意地笑道：「這些驅蟲藥粉有什麼好稀奇的，最多能阻擋我們這些飛蟻兩分鐘而已。」

這時，那些飛蟻已經密密麻麻地飛上前了，估計是藥粉的關係，牠們盤旋在我們的周圍，很焦躁地並不靠近，可是也不離開。

可見那頭巾哥所說的話是真的，我開始懷念我的那個特效驅蟲藥粉，從荒村回來以後沒剩下多少了，所以我就留在了北京，當是一個紀念也好，也不知道那驅蛇人師徒怎麼樣了。

如雪拿出的如果只是普通貨，那我那個應該算是特效貨了，再怎麼也能阻擋五分鐘吧？

面對頭巾哥的得意，一直沒怎麼說話的如雪第一次說話了：「兩分鐘也就夠了，等的就是你們放出本命蠱。」

說話間如雪手一揚，這一次我清楚地看見，是從她寬大的袖口彈射出了三條全身碧綠的小蛇，小蛇的速度之快，猶自快過一開始出現的飛蟲，牠們迅速地遊動，只是眨眼功夫，就快到了那五人身前。

而這時如雪也快速地侵身而上，一根辮子舞動著，一下子就纏在了頭巾哥的脖子上。

在如雪做這一切的時候，這五人是臉色大變，我看見有一大部分飛蟻都飛了回去，估計是要和小蛇纏鬥，無奈那幾條小蛇早已爬上了那三人的小腿，纏繞在小腿上，吐著信子，隨時準備擇人而噬的樣子。

而頭巾哥的脖子被如雪的辮子纏繞住，臉色也變得難看起來。

這時，我看見如雪輕輕拍了拍一旁唯一沒被什麼東西纏住的一個人，然後一隻五色斑斕的大蜘蛛就爬上了那人的肩膀。

「你們不要試圖反抗，就算你們的飛蟻很厲害，也快不過我的蛇蠱，牠們在死之前，絕對能咬你們一口。」如雪冷冰冰地說道。

高寧則在一旁歎息了一聲，說道：「這個女人不簡單，鬥蠱經驗豐富之極，她的那些蠱蟲不見得比這五個白癡的厲害，可是就是會充分地利用一切。」

「你這話怎麼說？」看見如雪已經制住了這五個傢伙，我長吁了一口氣，我只是覺得蟲子來蟲子去的很精彩，卻不懂其中有什麼玄機。

「很簡單，如果說一開始就放出蛇蠱，這些人一定有很多辦法可以克制，因為驅蛇的藥物太多了。一開始放出比較厲害的飛蠱，就是算好了蛤蟆蠱可以克制飛蠱，但這飛蠱不簡單，一定要厲害的蛤蟆蠱才可以對付。當比較高階的蛤蟆蠱被如雪用頭髮蠱殺死以後，無疑給了這幾人巨大的心理壓力，畢竟是高階蠱被輕易地殺死了。加上頭髮蠱的厲害，他們迫不及待地想建功，就只能放出本命蠱。要知道，一般的鬥蠱，是不會輕易放出本命蠱的，因為本命蠱是要從自身的精血溫養，還要有其他特殊的方式，總之本命蠱就是自身的一部分，心神相連。一旦放出本命蠱，就不能動用其他的蠱蟲了，因為一部分心神沉浸在了本命蠱上，根本不可能再指揮其他的蠱蟲，而且本命蠱一傷，本人的心神元氣也會大傷……總之，你就理解為，這幾人被自己的本命蠱限制了，然後有了空擋，被如雪給逮住機會制住了，他們的蠱蟲是很厲害，可惜經驗太少。」高寧說了很長的一段，我也大概聽懂了。

大意就是如雪鬥蠱經驗豐富，在最後放出了速度極快的蛇蠱，然後利用速度制住了五人。

在我們說話期間，如雪已經威逼幾人收回了自己的本命蠱，然後不知道用什麼蠱，把這五人都弄昏了過去。說實話，我很佩服她，這五個大漢如果是直接動用暴力的話，我們還比較麻煩。

不過，想想也不可能，因為有這些厲害的蠱在，怎麼動用暴力？怕早已經不知不覺地被下蠱了吧。

高寧的話如雪聽到了一部分，她並不是很在意地重新盤好了她的頭髮，輕聲說了一句：「運氣好而已，他們的本命蠱是飛蟻，蛇蟻一類的克制藥物比較多罷了。如果是其他種類的本命蠱，我少不得要放出自己的本命蠱，而且要用祕術，消耗心神多指揮幾隻蠱和他們鬥了。」

「可就是這個飛蟻才有問題，因為這樣的蟲蟲適合真正的戰爭，知道嗎？那人也說了，藥粉不過能擋住幾分鐘而已，和那些飛蟻的數量比起來，這些藥粉怕是更難得一些吧？」我的臉色有些難看，越想越覺得黑岩苗寨所圖不小。

如雪也微微皺了皺眉，倒是高寧說道：「我們還是快進蟲室吧。不然追兵還是會不斷的，這一次只是五個人，誰知道下一次會有幾個人？」

我望著高寧，很嚴肅地問道：「你肯定這些人不會追進蟲室。」

高寧詭祕地一笑，說道：「我肯定！」

我沒有多說，這個時候，通道裡的追兵已經追了上來，被慧根兒禁錮的犬靈也發揮了作用，竟然纏住了那些人，我回頭看了一眼那些追兵，和中了貓靈不同，這些人中了犬靈的人，爆發的是一種類似狂犬病的症狀，開始神志不清，嘴角流著口水，竟然對著同伴撕咬起來。

這副場景和人間地獄差不多，像極了在當代拍攝的所謂一些喪屍片，黑岩苗寨所有的東西，無一不是惡毒之極，卻也難以防備到極點，怪不得國家都會對他們那麼忌憚，容忍他們偏安一隅，做一些見不得人的罪惡，因為和大勢比起來，這些小罪惡總還能被壓制在一定的範圍，就如某些國家，破例允許一些城市吸毒，允許一些城市賭博，集中總比氾濫好。

而到了一定的時刻，總是要把他們連根拔起的吧。

我這樣想著，然後不再看那副情景，我也沒有什麼罪惡感，所謂自作孽，不可活。

然後背著慧根兒，帶著如雪，和高寧一起踏上了去蟲室的階梯，走在階梯上，高寧明顯放鬆了許多，甚至有一種壓抑的興奮，他對我說道：「你也是幸運，但這幸運也是必然。不然那些老妖怪出來，哪個不可以一根指頭就滅了我們？哈哈哈……」

我望著高寧問道：「什麼意思？」

「很簡單，那些蟲子衰弱，那些老傢伙就衰弱。不要說動法，動用功力抓我們，哪怕走上幾步，都會流逝了生命，只得隱忍不出。要度過這衰弱，可是得靠你的鮮血啊，哈哈……所以說你也是幸運，但這幸運也是必然。」走到了這裡，高寧終於肯透露一些有用的資訊了。

可卻聽得我毛骨悚然，怪不得波切老頭兒那麼看重我，原來是和蟲子的衰弱有關係，我從高寧的話裡得出了一個結論，如果真是這樣的話，他們能那麼輕易地放過我嗎？

至少從追兵的品質來看，那絕對不是這個寨子的全部力量，我幾乎是不加思考地脫口而出：「如果是這樣，他們憑什麼放過我？讓我輕鬆地進入蟲室？」

高寧的臉上又浮現出了那種神神祕祕的笑容，說道：「如果你是往寨子門口跑呢，這個寨子的巫師，蟲苗是絕對傾巢而出的；你往蟲室跑，呵呵，說不定是他們內心盼望的呢，你說對不對？」

我的臉色一寒，望著高寧問道：「你這話什麼意思？」

第三十五章　蟲人的祕密

在那一刻，不僅是我的臉色變了，連同凌如雪的臉色也變了，我甚至注意到了如雪有了一個小動作，那就是手指的縫隙間多了幾根竹針，如果稍有不對，我相信如雪會第一時間對高寧出手。這個發現讓我感動，如果不是在乎我，為什麼表現得比我本人都還要在意高寧這句話？

這也難怪，高寧說的這句話意思太容易讓我誤會了，一不小心就會理解成，是他高寧刻意引我們入局的意思，在這緊張的氣氛下，我們不懷疑才是怪事了。

這時，青石階梯已經走完，已經來過一次這裡的我當然知道，只要再過一個拐角，就會進入蟲室了。

也就在這裡，高寧停下了腳步，望著如臨大敵的我和如雪，開口笑道：「別緊張，我知道你們在想什麼。但是，這樣做對我沒有任何好處。蟲子衰弱反倒是我求之不得的事情！我剛才不過是想表達，你們往蟲室跑他們心裡肯定鬆了一口氣，只是象徵性地派出了一點兒追兵，說不定這點兒追兵也只是為了打消你們的疑慮而已。只因為他們沒有算到這其中有個我。」

說到這裡，高寧頓了頓，似乎是歎息了一聲，才說道：「所以我們動作要快，因為已經有人發現是四個人跑了，到天亮的時候，說不定就會發現是我失蹤了。如果是這樣，我相信那些老怪物情願燃燒生命，都要追來這裡了，而那些苗人也不會再顧忌蟲室的忌諱，衝進來了。」

經過了高寧的一番解釋，我的臉色好看了一點兒，面對這番說辭，我說道：「那還等什麼，我們這就進去吧。」

雖然蟲室裡的一切很恐怖，但是一動不動的怪物也沒多可怕。在我的想像中，我們到了蟲室，唯一危險的地方，就是怎麼繞過那隻大蟲子，然後順利地進入背後那個洞。

至於蟲室的背後為什麼有一個洞，我則完全沒有去想。

可不想，就在我準備前行的時候，高寧一把拉住了我，他說道：「還是在這裡等一會兒，等你功力恢復了，我們再進去吧。一切可不是你想的那麼簡單。」

我望著高寧問道：「什麼意思？」

越是相處，我越是發現高寧這個人讓我看不透，我已經記不得我這是第幾次在高寧面前問「什麼意思了」。

高寧卻不慌不忙地坐下，然後拍著旁邊的地板，讓我和凌如雪也坐下，說道：「我有辦法的，坐下慢慢說。」

我和高寧並肩而坐，一人手上拿著一枝菸，而慧根兒睡在我的腿上，凌如雪坐在我的旁邊。這樣的一幕，如果除開了高寧，應該是很溫馨的吧，可是我現在的心情卻和溫馨扯不上半點兒關係，相反的是糟糕之極。

我狠狠地吸了一口菸，然後重重地吐出之後，有些不確定地再問了高寧一次：「你確定是這樣？只要我們靠近那個蟲子三米之內，那些蟲人就會醒來，那個老傢伙也會醒來。如果去到蟲子身後，那隻母蟲也會醒來？」

高寧說道：「事到如今，我怎麼可能騙你？一切都是真的！那些蟲人是什麼？比外面村子裡圈養的普通人還慘，他們被抓來，就相當於是蟲子的營養堆，懂嗎？就像昆蟲界的昆蟲產卵一樣，會把自己的卵產在食物豐富的地方。那隻母蟲的卵就產在他們的身體裡，這些蟲人的狀態很奇怪，你不能說他活著，也不能說他死了。」

我不說話，只是抽菸，這一切光是想想，就讓人覺得可怕，就比如我就不敢想像，如果我是蟲人，該怎麼辦。如果在下一刻知道我已經逃不掉要去做蟲人，那麼我情願想盡辦法自殺，就算自殺的罪孽深重。

高寧這個人一向很鎮定，不過說到蟲人的一切，手竟然有些微微發抖：「知道我為什麼那麼說嗎？因為他們被產卵在身體裡以後，母蟲就會用你看見的那種絲把他們封起來，他們那個時候應該還保有意識，可是已經動彈不得。這時候，你也不要指望有苗人會給他們吃的，因為蟲室裡的一切，對於這些苗人來說也是危險的。就這樣被封鎖著，活活的餓個兩三天，那些蟲卵就會孵化成幼蟲，幼蟲一旦孵化，就會衝進蟲人的腦子裡，這個時候，蟲人的大腦已經死亡了。他們算是死了，可是又不是，因為那幼蟲有個奇怪的地方，有牠在蟲人的身體，那些蟲人的屍體就不會腐爛……」說到這裡，高寧頓了一下，可能一時不知道該怎麼形容。

可我卻很冷靜地接口說道：「我知道，變成一種類似於殭屍的存在吧？和殭屍不一樣的是，這些蟲人是受蟲子的操控，對不對？」

高寧望著我，第一次露出了很吃驚的表情，然後問道：「你怎麼知道？只要那些蟲子一離開蟲人的身體，那些蟲人就會變成普通的屍體，很快就腐爛了，因為裡面早就是空的了。」

我沒接話，只是埋頭抽菸，我是不想想起殭屍這個詞的，可是沒有辦法，紫色的植物，紫色的蟲子，加上高寧的描述，這一切都只能讓我想起殭屍。

紫色從來都是高貴的代名詞，紫為貴，我忍不住在想，為什麼這些功能逆天，根本就不該出現在我們這個世界的惡魔之蟲、惡魔之花都是紫色呢？難道牠們更珍貴？珍貴帶來的後果就是比魔鬼還要可怕？

我沒回答高寧什麼，高寧也懶得自討沒趣地一直追問，他靠在牆邊說道：「這些蟲人你就算把它打成殘廢，它們都一樣能動，打爆腦袋也沒用，只要蟲子還在它們的身體裡。它們其實也沒有什麼特別的攻擊力，但是會咬人，不管不顧地咬人，而人被它們咬了，幼蟲說不定就會新寄居在沒被咬的人身上。」

我盯著高寧說道：「如果是這樣，我們還有什麼逃跑的希望？我想你不會忘記，這個蟲室裡封了至少十幾個蟲人吧。只要讓一隻靠近我們，我們就完了！」

高寧說道：「是啊，而且這些蟲人可不是人們印象裡的殭屍，它們行動很快的，就算有槍都解決不了。何況它們如果真的成了一堆爛肉，沒辦法起來，幼蟲也是會飛出來的。幼蟲飛出來的時候，母蟲也會醒來，加上那個老妖怪……」

聽著高寧訴說這一切，我怎麼聽怎麼覺得是一個死局，沒有什麼希望，一開始我還越來越緊張嚴肅，聽到最後我反而笑了，我笑著望著高寧：「照你這麼說，你就是在玩我們吧，把我們帶來這裡！怪不得那些苗人都不願意進來這裡。」

我是故意這麼問的，高寧把一切說得那麼嚴重，可實際上，他這個人不會無的放矢，加上他一定需要我的態度，他一定是有辦法的。

我不想聽他危言聳聽，這一路我被他牽著鼻子走，已經受夠了，這次已經到了蟲室，可以說是逃跑的邊緣，我就是讓高寧直接說出一切，不用危言聳來嚇我們，我覺得我怎麼也得掌握一點兒主動權。

我這話顯然是讓高寧直接說辦法，聰明如高寧不會聽不懂，估計他也感覺到了我的不滿，和我想出一口氣握幾張底牌的想法，他開口說道：「這樣的蟲室看起來的確是不可突破的樣子，但事實上，有了你和我在，就變得有可能了。陳承一，你要記得，我沒有你，沒有辦法辦到想辦到的事情，你沒有我同樣不行。在這個時候，我們誰也別不高興誰，反正在這之後，我們就分道揚鑣，不可能再見了。」

我不置可否地吐了一口香菸，神色平靜，可內心卻如掀起了驚濤駭浪，在升騰的菸霧中看高寧的臉，我怎麼總覺得這個人圖謀的事情不是小事，而我是不是在助紂為虐呢？如果是，又該怎麼辦？

不論我雜亂的思維想到的是什麼，可我已經無退路，我喜歡的女人、我疼愛的弟弟，現在都在我的身邊，我不可能偉大到因為大義，就把他們的生命獻上，我做不到。

這就是凡人和高人的區別？也許是吧！

我願意用生命補救因我的自私所帶來的後果，就是不能在現在放棄他們的生命。但願高寧不是所謂的梟雄，希望他的圖謀再大，都是自己的一點兒私利。

想到這裡，我手裡香菸竟然被我夾斷了，高寧在旁邊看著我臉色不定，忽然說道：「世人都道神仙好，說不定我只是想做個神仙。做個神仙礙著誰的事兒了？你放心。」

「呵呵。」我淡然地笑了笑，忽然發現自己好像聽懂了點兒什麼，終於瞭解高寧一點兒了。

但這種感覺終究是難受的，如果是你做神仙，凡人如螻蟻呢？那是不是有一天，你得飛升，我今天的所做的一切，就是不自知的手上沾滿鮮血的助紂為虐？

就在這時，一雙柔軟帶著淡淡的溫暖的手，抓住了我因為各種複雜情緒而冰冷的手，凌如雪在我耳邊說道：「退回去，我也是無所謂的。如若你今後會後悔，退回去又如何？」

我的眼中莫名泛過一點兒淚光，一下子握緊了那隻手，我笑著對凌如雪說道：「不退，不管是什麼後果，不退。以後就算有個天大的因果，我都擔著。」

「我陪著。」凌如雪這樣說著，手在我的手裡停留了幾秒，然後忽然就抽了回去。

這一次，我沒有想要再握住，不管她在想些什麼，我總是喜歡她的，如果是喜歡她的，又何必去做她不願意的事情。

上一刻，我充滿不懂怎麼來的慌亂與不心安的情緒；這一刻，我卻分外的坦然與通透。

高寧彷彿也察覺到我過了情緒猶豫的這個坎兒，忽然對我冒了一句：「蟲人怕的是雷電，或者說這種幼蟲怕的是雷電，我要你滅了蟲人。至於母蟲，就不用你來操心！而那老怪物，我們只需要牽制住他一會兒就可以了。不管用什麼辦法！」

我此刻已經平靜，望著高寧，問道：「引雷？你如何知道我能引雷？這種術法要求頗高，萬一我不會呢？再說，我現在連功力都凝聚不起來。」

高寧有些胡亂地擺了擺手，說道：「你別問我為何知道，我今天一舉，也是把自己逼到了絕路，你不知道我為此付出了什麼，得到這點兒情報又算什麼？至於你的功力凝聚不起來，我有辦法，到了如今，你可願一試？」

我都懶得問後果是什麼了，摸著慧根兒的圓腦袋，說道：「你一路牽著我的鼻子走，知道我放不下這兩個人的命，也知道補周逼得我必須帶著凌如雪走吧。我還能怎麼拒絕？來吧。」

高寧摸摸鼻子，似是無奈地說道：「你、補周和凌如雪，實在是意外，不在我的算計之內。當是老天幫我吧！其實呢……我也只是個普通人，可是誰也別小看普通人的執著，會放出很大的光和熱的。」

說完這句話，高寧的神色有些惡狠狠的，目光帶著讓人覺得心驚的執著。

我的身上此刻被扎了十二根奇怪的骨針，這骨針堅硬無比卻是中空的。

我不知道這是什麼動物的骨頭，更不知道這中空的骨針裡所裝的冰冷液體是什麼？

我只知道，每一根骨針扎在我身上的時候，那感覺有些疼，比中醫針灸所用的針疼很多。骨針扎進來之後，高寧撥弄一下骨針，我被骨針所扎的地方就會感覺到一涼，然後一股液體就會流進所扎的地方。那液體進入身體的時候是冰涼，可當它進入人體循環的時候，帶來卻是炙熱，一陣陣的炙熱，這種炙熱不是具體的物理感覺，只是一種心理上的錯覺。我感覺自己越來越興奮，感覺自己強大到一拳能打死一頭牛，我豪情萬丈而不可抑制的狂躁。

「這是一種古老的興奮劑，作用是刺激人的靈魂力！副作用是一旦藥效過後，你會虛弱無比，不是身體虛弱而是靈魂虛弱，每一天需要大量的睡眠，足足要一個星期才會好。」高寧在旁給我解釋道。

與其說給我解釋，不如說是給旁邊那個擔心所以冰冷地盯著他的凌如雪解釋。

當十二根針扎完，我全身都在顫抖，高寧拿出一包淡青色的粉末讓我吞下：「太過興奮，會把人刺激到失去理智，這包藥粉是好東西，凝神而集中思維，你吞下之後，不會因為這種興奮劑而發瘋狂躁。」

我毫不猶豫地吞下藥粉，因為那興奮劑的作用，我都已經狂躁到忍不住衝進去找母蟲單挑了，我正好是需要這藥粉。

「再等一刻鐘，你完全吸收了以後，我們就可以進去了。」高寧如此說道。

而凌如雪卻在此時，忽然手一揚，我都不清楚發生了什麼，就聽見高寧憤怒地對凌如雪嘶吼道：「妳對我做了什麼？」

凌如雪說道：「你懂的太多，好像也很厲害。可是無論你怎麼故作神祕，我不會讓你就這樣輕易地牽著陳承一的鼻子走。剛才只是彈了一顆蠱卵進你的肚子，至少現在對你沒有任何影響的，我們平安逃出去之後，我會給你解蠱。但陳承一出了任何你所說之外的後果，你就算成了神仙，你就算逃到天涯海角，我也會殺了你，如果我不行，就下一任蠱女，下一任不行，就再下一任。我希望你自知。」凌如雪說這些話的時候，神色依舊平靜，只是目光裡的認真，讓任何人都不敢去賭她做不到。

高寧鬆了一口氣，苦笑道：「凌如雪，都如此了，妳怎麼敢說妳不喜歡陳承一？好吧，我認了，因為我沒有撒謊，也不用怕什麼。」

凌如雪無視高寧的第一句話，直接說道：「你應該是修了巫術，不然不會敏感到我彈了一顆蠱卵進去，你都能感應。」

「那又如何？再厲害的蠱苗在中了對方的蠱以後，都是件很麻煩的事，特別是蠱卵，它沒成長，沒發作之前，你永遠不知道是什麼蠱，該如何拔蠱。可發作的時候，又晚了點兒，不是？何況，我還不是蠱苗，只是一個大巫。」高寧感慨了一句之後，拍了拍我的肩膀說道：「你比她厚道，她比你聰明。」

我閉著眼睛，心裡說不上是什麼感覺，大戰在即，我如果還在想，我和凌如雪之間到底是怎麼回事兒，顯得太扯淡了，可是……

算了，我只是靜靜地坐著，等著身上所施的祕術發揮作用。我的心裡越來越炙熱，彷彿力量到了一股頂點，而我的腦子卻沒有剛才那種狂躁，清明無比。

高寧的藥粉果然有很大的效果，不然我就會變成一個笑話了，不是孫悟空，卻想打上南天門！這狗日的興奮劑，怎麼就那麼厲害？

其實，我心裡知道，這興奮劑一點兒都不神祕，就像任何毒品，都是作用於靈魂的，但不同的是，這種古老的興奮劑興奮效果更大，成癮性卻很小。

但因為珍貴稀少，所以不能大範圍的傳播，也不能去拯救在毒海沉淪的人們，高寧拿出這個的時候，我沒有抗拒的原因，是因為道家也有這樣的丹石，其中一顆就在我的背包裡好好地躺著。那是我暫時不想掀開的底牌，是為了遏制高寧，卻不想如雪比我出手更快。

高寶書版集團
gobooks.com.tw

DN 242
我當道士那些年（叁）上

作　　者　仐三
責任編輯　吳珮旻
企劃選書　蘇芳毓
封面設計　林政嘉
內頁排版　賴姵均
企　　劃　鍾惠鈞

發 行 人　朱凱蕾
出　　版　英屬維京群島商高寶國際有限公司台灣分公司
　　　　　Global Group Holdings, Ltd.
地　　址　台北市內湖區洲子街88號3樓
網　　址　gobooks.com.tw
電　　話　(02) 27992788
電　　郵　readers@gobooks.com.tw（讀者服務部）
　　　　　pr@gobooks.com.tw（公關諮詢部）
傳　　真　出版部　(02) 27990909　行銷部 (02) 27993088
郵政劃撥　19394552
戶　　名　英屬維京群島商高寶國際有限公司台灣分公司
發　　行　英屬維京群島商高寶國際有限公司台灣分公司
初版日期　2021年 01 月

國家圖書館出版品預行編目(CIP)資料

我當道士那些年（叁）／仐三作 -- 初版. -- 臺北市：高寶國際出版：高寶國際發行, 2021.01
面；　公分. --（戲非戲；DN242）

ISBN 978-986-361-969-7(全套：平裝)

857.7　　109020144